HEYNE

Das Buch

Die junge und selbstbewusste Pariserin Désirée reist 1891 in die französische Kolonie Algerien, um nach ihrem Vater zu suchen, denn der berühmte Archäologe wird seit seiner Expedition in das Hoggar-Gebirge vermisst. Doch der Weg dorthin ist riskant, er führt durch das Gebiet der Tuareg, und Désirées Verlobter Philippe Duval ist deshalb nicht mit ihren Plänen einverstanden. Aber Désirée macht sich trotzdem auf zu einer abenteuerlichen Reise durch die Sahara. Am Ende ihrer physischen und psychischen Kräfte angelangt, wird sie von blau verschleierten Reitern entdeckt – den Tuareg. Die stolzen und wilden Krieger nehmen die Fremde mit den blonden Haaren gefangen und bringen sie in ihr Lager. Der Anführer der Gruppe, Arkani, ist nicht nur der Sohn des Stammesfürsten, sondern auch ein furchtloser Kämpfer. Désirées Gefühle für diesen außergewöhnlichen Mann schwanken zwischen Angst und Faszination. Je mehr sie vom Leben der Tuareg erfährt, desto stärker fühlt sie sich zu Arkani hingezogen. Auch der stolze Wüstensohn kann dem Zauber der schönen Fremden nicht widerstehen – es entsteht eine zarte und leidenschaftliche Liebe. In Arkanis Stamm ist Désirée jedoch unerwünscht, denn normalerweise wird für Gefangene Lösegeld erpresst und zudem ist Désirée Französin – das Volk, gegen das die Tuareg verzweifelt um ihre Freiheit kämpfen. Und dann ist da noch Philippe, der Désirée verzweifelt sucht – mithilfe des französischen Militärs.

Der Autor

Susan Hastings lebt und arbeitet in Leipzig. Sie hat zahlreiche Kurzgeschichten, Liebes- und Historiendramen geschrieben und veröffentlicht.

Susan Hastings

Im Bann des roten Mondes

Roman

WILHELM HEYNE VERLAG
MÜNCHEN

FSC
Mix
Produktgruppe aus vorbildlich bewirtschafteten Wäldern und anderen kontrollierten Herkünften
Zert.-Nr. SGS-COC-1940
www.fsc.org
© 1996 Forest Stewardship Council

Verlagsgruppe Random House
FSC-DEU-0100
Das FSC-zertifizierte Papier *München Super*
für Taschenbücher aus dem Heyne Verlag
liefert Mochenwangen Papier.

Vollständige Taschenbuchausgabe 02/2006

Printed in Germany 2006
Umschlagillustration: © Japack/premium und
© Whitford & Hughes, London, UK/Bridgeman, Giraudon
Umschlaggestaltung: Nele Schütz Design, München
Satz: KompetenzCenter, Mönchengladbach
Druck und Bindung: GGP Media GmbH, Pößneck
ISBN-10: 3-453-40127-1
ISBN-13: 978-3-453-40127-3

http://www.heyne.de

Mein großer Dank gilt Petra Bode
und ihrer Initiative im Tuareg e. V.
für ihre überaus wertvolle Hilfe
bei der Recherche zum Roman
und ihr Engagement
für das Überleben
dieses faszinierenden Volkes
(www.tuareginfo.de).

I

Sie hätte es nicht tun dürfen! Dessen war sich Désirée sicher. Das sagte ihr eine innere Stimme, die Stimme der kühlen Logik. Aber sie musste es einfach tun. Das sagte ihr eine zweite innere Stimme, die Stimme des Herzens.

Vater hatte Recht. Frauen waren zweigeteilte Wesen, zwiespältig in Kopf und Seele. Doch im Gegensatz zu anderen Männern war er schon immer der Überzeugung gewesen, dass Frauen keineswegs einen unterlegenen Geist besaßen. Frauen konnten zumindest genauso klug sein wie Männer. Auch wenn die anderen Herren der Schöpfung über dieses wirre Gedankengut des Etienne Montespan nur den Kopf schüttelten.

Dieser Etienne war schon immer ein Spinner, ein Fantast, der, in der Erde kratzend und die Hinterlassenschaft der Altvorderen untersuchend, die Antworten auf die Fragen nach der Zukunft suchte. Kein Wunder, dass sich seine arme Frau hatte scheiden lassen und lieber den gesellschaftlichen Makel einer geschiedenen Frau als die Bürde eines verrückten Ehemanns auf sich genommen hatte. Dass sich jedoch die halbwüchsige Tochter der beiden ausgerechnet dem Vater zuwandte und lieber mit ihm in einem unzüchtigen Haushalt als in den bescheidenen, aber geordneten Verhältnissen bei der Mutter leben wollte, war nun doch nicht mehr akzeptabel, selbst für die skandalgewohnte und immer auf pikante Neuigkeiten erpichte Pariser Gesellschaft. Der feine Unterschied bestand darin, dass Etienne Montespan keiner der Künstler war, die in den bekannten Pariser Vierteln ein Leben führten, das sich so mancher Konventionen entledigte. Auch gehörte er nicht zu den Kunden der diversen Pariser Nachtclubs und Etablissements, Spielcasinos und Vergnügungstempel. Etienne

Montespan war Archäologe, somit ein normalerweise geachtetes Mitglied der Pariser Akademie, Gastprofessor an der Sorbonne, bekannter Erforscher von Karthago, Spezialist für antikes Rom, Griechenland und Nordafrika. Warum widmete er sich nicht den wissenschaftlich geführten Ausgrabungen und ließ seine Frau und seine Tochter ein Bestandteil der Gesellschaft sein? Doch statt sich der Analyse der ausgegrabenen Kunstschätze im kühlen und Ehrfurcht gebietenden Gewölbe des Pariser Museums zu widmen und nach Feierabend zu seiner Familie in der hübschen Wohnung in der Rue de Voisin zurückzukehren, trieb er sich monatelang auf irgendwelchen Grabungsfeldern herum, ungewaschen, verstaubt, in der unschicklichen Kleidung der Einheimischen, weil die seiner Meinung nach praktischer für das betreffende Klima war als der Anzug nach der neuesten Pariser Mode.

Nicht genug damit, er hatte auch dem Drängen seiner halbwüchsigen und frühreifen Tochter nachgegeben, sie mit in diese von Männern, Ausländern und Ungeziefer dominierten Brutstätten der Unsittlichkeit zu nehmen. Sie hatte in einem Zelt gleich neben den Zelten der Männer geschlafen, die Kleidung der Einheimischen oder gar Männerkleidung wie lange Hosen und langärmelige Hemden getragen. Sie hatte sich mit den einheimischen Arbeitern in ihrer Sprache unterhalten, die sie scheinbar mühelos lernte, und hielt wenig von Anstand, Etikette und der gebotenen geistigen und körperlichen Zurückhaltung einer Frau. Sie hatte in irgendwelchen Erdgruben gekniet, um mit Pinsel und Spachtel pietätlos die knochigen Überreste vorzeitlicher Könige oder Sklaven herauszukratzen, alte Schriftzeichen zu entziffern oder den verworrenen Gedankengängen längst untergegangener antiker Völker zu folgen. Wenn sie wenigstens einen Goldschatz mit nach Hause gebracht hätte. Aber es waren nur kleine Tonfiguren, die sie hütete wie seltene Kostbarkeiten, Fragmente von Papyrusrollen oder Scherben von Gefäßen. Zum Glück bekam Professor Montespan noch sein regelmäßiges Gehalt von der

Akademie, damit sie beide wenigstens ein bescheidenes Auskommen hatten. Die große Wohnung in der Rue de Voisin mussten sie natürlich aufgeben und mit einer bescheideneren Behausung vorlieb nehmen, aber das schien den beiden nichts auszumachen. Auch legte der Professor mehr Wert auf die Bildung seiner Tochter als auf ihre standesgemäße Kleidung. Als sich ihre weiblichen Formen zu runden begannen, weigerte sie sich vehement, ein Korsett zu tragen. Ihre Kleider waren nur wenig geschnürt, und sie trug niemals mehr als einen Unterrock. Und wenn es ihr in den Kopf kam, kleidete sie sich nach Art eines Mannes mit langen Hosen, Seidenhemd und Jackett. So spazierte sie an der Seite ihres Vaters, so er denn überhaupt in Paris weilte, sonntags durch die Straßen und ließ sich von den Passanten begaffen.

Désirée strich mit einer fast liebevollen Geste über das Buch, das auf ihrem Schoß lag. Gleichzeitig trat ein spöttischer Glanz in ihre blauen Augen. Sie spürte die Blicke der Paare, die auf dem Sonnendeck des Schiffes lustwandelten – die Damen züchtig geschnürt, dass sie kaum zu atmen vermochten, die Herren in steifem Gehrock, gebundenem Kragen und hartem Hut. Alle Damen schützten sich mit Schirmen gegen die unbarmherzige Sonne, die vor der Küste Nordafrikas auf sie herniederbrannte. Lediglich Désirée lag auf ihrer Sonnenliege bar jeden Schutzes, das Kleid lässig über die Beine gebreitet, sodass ihre schlanken Waden zu sehen waren. Ihr Gesicht hatte sich leicht gerötet, und eine Unzahl von Sommersprossen zierte ihre kesse, kleine Nase.

Für einen Augenblick hatte sie von ihrer Lieblingslektüre gelassen und sich ihren Tagträumen hingegeben. Ja, diese George Sand war eine Frau ganz nach Désirées Geschmack. Sie hätte sie gern kennen gelernt, wenn sie nicht vor fünfzehn Jahren gestorben wäre und sich die ganze Geschichte nicht bereits vor fast vierzig Jahren zugetragen hätte. Da begleitete diese außergewöhnliche Frau ihren erkrankten Lebenspartner Frédéric Chopin auf die Insel Mallorca, der in klarer Luft und absoluter Ruhe seine Krankheit auskurieren wollte. Dass er mit dieser Frau gar nicht verheiratet war, dass sie von ihren beiden unehelichen Kindern begleitet wurden, dass sie wie auch ihre Tochter häufig Männerkleider trug, dass sie sogar in aller Öffentlichkeit Zigarren rauchte, war nicht nur zur damaligen Zeit, sondern auch jetzt noch ein Skandal.

Mit einem wohligen Kribbeln im Bauch hatte Désirée just in dem Augenblick, als das Schiff auf dem Weg von Marseille nach Algier an jener berühmten Insel im Mittelmeer vorbeifuhr, das Buch aus ihrem Reisegepäck genommen und sich auf das Flanierdeck gesetzt. Alle Vorbeikommenden sollten sehen, welcher Lektüre sie sich da widmete, und alle Welt sollte sehen, dass sie sich so ziemlich mit dieser skandalumwitterten Frau identifizierte.

Nun, Désirée rauchte öffentlich keine Zigarren, nur manchmal heimlich. Auch hatte sie keine Kinder, und sie war verlobt mit Philippe Duval, einem Bergbauingenieur. Das war ihr Tribut an die gutbürgerliche Welt, den sie zollte. Philippe hatte trotz ihrer wenig standesgemäßen familiären Verhältnisse um ihre Hand angehalten, und Papa hatte erfreut zugestimmt. Philippe konnte ihr eine gesicherte Existenz bieten. Sein Gehalt bei der Montagne Nationale war zwar nicht üppig, aber durchaus akzeptabel, er nahm nur wenig Anstoß an Désirées Kaprizen und vertröstete sich selbst damit, dass Désirée sich schon von selbst beruhigen würde, wenn sie erst einmal mit ihm verheiratet sei. Das Dumme war nur, dass er sich derzeit in Algerien befand, um dort im Atlasgebirge Rohstoffvorkommen zu erschließen. Und nun war auch ihr Vater nach Algerien aufgebrochen, weil er Kunde von irgendwelchen geheimnisvollen Felsmalereien in der Sahara erhalten hatte. Sehr zu Désirées Verdruss hatte er diesmal darauf bestanden, dass Désirée daheim in Paris blieb.

Zunächst kamen die Nachrichten von Vater regelmäßig, dann unregelmäßig und schließlich blieben sie gänzlich aus. Der letzte Brief war über zwei Monate alt. So weit kannte Désirée ihren Vater, dass er es immer ermöglichte, ihr eine

Nachricht zukommen zu lassen, wenn sie ihn nicht auf seinen Ausgrabungen begleitete. Beunruhigt hatte sie Philippe informiert und ihn gebeten, Erkundigungen anzustellen. Doch auch Philippes letzter Brief hatte keine Klarheit bringen können. Der Professor sei zu einer Expedition in die Sahara aufgebrochen. Sie solle sich keine Sorgen machen, das Innere des Landes sei noch nicht wie gewünscht mit Poststellen ausgestattet, wie man es sich in einer Kolonie eigentlich vorstellte. Aber das beruhigte Désirée keineswegs. Ihr Gefühl sagte ihr, dass ihr Vater in Gefahr sei.

Etienne Montespan war ihre eigentliche Bezugsperson, sei es, dass er ihr die gewünschte persönliche Freiheit gelassen hatte, sei es, dass sie in ihm den Mann sah, der ihr das Leben schlechthin ermöglichte. Er war stark wie ein Fels in der Brandung auch gegen seine Feinde, unerschütterlich, zielbewusst und trotzdem ein zärtlicher, liebevoller, aufmerksamer Vater. Durch ihn hatte sie die Welt, die Kultur, das ungeschminkte Leben kennen gelernt. Die gesellschaftliche Enge des bürgerlichen Paris erstickte sie. Durch ihn schaffte sie es, in dieser feindlichen Umwelt zu überleben. Es gab ja immer wieder die Hoffnung, ihn auf die nächste archäologische Expedition begleiten zu können.

Dass sie die Verlobung mit Philippe eingegangen war, hatte allerdings auch eine andere Ursache. Der Vater konnte einer jungen Frau eben doch nicht alles bieten. Philippe sah gut aus, war sportlich, intelligent, nicht unvermögend, weltoffen und eben ein Mann. Mit ihm hatte sie die Freuden der körperlichen Liebe kennen gelernt, die sie nun auch nicht mehr missen mochte. Und es wäre schon längst zur Hochzeit gekommen, wenn er nicht dieses Projekt in der Kolonie übertragen bekommen hätte.

Philippe hatte ihr fest versprochen, sie nachkommen zu lassen. Désirée träumte sogar von einer orientalischen Hochzeit in Algier. All das Exotische reizte sie ungemein, und sie stellte sich vor, umweht von kostbaren Düften und hauchzarten Schleiern, mit Philippe in ein riesiges Bett unter einem Baldachin mit golddurchwirkter Seide zu sinken. Hinter einem Paravent spielten arabische Musikanten, und bildschöne, verschleierte Tänzerinnen stimmten sie auf die Nacht aller Nächte ein.

Désirées Brust entrang sich ein sehnsuchtsvoller Seufzer, und ihre Augen suchten den Horizont ab, dort, wo der Hafen von Algier bald auftauchen müsste. Sie hatte Philippe eine Depesche zukommen lassen, dass er sie vom Schiff abholen solle. Sie würden einstweilen in einem Hotel wohnen, bis Désirée herausbekommen hätte, wohin ihr Vater gereist war.

Was Désirée nicht wusste, war, dass Philippe ihr eine Nachricht gesandt hatte mit der inständigen Bitte, nicht nach Algerien zu kommen. Da saß sie bereits im Zug nach Marseille.

II

Sie lehnte sich in den harten Lederpolstern der offenen Droschke zurück. Der Geruch des Orients drang ungehindert zu ihr und füllte ihre Lunge. Sie liebte den Orient, dieses Flair aus Exotik, Geheimnis, Duft und fremdartigen Geräuschen. Der Kutscher fluchte laut und trieb das knochige Pferd an, sich einen Weg durch die hoffnungslos verstopfte Straße zu bahnen. Dampfautobusse hupten, erschreckten die kleinwüchsigen Pferde und Maultiere. Eselkarren, beladen mit Früchten und Gemüse, säumten den Straßenrand, Händler boten lauthals ihre Waren an oder feilschten mit den Kunden um Preise. Die Bauern und meisten Einheimischen trugen lange, hemdartige Gewänder und Kappen auf dem Haupt. Aber es gab auch viele europäisch gekleidete Männer, während Frauen kaum im Straßenbild zu sehen waren. Sie gingen tief verschleiert in Gruppen oder begleitet von Männern ihrer Familie, als bestünde die Gefahr, dass sie entweder geraubt würden oder von selbst davonliefen.

Doch Désirée kannte das Frauenbild des Islam. Sie konnte nur mitleidig lächeln. Sie konnte sich nicht vorstellen, selbst unter solchen Bedingungen leben zu können. Bei aller Exotik zog sie das freie europäische Leben vor. Und sie war sich sicher, dass sich durch die Kolonialisierung Algeriens dieses Bild bald wandeln würde. Der französische Lebensstil zog sich unübersehbar durch das Alltagsleben dieser Stadt. Und auch wenn noch die Männer in den Cafés saßen und ihre Wasserpfeife rauchten, dabei fast gleichmütig das Treiben auf der Straße betrachteten oder untereinander Neuigkeiten austauschten, so würde es doch nicht mehr lange dauern, bis die Annehmlichkeiten der europäischen Zivilisation auch zum Leben der Einheimischen gehören würden. Bildung für die Frauen war ebenso wichtig wie eine umfassende ärztliche Versorgung, die Durchsetzung hygienischer Normen ebenso wie eine straff organisierte Arbeitsmoral.

Sie dachte an Philippes Erzählungen von den Schwierigkeiten in den Bergwerken. Oft waren die Arbeiter störrisch wie ihre Esel und Kamele, nahmen es weder mit den Arbeitszeiten noch mit der Disziplin so genau. Nur wenn es um die Gebete ging, unterbrachen sie ihre Arbeit pünktlich, selbst wenn ein neu aufgefahrener Stollen einzubrechen drohte. Allah würde sie schon beschützen, bis sie gebetet hatten. Danach könne man den Stollen doch sichern. Kein Wunder, dass dieses allzu starke Vertrauen in Allah zu mehreren folgenschweren Bergwerksunglücken geführt hatte.

»Hotel Oasis, Mademoiselle«, riss sie die kehlige Stimme des Kutschers aus den Gedanken. Sie blickte auf. Vor sich sah sie die hohe Fassade eines imposanten Kolonialbaus. Fast fühlte sie sich wieder nach Paris zurückversetzt, würden die Fenster der Eingangshalle nicht die orientalischen Rundbögen aufweisen. Sie kletterte aus der Kutsche, ohne dass der Kutscher Anstalten machte, ihr dabei behilflich zu sein. Dafür starrte er sie ungeniert an und entblößte seine bräunlichen, lückenhaften Zähne zu einem hintergründigen Grinsen. Zwei livrierte Pagen des

Hotels eilten zu ihr, um das Gepäck entgegenzunehmen. Désirée bezahlte den Kutscher, ohne ihm ein zusätzliches Trinkgeld zu geben. Sollte er sich doch erst einmal um europäische Höflichkeit bemühen und sich an dem Dienstpersonal in Tunesien ein Beispiel nehmen!

Neugierig geworden, betrat sie die Eingangshalle des Hotels. Sie war gediegen ausgestattet, in einem arabisch-europäischen Stilmix. An der Rezeption stand ein kleiner Südfranzose mit flinken Augen.

»Bonjour, Mademoiselle«, grüßte er sie mit einem unterwürfigen Lächeln. Ein wenig distanziert blieb Désirée einen Schritt vor dem Empfangstresen stehen.

»Mein Name ist Désirée Montespan«, sagte sie. »Meine Zimmer sind bestellt.«

»Oui, Mademoiselle Montespan, natürlich«, dienerte der kleine Franzose und kam hinter dem Tresen hervorgewirbelt. Mit hektischen Handbewegungen forderte er die Pagen auf, ihr Gepäck auf ihr Zimmer zu schaffen, und sprang dabei wie ein wild gewordener Ziegenbock umher.

»Wir fühlen uns geehrt, Mademoiselle Montespan, dass Sie unser Haus besuchen. Ich wünsche Ihnen einen angenehmen Aufenthalt und viel Freude in unserem schönen Algier. Wenn Sie einen Wunsch haben, brauchen Sie nur am Klingelband zu ziehen. Wünschen Sie ein Bad? Wünschen Sie eine Erfrischung? Eine Schale mit Obst befindet sich bereits auf Ihrem Zimmer. Wenn Ihnen das Bett nicht weich genug ist …«

»Danke, ich werde mich melden, wenn ich etwas benötige. Im Moment benötige ich nur Ruhe. Ach, können Sie mir vielleicht sagen, wo sich mein Vater augenblicklich befindet?«

Schlagartig blieb der kleine Franzose stehen und schlug die Augen nieder, als wäre die Feder eines mechanischen Spielzeugs gesprungen. Désirée befürchtete, dass der Mann einfach nicht mehr funktionierte.

»Haben Sie mich verstanden, Monsieur?«, fragte sie ihn vorsichtshalber.

»Naturellement, Mademoiselle«, murmelte er. »Aber ich kann Ihnen da leider nicht helfen. Ich habe Ihren Vater seit mehreren Wochen nicht mehr gesehen und ...« Er stockte wieder und trat verlegen von einem Fuß auf den anderen.

»Was und?«, forschte sie nach.

»Na ja, er hat ja auch sein Zimmer nicht mehr bezahlt, und keiner weiß doch, ob er jemals aus der Wüste zurückkehren wird, wo doch alle wissen, wie gefährlich die Wüste ist.«

Désirée zog die Augenbrauen zusammen. »Was wollen Sie damit sagen?«, fragte sie irritiert. »Mein Vater kennt sich in allen Wüsten aus. Er gräbt nicht das erste Mal in einer Wüste und spricht sogar arabisch.«

»Das wird ihm wohl wenig nützen, wenn er den Tuareg in die Hände fällt.«

»Worauf wollen Sie eigentlich hinaus? Meinem Vater passiert nichts, davon bin ich felsenfest überzeugt. Wahrscheinlich sind die Ausgrabungen so interessant, dass es einige Zeit dauert. Er hat doch noch sein Zimmer in diesem Hotel, oder?«

Ein ungutes Gefühl beschlich sie, als der Mann noch immer die Augen gesenkt hielt und sich wand wie ein Wurm am Haken.

»Nun ja, in gewissem Sinne ...«

»Was soll das heißen?«

»Wir haben sein Zimmer weitervermietet. Wir können uns nicht leisten, Zimmer freistehen zu lassen. Und da Ihr verehrter Herr Vater seit Wochen die Miete nicht mehr bezahlt hat ...«

Mit wenigen Schritten war Désirée bei ihm und blickte auf ihn herab. »Wo sind die Sachen meines Vaters?«, rief sie erregt.

»Wir haben sie in eine Besenkammer eingeschlossen.«

»Was haben Sie?«

»Hören Sie, Mademoiselle, ich versichere Ihnen, dass nicht das kleinste Stückchen fehlt. Außer ein paar Dingen, die wir gewissermaßen als Pfand für die ausstehende Miete ...«

»Das ist doch die Höhe!«, rief sie aufgebracht. »Lassen Sie sofort die Sachen meines Vaters in meine Zimmer bringen. Und beten Sie, dass nichts fehlt, sonst werde ich mich beim zuständigen Präfekten über Sie beschweren, wie Sie mit dem persönlichen Eigentum Ihrer Hotelgäste umgehen!«

III

Das Gewimmel auf den Straßen Algiers war genauso faszinierend wie beängstigend. Für Désirée war diese orientalische Betriebsamkeit nichts so Ungewöhnliches, dass es sie abschrecken würde. Zudem besaß die Stadt ein unverkennbar französisches Flair. Sechzig Jahre französischer Herrschaft hatten ihr diesen Stempel aufgedrückt. Auch wenn sich immer wieder Widerstand der Einheimischen regte, der letzte große Aufstand 1871 war erfolgreich niedergeschlagen worden.

Diese Mischung aus dem europäischen Lebensstil und der faszinierenden Exotik der Berber, dem kühlen Charme Frankreichs und dem heißen Atem der Wüste berauschte Désirée. Wie ein Amphitheater schmiegten sich die Häuser an die Hänge der Bucht, die das Mittelmeer einschloss. Die weitläufigen Parks, Paläste, Villen, öffentlichen Gebäude hatten unverkennbar französisches Gepräge. Dazwischen ragten wie mahnende Finger die schlanken Minarette der Moscheen in den Himmel. Vom Hafen her erklang der geschäftige Lärm von den vielen Schiffen, die ihre Fracht ausspien und mit neuer beladen wurden. Wie in einem Ameisenhaufen wimmelte es von Menschen: Hafenarbeiter, Tagelöhner, Händler, Seeleute. So vielfältig wie ihr Äußeres waren auch ihre Sprachen. Désirée wurde für einen Augenblick an das biblische Babel erinnert. Im Stillen lächelte sie, weil ihr zum wiederholten Male bewusst wurde, dass sie stets mit ihren Gedanken in der Vergangenheit weilte. Was wusste sie eigentlich von den Menschen, die jetzt lebten?

Ein breiter Boulevard, beidseitig von hohen, schlanken Palmen gesäumt, führte zu mehreren repräsentativen Gebäuden.

Eines war der Palast des Gouverneurs, ein anderes das Regierungsgebäude. Aber diese waren nicht Ziel von Désirées Suche. Vor einem großen Bau blieb sie stehen. Zwei Pylonen flankierten das imposante Portal. Darauf waren die Umrisse von Löwen eingeritzt. Berberlöwen. Es war nicht das Zoologische Institut, sondern das Museum des Altertums von Algier. Wenn Désirée einen konkreten Hinweis auf den Verbleib ihres Vaters zu finden hoffte, dann hier.

Entschlossen stieg sie die Steinstufen hinauf und öffnete die schwere, mit Metall beschlagene Tür. Sie kannte den etwas morbiden Geruch von Museen. Wahrscheinlich rochen alle Museen der Welt so. Auf jeden Fall die in Paris. Auch hier war es nicht anders, aber sie fühlte sich im gleichen Augenblick sicher.

Fast instinktiv fand sie das Büro des Direktors. Ausgestattet mit schweren Teppichen, die Désirées Schritte verschluckten, fand sie sich in einem luxuriösen Ambiente wieder. Übereifrig kam ihr der Direktor Charles de Latour entgegen.

»Ich bin entzückt, Mademoiselle Montespan«, rief er und küsste mehrfach ihre Hand. Ein wenig irritiert zog Désirée sie zurück.

»Es freut mich ebenfalls, Monsieur le Directeur.«

Latour wies einladend auf einen reich verzierten Lederstuhl, der eine wertvolle Kunstarbeit der Berber darstellte.

»Wie gefällt Ihnen unser Algier? Haben Sie schon etwas besichtigen können? Haben Sie die Seereise gut überstanden? Ach, ich fühle mich geehrt, dass eine so berühmte Frau … ähäm … die berühmte Tochter eines so berühmten Mannes …«

»Womit wir gleich beim Thema wären«, erwiderte Désirée, der derartige Vorstellungen unangenehm waren. Sie benötigte keine Schmeicheleien. Sie erwartete, zuvorkommend, aber gleichberechtigt behandelt zu werden. Dieser glotzäugige, übergewichtige Direktor wirkte ölig wie verschwitzt glänzende Haut. Sie blieb mitten im Raum stehen. »Ich nehme an, dass Sie wissen, wo sich mein Vater zurzeit aufhält.«

Das Gesicht des Direktors wechselte fast schlagartig von

übertriebener Freundlichkeit zu theatralischer Tragik. Er rang die Hände und hob sie dann zum Himmel. »Weiß Gott, ich habe ihn gewarnt. Er hätte so vieles hier unter diesem Dach erforschen können. Unser Fundus hätte ihm all das geboten, was sein Herz begehrt. Aber nein, er musste unbedingt diese Expedition ausrüsten, wollte an den Ort, von dem noch keine menschliche Seele je zurückgekehrt ist.«

»Sie wissen also, wo er sich aufhält?«

»Ich weiß es nicht, bei Gott, ich weiß es nicht. Und ich glaube auch nicht, dass er diesen Ort überhaupt erreicht hat. Die Tuareg nennen ihn den Ort, wo die Geister wohnen. Selbst sie fürchten ihn.«

Désirée nahm nun doch Platz, denn ihr Interesse war geweckt. »Die Tuareg?«

»Ja, diese unseligen Wüstensöhne. Sie sind schnell wie der Wind, grausam und gottlos. Sie halten sich Sklaven, überfallen Karawanen, und wehe dem, der in ihre Hände fällt. Sie tragen Schwerter und Dolche, mit denen sie trefflich umgehen können. Ihre Schmiede sind Hexenmeister, kommen direkt aus der Hölle.«

Désirée hörte ihm mit wachsender Verwunderung zu. Dann schüttelte sie mit einem nachsichtigen Lächeln den Kopf. »Sie müssen mir keine Angst einjagen«, sagte sie. »Ich kenne die Berber bereits aus Tunesien. Für jeden Europäer sind die Wüstenbewohner zunächst Furcht einflößend, wenn sie auf ihren schnellen Pferden und unter Geheul dahergejagt kommen.« Sie lachte. »Es gehört zu ihrem Stolz, sich so aufzuspielen und Eindruck zu schinden. Ich weiß, dass das alles nur Theater ist. In Wirklichkeit sind sie Kamelhirten, die nach Knoblauch und Pfefferminze riechen und froh sind, am Abend ihre Wasserpfeife rauchen zu können.«

Monsieur de Latour schien verärgert darüber zu sein, dass Désirée ihn nicht ernst nahm.

»Sie irren sich«, sagte er und verengte dabei seine Augen zu zwei Schlitzen. Jetzt sah er aus wie ein schlafendes Schwein.

»Dann schauen Sie sich das an.« Er führte sie zu einer gläsernen Vitrine, in der ein kunstvoll gearbeitetes Schwert lag. Es besaß einen roten Griff. Das Metall glänzte gefährlich im Licht der einfallenden Sonnenstrahlen. Unwillkürlich schauderte Désirée.

»Sie reiten nicht auf Pferden, sondern auf weißen Kamelen, und niemand sieht ihre Gesichter, weil sich darunter die Fratze des Teufels verbirgt.« Wichtigtuerisch lief er vor der Vitrine hin und her.

»Wieso sieht niemand ihre Gesichter?«, wollte sie wissen.

»Weil sie stets verschleiert sind. Und man sagt, dass ihre Haut so blau ist wie ihre Schleier. Die gewickelten Turbane verbergen ihre Hörner.«

Désirée warf einen nervösen Blick auf das Schwert, wie um sich zu vergewissern, dass es noch immer bewegungslos unter dem Glas lag.

»Woher wissen Sie das, wo sie doch noch niemand von Angesicht zu Angesicht gesehen hat?«

»Oh, es gibt unzählige Berichte der Einheimischen, der Araber und Juden, der Berber und Neger. Sie alle fürchten die Tuareg, diese Wüstenräuber. Diese machen rücksichtslos von ihren verwunschenen Schwertern Gebrauch.«

Désirée schwieg. Sie war überzeugt, dass Monsieur de Latour maßlos übertrieb. Sie wandte sich wieder zur Vitrine um, und diesmal hatte sie die Nerven, die weiteren Ausstellungsstücke zu betrachten. »Und was ist das hier?«, wollte sie wissen und zeigte auf ein silbernes Kreuz mit filigraner Verzierung und einem Oval in der Mitte.

»Das Kreuz des Südens«, antwortete der Direktor. »Die Tuareg tragen es als Amulett. Es soll vor bösen Geistern schützen.«

Interessiert beugte sich Désirée herab. »Es ist wunderschön«, murmelte sie. »Wer so etwas herstellt, kann kein blutrünstiger, seelenloser Teufel sein.«

»Ach, hören Sie doch nicht auf diese Märchen, die über die Tuareg kursieren«, schnaufte Latour.

»Was für Märchen?«

»Diese romantischen Hirngespinste, die man sich in den Salons von Paris erzählt. Ich versichere Ihnen, kein Wort davon ist wahr.«

Désirée bedauerte, dass sie nicht in den Pariser Salons verkehrte. Offensichtlich hatte sie etwas Entscheidendes verpasst. Oder zumindest etwas Interessantes. Aber sie verzichtete darauf, den Direktor weiterhin dazu zu befragen. Etwas anderes war im Augenblick wichtiger als diese geheimnisvollen Wüstenmenschen.

»Was war das Ziel der Expedition meines Vaters?«

Der Direktor rang wieder die Hände. »Die Höhle der toten Seelen, das sagte ich Ihnen doch schon. Sie befindet sich irgendwo im Hoggar-Gebirge. Niemand aus der zivilisierten Welt hat sie jemals gesehen. Die Araber sprechen davon, dass es dort unermessliche Schätze geben soll, die die Tuareg ihren Ahnen ins Jenseits mitgeben. Und dass es an den Felswänden bunte Bilder gibt, Felsmalereien und geheimnisvolle Schriftzeichen, die niemand versteht.«

»Oh, darauf versteht sich mein Vater«, erwiderte sie schnell. »Er hat auch ägyptische Hieroglyphen entschlüsselt und …«

»Deshalb wollte ich ihn ja von dieser Wahnsinnsidee abbringen. Soll er doch Hieroglyphen entschlüsseln. Das ist nicht so gefährlich wie diese Expedition.«

»Und wo befindet sich das Hoggar-Gebirge?«

»Hier!« Er tippte mit dem Finger auf eine vergilbte Landkarte an der Wand des Büros.

»Oh, das sieht ziemlich weit aus«, stellte Désirée überrascht fest.

»Ist es auch. Nur die erfahrenen Karawanen sind in der Lage, die Wüste zu durchqueren. Und das hier …«, sein Finger vollführte einen großen Kreis auf der Karte, »… ist das Herrschaftsgebiet der Tuareg.«

Eigentlich war das Ganze schrecklich entmutigend. Doch Désirée war bemüht, sich ihre Enttäuschung nicht anmerken zu lassen.

Sie hob stolz den Kopf. »Mein Vater hat noch nie unüberlegte Dinge getan. Deshalb vertraue ich ihm, und ich bin sicher, dass ihm nichts passiert ist. Es ist eine gewaltige Entfernung, deshalb ist er so lange verschwunden. Und sicher nimmt die Erforschung der Felsmalereien viel Zeit in Anspruch.«

Im Blick des Direktors stand nachsichtiges Bedauern über Désirées offensichtliche Naivität.

»Sicher«, erwiderte er und wich ihrem Blick aus. »Sie sollten die Schönheit dieser Stadt genießen und sich zerstreuen. Ich kann Ihnen einige Salons empfehlen. Meine Frau würde Sie gern dort einführen. Und wenn Sie in meinem Museum eine Aufgabe finden, würde ich mich sehr geehrt fühlen, eine so berühmte und ...«

»Schon gut«, unterbrach sie ihn. »Ich danke Ihnen jedenfalls für Ihre Auskünfte, es war wirklich interessant.« Sie wandte sich zum Gehen.

»Mademoiselle Désirée, wenn ich etwas für Sie tun kann ... Sie sind allein hier, eine schwache, schutzlose Frau und so schön ...«

»Sie irren sich, Monsieur Latour. Ich bin zwar eine Frau, aber keineswegs schwach und schutzlos. Und Schönheit ...«, sie zögerte und betrachtete ihn von oben bis unten, »... ist relativ. Au revoir!«

Direktor Latour schaute ihr nach, während er sich mit seinem zusammengefalteten Taschentuch über die lichte Stirn wischte. Offensichtlich war die ganze Familie Montespan verrückt!

IV

Das Gewimmel der Prachtstraße nahm sie wieder gefangen, als sie die stillen, Ehrfurcht gebietenden Hallen des Museums verließ. Dieser Besuch hatte nicht den Erfolg gebracht, den sie erwartet hatte. Aber was hatte sie denn erwartet?

Jedenfalls war dieser Direktor nicht der Mann, der ihr helfen könnte und helfen würde. Zumindest nicht so, wie sie es sich vorstellte. Warum sahen die Männer in ihr nur die schutzbedürftige Frau? Schön, aber schwach, klug, aber dumm genug, sich in die Abhängigkeit eines Mannes zu begeben, berühmt, aber nur als Tochter ihres Vaters …

Sie ballte die Hände zu Fäusten, und ihr Schritt wurde energischer. Dann musste sie eben die ganze Sache selbst in die Hand nehmen, notfalls auch ohne fremde Hilfe.

»Madame, eine Kutsche? Guter Preis!«

Désirée sprang erschrocken beiseite, als eines der abenteuerlichen Gefährte mit klapprigen Pferden dicht neben ihr hielt. Sie drohte dem Kutscher mit ihrem Sonnenschirm.

»Danke, nein«, antwortete sie ihm auf Arabisch. »Eine Frau braucht keine Hilfe. Schon gar nicht von einem fremden Mann!«

Der Kutscher blickte sie entgeistert an, als würde sie im nächsten Moment explodieren. Das war selbst ihm noch nie passiert. Diese seltsamen fremden Frauen! Er schwang seine Peitsche und trieb das Pferd an. Sicher war sicher, man konnte schließlich nicht wissen …

Nein, Désirée brauchte keine Hilfe, nicht hier und nicht bei der Verwirklichung ihrer Pläne. Ein wenig trotzig reckte sie das Kinn nach vorn.

Der Boulevard war breit und modern. Europäische Passanten prägten das Bild, dazwischen gut gekleidete Einheimische, häufig in europäischen Anzügen. Allerdings, und das fiel Désirée ebenfalls auf, ging kaum eine europäische Frau allein. Sie befanden sich stets in männlicher Begleitung. Es nötigte ihr ein belustigtes Lächeln ab. Sie selbst hatte damit keine Probleme.

Das Hotel Oasis kam in Sicht. Désirée überlegte, ob sie noch einen Abstecher in den Basar unternehmen sollte. Das orientalische Gewimmel eines Marktes nahm sie seit je gefangen. Und es gab dort so wunderschöne Dinge zu kaufen: herrliche

Tücher, Geschmeide, Ledertaschen, Gürtel, handgetriebene Messingteller und -kannen ... Und erst der Duft der Gewürze, Öle und Parfüms! Sie seufzte. Eigentlich hatte sie davon schon jede Menge zu Hause, in Paris.

Sie stutzte, als sie zwischen den Passanten eine hoch gewachsene, schlanke Gestalt in einem braunen Anzug bemerkte. Philippe!

»Philippe!« Mit ausgebreiteten Armen schwebte sie auf ihn zu, ungeachtet der missbilligenden Blicke der Männer auf der Straße. »Philippe!« Sie schlang die Arme um seinen Hals und küsste ihn überschwänglich. »Endlich bist du da!«

Philippe hatte sie nach einem kurzen Zögern in die Arme genommen und hielt sie nun fest, als wolle er sie nie wieder loslassen. Dann bog sie jedoch den Oberkörper etwas nach hinten und blickte ihn tadelnd an.

»Warum hast du mich nicht am Hafen abgeholt?«

Einen langen Augenblick schaute Philippe sie an, dann schob er sie sanft von sich. »Wieso bist du überhaupt hier?«, wollte er wissen. »Hast du meinen Brief nicht erhalten?«

»Welchen Brief?« Sie schüttelte kurz den Kopf, dann fasste sie nach seiner Hand. »Komm mit, ich habe ein hübsches Appartement im Hotel Oasis reserviert. Ich lasse das Abendessen aufs Zimmer bringen.« Sie lächelte ihm verschmitzt zu. »Und zum Nachtisch eine Wasserpfeife.«

Mittlerweile gab es um sie beide einen kleinen Auflauf. Teils kopfschüttelnd, teils ungläubig lächelnd, teils ungehalten und missbilligend schauten die Männer ihnen zu. Désirée nahm es nicht zur Kenntnis, während Philippe nur einen kurzen Blick auf die Menschen warf, dann seiner Verlobten bereitwillig zum Hotel folgte.

»Ich habe dich etwas gefragt, Désirée«, sagte er, während sie zum Hotel gingen. »Wieso bist du gekommen?«

»Na hör mal, Philippe, wieso sollte ich nicht kommen? Ich werde doch meinen Vater nicht im Stich lassen. Hat er sich inzwischen bei dir gemeldet?«

Philippe schüttelte stumm den Kopf und rettete sich aufatmend ins Hotelfoyer.

»Bitte den Zimmerkellner auf meine Suite«, rief Désirée dem kleinen Franzosen an der Rezeption zu. Dann zog sie Philippe mit sich die mit rotem Teppich belegte Treppe hinauf. »Schau, was für einen wunderbaren Blick wir von hier auf Algier haben«, schwärmte sie, als sich die Tür hinter ihnen schloss. Philippe zog Désirée in seine Arme und suchte ihre Lippen. Bereitwillig gab sie sich ihm hin. Doch dann entwand sie sich seinen Armen und eilte zum Fenster. Sie schlug die Vorhänge zurück, die die Hitze des Tages abhalten sollten. »Ist es nicht wundervoll?«

Philippe trat neben sie und legte einen Arm um ihre schlanke Taille. »Es war keine gute Idee, herzukommen. Ich wollte dich warnen, dich davon abbringen.«

»Aber warum?« Sie starrte ihn von der Seite an. »Es geht um meinen Vater!«

»Ich weiß«, erwiderte er und ließ nun seinerseits seine Augen über das Panorama der quirligen Stadt gleiten. »Aber du wirst nichts für ihn tun können.«

Sie lachte auf. »Wie kommst du denn darauf? Wir werden gemeinsam etwas für ihn tun. Schließlich ist der Name Montespan auch in Algerien mittlerweile bekannt. Und du kennst dich hier bei den Behörden aus, wirst mir einige Wege ebnen können.«

Philippe seufzte leise. »Als ich dich kennen lernte, wusste ich gleich in der ersten Minute, dass du ein kleines, eigensinniges Mädchen bist. Es hat mir gefallen. Aber glaubst du nicht, dass Pariser Kaprizen etwas anderes sind als waghalsige Abenteuer in der Wüste?«

»Ich kenne die Wüste, hast du das vergessen? Und meinem Vater zu helfen, betrachte ich nicht als Kaprize, lieber Philippe. Jede Expedition will genau durchdacht sein. Das hat mich auch mein Vater gelehrt. Niemals würde ich mich gedankenlos in ein Abenteuer stürzen. Deshalb schlage ich hier mein Basislager auf und bereite alles bis ins kleinste Detail vor.«

Es klopfte an der Zimmertür, und ein Kellner trat ein. Désirée gab die Bestellung für ein mehrgängiges Menü auf und orderte für danach eine Wasserpfeife. Mit einer Verbeugung entfernte er sich wieder.

»Hör mir zu, Désirée«, sagte Philippe mit ernstem Gesicht, als sie wieder allein waren. »Eigentlich wollte ich heute Abend wieder zurückkehren, es gibt Probleme in den Minen, und ich habe keine Zeit, dir bei der Suche nach deinem Vater behilflich zu sein. Ich rate dir dringend ab, es auf eigene Faust zu versuchen. Es ist viel zu gefährlich. Ich bringe dich morgen zum Hafen, und du nimmst das nächste Schiff zurück nach Marseille. Sobald sich die Situation in den Minen wieder beruhigt hat, werde ich mich um deinen Vater kümmern.«

»Dann kann es schon längst zu spät sein«, begehrte Désirée auf. Sie senkte den Kopf und kämpfte gegen die Tränen. »Ich dachte, du liebst meinen Vater«, flüsterte sie.

Philippe zog sie in die Arme und strich ihr sacht übers Haar, während sie ihre Wange an seine Schulter legte. »Natürlich mag ich deinen Vater. Ich habe großen Respekt vor ihm und bewundere ihn wegen seines Mutes und seiner Zähigkeit. Aber ich habe auch eine verantwortungsvolle Arbeit, die ich im Augenblick nicht vernachlässigen kann.«

Trotzig warf Désirée den Kopf zurück. »Was sind ein paar tote Steine gegen das Leben meines Vaters?«

Er blickte auf sie herab wie auf ein unartiges Kind. »Es hat etwas mit Verantwortung zu tun. Und jetzt, wo dein Vater auf dieser Expedition ist, auf die er dich aus gutem Grund nicht mithaben wollte, obliegt mir die Verantwortung. Sowohl für dich als meine zukünftige Frau als auch für das Geld, von dem wir einmal leben müssen. Und ich habe die Verantwortung für die Minen. Ich kann nicht zulassen, dass rebellische Bergleute dort großen Schaden anrichten. Schließlich sind die Bodenschätze wichtig für Frankreich.«

»Mein Vater ist auch wichtig für Frankreich«, erwiderte sie.

Philippe zog sie wieder fester an sich. »Daran hätte er eher denken sollen, bevor er ein solch waghalsiges Unternehmen startete. Erst wenige unserer Leute waren bei den Tuareg.«

»*Den* Tuareg?«

»O ja, Wüstenkrieger von der unangenehmen Sorte. Désirée, ich weiß, dass dich weder die Wüste noch ihre Gefahren schrecken. Aber diesmal muss ich hart bleiben. Es ist kein Vergleich zu euren Ausgrabungen in Tunesien. Algerien ist nicht Karthago.«

»Wüste ist Wüste«, gab sie zurück. »Mein lieber Philippe, ich habe den Verdacht, dass du nur zu feige bist, meinem Vater zu helfen. Dir ist deine Arbeit in den Minen wichtiger, weil es für dich einträglich ist. Die Suche nach meinem Vater kostet Geld.«

Ungehalten wandte Philippe sich ab. »Jetzt wirst du ungerecht. Du weißt, dass mir nichts zu teuer ist, was dich betrifft, Désirée, und da schließe ich deinen Vater mit ein. Aber bitte vergiss nicht, dass er ein erwachsener Mann ist und sich sehr wohl überlegt hat, dass er ein Risiko eingeht. Akzeptiere seine Entscheidung, und respektiere sie. Du sagtest selbst, dass er jede Expedition gründlich vorbereitet. Er wusste, was er tat. Außerdem sind die Entfernungen in der Westsahara nicht mit dem zu vergleichen, was du bisher kennen gelernt hast.«

»Du willst mich nur davon abbringen, meinen Vater zu suchen«, schmollte sie.

»Damit hast du den Nagel auf den Kopf getroffen. Und da ich mich für dich verantwortlich fühle, wirst du morgen nach Frankreich zurückkehren.«

»Mein lieber Philippe, du vergisst, dass auch ich ein erwachsener Mensch bin und durchaus selbst entscheiden kann.«

»Das streite ich auch nicht ab. Aber manchmal kommt eben dein Trotzköpfchen zum Vorschein, und da muss ich einfach ein bisschen regelnd eingreifen.«

Désirée presste die Zähne zusammen, um nicht antworten zu müssen. Philippes Einstellung brachte sie auf. Fast erstickte sie an ihrer unterdrückten Enttäuschung.

»Denkst du auch so, wenn wir verheiratet sind?«, wollte sie wissen.

»Dann denke ich erst recht so«, erwiderte er lächelnd und schob sie zum Tisch. »Dann bist du ja meine Frau.«

Das Essen wurde serviert, aber in Désirées Bauch ballte sich ein Knoten zusammen. Der Appetit war ihr gründlich vergangen. Nicht einmal die Wasserpfeife, deren Genuss sie in Tunesien schätzen gelernt hatte, konnte sie jetzt noch locken.

»Bedeutet das, dass ich dann dein Eigentum bin, mit dem du machen kannst, was du willst?«, beschwerte sie sich, ohne auf die betretenen Gesichter der beiden diskret servierenden Zimmerkellner zu achten. »Dann kannst du mich ja gleich hinter schwarze Schleier stecken wie diese unglücklichen Frauen in diesem Land.«

»Bitte schrei nicht so«, versuchte Philippe sie zu beschwichtigen. »Erstens würde ich dich niemals als mein Eigentum betrachten, schließlich sind wir keine Sklavenhalter. Zweitens würde ich bedauern, wenn ich nicht jeden Tag dein hübsches Gesicht sehen könnte. Und drittens gibt es zur Eheschließung so etwas wie ein Versprechen, nämlich dass ich für dich sorgen werde, dich lieben und achten in guten wie in schlechten Tagen. Und manchmal hast du eben schlechte Tage.«

»So wie jetzt?«, klagte sie und warf sich demonstrativ auf den mit rotgoldenem Stoff bezogenen Diwan.

»Beweise mir, dass du ein erwachsener Mensch bist, der selbst entscheiden kann«, erwiderte Philippe ungerührt und nahm am Tisch Platz. Er entfaltete sorgfältig eine blütenweiße Serviette und steckte sie sich in den Hemdkragen. »Und zu einem erwachsenen Menschen gehört, dass er sich nicht so kindisch benimmt wie du. Ein erwachsener Mensch setzt sich an den Tisch und genießt dieses vorzügliche Mahl.«

Désirée war sich im Klaren darüber, dass sie auf diese Weise nicht weiterkommen würde. Auch Tränen würden Philippe wahrscheinlich nicht erweichen, zumindest nicht in dieser Angelegenheit. Mit gespreizten Fingern fuhr sie sich durchs

Haar. Ihre kunstvolle Frisur hatte sich schon seit der Fahrt in der Droschke aufgelöst. Sie würde einen französischen Frisör aufsuchen müssen.

Ein wenig sollte sie jedoch noch mit Philippe schmollen, um ihm zu zeigen, dass sie keineswegs bereit war, seinen Machtansprüchen nachzugeben. Für einen Augenblick überlegte sie sogar, ob es wirklich ein so guter Plan war, zu heiraten. Auch wenn Philippe ein moderner, sehr toleranter Mann war, einen großen Teil ihrer Freiheit würde sie durch die Hochzeit auf jeden Fall einbüßen. Was, um alles in der Welt, unterschied sie dann noch von diesen rabenschwarzen weiblichen Unglücksvögeln, die durch die Gassen der Stadt huschten, um schnell hinter einer der Türen zu verschwinden, die die dicken hohen Mauern verschlossen, hinter denen sie gefangen waren? Gefangen von einer Männerwelt, die auf diese Weise ihre Macht ausspielte. War das wirklich der gleiche Philippe, in den sie sich in Paris verliebt hatte?

Der Duft des in Honig gebackenen Hühnchens stieg ihr in die Nase. Seufzend erhob sie sich, um sich mit schleppendem Schritt zum Tisch zu begeben. Sie setzte sich, warf den Kopf in den Nacken und betrachtete Philippe unter gesenkten Lidern. Keineswegs würde sie zugeben, dass sie der Hunger an Philippes Tisch getrieben hatte. Und da sie sich lange mit den antiken Griechen beschäftigt hatte, wusste sie auch, was Diplomatie war. Ein leichtes Lächeln umspielte ihre Lippen, und ihr Blick wurde eine Spur verführerisch.

»Du bist ein starker Mann«, sagte sie. »Dir kann ich einfach nicht widerstehen.«

Philippe ließ sich beim Essen nicht stören. »Schön, dass du wieder vernünftig geworden bist. Koste mal von dem köstlichen Ingwergemüse.« Für ihn schien sich die ganze Angelegenheit erledigt zu haben.

Désirée beschäftigte sich intensiv mit ihrem Essen, probierte die verschiedenen Gemüsesorten, knabberte an dem gebackenen Hähnchen und nippte dazu von einem vorzüglichen Bordeaux.

»Allein schon wegen des Weins würde ich niemals zum Islam übertreten«, sagte sie.

»Ich muss dir Recht geben. Mittlerweile werden hier fast bessere Weine angeboten als daheim.«

Nachdem sie ihr Mahl beendet hatten, kuschelten sie sich zusammen auf den Diwan, neben sich den Rest des Bordeaux, und teilten sich die Wasserpfeife. Während sie abwechselnd den gereinigten Tabakrauch aus dem Mundstück sogen und beim Schein einer orientalischen Öllampe die gluckernden Blasen in dem Glasbehälter beobachteten, breitete sich in Désirée plötzlich eine tiefe Friedfertigkeit aus. Jetzt wusste sie, wie sie ihren Plan verwirklichen konnte. Sie lehnte den Kopf an seine Schulter.

»Du hast Recht, Philippe, es war keine gute Idee, nach Vater suchen zu wollen«, sagte sie nachdenklich. »Du wirst verstehen, dass ich mir um ihn Sorgen mache. Aber es ist wahrscheinlich leichter, ein Sandkorn in der Wüste zu finden als ihn, zumal er sich ja trefflich wie die Einheimischen zu kleiden weiß.«

Philippe nickte. »Gut, dass du es einsiehst. Ich verspreche dir, dass ich mich darum kümmern werde.«

»Danke!« Sie hauchte ihm einen Kuss auf die Wange. »Und ich verspreche dir, nach Marseille zurückzukehren. Allerdings, da ich nun schon mal die lange Seereise gemacht habe, würde ich mir gern noch ein, zwei Tage Algier anschauen.«

»Es tut mir Leid, chérie, aber dazu habe ich keine Zeit. Spätestens morgen früh muss ich in die Mine zurückkehren. Deshalb fände ich es besser, wenn ich dich noch zum Hafen bringen könnte.«

»Nun, ich glaube, in Algier brauche ich keine männliche Begleitung, schließlich herrschen hier ja französische Verhältnisse. Niemand würde es wagen, mir etwas anzutun. Aber du kannst mir ja die Schiffspassage besorgen, damit du beruhigt bist.« Ihre Hand fuhr spielerisch durch sein Haar. Sie wusste, dass sie ihn auf diese Weise besänftigen konnte.

Trotzdem richtete er sich etwas auf und schaute sie prüfend an.

»Ich möchte mir irgendetwas Hübsches als Andenken kaufen«, sagte sie mit einem koketten Augenaufschlag. »Es gibt so wunderschöne Tücher und Stoffe, vielleicht auch eine kleine Wasserpfeife.«

»Hast du nicht schon eine ganze Sammlung daheim?«

»Sicher, aber noch keine aus Algerien.«

»Ich bin beruhigt, dass du doch wie alle anderen Frauen bist. Frauen kaufen gern schöne Dinge.«

»Hast du je daran gezweifelt?«, fragte sie und knabberte an seinem Ohrläppchen.

Er lachte auf. »Eigentlich nicht.« Er legte den Schlauch der Pfeife beiseite und schlang seine Arme um sie. »Und wenn du schon einmal da bist, hätte ich auch gern ein kleines Andenken von dir.«

»Oh, du kannst ein großes Andenken von mir bekommen. Ich schenke dir die ganze Nacht!«

V

Philippe half ihr noch, das Mieder zu schnüren, das sie wohl oder übel anlegen musste. Désirée steckte ihr Haar selbst auf und beschloss, den Frisör später aufzusuchen. Das Frühstück nahmen sie im Speisesaal des Hotels ein. Danach verabschiedete sich Philippe, nicht ohne vorher das Schiffsticket von einem Boten besorgen zu lassen. Désirée umarmte und küsste ihn und wischte sich sogar verstohlen eine Träne aus dem Augenwinkel. Fast bekam sie so etwas wie ein schlechtes Gewissen, weil sie Philippe hinterging. Aber auch sie verspürte dieses Gefühl des Verantwortungsbewusstseins, und zwar ihrem Vater gegenüber.

Sosehr sie Philippe liebte, sie liebte ihren Vater ebenso. Im Augenblick war sie zwischen beiden Männern hin- und hergerissen. Manchmal überwog das Gefühl zu Philippe, nach dem gestrigen Streit jedoch war sie überzeugt, dass sie ihren Vater suchen müsse. Dabei störte Philippes übertriebene Sorge nur. Und dass er sie doch ein wenig als sein Eigentum ansah, konnte sie ihm nicht ganz verzeihen. Wahrscheinlich würde es nach der Hochzeit noch viel schlimmer werden. Dann würde er sich darauf berufen, dass sie ja seine Frau sei und ihm zu gehorchen habe, auch wenn er nicht darauf bestand, dass sie in aller Öffentlichkeit verschleiert ging. Waren die Männer nicht überall auf der Welt gleich?

»Versprich mir, dass du auf dich aufpasst«, mahnte sie Philippe. »Schreib mir, sobald du in Paris angekommen bist.«

Sie nickte. »Ja, Philippe, das verspreche ich dir. Mach dir keine Sorgen um mich.«

Sie küsste ihn wieder. Er lächelte. »Und wenn ich fertig bin mit diesem Bergbauprojekt, dann werden wir heiraten. Bis dahin ist auch dein Vater wohlbehalten zurückgekehrt.«

»Ja«, hauchte sie. Sie blickte zu ihm auf. Philippe war ein sehr eleganter Mann, mit dem sie sich überall sehen lassen konnte und um den sie manche Dame in Paris beneidete. Sicher war es gut, ihn zu heiraten. Eine Frau brauchte einen Mann, das war ihr nach der letzten Nacht wieder klar geworden. Diese Nächte, nein, die wollte sie nicht missen. Doch ihr war klar, dass sie jetzt wohl eine ganze Weile darauf würde verzichten müssen. Philippe hatte in seinem Bergwerk zu tun und sie ...

»Ich liebe dich, Philippe«, flüsterte sie.

Er schaute voller Zärtlichkeit auf sie herab. »Ich dich auch, Désirée. Du bist die wunderbarste Frau, die ich kenne.« Und die schwierigste, fügte er in Gedanken hinzu. Vielleicht war es gerade das, was ihn an Désirée so anzog.

»Soll ich dich zum Bahnhof begleiten?«, schlug sie ihm vor.

»Nein, bitte nicht«, wehrte er ab. »Ich hasse Abschiedsszenen.«

Der wahre Grund jedoch war, dass es ein großes Unglück

gegeben hatte, als er, von Osten kommend, nach Algier gefahren war. Ein Zug war in der Kurve entgleist und den Bahndamm hinuntergestürzt. Die umgestürzte Lokomotive mit Tender und Packwagen hatte unten gelegen, darüber mehrere zertrümmerte Passagierwagen. Es hatte verletzte Passagiere gegeben, einige mussten mehrere Stunden in einem auf dem Kopf stehenden Coupé ausharren, bis es Helfern gelang, sie zu befreien. Deshalb hatte Philippe auch mit Verspätung Algier erreicht, wo er eigentlich einen wichtigen Termin bei der Bergbaubehörde hatte wahrnehmen müssen. Eine innere Ahnung hatte ihm gesagt, dass Désirée seine Warnung in den Wind geschlagen hatte. Nur zur Vorsicht hatte er im Hotel Oasis nachgefragt, der besten Adresse für französische Gäste. Sein sechster Sinn hatte ihn nicht getäuscht.

Philippe war als Ingenieur stolz auf die technischen Errungenschaften. Die Erschließung der Kolonie durch die Eisenbahn war ein Segen. Das riesige Land wurde dadurch gleich ein Stück kleiner. Die Zeitersparnis beim Reisen war nicht mit Gold aufzuwiegen. Und erst die Transportmöglichkeiten für die wertvollen Rohstoffe, die dieses Land zu bieten hatte. Eigentlich sah er seine Zukunft hier in der Kolonie. Wenn nicht Désirée wäre, der er dieses Leben nicht zumuten mochte. Sie war jung, lebenslustig und so hübsch. Sie gehörte zu Paris wie Notre-Dame und Sacré-Cœur. Paris war von jeher die Stadt der Verliebten. Und Philippe liebte Désirée.

Er vergewisserte sich an der Hotelrezeption, dass die Zugstrecke wieder frei war. Ganz sicher würde morgen in den Gazetten ausführlich von dem Unglück berichtet, aber da befand sich Désirée schon wieder auf dem Schiff in Richtung Marseille und würde davon nichts erfahren.

Désirée blickte Philippe nach, als er, ohne sich umzudrehen, die Avenue vor dem Hotel mit schnellen Schritten überquerte. Auch er verzichtete auf die Benutzung einer Droschke und suchte sich selbst einen Weg zum Bahnhof. In ihrem Herzen zog es verdächtig, als sie ihn im Gewimmel der Passanten verschwinden sah. Sie hasste solche Augenblicke der Schwäche. Aber sie konnte sie auch nicht ändern. Nun war sie von beiden Männern, die ihr im Leben etwas bedeuteten, verlassen.

Der Gedanke an ihren Vater brachte Désirée wieder zur Besinnung. Es war nicht die Zeit, Trübsal zu blasen. Sie musste jede Minute nutzen. Vor allem musste sie einen kühlen Kopf behalten.

Das war gar nicht so leicht bei der Hitze, die über der Stadt lastete. Der heiße Atem der Wüste strich in einem Hauch über das Atlasgebirge und vertrieb die angenehm kühle Luft, die sonst vom Meer herwehte. Es war, als wolle eine unsichtbare Macht ihr eine Warnung senden. *Tu es nicht, Désirée, lass ab von deinem Vorhaben. Es führt dich ins Verderben!*

Auch wenn sie den Gedanken nicht einmal im Stillen aussprach, so wusste sie doch, was zu tun war. Sie hatte genügend Geld dabei, um eine Expedition auszurüsten. Und wenn es nicht reichte, gäbe es in Algier die französische Nationalbank, die auch ihr Konto verwaltete. Sie hatte sogar die Möglichkeit, eine Anleihe zu nehmen. Sie brauchte sich um das Geld also keine Gedanken zu machen. Die Frage war, ob sie eine eigene Expedition ausrüsten oder sich lieber einer Karawane anschließen sollte.

Eine eigene Expedition verhieß ihr Unabhängigkeit. Doch die war auch ziemlich teuer. Sich einer Karawane anzuschließen, war sicherer. Eingedenk der Ungeheuerlichkeiten, die der Museumsdirektor von diesen Tuareg erzählt hatte, erschien es ihr vernünftiger. Hatte nicht auch Philippe davon gesprochen, wie gefährlich diese blauen Wüstenräuber waren? Große Karawanen boten einen besseren Schutz als eine kleine Expedition.

Désirée schloss das Fenster ihres Zimmers und zog sorgfältig die Vorhänge zu. Dann schlenderte sie betont lässig die Treppe hinunter, setzte sich ins Foyer und bestellte einen Kaffee. Sie nahm die Zeitung zur Hand, blätterte gelangweilt darin, um sie dann wieder beiseite zu legen.

»Wie geht es Ihnen, Mademoiselle Montespan?«, wollte der kleine Franzose an der Rezeption wissen. Er blinzelte ihr zu und zog seinen Mund mit dem kleinen Menjou-Bärtchen fast bis zu seinen abstehenden Ohren.

»Oh, danke, Monsieur …«

»Petit, Mademoiselle, mein Name ist Petit.«

Désirée grinste. Warum hatte sie das nicht gleich geahnt?

»Ah, Monsieur Petit, es geht mir ausgezeichnet.«

»Da bin ich aber erleichtert, wo doch der verehrte Herr Verlobte heute früh wieder abgereist ist.«

Désirée warf ihm einen prüfenden Blick zu. Spionierte ihr dieser Kerl etwa nach? Was ging es ihn an, wen sie auf ihrem Zimmer empfing? Natürlich, Philippe war ja über Nacht geblieben. Eine Tatsache, die Monsieur Petit ein hintergründiges Lächeln entlockte. Schwein, dachte Désirée. Neidisches Schwein!

Sie hob die Hand. »Sagen Sie, Monsieur Petit, Sie kennen sich doch in Algier aus.«

Wie der Blitz kam er hinter dem Tresen hervorgewirbelt und blieb dienernd neben Désirées Tisch stehen.

»Aber selbstverständlich, Mademoiselle. Ich bin ja hier geboren.«

»Ach!«, entfuhr es ihr. »Und ich dachte, Sie stammen aus Südfrankreich.«

»Da haben Sie nicht ganz Unrecht. Mein Vater war ein Gascogner.« Er schwellte stolz seine Brust wie ein gallischer Hahn.

Désirée hob anerkennend die Augenbrauen. »Tja, was Algier betrifft, so möchte ich mir vor meiner Abreise gern noch ein paar Sehenswürdigkeiten anschauen.«

»Oh, da kann ich Ihnen viele empfehlen.«

»Das glaube ich Ihnen gern. Aber ich meine nicht die offensichtlichen. Sie wissen doch, dass ich einer Forscherfamilie entstamme. Ich interessiere mich für ganz andere Dinge. Solche, die Karawanen aus dem Herzen Afrikas mitbringen. Kennen Sie eine Karawanserei?«

Monsieur Petit starrte sie eine ganze Weile an, und sein albernes Lächeln stand wie festgemeißelt auf seinem Gesicht.

»Natürlich«, murmelte er dann etwas verwirrt. »Es gibt sogar mehrere Karawansereien in Algier. Sie befinden sich im Süden der Stadt. Aber ich glaube, das, was Sie suchen, finden Sie auch in französischen Geschäften.«

Mit einem sphinxhaften Lächeln lehnte sich Désirée in den schwellenden Polstern der orientalischen Sitzgarnitur zurecht. »Monsieur Petit«, sagte sie mit einem sanften Tadel in der Stimme, »ich bin nicht an den normalen Mitbringseln interessiert. Sie verstehen? Ich suche das Besondere, Außergewöhnliche. Und ich bin gern bereit, darüber zu verhandeln. Wer stellt die größten Karawanen in Algier zusammen?«

Wieder versteinerte sich das dümmliche Grinsen auf Monsieur Petits Gesicht. Er verstand kein Wort, aber um nichts in der Welt hätte er das zugegeben. Oder wollte diese Dame gar ... Er schnappte nach Luft.

»Ich kenne da einen Teppichhändler in der Kasbah.«

»Prima! Wie heißt er? Wo finde ich ihn?« Désirée erhob sich.

»Um Gottes Willen, Mademoiselle, das ist unmöglich! Er hat sein Geschäft in der Kasbah, und Sie sollten dahin nicht allein gehen. Sie sollten überhaupt nicht dahin gehen.«

»Wie sollte ich ihn sonst treffen?«

»Am besten überhaupt nicht. Das ist nichts für junge Damen. Man sagt, dass so manches junge Mädchen auf Nimmerwiedersehen verschwunden ist.« Er senkte die Stimme zum Flüsterton. »Wahrscheinlich hinter den hohen Mauern eines Harems.«

Désirée lachte laut auf. »Erzählen Sie mir keine Schauergeschichten, Monsieur Petit. Wir leben doch nicht mehr im Mittelalter, und selbst ein gutgläubiger Mohammedaner hat nicht mehr als vier Frauen. Das mit dem Harem ist ein Märchen aus Tausendundeiner Nacht. Algerien ist eine französische Kolonie, und da verschwinden keine französischen Mädchen auf Nimmerwiedersehen. Also, wo finde ich diesen Teppichhändler?«

Désirées Hartnäckigkeit brachte den kleinen Monsieur Petit arg ins Schwitzen. »Wollen Sie es sich wirklich nicht noch einmal überlegen?«

»Nein!« Désirée stampfte mit der Spitze ihres Sonnenschirms auf den Boden, und Monsieur Petit sprang erschrocken und in Angst um seine Zehen zurück.

»Gut, wenn Sie unbedingt darauf bestehen, besorge ich Ihnen einen Führer, der Sie zu ihm bringt. Aber das tut er natürlich nicht ganz ohne Bezahlung.«

Désirée winkte großzügig ab. »Natürlich«, erwiderte sie.

Monsieur Petit ging langsam rückwärts, ohne seine Augen von Désirée zu lassen. »In Ordnung, Mademoiselle Montespan, ich werde mich darum kümmern. Bitte warten Sie auf Ihrem Zimmer, ich lasse Sie dann rufen. Und Sie sollten Ihr Haar mit einem Tuch bedecken.«

Zwei Stunden später ließ Monsieur Petit sie rufen. Vor dem Hotel erwartete sie ein Mann mittleren Alters mit kleinen flinken Augen und dunkler Haut. Er trug das lange, hemdartige Gewand der Einheimischen und eine bunte Kappe auf dem Kopf.

»Mein Name ist Muammar, Mademoiselle«, flüsterte er mit heiserer Stimme. »Ich Sie bringen zu *maître*.« Doch er rührte sich nicht von der Stelle.

»In Ordnung. Worauf warten wir noch?«, fragte Désirée und wandte sich zum Gehen. Muammar blieb wie angewurzelt stehen, während Monsieur Petit sich räusperte. Verwundert drehte Désirée sich nach ihm um. »Ach so!« Sie lachte und zog einen Geldschein hervor, den sie Muammar in die Hand drückte.

Ein Lächeln legte sein sonnenverbranntes Gesicht in tausend Falten. Dann eilte er davon, während Désirée ihm folgte. Monsieur Petit schaute ihnen mit besorgter Miene nach.

VI

Das Gewimmel in der Kasbah ängstigte Désirée nun doch ein wenig. Hier waren überhaupt keine Europäer mehr zu sehen. Sie zog den Seidenschal, den sie sich über die Schulter geworfen hatte, enger zusammen. Die Männer starrten sie an, als wäre sie nackt. Wahrscheinlich fanden sie es unerhört, dass sich eine Französin hierher wagte. Und dass sie ihr Gesicht so offen zeigte. Und dass sie blond war. Und dass sie ein stolzes Selbstverständnis zur Schau trug.

Vor ihr eilte dieser Mann, der sich als Muammar vorgestellt hatte, in gebückter Haltung durch die engen Gassen. Immer wieder blickte er sich zu ihr um, um sich zu überzeugen, dass sie ihm folgte. Gleichzeitig schien es ihm unangenehm zu sein, mit ihr gemeinsam gesehen zu werden. Sie wagte nicht, an einem der unzähligen Stände stehen zu bleiben und sich die Auslagen anzuschauen, auch wenn es sie brennend interessierte, was die Händler den Einheimischen zu bieten hatten. Wahrscheinlich gab es hier Dinge, die man auf den offiziellen Märkten der Stadt nicht sah. Immer wieder entdeckte sie Waffen, Messer, Dolche, Pistolen mit kunstvoll verzierten Griffen.

»Bitte hier entlang«, dienerte Muammar und wies mit der Hand zu einem Laden, in dessen Innerem Berge von Teppichen aufgestapelt waren. Auch an den Wänden hingen Teppiche aller Größen und Farben. Mit Kennerblick bemerkte Désirée, dass es sich um hochwertige Ware handelte. Muammar schlug einen Vorhang zurück, der sich zwischen den riesigen Teppichen befand. Dahinter verbarg sich eine winzige Tür.

Désirée folgte dem Mann. Ein weiterer, jedoch wesentlich kleinerer Raum wurde sichtbar. Er war mit Teppichen und Polstern ausgelegt. Mittendrin hockte ein dicker Mann in einem bunten Kaftan. Seine fetten Finger wurden von protzigen Goldringen geschmückt, und selbst an den Ohren trug er große, in Gold gefasste Edelsteine.

Muammar krümmte seinen Rücken und dienerte ununterbrochen vor dem Mann, während er immer wieder Gruß- und Segenswünsche murmelte. Dann wies er auf Désirée.

»Diese französische Dame wünscht Euch zu sprechen, hoher Herr. Ich hoffe, Ihr vergesst nicht, dass ich Unwürdiger am Zustandekommen Eures Geschäftes ein kleines bisschen beteiligt war und Allahs Glanz und Euer Augenmerk diesbezüglich auch auf mich fällt.« Er verbeugte sich wieder, um sich gleichzeitig rückwärts aus dem Raum zu schieben.

Für einen Moment überlegte Désirée, wie sie ohne Muammar aus dem Gewirr der Gassen der Kasbah wieder zurückfinden solle, aber dann zog der feiste Teppichhändler ihre ganze Aufmerksamkeit auf sich. Mit seinen rot unterlaufenen Augen betrachtete er sie von oben nach unten und von unten nach oben, ohne seine Miene zu verziehen. Dann wies er mit einer ausgesprochen eleganten Handbewegung auf eines der bunten Lederpolster.

»Sie sehen meine Augen entzückt und mein Herz voller Demut, wenn ich Ihnen behilflich sein kann, Mademoiselle«, sagte er in überraschend gutem Französisch.

»Ich danke Ihnen, dass Sie mir Ihre Zeit und Aufmerksamkeit schenken wollen«, erwiderte Désirée auf Arabisch.

Der Teppichhändler hob erstaunt die Augenbrauen. »Trinken Sie mit mir ein Glas Tee«, lud er sie ein. Er blieb beim Französisch.

Désirée neigte dankend den Kopf. Sie kannte die arabischen Sitten, nach denen man niemals sofort zum Kern seines Anliegens kommen durfte. Zunächst wurden belanglose Höflichkeiten ausgetauscht. Désirée bemühte sich um einen zurückhaltenden Plauderton, auch wenn sie innerlich vor Ungeduld brannte. Der Teppichhändler blieb höflich und gastfreundlich, auch wenn er wahrscheinlich zum ersten Mal in seinem Leben eine unverschleierte Frau auf diese Weise bewirtete. Er klatschte gebieterisch in die Hände, worauf urplötzlich ein halbwüchsiger Junge erschien und ein flaches Tischchen zwischen sie stellte. Dann brachte er ein Tablett mit Tee, Gläsern und Gebäck herein und stellte es vorsichtig auf dem Tisch ab. Dabei vermied er es streng, Désirée anzuschauen.

So lautlos, wie er gekommen war, verschwand er wieder. Der Teppichhändler selbst goss den Tee ein und forderte Désirée dann zum Trinken auf. Ein plötzlich aufkommender Argwohn ließ sie zwar die Lippen an das Glas führen, dann wartete sie jedoch, bis der Teppichhändler ebenfalls getrunken hatte. Auch er taxierte Désirée mit den Augen.

Nachdem sie eine Weile über belanglose Dinge geplaudert hatten, begann Désirée, dem Mann zu schmeicheln.

»Man sagte mir, dass Sie ein sehr weit gereister und erfolgreicher Teppichhändler sind, dessen Karawanen sogar bis nach Timbuktu ziehen.«

Er neigte den Kopf und senkte den Blick, aber auf seinen Lippen kräuselte sich ein Lächeln. »Ich bin zu bescheiden, um dies zu bestätigen«, sagte er devot und spielte mit den protzigen Goldringen an seinen Fingern.

»Ihre Teppiche sind von ausgezeichneter Qualität«, fuhr Désirée fort. »Ich schätze, tausend Knoten.«

Er neigte wieder den Kopf. »Sie verstehen etwas von dieser Kunst«, sagte er, und sein Lächeln verbreiterte sich.

»Man sagte mir, dass bald wieder eine Karawane nach Timbuktu aufbrechen wird. Sie wird von kundigen Wüstenführern begleitet.«

»So ist es«, erwiderte er.

»Ich möchte diese Karawane begleiten. Allerdings nicht bis nach Timbuktu. Mein Weg führt zum Hoggar-Gebirge. Dafür benötige ich kundige Führer.«

Der Teppichhändler riss die Augen auf. Désirée konnte erkennen, dass das Weiß in seinen Augen von gelben Flecken durchsetzt war. Dieser Koloss litt wahrscheinlich an einer total verfetteten Leber. Aber das konnte ihr egal sein, wenn sie nur ein paar seiner berühmten Führer bekäme.

Er schlug die Hände zusammen. »Bei Allah!«, rief er aus.

»Niemand wagt sich bis zum Hoggar-Gebirge vor! Erst recht nicht meine Karawanen. Ich bin froh, wenn die Tuareg nicht bis zur Karawanenstraße nach Timbuktu vorstoßen, was diese blauen Teufel jedoch immer wieder tun. Niemand würde es wagen, sie zu reizen. Und niemand würde es wagen, bis zum Hoggar-Gebirge vorzudringen. Darf ich mir erlauben zu fragen, was Sie dahin treibt?«

»Mein Vater hat es gewagt, zum Hoggar-Gebirge vorzudringen. Und ich will ihn suchen.«

Abwehrend hob er die Hände. »Niemand, der sich dort hingewagt hat, ist bislang lebend zurückgekommen. Nicht einmal tot ist er zurückgekommen. Niemand, der auch nur ein bisschen Verstand besitzt, käme auf die Idee, überhaupt dort hinzugehen. Nein, nein, es ist unmöglich!«

Désirée hatte damit gerechnet, dass der Teppichhändler zunächst Widerstand bot. Aber alles war nur eine Frage des Geldes. Araber handelten und feilschten für ihr Leben gern.

»Natürlich würde ich es Ihnen gut bezahlen.« Sie beugte sich vertraulich zu ihm vor. »Sehr gut sogar!« Sie ließ das Wort im Raum stehen. Der Händler wand sich wie unter großen Qualen.

»Das Geld allein ist es nicht«, klagte er und hob die Hände empor. »Allah ist mein Zeuge, dass es mir in diesem Falle überhaupt nicht um Geld geht. Aber es wird sich wohl kaum ein Führer finden, der Sie zum Hoggar-Gebirge führt.«

Désirée glaubte ihm natürlich kein Wort. Er würde jammern, klagen, dass es ihn das letzte Hemd kosten würde ...

»Es würde mich nicht nur das letzte Hemd kosten, sondern auch noch eine große Menge Überredungskunst, Leute zu finden, die den gefährlichen Weg wagen würden. Immerhin ist es das Gebiet der Tuareg. Darin kennen sich wirklich nur die Tuareg aus. Allerdings ...«, jetzt ließ er das Wort im Raum schweben und verdrehte die Augen, als müsse er angestrengt nachdenken.

»Allerdings?«, hakte Désirée nach.

»Unter den Karawanenführern sind auch einige Tuareg. Sie

haben ihren kriegerischen Brüdern den Rücken gekehrt und verdienen sich ihr Geld auf anständige Weise. Immerhin kennen sie sich aber im betreffenden Gebiet gut aus.«

»Wunderbar!« Désirée fiel ein Stein vom Herzen. Jetzt war es wirklich nur noch eine Frage des Geldes. Sie griff unter ihr Schultertuch und zog ein Bündel Geldscheine hervor. »Das ist eine kleine Anzahlung. Ich hoffe, Sie können diese Männer überreden, mich zu führen.«

Seine Augen blickten gebannt auf das Bündel Scheine.

»Allerdings ...«, murmelte er. Dann schaute er sie an, und sein Lächeln war so falsch wie seine Freundlichkeit. »Allerdings kann das nur eine Anzahlung sein. Der Weg ist gefährlich, extrem gefährlich, und die Führer sind sehr abergläubische Leute. Es bedarf da einiger Anstrengungen meinerseits, um sie zu überzeugen ...«

Désirée legte noch ein Bündel dazu. »Das ist die Anzahlung für Sie, damit Sie die Leute überzeugen. Die gleiche Summe lege ich drauf, wenn Sie sie überzeugt haben. Und die Führer bekommen die gleiche Summe, wenn sie mich zum Hoggar-Gebirge geführt haben.«

»Allah sei mein Zeuge, dass ich mein Möglichstes tun werde«, versicherte ihr der Teppichhändler. Und Désirée hoffte, dass Allah ein besonderes Auge auf ihn werfen möge. Sie erhob sich.

»Ich bedanke mich für Ihre Gastfreundschaft. Und ich freue mich, mit Ihnen ein Geschäft abgeschlossen zu haben. Wir sehen uns wieder, wenn die Karawane aufbricht. Ich kenne die Karawanserei am Stadtrand.«

Das war glatt gelogen, aber sie würde sie finden, jede Karawanserei befand sich am Stadtrand, und diese würde im Süden von Algier liegen. Es war Stadtgespräch, wenn eine Karawane nach Timbuktu aufbrach.

Der Teppichhändler verbeugte sich. »Es war mir eine große Ehre und eine Freude. Ich werde Sie nicht enttäuschen, Mademoiselle.«

»Das will ich hoffen«, erwiderte sie und verabschiedete sich auf Arabisch.

Draußen blickte sie sich suchend um, doch von Muammar war weit und breit nichts zu sehen.

VII

Es war ein Instinkt, den Désirée schon von frühester Kindheit an besaß. Später dann sollte er ihr von großem Nutzen sein, als sie ihren Vater auf seinen Expeditionen begleitete. Egal, ob sie sich durch enge Katakomben zwängte, in Gänge der Pyramiden oder halb zerfallene Tempel, sie prägte sich stets auffällige Besonderheiten auf ihrem Weg ein, um wieder zurückzufinden. Das war ihr schon so in Fleisch und Blut übergegangen, dass sie sich dazu nicht einmal sonderlich konzentrieren musste.

Auch jetzt erschien ihr diese Gabe als Rettung. Da war der Gewürzhändler mit dem besonders verlockenden Angebot an Safran, dort der Tuchhändler mit dem kleinen Berberaffen an der Kette, zwei Gassen weiter der Kupferschmied mit seinen dickbäuchigen Kesseln, und an der Ecke, an der sie wieder nach links abbiegen musste, waren der Händler mit den schönen, hohen Messingkrügen und der uralte Mann, der billige Riemchensandalen verkaufte.

Wieder spürte sie die Blicke der Männer, die sie verfolgten. Sie fühlte sich unbehaglich. Wo war nur dieser verdammte Muammar abgeblieben? Sie hatte ihn doch ausreichend entlohnt. Wahrscheinlich zu gut. Sie hätte ihm das gesamte Geld erst geben sollen, wenn er sie wieder zurück zum Hotel geführt hätte.

Verstohlen blickte sie sich um. Sie hatte das Gefühl, dass sie nicht nur von den Blicken der Männer verfolgt wurde. Seit geraumer Zeit fiel ihr ein Mann auf, der denselben Weg wie sie zu nehmen schien.

Sie hatte sich nicht getäuscht, sie wurde verfolgt! Ihr Herz schlug heftiger, und sie unterdrückte die aufkommende Angst. Zunächst ging sie zügig weiter, beschleunigte sogar ihren Schritt, um einen größeren Abstand zwischen sich und ihren Verfolger zu bringen. Doch er blieb hartnäckig, schlängelte sich durch die Passanten und Karren. Neben einem Waffenstand gab es eine kleine Nische im Mauerwerk. Davor hingen auf einer Stange Tücher und Stoffe.

Désirée presste sich dahinter und wartete mit wild klopfendem Herzen. Der Mann, der sie verfolgte, blieb stehen und blickte sich unschlüssig um. Sie lugte zwischen den Stoffen hervor, um ihn zu beobachten. Er wurde sichtlich nervös. Ihr wurde klar, dass er es nicht aufgeben würde. Sie würde ihm nicht entkommen können. Wohl oder übel musste sie in die Offensive gehen.

Sie zog einen Geldschein aus ihrem Kleid hervor und warf ihn dem Waffenhändler auf den Tisch. Mit der anderen Hand griff sie einen kleinen, aber spitzen und gefährlich blinkenden Dolch. Sie wirbelte herum und presste die Waffe dem überraschten Verfolger, der ihr im Augenblick den Rücken zugedreht hatte, zwischen die Rippen.

»Toucher, Monsieur«, zischte sie. »Wenn Sie sich umdrehen, steckt das hübsche Messerchen bis zum Anschlag in Ihren Nieren.«

Der Mann stand zur Salzsäule erstarrt. »Bitte, Mademoiselle, ich will Ihnen nichts tun«, flüsterte er.

»Und warum verfolgen Sie mich dann?«

»Sie haben Al-Khaflur besucht.«

»Wer soll das sein?«

»Der Teppichhändler. Vertrauen Sie ihm nicht, er ist ein Betrüger.«

Sie lachte belustigt auf. »Und warum soll ich gerade Ihnen vertrauen?«

»Das sollten Sie tun, wenn Ihnen Ihr Leben lieb ist.«

»Gerade eben haben Sie mir versichert, dass Sie mir nichts

tun werden. Sieht so Ihr Vertrauen aus?« Sie piekste ihn in die Rippen, und er ging mit einem unterdrückten Schmerzenslaut einige Schritte weiter. Désirée blieb in seinem Rücken und bohrte den Dolch gegen sein Hemd.

»Nicht ich will Ihnen etwas antun, sondern diese Führer seiner Karawane.«

»Was wissen Sie darüber?«

»Nur so viel, dass niemand es wagen würde, Fremde ins Hoggar-Gebirge zu führen, egal wie viel Geld Sie ihnen bieten.«

»Aber der Teppichhändler hat es versprochen. Es wären einige Tuareg unter den Karawanenführern.«

»Auch die würden es nicht tun. Erst recht nicht, denn sie wissen, was ihnen geschehen würde. Es sei denn, sie würden Sie direkt in die Arme der Krieger führen. Aber das käme auf dasselbe heraus.«

»Ich verstehe trotzdem nicht, warum sich dieser Teppichhändler auf das Geschäft eingelassen hat. Ich ziehe mit der Karawane mit.«

»Sicher«, erwiderte der Mann. »Und dann lassen sie Sie allein in der Wüste zurück, irgendwo zwischen Algier und Timbuktu. Sie wären nicht die Erste …«

»Sie haben keine Beweise!«

»Bleiche Knochen«, sagte er mit singender Stimme.

Désirée erschauerte. Doch dann zwang sie sich zu kühler Überlegung. »Und warum warnen Sie mich? Was haben Sie davon?«

»Ich schlage Ihnen ein anderes Geschäft vor. Vergessen Sie Al-Khaflur. Ich habe einen Plan, wie Sie relativ sicher zum Hoggar-Gebirge kommen können.«

»Und der wäre?«

»Bitte nehmen Sie erst den Dolch aus meinem Rücken. Es verhandelt sich besser, wenn man sich dabei in die Augen sehen kann.«

»Ich bin aber eine Frau«, erwiderte sie. »Der sieht man nicht ins Gesicht.«

»Sie sind eine französische Frau, der macht das nichts aus.«

Désirée musste unwillkürlich lachen. Sie blickte sich um. Sie waren bereits am Rand der Kasbah. Unter den Passanten entdeckte sie mehrere Europäer.

»Einverstanden«, lenkte sie ein. »Aber keine Tricks, verstanden?« Sie bemerkte, wie der Mann erleichtert die Luft ausstieß und sich dann zu ihr umdrehte.

Seine Haut war heller als die von Muammar, und zu Désirées Überraschung besaß er blaue Augen. Sein Gesicht wirkte intelligent. Auch seine Haltung war keinesfalls unterwürfig. Sie bemerkte die gute Qualität seiner Kleidung, und er hatte die schönen schmalen Hände arabischer Beduinen.

Er ließ gelassen ihre Betrachtung über sich ergehen. »Zufrieden?«, fragte er dann.

»Das werden wir sehen, wenn ich gehört habe, was Sie mir zu sagen haben«, erwiderte Désirée. Sie wollte erst gar keine Missverständnisse aufkommen lassen.

»Das ist kein Geschäft, das man auf der Straße erledigt«, sagte er dann zu ihr und blickte sich um. »Wir sollten uns irgendwohin zurückziehen, wo wir nicht so beobachtet werden.«

»Ich setze voraus, Sie haben keine unlauteren Absichten«, sagte Désirée misstrauisch.

Der Fremde lachte leise auf. »Das habe ich nicht nötig. Bei mir sind Sie sicher wie in Abrahams Schoß.«

Trotzdem war Désirée auf der Hut. »Wir könnten uns in meinem Hotel unterhalten.«

»Nein«, wehrte der Mann ab. Er wandte sich dem Boulevard zu. »Ein Café ist besser.«

»Soviel ich weiß, sind arabische Cafés nicht für Frauen zugelassen.«

Er lächelte. »Sie kennen sich gut in unseren Sitten und Gebräuchen aus.«

Désirée neigte den Kopf. *»Shukran«*, dankte sie auf Arabisch. »Ich weiß die Gastfreundschaft der Araber zu schätzen.«

»Dann lade ich Sie ein, in ein französisches Café.«

»Einverstanden.«

Gemessenen Schrittes ging der Fremde neben ihr her, und Désirée warf ihm ab und zu einen verstohlenen Seitenblick zu.

Sie betraten ein Café auf dem Boulevard, während der Fremde ihr galant die Tür aufhielt. Offensichtlich verstand er sich auch sehr gut auf europäische Sitten.

Der Besitzer des Cafés begrüßte ihn sehr zuvorkommend, als würde er ihn kennen. Der Fremde beugte den Kopf zu ihm und flüsterte ihm etwas zu, worauf der Mann nickte und mit der Hand zu einer schmalen Treppe wies, die ins Obergeschoss führte.

Der Fremde drehte sich zu ihr um. »Kommen Sie«, forderte er sie auf. Zögernd folgte Désirée ihm.

Das Zimmer im Obergeschoss ähnelte eher einem arabischen Café. Statt Stühlen und hoher Tische gab es niedrige Polster und flache Tische, kunstvoll aus Messing und dunklem Holz gearbeitet. Die Fenster waren mit durchbrochenen Holzläden verschlossen, und es roch nach Weihrauch und Minze. Eilfertig brachte der Caféhausbesitzer eine Wasserpfeife.

Der Fremde ließ sich auf einem Diwan nieder und wies auf das Polster ihm gegenüber. »Wünschen Sie Tee oder Mokka, Mademoiselle?«

»Tee, bitte.« Mokka hätte ihr heftig schlagendes Herz nur noch mehr erregt. Der nach außen getragene kühle Schein trog. Was wollte dieser Mann von ihr?

Désirée schwieg, bis sie den Tee und der Fremde Mokka serviert bekommen hatten. Entgegen allen orientalischen Höflichkeitsregeln blickte sie ihn direkt an. »Was wollen Sie von mir?«

»Nichts«, erwiderte er gelassen. »Ich will von Ihnen gar nichts.«

»Und warum verfolgen Sie mich dann? Was soll das Ganze?«

»Sie haben ein Problem, und ich kann Ihnen helfen.«

Désirée hätte sich beinahe an ihrem Tee verschluckt. »Was wissen Sie darüber?«

»Alles. In der Kasbah haben die Wände Ohren.«

»Sie sind ein Spion?«

Er lachte amüsiert. »Nein«, erwiderte er. »Das brauche ich nicht zu sein. In der Kasbah gelten eigene Gesetze und Regeln. Und manche Dinge verbreiten sich eben wie diese kleinen Piepser in den Telegrafenleitungen.«

Désirée senkte den Kopf. »Nun, wenn Sie schon alles wissen, warum dann diese Heimlichkeiten?«

»Weil es ein Geschäft ist, das ich Ihnen vorschlage. Ein Geschäft, wie Sie ins Hoggar-Gebirge kommen.«

»Da bin ich aber neugierig, wenn schon dieser Teppichhändler darum so ein Theater macht. Wieso warnen Sie mich nicht wie alle anderen, denen ich davon erzählte?«

»Weil ich überzeugt bin, dass Sie eine kluge Frau sind, die weiß, was sie will.«

»Oh, danke«, murmelte Désirée. »Das tut richtig gut.«

»Und wenn Sie sich deshalb sogar in die Kasbah wagen, dann haben Sie sich das sicher gut überlegt.«

»Davon gehe ich auch aus. Und Sie wissen ja, was ich will.«

»Ja«, antwortete er gedehnt. Ein unergründliches Lächeln lag auf seinem Gesicht. »Algier ist ein gefährliches Pflaster. Für Geld ist alles zu haben. Man muss nur den Preis wissen.«

»Und wie hoch ist der Preis?« Sie nahm sich vor, diesem Lächeln zu widerstehen.

Er hob die Schultern und breitete die Arme aus. »Sehr hoch.« Seine Stimme war leise, kaum hörbar und sehr weich.

Désirée blickte ihn lange an und erwartete, dass es ihm unbehaglich würde. Doch er gab den Blick zurück und lächelte.

»Was ist es?«

»Etwas, das nur ein Scheich besitzen kann.«

Ihr Blick wurde skeptisch. »Und das könnten Sie mir besorgen?«

Er nickte langsam. »Unter Umständen. Wie gesagt, der Preis …«

»Nun, wenn er ein Scheich ist, wieso verlangt er Geld? Hat er nicht genug?«

Er lachte auf. »Davon kann man nie genug haben. Und er ist ein Araber. Jeder Araber handelt gern, egal ob Bauer oder Scheich.«

»Was ist das für eine Karawane, die der Scheich besitzt? Was unterscheidet sie von der Karawane des Teppichhändlers?«

Mit seinem Zögern, bevor er antwortete, genoss er die Spannung. Désirée wurde langsam ungeduldig. Die Situation wiederholte sich. Dieser Mann wollte sich doch nur wichtig machen.

»Was sie unterscheidet? Alles!«

»Ach, kommen Sie! Sie wollen nur den Preis hochtreiben. Ich bin nicht mehr gewillt, mich mit Ihnen zu unterhalten.«

»Sie glauben mir nicht, nicht wahr?« Seine Stimme blieb leise.

»Nein, ich glaube Ihnen nicht. Und ich glaube auch nicht, dass es Ihren Freund gibt, diesen sagenhaft reichen Scheich. Was hat er schon zu bieten, was ich nicht habe?«

Er lehnte sich noch weiter in seine Polster zurück und zog genussvoll an seiner Wasserpfeife. »Ein Automobil!«

VIII

Sie standen vor dem Palast des Scheichs. Eigentlich sah Désirée nur eine hohe Mauer mit einem doppelflügeligen blauen Holztor. Der Wind wirbelte gelben Staub auf, der sich wie ein Luftgeist tanzend über den leeren Platz bewegte. Kein Mensch war weit und breit zu sehen.

Der Fremde, der entgegen allen Höflichkeitsregeln nicht seinen Namen genannt hatte, ging zum Tor. Er ergriff einen der beiden schweren Bronzeringe und ließ ihn dröhnend gegen das Holz fallen.

Désirée war mindestens zehn Schritte davor stehen geblieben, bereit zur Flucht. Aber ihr war klar, dass ihr im Zweifelsfall eine Flucht nicht viel nützen würde. Den ganzen Weg waren sie zu Fuß gegangen. Désirées Vorschlag, eine Droschke zu benutzen, hatte der Fremde abgelehnt. Der Weg war weit und staubig, die Luft heiß. Désirée kam außer Atem und ins Schwitzen. Die Füße in ihren Schnürstiefeletten brannten höllisch und der helle Schirm half kaum gegen die gleißende Sonne. Spätestens jetzt bereute sie, auf das Angebot des Fremden eingegangen zu sein. Wahrscheinlich verlief die ganze Sache genauso in einer Sackgasse wie die vorherige. Vielleicht sollte sie sogar das Angebot des Teppichhändlers annehmen und sich der nächsten Karawane nach Timbuktu anschließen.

Das Tor öffnete sich knarrend einen Spalt breit, und sie sah den Fremden leise mit einem Mann reden, den sie nicht sehen konnte. Nach kurzer Zeit schloss sich das Tor wieder.

»Was ist denn?«, rief sie ihm zu. Er blieb reglos wartend vor dem Tor stehen, ohne Désirée zu antworten. Nach einer geraumen Weile wurde das Tor weiter geöffnet, und der Fremde trat ein. Im Torbogen drehte er sich nach Désirée um. »Kommen Sie!«

Im Augenblick war es Désirée lieber, aus der sengenden Sonne herauszukommen, als ihrer inneren Angst nachzugeben. Sie folgte ihm.

Ein übermauerter Durchgang führte sie auf einen Innenhof. Dieser war ebenso staubig wie der Platz vor dem Palast. In einer offenen Tür, dem Eingang gegenüber, erkannte sie einen Mann, der reglos dastand und sie erwartete.

Der Fremde ging voran, umarmte den Mann und küsste ihn auf beide Wangen. Dann trat er einen Schritt zurück und sagte einige Worte zu ihm, die Désirée nicht verstand. Während er sprach, blickte der Mann sie einige Male forschend an.

Dann drehte sich der Fremde zu ihr um. »Mademoiselle Montespan?« Mit einer Handbewegung forderte er sie auf, näher zu treten.

Der angebliche Scheich sah nicht anders aus als jeder andere Berber, mit der gegerbten Haut eines Wüstenmenschen und von hoher, schlanker Statur. Er besaß ein schmales Gesicht, das ein schwarzer, kurz geschnittener Bart zierte. Seine Augen blickten durchdringend, als er Désirée wieder musterte.

»Das ist Scheich Mohammed Al-Mukhtar.«

Der Scheich deutete ein knappes Nicken an. »Seien Sie in meinem Palast willkommen.« Er sprach arabisch und schien sich nicht darum zu kümmern, ob Désirée ihn verstand. Vielleicht hatte ihm auch der Fremde gesagt, dass sie des Arabischen mächtig war.

Der Scheich ging vor ihr her ins Innere des Hauses und hieß sie in einem schmucklosen Raum Platz zu nehmen. Der Boden war ausgelegt mit Teppichen und Polstern, in der Mitte stand ein ovaler, kniehoher Tisch. Zwei junge Männer servierten schweigend Tee.

»Mein junger Neffe sagte mir, dass Sie aus dem fernen Paris angereist sind, um die Schönheit unseres Landes zu studieren.«

Sieh an, die beiden sind verwandt, stellte Désirée erstaunt fest. »Nun, das ist wohl ein bisschen weit gefasst«, antwortete sie und schlürfte den kochend heißen Tee. Trotzdem erfrischte er sie, was sie immer wieder an dieser seltsamen Zeremonie beeindruckte. »Mein Vater ist ein Altertumsforscher, und ich interessiere mich auch dafür.«

Der Scheich nickte. »Ja, ja, unser Land birgt viele Geheimnisse. Den Fremden sind sie oft unverständlich.«

»Oh, ich kenne mich sehr gut in diesen Geheimnissen aus. Ich habe bereits an Ausgrabungen in Tunesien teilgenommen, aber auch Ägypten, Griechenland, im Libanon …«

Sie bemerkte, wie der Scheich geringschätzig die Mundwinkel verzog. Eine kluge, belesene Frau verdiente seine Missachtung. Für einen selbstbewussten Araber war die Frau eine bessere Sklavin, Mutter seiner Söhne und ansonsten ein nützliches Haustier, um dem Mann die unangenehmen Dinge des

Lebens wie die schwere Hausarbeit gänzlich abzunehmen. Und sie hatte zu schweigen und zu gehorchen.

Désirée gab das herablassende Lächeln zurück. »Insofern bin ich also mit Ihren Sitten und Gebräuchen bestens vertraut. Ich achte sie, aber natürlich bin ich Französin.« Sie hoffte, dieser Scheich hatte den Hinweis verstanden.

Er neigte den Kopf. »Seit dem Jahr 1837 sind wir doch alle französische Untertanen«, erwiderte er süßlich.

Désirée hob erstaunt die Augenbrauen. »Damit haben Sie Recht. Insofern unterscheiden wir uns also gar nicht so sehr.« Sie deutete auf das Teeglas. »Nur – Ihr Tee ist besser.«

Der Scheich lachte, und dann fiel auch der Fremde in das Lachen ein.

Désirée fand, dass es genug des allgemeinen Geplauders war. Sie wollte wissen, woran sie war. Und sie wollte wissen, ob an den geheimnisvollen Andeutungen des angeblichen Neffen des Scheichs etwas dran war.

»Ihr Neffe deutete an, dass Sie mir helfen könnten«, sagte sie.

»Vielleicht«, gab er ausweichend zur Antwort.

»Er sprach von einem Automobil. Allerdings kann ich mir nicht vorstellen, was dieses mir helfen könnte bei dem, was ich vorhabe.«

»Und ich habe Sie für eine intelligente, moderne Frau gehalten«, bedauerte der Scheich mit einem theatralischen Augenaufschlag.

Désirée spürte, wie sie errötete. »Das bin ich immer noch«, erwiderte sie frostig.

Der Scheich schien nicht im Mindesten beeindruckt. Mit einer gelassenen Bewegung stellte er das Glas auf den Tisch und faltete dann die Hände über seinem Bauch zusammen, während er Désirée wieder interessiert betrachtete.

»Sie haben etwas vor, das ein großes Wagnis ist. Ich weiß nicht, ob es Mut oder Dummheit ist, was Sie dazu veranlasst.«

Désirée zog die Augenbrauen zusammen. »Es ist die Sorge um meinen Vater. Das werden Sie wohl verstehen.«

Der Scheich schwieg.

Désirée beugte sich ein wenig zu ihm vor und verengte die Augen. »Was ich nicht verstehe, ist der Umstand, dass Sie mir helfen wollen. Was versprechen Sie sich davon? Geld?«

Er lachte. »Alles hat seinen Preis. Auch meine Hilfe. Aber es geht mir nicht um Geld.«

»Es fällt mir schwer, das zu glauben. Wenn es nicht Geld ist, was ist es dann?«

»Die Tatsache, dass den französischen Herren bekannt werden wird, dass Scheich Mohammed Al-Mukhtar bei diesem Unternehmen einen entscheidenden Anteil an der Rettung des großen Forschers hat.«

»Es geht Ihnen also um Anerkennung durch die französische Kolonialmacht?«

»Es ist ein Zeichen meiner Friedfertigkeit.«

»Zweifelt jemand daran?«

Er lachte wieder. »Daran bestehen immer Zweifel. Zum Teil sind sie berechtigt.«

Désirée versuchte zu ergründen, ob dieser Mann wirklich ein Scheich war. Zwar bewegte er sich sicher und souverän, aber der Blick aus seinen kleinen blaugrauen Augen erschien ihr zu verschlagen. Und dann dieser heruntergekommene Palast! Es war kein Palast, es war eine Ruine aus gelben Lehmziegeln. Vielleicht war es eine Räuberfestung. Sie spürte, dass sie in eine Sackgasse geraten war. Dieser Mann wollte etwas anderes von ihr, sie vielleicht entführen, Lösegeld erpressen oder in seinem Harem verschwinden lassen. Sie nahm sich vor, auf der Hut zu sein.

»Sie sind mir noch einen Beweis schuldig«, sagte sie und blickte ihn auffordernd an.

Wortlos erhob er sich und ging gemessenen Schrittes vor ihr her in den Hof der Festung. Sie folgte ihm, während er den Hof überquerte.

Ein Arkadengang umspannte den Hof. Einige Felder waren mit großen Tüchern abgegrenzt. Mit einem Ruck riss er die Vorhänge beiseite.

»Oh!« Diesen Anblick hatte Désirée tatsächlich nicht erwartet. Es war ein merkwürdiges Bild, so völlig deplatziert in dieser Umgebung. Hinter dem Vorhang standen zwei Automobile! Es waren nicht diese stinkenden und lärmenden Dampfautomobile, vor denen sie sich schon in Paris gefürchtet hatte. Diese hier waren anders.

»Auf der ganzen Welt gibt es drei Produzenten für diese Kutschen ohne Pferde«, sagte der Scheich und wandte sich zu ihr um. »Zwei davon befinden sich in Frankreich. Wussten Sie das?«

Désirée schüttelte den Kopf.

»Der hier ist ein Panhard-Levassor und der andere ein Peugeot. Beide ausgestattet mit den allerneuesten Motoren, die nicht mit Dampf, sondern einer besonderen, geheimnisvollen Flüssigkeit angetrieben werden.«

Zärtlich strich der Scheich mit der Hand über den glänzenden Lack, als sei es das Fell eines kostbaren Pferdes.

»Was soll ich damit?«, fragte Désirée entgeistert.

»Wollten Sie nicht eine weite Strecke zurücklegen? Durch die Wüste?«

»Schon, aber ich kann dieses Monstrum gar nicht bedienen.«

»Brauchen Sie auch nicht. Zu jedem Automobil gehört ein extra ausgebildeter Kutscher – pardon – Fahrer.«

Désirée umkreiste den Wagen. Bislang hatte sie sich nicht für solche technischen Dinge interessiert. »Ich weiß nicht ...« Diese Maschine war ihr nicht geheuer.

»Nun«, sagte der Scheich mehr zu sich als zu Désirée. »Dieses Prachtstück fährt fünfzehn Kilometer. In einer Stunde, wohlgemerkt. Fährt man zweimal fünf Stunden am Tag, so sind das einhundertfünfzig Kilometer. Pro Tag!«

»Einhundertfünfzig ... am Tag!« Désirée war beeindruckt. Wie schnell würde sie damit vorwärts kommen! Doch dann schüttelte sie wieder den Kopf.

»Bei so einem Tempo würde man ja glatt aus dem Wagen geschleudert werden«, gab sie vor. »Kein Mensch hält das aus.«

»Sind Sie noch nie mit der Eisenbahn gefahren?«, wunderte sich der Scheich.

»Doch, natürlich. Erst vor kurzem von Paris nach Marseille.«

»Und? Sie haben es offensichtlich überlebt.«

»Das ist auch nichts Besonderes.« Sie machte eine wegwerfende Handbewegung.

»Dann werden Sie auch das Automobil als nichts Besonderes empfinden«, erwiderte er überlegen. »Aber es war nur ein Angebot. Sie müssen es nicht annehmen.«

Sie überlegte angestrengt. Das Gebiet, in dem sie ihren Vater vermutete, war über eintausend Kilometer entfernt. Und die Reise mit dem Automobil würde nur zehn Tage dauern! Ein überwältigender Gedanke!

»Ich kenne solche Automobile nur auf gepflasterten Straßen«, wandte Désirée ein. »Wie ist es möglich, damit durch die Wüste zu fahren? Die erste Sanddüne würde das Vorhaben vereiteln.«

Der Scheich lächelte nachsichtig. Diese Araber lächelten stets, was Désirée aufbrachte. Sie fühlte sich nicht ernst genommen.

»Es ist möglich, indem man die Sanddünen meidet. Der überwiegende Teil der Strecke führt über eine feste Schotterebene.« Und nach einer Pause fügte er hinzu: »Vor allem das Gebiet nördlich des Hoggar ist eine Geröllwüste.«

Désirée umkreiste wieder die beiden Automobile. Der Gedanke war faszinierend, ja geradezu umwerfend! Von Algier geradewegs zum Hoggar-Gebirge. Keine Karawane, keine Kamele, nicht Wochen und Monate unterwegs, sondern nur Tage!

»Welcher gefällt Ihnen am besten?«, fragte der Scheich. »Wählen Sie sich einen aus.«

Désirée drehte sich zu ihm um und schaute ihm fest in die Augen. »Ich will beide!«

IX

Désirées Weg führte geradewegs von Algier nach Süden. Die erste Etappe nach Djelfa gestaltete sich besonders bequem. Sie benutzte die erst kürzlich fertig gestellte Eisenbahn.

Scheich Mohammed Al-Mukhtar hatte ihr wirklich die beiden Automobile zur Verfügung gestellt. Über den Preis waren sie sich nach kurzer Verhandlung einig geworden. Er verschlang den Löwenanteil ihres gesamten Vermögens. Einen Teil übergab sie dem Scheich als Anzahlung, den anderen hinterlegte sie auf der Bank. Er sollte nach ihrer Rückkehr ausgezahlt werden. Doch sie bekam nicht nur die beiden Automobile, sondern auch zwei arabische Maschinisten. Einer hieß Abdullah, der andere Abdelaziz. Abdullah war derjenige, der sich mit Désirée verständigte, während Abdelaziz kaum ein Wort sprach. Er erledigte die wichtigen Arbeiten.

Der Gedanke, beide Automobile zu mieten, hatte viel für sich. In einen der beiden Wagen packten sie Kanister mit dem Betriebsstoff für die beiden Motoren und Wasser. In dem zweiten Wagen wurden die Zelte, Decken, Kochgeschirr und Lebensmittel verstaut.

Die beiden Fahrer waren mit Gewehren bewaffnet. Désirée beobachtete es mit einiger Sorge.

»Damit schießen wir ab und zu eine Gazelle für den Braten«, beruhigte sie Abdullah. Trotzdem beschloss Désirée, stets ihren Dolch, den sie unter abenteuerlichen Umständen in der Kasbah erstanden hatte, bei sich zu tragen.

Monsieur Petit hatte sie gesagt, sie wolle sich noch etwas Land und Leute anschauen, er solle auf keinen Fall sich an ihren Sachen vergreifen und das Zimmer weitervermieten. Dann bezahlte sie es vier Wochen im Voraus.

Scheich Mohammed schlug ihr vor, für die erste Etappe die Eisenbahn zu benutzen, um die Fahrzeuge zu schonen und Wasser und Brennstoff zu sparen. Die beiden Automobile wurden in einen gesonderten Hänger der Eisenbahn verfrachtet. Abdullah und Abdelaziz blieben bei den Gefährten, während Désirée sich von ihrem letzten Geld ein Billett für die erste Klasse leistete.

Es reiste sich wirklich erstaunlich komfortabel. Etwa zehn Stunden sollte die Fahrt dauern, die sie in einem gepolsterten Coupé verbrachte. Ein französisches Ehepaar mittleren Alters teilte es mit ihr.

»Hyppolite Chabrol«, stellte sich der Mann vor. »Meine Gattin.«

Madame Chabrol nickte Désirée distanziert zu.

»Sie reisen allein?«

»Ja«, erwiderte sie. »Warum?«

Monsieur Chabrol räusperte sich diskret. »Es … es ist ungewöhnlich.«

Désirée lachte. »Ganz allein bin ich natürlich nicht. Meine beiden arabischen Begleiter befinden sich im Gepäckwagen.«

Ein peinliches Schweigen war die Antwort.

Désirée spürte die musternden Blicke von Madame Chabrol. Auf den ersten Blick hatte sie bemerkt, dass Désirée kein Korsett trug. Ein unverzeihlicher Fauxpas. Ihre Augen huschten zu ihrem Gatten, um zu kontrollieren, wo dieser seine Augen hatte. Auch er hatte Désirées unkonventionelle Kleidungsweise mit einem missbilligenden Gesichtsausdruck zur Kenntnis genommen.

»Sie entstammen Künstlerkreisen?«, fragte er schließlich.

»Wie kommen Sie darauf?«, wunderte Désirée sich.

Er räusperte sich diskret. »Nun ja, … man gewinnt den Eindruck.«

»Mein Gatte spricht das aus, was ich auch denke«, ließ sich Madame Chabrol vernehmen. »Ihre Kleidung, … ähäm … also Ihre Taille ist nicht geschnürt, und Sie tragen ein Reformkleid. Empfinden Sie das nicht selbst als scheußlich?«

»Scheußlich?« Désirée lachte herzhaft auf. »Ein Korsett finde ich scheußlich. Es verbiegt die Knochen und presst die

Frauen in eine Form, die ihnen Gott gar nicht gegeben hat. Außerdem ist es hier sehr heiß. Und da, wohin ich fahre, ist es noch heißer.«

Madame Chabrol schnappte nach Luft, während ihr Gatte pikiert aus dem Fenster schaute.

»Nun ja«, meinte sie schließlich. »Ich trage natürlich nur anständige Kleidung. Die Wärme macht mir nichts aus.«

»Dann schätzen Sie sich glücklich«, erwiderte Désirée versöhnlich. »Seit ich in Nordafrika lebe, weiß ich die angenehme Kleidung der Einheimischen zu schätzen.«

Madame Chabrol war beinahe einer Ohnmacht nahe. »Der Einheimischen?«

Désirée nickte. »Ich befinde mich auf einer Expedition ins Hoggar-Gebirge.«

Jetzt wandte ihr auch Monsieur Chabrol sein Interesse zu. »Das ist aber unmöglich«, stellte er fest.

»Nein, ist es nicht«, widersprach Désirée.

»Wie wollen Sie dahin gelangen? Es liegt abseits der Karawanenroute. Und was, um Himmels Willen, wollen Sie dort?«

Désirée lächelte und lehnte sich zufrieden zurück. »Frage eins – mit einem Automobil. Frage zwei – meinen Vater suchen. Er hat dort Ausgrabungen durchgeführt.«

Monsieur Chabrol schüttelte ungläubig den Kopf. »Dort treiben Wüstenräuber ihr Unwesen. Selbst unsere Armee konnte nicht bis dahin vordringen. Es ist Wahnsinn, was Sie vorhaben! Glauben Sie mir, und lassen Sie davon ab!«

»Ich glaube Ihnen«, erwiderte Désirée gleichmütig. »Aber ich kann nicht davon ablassen. Es geht um das Leben meines Vaters.«

»Entschuldigen Sie, Mademoiselle, aber wenn er *denen* in die Hände gefallen ist, dann ist er ohnehin nicht mehr am Leben.«

»Was meinen Sie mit *denen*?«, wollte Désirée wissen. »Handelt es sich etwa um die Tuareg?«

Madame bekreuzigte sich und murmelte ein Stoßgebet, während Monsieur finster dreinblickte. »Der Teufel soll sie holen! Sie entziehen sich unserer kolonialen Fürsorge, ja nicht einmal die Araber konnten sie in die Knie zwingen.«

»Was wissen Sie über diese Leute?«

»Genug, um Sie zu warnen. Stellen Sie sich vor, die halten sich ihre eigenen Sklaven! So etwas Barbarisches!«

»Woher wollen Sie das wissen, wenn Sie selbst nie dort waren?«

»Dazu brauche ich nicht dort gewesen zu sein. Die Leute erzählen genug, dass es ein Graus ist. Sie haben rote Schwerter und schlagen allen Gefangenen den Kopf ab. Sie verbergen ihre Fratze hinter blauen Tüchern, und wahrscheinlich fressen sie die unglücklichen Opfer danach auf.«

»Davon habe ich überhaupt noch nichts gehört«, rief Désirée verwundert. »Es sind Kannibalen?«

»Wovon sonst sollen Sie sich ernähren?«, fragte Monsieur Chabrol zurück. »In der Wüste gibt es nichts, nur Sand und Stein. Und sie überfallen die Karawanen, rauben sie aus, töten die Kameltreiber und ... na ja, Sie wissen schon.«

Ein wenig verwirrt schwieg Désirée. Manches von dem, was Monsieur Chabrol erzählte, wusste sie schon. Dieses rote Schwert hatte sie selbst im Museum gesehen. Aber das jetzt war ihr neu. Ob es wirklich solche Unmenschen waren? Dann bestand allerdings wenig Hoffnung, ihren Vater lebend wiederzufinden. Und doch, sie würde sich ein Leben lang Vorwürfe machen, wenn sie es nicht wenigstens versuchte.

Nachdenklich schaute sie aus dem Fenster. Zunächst schraubte sich das dampfende Eisenungetüm aus der fruchtbaren Küstenniederung hinauf in die Felswände des Tell-Atlas. Die Gleise schmiegten sich auf einem schmalen Gebirgspfad eng an die steil abfallenden Wände, sodass ein Blick aus dem Coupéfenster Désirée bereits schwindelig machte. Diese Eisenbahntrasse war eine Meisterleistung der Ingenieurkunst.

Sie musste an Philippe denken. Ganz sicher leistete er auch meisterhafte Arbeit in seinem Bergwerk, und sie war stolz auf ihn. Ja, sie verspürte wieder dieses leise Nagen des schlechten

Gewissens, ihn hintergangen zu haben. Sie war geradlinig und wahrheitsliebend. Umso mehr belasteten sie diese Heimlichkeiten.

Auf der anderen Seite rechtfertigte sie sich vor sich selbst. Die Umstände ließen es leider nicht zu, ehrlich zu sein. Sie musste zu diesem kleinen Trick greifen. Sie schob es auf Philippes übertriebene Sorge und Liebe zu ihr, dass er sie an dieser Expedition zu hindern versuchte. Und Désirée wollte ihn nicht unnötig in Sorge versetzen.

So ihr Gewissen beruhigt, wandte sie sich wieder Madame Chabrol zu. Die Konversation über diese geheimnisvollen Tuareg hatte sie nur noch neugieriger gemacht.

Doch ehe sie sprechen konnte, wurde sie nach vorn geschleudert. Der Zug stoppte scharf unter durchdringendem Pfeifen. Peinlicherweise landete sie genau zwischen den Knien von Monsieur Chabrol, während seine Gattin unsanft gegen die Coupéwand prallte.

»Wir stürzen ab«, kreischte sie in Panik.

Monsieur Chabrol half Désirée mit einem Lächeln wieder auf die Beine. Sie strich sich den Rock glatt. »Pardon, Monsieur, es geschah nicht in Absicht.«

Monsieur Chabrol nickte zunächst Désirée aufmunternd zu, um dann seine Frau zu beruhigen. »Aber du siehst doch, dass der Zug steht, chérie. Also beruhige dich bitte.«

»Vielleicht ist das Gleis gebrochen«, jammerte nun Madame Chabrol. »Ganz sicher haben diese Araber die Schienen nicht richtig verlegt.«

»Unsinn«, knurrte Monsieur Chabrol. »Es ist nicht der erste Zug, der hier entlangfährt. Es wird gleich weitergehen.«

Doch es ging nicht weiter. Draußen wurden erregte Rufe laut. Dann wurde die Coupétür aufgerissen. Mehrere in Lumpen gekleidete Kabylen stürmten herein und bemächtigten sich des Gepäcks der Passagiere.

Die Reisenden riefen um Hilfe, Monsieur Chabrol hämmerte mit den Fäusten auf die Räuber ein, und Madame Chabrol fiel in Ohnmacht. Die beiden führten umfangreiche Koffer mit sich, die die Räuber kaum zur Tür hinausbugsieren konnten. Einer zog, der andere schob, und der dritte stand den beiden anderen im Weg.

Im ersten Moment war Désirée fürchterlich erschrocken. Als sie jedoch bemerkte, wie unprofessionell die Räuber zu Werke gingen, stieg ein glucksendes Lachen in ihr empor. Zunächst wollte sie es unterdrücken, aber es gelang ihr nicht, und sie lachte und lachte, bis ihr die Tränen kamen. Der riesige Schrankkoffer, der Madame Chabrol gehörte, hatte sich in der Tür verklemmt. Am ärgsten traf es den Kabylen, der sich noch im Coupé befand. Ihm war der Fluchtweg versperrt.

Madame kam langsam wieder zu sich, während ihr Gatte auf die Sitzbank gesprungen war und sich in die äußerste Ecke des Coupés drängte. Ihn irritierte zudem, dass Désirée aus vollem Halse lachte. Dann sprang sie auf.

»Sie fürchten sich doch nicht etwa vor diesem jämmerlichen Tagedieb«, rief sie und versetzte dem Kabylen einen heftigen Tritt mit ihren Schnürstiefeln in dessen Hinterteil.

Er schrie vor Schmerz und Empörung auf und versuchte über den verklemmten Koffer hinweg nach draußen zu gelangen.

»Aber das habe ich schon schneller gesehen«, rief Désirée und zog ihren kleinen Dolch unter der Jacke hervor. Sie piekste ihn damit ins Hinterteil, und diesmal reichte der Schmerz, dass er in den Gang plumpste. Gemeinsam mit seinen Kumpanen suchte er sein Heil in der Flucht.

Draußen wurde geschossen. Madame Chabrol sank gleich wieder in Ohnmacht. Doch die Stimmen entfernten sich, es herrschte gespenstische Stille. Nach einer Weile schaute ein Zugbegleiter herein.

»Ist alles in Ordnung?«, wollte er wissen. »Diese Bande ist über alle Berge. Wir setzen die Fahrt in Kürze fort.«

Monsieur Chabrol stand immer noch auf der Bank und blickte in komischem Entsetzen auf seine ohnmächtige Frau herab. »Wasser«, murmelte er. »Meine Frau braucht kaltes Wasser.«

Désirée versuchte inzwischen, den verklemmten Koffer wieder ins Innere des Coupés zu zerren. »Helfen Sie mir lieber«, keuchte sie. »Ihre Frau kommt auch allein wieder zu sich.«

Zögernd stieg Monsieur von seiner Bank herab, rückte seinen Binder gerade und straffte das Jackett. Dann zog er am Koffer.

»Du liebe Güte, was hat denn Ihre Frau da drin?«, wollte Désirée wissen, als sich das Monstrum mit einem Ruck löste und auf den Boden knallte. Der Knall bewirkte, dass Madame wieder zu sich kam. »Hilfe, Hilfe, nicht schießen!«, schrie sie.

Désirée winkte ab. »Hier schießt keiner mehr«, erwiderte sie. »Und Ihren Koffer haben Sie auch noch. Geben Sie das nächste Mal Ihr Gepäck in den Gepäckwagen, dann werden Sie auch nicht überfallen.«

»Ich möchte nur wissen, was diese Kerle mit den Kleidern meiner Frau wollten«, murmelte Monsieur.

Désirée musste wieder kichern. »Vielleicht stehen die auf so etwas.«

Sie erntete einen tadelnden Blick von Monsieur. Madame Chabrol fächelte sich Luft zu, und ihr Gatte unterstützte sie dabei.

»Warum haben Sie eigentlich vorhin gelacht?«, fragte er Désirée verärgert. »Ich fand das sehr unangemessen in dieser Situation.«

Désirée lachte wieder. »Aber wirksam«, erwiderte sie.

Wenn alle Wüstenräuber solche Tollpatsche waren, dann brauchte sie wirklich nichts zu befürchten. Mit einem zufriedenen Lächeln steckte sie den kleinen Dolch wieder unter ihre Jacke.

X

Statt der geplanten zehn Stunden dauerte die Fahrt nach Djelfa das Doppelte. Solange die Eisenbahn den Tell-Atlas überquerte, gab es vor dem Fenster noch eine atemberaubende Kulisse zu bewundern. Tief unten brauste, von hohen Felsmauern eingeschlossen, ein wilder Fluss. Ein Viadukt führte über die nächste Schlucht, und dann verschwand das dampfende Ungetüm wieder in einem der zahllosen Tunnel.

Doch dann veränderte sich die Landschaft und wurde eintöniger. Rechter Hand erstreckte sich ein See in herrlichem Türkisblau. Désirée versenkte sich in dieses Panorama. Es würde wohl für lange Zeit der letzte Anblick einer geschlossenen Wasserfläche sein.

Südlich des Tell-Atlas schloss sich eine breite Hochebene an. Sie trug einen steppenartigen Charakter. Verschiedene Ansiedlungen, Dörfer, Beduinenzelte, Felder, Esel, Ziegen, Kamele ... Irgendwann fielen Désirée die Augen zu.

Am nächsten Morgen erreichten sie Djelfa. Der Abschied von den beiden Mitreisenden fiel entsprechend frostig aus. Zudem unterband Madame Chabrol jeglichen noch so flüchtigen Anflug von Bewunderung bei ihrem Gatten, den er für Désirée im Stillen hegte. Gleichzeitig bedauerte er diese sinnlose Verschwendung eines so liebreizenden, jugendlichen Lebens an die todbringende Wüste. Er war sich sicher, dass Désirées Unternehmen unmöglich von Erfolg gekrönt sein konnte.

Désirée machte sich über Monsieur Chabrols Überlegungen keine weiteren Gedanken. Ihre ganze Aufmerksamkeit galt den beiden Automobilen; sie hatte Sorge, dass die Maschinen bei dem heftigen Bremsmanöver unterwegs Schaden genommen haben könnten. Aber sie konnte beruhigt sein. Gepolstert von dicken Strohballen hatten die kostbaren Gefährte des Scheichs alles gut überstanden und rollten nun zur Bewunderung der Menschen am Bahngleis über eine Rampe aus dem Waggon.

Désirée wollte keine Zeit vertrödeln und forderte die beiden Maschinisten auf, die Automobile startklar zu machen. Emsig hantierten sie unter den hochgefalteten Hauben an den Motoren, schütteten aus den verschiedenen Kanistern irgendwelche Flüssigkeiten hinein. Dann endlich warf Abdullah mit einer

Kurbel eine der Maschinen an. Es knallte und puffte, zwei kleine Explosionen vertrieben die aufschreienden Gaffer, dann tuckerte der Motor gleichmäßig im Rhythmus eines gigantischen Uhrwerks. Abdelaziz kurbelte nun seinerseits das andere Automobil an, bis beide Motoren um die Wette blubberten.

»Bitte steigen Sie ein, Mademoiselle«, forderte Abdullah Désirée auf.

Sie beschloss, sich neben Abdullah zu setzen, der ihr ein wenig mehr Vertrauen einflößte als der wortkarge Abdelaziz.

Lärmend und schnaufend fuhren sie durch Djelfa nach Süden. Mensch wie Tier flohen vor den Ungetümen, und selbst der stoische Esel wurde plötzlich zum Rennpferd. Ihre Fahrt wurde begleitet vom Rufen und Schreien der Menschen und Tiere, Hühner flatterten auf Désirées Schoß. Plötzlich endete die Fahrt des zweiten Automobils an der Stange eines Zeltdaches, das vor einem Gemüseladen aufgespannt war. Das Dach krachte herunter, die Feigen, Oliven und Granatäpfel rollten über den Staub. Der Besitzer kam schimpfend und drohend aus dem Laden gelaufen, hielt aber respektvollen Abstand vor dem unheimlichen Gefährt.

Abdullah stoppte, zog die Handbremse an und stieg aus, um Abdelaziz zu helfen und den Ladenbesitzer zu beruhigen. Der ging mit dem drohend erhobenen Bruchstück seiner Zeltstange auf Abdullah los. Dieser zeigte auf Désirée.

»Es tut uns sehr Leid, mein Herr, bitte entschuldigen Sie«, wehrte sie die Attacke des Händlers ab. Aber diesem schien arabische Höflichkeit fremd. Seine drohende Geste war unmissverständlich.

»Aber so nehmen Sie doch Vernunft an«, rief Désirée. »Ich sagte Ihnen doch, dass wir es bedauern, nicht wahr, Abdullah?« Hilfe suchend wandte sie sich zu ihm um, doch er war hektisch damit beschäftigt, das zweite Automobil unter dem Zelt hervorzuschieben und den Motor erneut anzuwerfen. Die Umstehenden verloren langsam die Scheu vor dem eisernen Monstrum und rückten näher.

»Bezahlen Sie ihn, Mademoiselle«, rief Abdullah und drehte die Kurbel.

»Ich? Aber wieso denn? Ich habe das Automobil nicht gesteuert. Können wir das nicht anders klären?«

»Wir können gleich gar nichts mehr klären«, schnaufte Abdullah und kurbelte emsig weiter. Beim dritten Versuch sprang der Motor an.

Schnell zog Désirée einen Geldschein hervor, was den Händler augenblicklich beruhigte.

Abdelaziz drückte einen roten Gummiball zusammen, und aus der daran befestigten Trompete erklang ein misstönendes Hupen. Schreiend liefen die Menschen auseinander. Abdullah nutzte die Gelegenheit, um zu seinem Wagen zurückzulaufen. Er sprang auf, löste die Bremse und fuhr los. Abdelaziz folgte ihm.

Noch mehrmals drehte Désirée sich besorgt um, aber die Leute verfolgten sie nicht weiter. Sie atmete auf.

Nach der überstandenen Gefahr regte sich in ihr Ärger. »Das war knapp«, rief sie Abdullah zu. »Es wäre vermeidbar gewesen, wenn Ihr Freund dieses Gefährt besser steuern würde.«

»Wenn es Ihnen nicht passt, Mademoiselle, dann steuern Sie es doch selbst. Schließlich haben Sie es bezahlt.«

»Was fällt Ihnen ein?«, schnaufte sie. »Ich habe Sie als Fahrer angeheuert.« Diese Algerier sollten sich endlich daran gewöhnen, dass der arabischen Schludrigkeit jetzt europäische Disziplin folgt. »Bei mir zählt immer noch gute Leistung für gutes Geld.«

Abdullah warf ihr einen vernichtenden Blick zu. »Ich verzichte gern auf Ihr Geld, Mademoiselle, wenn ich dafür meinen Kopf behalten kann.«

»Ach, gehen Sie mir doch weg mit diesen Ammenmärchen! Wenn es wirklich so gefährlich wäre, hätte mir Scheich Mohammed nicht diese Automobile vermietet. Sicher legt er Wert darauf, sie unversehrt wiederzubekommen.«

»Darauf können Sie Gift nehmen«, erwiderte er. Dann starrte er verbissen nach vorn und schwieg.

Désirée war froh, als sie die Stadt mit ihren engen und mit Karren, Eseln und Abfällen voll gestopften engen Gassen verlassen konnten. Südlich von Djelfa schloss sich die Gebirgskette des Sahara-Atlas an und trennte das Große Plateau von der Wüste.

Nachdem sie den Kamm überquert hatten, ging es in halsbrecherischer Fahrt abwärts in den Westlichen Großen Erg.

Hatten sie die unangenehme Begegnung mit den Bewohnern von Djelfa glücklich hinter sich gelassen, so zeigte sich nun ein neues Problem. Auch wenn der Untergrund fest genug war, den Wagenrädern Halt zu bieten, so wirbelten sie doch enormen Staub auf. Er setzte sich überall hin, auf die Menschen, ihr Gepäck, den Wagen, verstopfte die Luftschlitze der Motorhaube und knirschte zwischen Désirées Zähnen. Zwar besaßen beide Automobile baldachinähnliche Dächer, die gut gegen die sengende Sonne schützten, aber Wind und Staub konnten ungehindert darunter hindurchblasen.

»Halten Sie an«, forderte sie Abdullah auf. »Wir müssen versuchen, Decken und Planen vor die Fenster zu hängen.«

»Aber doch nicht hier«, empörte sich der Araber. »Sehen Sie nicht, wie abschüssig die Strecke ist?«

»Natürlich sehe ich das, ich bin schließlich nicht blind«, gab Désirée zurück. »Aber ich spüre auch den Staub, und der stört mich.«

»Besser staubig als abgestürzt. Das können wir immer noch machen, wenn wir abends an unserem Rastplatz angekommen sind. Und den müssen wir finden, bevor es dunkel wird.«

»Hören Sie, wir müssen die Wagen verkleiden. So halten Sie doch!«

Abdullah machte jedoch keinerlei Anstalten. Das versetzte Désirée in nicht unerhebliche Rage.

»Ich protestiere in aller Form gegen Ihre Eigenwilligkeit«, fuhr sie ihn an. »Und ich werde es dem Scheich bei unserer Rückkehr melden. Sie sollten es sich überlegen.«

»Und Sie sollten lieber den Mund halten«, fauchte er zurück. »Sonst gibt es keine Rückkehr.«

Désirée schnappte nach Luft und verschluckte sich am Staub. »Sie sind ja nur so verstockt, weil ich eine Frau bin und Sie sich in Ihrem dummen Stolz nichts von einer Frau sagen lassen wollen. Aber auch hier werden Sie in Zukunft umdenken müssen. Wir Französinnen sind nun mal emanzipiert. Ich trage nicht einmal ein Korsett!«

Sie bemerkte, wie Abdullah die Lippen zu einem üblen Lächeln verzog. Vergnatzt zog sie es vor, zu schweigen. Sie würde am Abend, wenn sie eine Stelle zum Rasten erreicht hatten, noch einmal die Fronten klarstellen.

Sie folgten einem Pfad, der sich in einem ausgewaschenen Bachbett entlangzog. Zu Füßen dieser imposanten Gebirgskette erstreckte sich die unendliche Sahara. Dieser Pfad war zwar keine gepflasterte Straße wie in Paris, aber das Wasser, das periodisch diese Trockentäler hinabrauschte, hatte alle größeren Gesteine fortgeschwemmt. Zu beiden Seiten erhoben sich die Felsmassive, und von unten verspürten sie den heißen Atem der Wüste.

Sie rasteten nur zweimal kurz, während beide Fahrer Kanister unter die Motorhauben entleerten. Es dampfte und zischte dabei gefährlich.

Désirée packte einen der Kanister, von denen sie wusste, dass sie mit Wasser gefüllt waren, und wusch sich Gesicht, Hals und Arme. Sie beschloss, ihr Kleid gegen die bequemeren Baumwollhosen und das weite Hemd zu tauschen.

Abdullah hatte sein Versprechen wahr gemacht und die beiden Wagenschläge mit Decken verhängt. Das hatte den Vorteil, dass nicht ganz so viel Staub zu ihnen hineinwirbelte. Andererseits war die Sicht stark eingeschränkt. Sie konnten nur noch nach vorn blicken. Abdullah murmelte wüste Verwünschungen auf die weiße Frau, die nicht nur halsstarrig und eigensinnig wie ein Kamel war, sondern zu allem Übel auch noch Männerkleider trug. So ein Unternehmen musste ja einfach schief gehen.

Ihr Weg führte immer weiter nach Süden. Sie ließen den Sahara-Atlas hinter sich, folgten einer alten Karawanenstraße durch das lang gestreckte Tal zwischen dem Westlichen und dem Östlichen Großen Erg. Ausgewaschene Rinnen, die wohl im Winter auch Wasser führten, durchfurchten die Wände des Tals. Jetzt lag das Tal trocken, übersät mit Steinen und Felsbrocken.

Sie kamen nur langsam vorwärts. Zweimal musste Abdelaziz das Automobil reparieren, weil ein großer Stein gegen den Boden geschlagen hatte. Neugierig schauten ihnen wilde Ziegen zu, die die Hänge nach Gräsern absuchten. Ab und zu sahen sie vereinzelte Beduinen, die mit ihren Herden durch das ausgetrocknete Flussbett zogen.

Sie übernachteten zwischen zwei großen Felsblöcken. Abdullah spannte zwei Decken zu einem Zelt. Dann sammelte er trockenes Holz und entfachte ein Feuer. Das war für die Männer wohl die wichtigste Tätigkeit, die Zubereitung des Tees. Désirée hockte sich ans Feuer und ließ sich ein Teeglas reichen. Sie schlürfte das heiße, aromatische Getränk. Plötzlich fühlte sie eine starke Müdigkeit in sich aufsteigen. Ihr ganzer Körper schmerzte, und sie fühlte sich schmutzig und unwohl.

Mit steifen Gliedern erhob sie sich, während Abdelaziz das Abendessen vorbereitete. Sie suchte aus dem Gepäck eine Schüssel hervor und begab sich hinter die Zeltwand. Zum Glück gab es genug Wasser in ihrem Reisegepäck. Und sie hatte auch nicht versäumt, ein Stück duftende Seife einzupacken, die sie aus Paris mitgebracht hatte. Danach fühlte sie sich bedeutend besser und setzte sich wieder ans Feuer. Abdelaziz hatte Couscous zubereitet und schnitt getrocknetes Hammelfleisch in Streifen.

Sie schaute den Männern kauend zu, während sie ihr Abendgebet verrichteten, gen Mekka gewandt und nach einer rituellen Waschung mit Sand. Désirée verstand nicht, warum sie kein Wasser dazu benutzten. Sie hatten ja eine große Menge mitgenommen, und in der nächsten Oase würden sie ihren Vorrat wieder auffüllen.

Nach dem Essen wollte sich Désirée zur Ruhe begeben. Sie nahm ihre Decken aus dem Wagen und ärgerte sich im Stillen, dass keiner der Männer ihr das Lager bereitet hatte. Ihre Dienste beschränkten sich tatsächlich nur auf das Führen der Automobile und das Zubereiten von Tee und Mahlzeiten. Sie wusste nicht, ob es eine stille Form der Verweigerung war oder ob sie diese Order von ihrem Scheich erhalten hatten. In ihren Kreisen unterschieden sie sich sehr wohl vom einfachen Kamelführer oder Droschkenkutscher. Immerhin mussten sie eine spezielle Ausbildung absolvieren.

Vorsichtshalber zog sie sich einen brennenden Ast aus dem Feuer, um in das provisorische Zelt hineinzuleuchten. Sie warf die Decken auf den Boden. Die Nächte waren unangenehm kalt, obwohl es tagsüber brütend heiß war. Kleine Steine übersäten den Boden. Désirée schob sie unmutig mit dem Fuß beiseite. Unter einem Stein hockte ein schwarzes Tier – ein Skorpion! Anstatt zu flüchten, drehte er sich zu Désirée um und hob drohend die Scheren. Den grässlichen Schwanz stellte er in einem Bogen gegen den Angreifer auf. Sie fuhr mit einem Schrei zurück. Alles, was kein Fell und mehr als vier Beine besaß, schreckte und ängstigte sie.

»Geh weg! Hau ab, du Vieh!« Der Skorpion wippte drohend mit seinem Schwanz. Verzweifelt warf sie die Fackel nach ihm. Wahrscheinlich starb er den Heldentod, aber auch die Zeltplane ging in Flammen auf. Sie wurde beiseite gestoßen, das Schreien der Männer übertönte das Prasseln der Flammen. Mit der anderen Decke versuchten sie, das Feuer auszuschlagen. Vergebens! Nicht nur die Plane war verbrannt, sondern auch ihre Schlafdecken.

Abdelaziz zerrte die glühenden und glimmenden Reste ihres Nachtlagers weg.

»Beinahe hätte es eine Katastrophe gegeben«, brüllte Abdullah sie an.

»Allerdings«, konterte sie entnervt. »Wenn mich dieses Vieh gestochen hätte …«

»Dann hätte ich Allah gedankt für seine Güte«, gab Abdullah giftig zurück. »Sie wissen gar nicht, was Sie angerichtet hätten mit dem Feuer.«

»Es tut mit Leid wegen der Decken«, gab Désirée zu. »Aber schließlich musste ich mich ja gegen den Skorpion verteidigen. In der nächsten Oase können wir doch sicher den Beduinen Decken abkaufen. Ich werde sie natürlich auch bezahlen.«

»Es geht überhaupt nicht um die Decken«, schnaufte Abdullah ungehalten. »Dieser Treibstoff, mit dem die Automobile fahren, ist hochexplosiv. Sie hätten uns beinahe alle zur Hölle geschickt!«

Désirée erschrak. »Das ... das wusste ich nicht«, stammelte sie. Doch dann fasste sie sich wieder. »Sie hätten mich darüber aufklären sollen. Woher sollte ich das denn wissen?«

Befremdet starrte Abdullah sie an. »Aber Sie sind doch eine Frau.«

Désirée schnappte nach Luft. Mit der Hand fuhr sie sich durchs Haar. »Himmel, ja, ich vergaß, dass ich mich hier in einer frauenfeindlichen Welt befinde.«

Abdullah schwieg, doch sein Blick verriet, was er über sie dachte. Mit den Füßen trat er die letzten glimmenden Reste der Decken aus. »Sie sollten im Automobil schlafen«, sagte er schließlich.

Das sah Désirée ein. Sie machte es sich auf dem ledernen Autositz so bequem wie möglich. Es war jedoch eine Tortur. Sie konnte sich weder ausstrecken noch drehen, die Polsterung war hart wie Holz, und der Gedanke, dass hinter ihr Kanister voll explosiven Treibstoffs standen, ließ sie kaum schlafen. Sie war froh, als sie nach dem Morgengebet der Männer und einem starken Pfefferminztee weiterfuhren.

Nach drei quälenden Tagen und Nächten erreichten sie endlich das kleine Dorf Golea. Es gab Palmen, Sträucher, Gras, Brunnen, einen kleinen Bach, Felder, Häuser, Esel, Ziegen, Schafe, Kamele – und Menschen. Doch die rannten zunächst schreiend davon. Die knatternden, stinkenden und ohne sichtbares tierisches oder menschliches Zutun fahrenden Ungetüme versetzten sie in Panik.

Erst als die Motoren schwiegen, wagten sie sich zögernd und vorsichtig wieder hervor. In respektvollem Abstand umstanden sie die ungewöhnliche Karawane und begafften sie.

Désirée konnte nicht warten, bis die Bewohner der Oase auf sie zukamen. Sie eilte an ihnen vorbei zu dem kleinen Wasserlauf, warf sich auf den Boden und tauchte ihr glühendes, spannendes Gesicht in die trübe Flüssigkeit. Es erschien ihr als das Paradies schlechthin. Dann rappelte sie sich auf und drehte sich um.

Erst jetzt schienen die Bewohner zu bemerken, dass sie eine Frau war. Bislang galt ihr scheues Interesse den unheimlichen Eisenkarren. Doch eine Frau in Männerkleidung war weitaus schrecklicher als diese Ungeheuer auf Rädern. Es war etwas, das es nicht geben durfte.

Ein älterer Mann trat vor und sprach Abdullah an. Dabei deutete er mehrmals auf Désirée. Noch hatte Désirée nicht begriffen, dass es um sie ging. Sie war die Chefin dieses kleinen Unternehmens, und dieser Mann, wahrscheinlich der Dorfälteste, sollte sich am besten an sie wenden und nicht an ihren Fahrer. Aber wahrscheinlich war er auch der Meinung, da sie nur eine Frau war, hatte sie nichts zu sagen.

Abdullah sagte etwas zu ihm, dann nickte er und kam zu Désirée. »Dieser Mann ist der Imam des Dorfes«, sagte er. »Er befürchtet einen schlechten Einfluss auf die Dorfbewohner, wenn Sie so herumlaufen.«

»Ich? Wie herumlaufen?«

»In Männerkleidung«, zischte er und wandte sich angewidert ab.

»Was geht den Imam meine Kleidung an?«, wunderte sie sich. »Soll er sich um seine Leute kümmern, nicht um mich. Außerdem fahren wir ja morgen weiter.«

»Er will, dass wir sofort weiterfahren«, entgegnete Abdullah.

»Sprich mit ihm, und besänftige ihn. Gib ihm Geld.«

»Geld? Welches Geld? Wir haben kein Geld. Außerdem würde Geld ihn nicht besänftigen. Es gibt Werte, Traditionen im Islam. Und es gibt ein festes Frauenbild.«

»Oh, das weiß ich, und ich bekomme es ja jeden Tag vorgehalten. Aber alle vergessen, dass ich keine Muslimin bin. Sie müssen mich akzeptieren, so wie ich bin.«

»Das werden sie nicht«, widersprach Abdullah.

»Ich möchte einmal in einem richtigen Bett schlafen, ich möchte einmal in einem See baden, ich möchte einmal ein richtiges Dach über dem Kopf haben, meine Beine ausstrecken, ich möchte mich einmal satt essen. Bis jetzt habe ich alles klaglos ertragen, auch wenn man mir nicht gerade respektvoll entgegengekommen ist. Ich will es nachsehen, ich will es vergessen. Ich will nur diese Nacht in diesem Dorf zubringen. Und ich will neue Decken kaufen.«

»Das Geld sollten Sie dafür verwenden, Frauenkleider zu kaufen. Und Sie sollten sich verschleiern. Die Menschen hier fühlen sich in ihrer Scham verletzt, wenn Sie so freizügig herumlaufen.«

»Aber ich bin doch nicht nackt!«, begehrte sie auf.

»Es ist für sie wie nackt«, widersprach er. »Also tun Sie es oder wir müssen sofort weiterfahren.«

Désirée seufzte. »Was ist das für ein Land? Ich respektiere doch den Islam. Ich war in Karthago, kenne Land und Leute. Niemand hat sich daran gestoßen, dass ich keine Muslimin bin und unverschleiert. Ich habe auch Respekt vor diesen Menschen, wenn sie mich nur auch respektieren.«

Abdullah senkte den Kopf. »Ich fürchte, dass Sie sich irren«, sagte er schließlich.

Désirée drehte sich um und breitete die Arme aus. »Bien, Mesdames et Messieurs, ich kaufe Ihnen gern etwas ab. Also, was haben Sie zu bieten?«

Einer nach dem anderen drehte sich ab und ging davon. Zum Schluss stand sie mit Abdullah und Abdelaziz allein auf dem Weg.

»Gut«, rief sie den Leuten hinterher. »Dann lasst es eben bleiben! Ich brauche euch nicht! Ich brauche eure Kleider nicht und eure Palmen und euer Wasser. Und ich brauche nicht eure klugen Ratschläge und eure unverschämten Forderungen. Verdammt noch mal, ihr lebt ja alle noch hinter dem Mond!«

Ihre Worte verhallten, und der Wind raschelte in den schweren Wedeln der Palmen.

XI

Sie hatten das Plateau du Tedemait und den Plain du Tidikelt unter unsäglichen Mühen überquert. Zwei Tage verloren sie wegen einer Reparatur, einen Tag rasteten sie wegen totaler Erschöpfung, und mehrmals gingen die Männer auf die Jagd, um ihre Lebensmittelvorräte aufzufüllen. Désirées Zeitplan geriet vollständig ins Wanken. Ungeduld bemächtigte sich ihrer, und sie wurde den Verdacht nicht los, dass die beiden Männer, je weiter sie fuhren, die Reise immer mehr verzögerten. Sie kannte den Grund nicht, und wenn sie danach fragte, erhielt sie keine Antwort.

Die Staubsäule stand unbeweglich in der flirrenden Luft. Désirée hustete und wischte sich die feinen Sandkörner aus den brennenden Augen.

»Was ist los?«, fragte sie Abdelaziz, der angestrengt nach vorn starrte und schwieg.

Sie riss die Tür des Verschlags auf und sprang heraus. Keine zehn Meter vor ihr stand der erste Wagen. Sie lief zu ihm hin. »Warum fährst du nicht weiter? Wir können in der Hitze nicht stehen bleiben.«

Mit verbissenem Gesicht stieg Abdullah aus und schaute sich suchend um. Désirée folgte seinem Blick, konnte jedoch nichts entdecken. Ihr stockte der Atem. Er hatte sich doch hoffentlich nicht verirrt? Sie wagte den Gedanken nicht zu Ende zu führen.

»Nun sag doch was!«, forderte sie ihn auf. »Haben wir uns verfahren?«

»Nein«, erwiderte Abdullah. »Wir haben kein Wasser mehr.«

Sie starrte ihn an. »Wieso kein Wasser mehr? Ich habe doch ausdrücklich angeordnet, ausreichend Wasser mitzunehmen.«

»Es hätte gereicht, wenn Sie sich nicht jeden Tag zweimal gewaschen hätten«, gab Abdullah zurück.

»Ja, soll ich denn nach Schweiß stinken?«, fragte sie pikiert.

»Das stört hier keinen«, erwiderte er stoisch und ging nach hinten zum zweiten Wagen. Er unterhielt sich gestikulierend mit Abdelaziz. Désirée verstand kein Wort. Dabei war ihr das Arabische doch ganz gut geläufig.

»Was ist nun?«, wollte sie wissen.

»Wir müssen einen Brunnen suchen«, sagte Abdullah und wies mit einer energischen Kopfbewegung zum Wagen. »Steigen Sie ein, Mademoiselle.«

»Wenn wir jetzt nach einem Brunnen suchen, vergeuden wir zu viel Benzin. Wir müssen uns in Richtung Südost bewegen.«

Abdullah wies nach Osten. »Die Wasserstelle befindet sich dort. Sie können ja den Kraftstoff trinken, wenn das Wasser alle ist.«

Sie schluckte den Ärger über Abdullahs Benehmen herunter. »Wie weit ist es bis zu diesem Brunnen?«, wollte sie wissen.

»Zwei Tagesreisen.«

»Zwei Tage?« Sie hob entsetzt die Hände. »Das heißt, wir verlieren noch zwei Tage Zeit! In der Zwischenzeit ist mein Vater vielleicht tot!«

»Ich denke, er ist schon längst tot und im Sand der Wüste vertrocknet. Ich denke, Sie laufen einem Phantom nach, Mademoiselle. Ich denke, Sie sind total verrückt.«

»Und ich denke, wir fahren zu diesem Brunnen. Dann füllen wir unsere Vorräte auf und setzen unseren alten Weg fort. Es ist nur noch eine Woche Fahrt, bis wir an diesem Gebirge sind.«

Abdullah starrte sie aller arabischen Höflichkeit zum Trotz an. Aus seinen schwarzen Augen war nicht abzulesen, was er dachte, und auch sein faltiges, sonnenverbranntes Gesicht ließ keine Regung erkennen.

Als wäre ich eine ihrer Huren, dachte Désirée wütend. Doch ihr erschien es im Augenblick klüger, nicht darauf einzugehen.

Sie ging zum Wagen und setzte sich auf den staubbedeckten Ledersitz.

»Worauf wartest du noch?«

»Dieser Brunnen gehört den Tuareg.«

Désirée schüttelte verwundert den Kopf. »Ist das Gastrecht nicht oberstes Gebot eines jeden Wüstenbewohners? Teilt nicht jeder sein Wasser mit einem Dürstenden?«

Abdullah starrte sie immer noch an. »Die Tuareg sind Krieger.«

»Auch Krieger kennen das Gastrecht. Ich habe bei den Türken gelebt, bei den Syrern und den Griechen, bei den Beduinen Karthagos und den Sizilianern. Glaub mir, Abdullah, ich wäre jetzt nicht hier, hätte ich mich vor ihnen gefürchtet. Und ich fürchte mich auch vor diesen Tuareg nicht.«

Wortlos drehte Abdullah sich um und ging zum vorderen Wagen. Zufrieden schloss Désirée die Wagentür.

Die kleine Wagenkarawane setzte sich wieder in Bewegung. Abdullah änderte die Richtung, fuhr jetzt genau nach Osten. Im Stillen fragte sich Désirée, wie diese Männer sich in der Wüste orientierten. Klar gab es den Stand der Sonne. Aber ringsum sah das Gelände gleich aus. Entweder türmten sich hohe Sanddünen wie die Wogen eines erstarrten Meeres auf oder eine weite Geröllebene breitete sich aus wie jetzt. Wohin das Auge auch blickte, es sah nur die gleiche trostlose, lebensfeindliche Leere. Wie sollten hier Menschen überhaupt existieren können?

Ihre Angst vor den Tuareg, die sie in Algier noch mit fast kindlichem Trotz zu unterdrücken versucht hatte, schmolz nun gänzlich zusammen. Es war undenkbar, dass sie in dieser Einöde wilden Kriegern begegneten. Was hätten sie zu verteidigen außer einem Meer von Sand und Steinen?

Sie fuhren bis zum Abend und schlugen das Nachtlager auf. Zum ersten Mal weigerten sich die Männer ein Feuer zu entzünden. Zum Abendbrot gab es nur getrocknete Datteln und eine Hand voll Wasser. Nach dem Abendgebet nahmen sie ihre Gewehre auf und kontrollierten das Gelände. Désirée beobachtete sie kopfschüttelnd, während sie sich selbst das Nachtlager herrichtete. Aus zwei Decken hatten die Männer ein Zelt zusammengeflickt, das Désirée für die Nacht nutzte. Jeder gab ihr eine Decke ab, während sie selbst in den Automobilen schliefen.

Sie spürte eine gewisse Feindseligkeit der Männer und mochte sie nicht noch mehr reizen. Sie hoffte nur, dass die Aussicht auf eine satte Belohnung nach Beendigung dieser Expedition sie bei Laune hielt. Schon deshalb hatte sie die Anzahlung nicht zu üppig gewählt.

Sorgfältig drehte sie jeden Stein um. Die Begegnung mit dem Skorpion steckte ihr immer noch in den Knochen. Aber die Wüste war wirklich tot. Keine Schlange, kein Käfer, kein Wurm versteckte sich unter den Steinen, nicht das geringste Hälmchen war zu sehen. Sie packte die Decken aus. In der Nacht würde es wieder empfindlich kalt werden. Ohne ein weiteres Wort verkroch sie sich in das Zelt und wickelte sich in die Decken ein. Sie hatte Durst, und ihr Magen knurrte. Sie fühlte sich schmutzig und schwach. Im Einschlafen hörte sie die leise Unterhaltung ihrer beiden Fahrer. Ihre Stimmen klangen wieder ruhig, sodass sie sich keine Sorgen mehr zu machen brauchte. Morgen würden sie den Brunnen erreichen, die Gefäße auffüllen und auf ihre alte Route zurückkehren. Morgen …

Sie träumte wirres Zeug. Philippe kam in diesem Traum vor und der Teppichhändler. Sie saß in seinem Lager, neben ihm Philippe, der genüsslich an einer Wasserpfeife sog. Der Teppichhändler bot ihr ein gutes Geschäft an. Er wies auf einen kostbaren Teppich, den Désirée begeistert in die Hand nahm. Doch als sie ihn umdrehte, liefen Unmengen von Skorpionen darunter hervor. Sie wollte aufschreien, doch ihre Kehle blieb stumm. Dann sah sie den Scheich, der auf einem fliegenden Teppich daherkam. Sie wollte den Teppich erreichen, aber er flog immer ein Stückchen höher, als sie sich reckte. Dann tropfte Wasser aus dem Teppich. Der Scheich lachte schallend. »Philippe, hilf mir!«, rief sie. Doch Philippe rauchte gelassen die Wasserpfeife und rührte sich nicht. »Alles eine Frage des Preises«, sagte er und stimmte in das Lachen des Scheichs ein.

Später erinnerte sich Désirée, Geräusche vernommen zu haben, das Starten der Motoren, Stimmen. Aber das lag versunken in einem Nebel, und es könnte auch ein Traum gewesen sein. Die Kühle des Morgens weckte sie, und sie zitterte trotz der Decken am ganzen Körper. Zwischen ihren Zähnen knirschten Sandkörner, in jeder Hautfalte stach und kratzte es. Sie rieb die Augen, um sie überhaupt öffnen zu können. Wind kam auf und kündigte den nahen Morgen an.

Désirée taumelte aus ihrem Zelt und schaute sich um. Was sie sah, oder besser, was sie nicht sah, ließ sie erstarren. Die beiden Wagen waren verschwunden, ebenso die beiden Männer. Es gab kein Wasser, nichts zu essen, kein Holz, keinen Hinweis darauf, was geschehen war. War es ein Überfall? Aber dann hätte sie etwas gehört, wäre aufgewacht. Es gab nur eine Erklärung: Die beiden Männer waren geflüchtet und hatten sie in der Wüste allein gelassen!

Bar jeder Illusion wusste Désirée, was das bedeutete. Sie war nicht imstande, sich zu bewegen. Nur langsam schien ihr Gehirn zu begreifen, was geschehen war. Sie spürte die Kälte nicht mehr, sie selbst war zu Eis erstarrt. Dann sank sie langsam auf den kalten Boden nieder.

»Inschallah«, sagte eine Stimme in ihrem Kopf, und sie begann leise zu kichern. Wenn man verdurstete, wurde man zunächst wahnsinnig. Die Zunge blähte sich zu einem unförmigen Klumpen auf, die Schleimhäute zerrissen, und das kranke Gehirn gaukelte Halluzinationen vor. Nein, sie würde nicht verdursten. Die unendliche Wüste würde zum Meer werden, jede Düne zur Woge, jedes Sandkorn zu einem Wassertropfen. Und dann würde das Meer sich bewegen, sie hinauftragen in den Himmel, in die unendliche Weite, wo sie frei wie ein Vogel davonfliegen konnte.

Und das Meer bewegte sich, der Horizont leuchtete im fahlen Morgenlicht auf. Himmel und Meer vereinigten sich. Und aus diesem Leuchten traten die Geister der Ahnen hervor, dunkle Punkte gegen den Silberstreif des erwachenden Tages.

Désirées irres Kichern wurde lauter, und es gellte in ihren Ohren. Irgendwo in ihrem Inneren regte sich ihr Selbsterhaltungstrieb. Etwas begehrte auf gegen das sichere Schicksal ihres Unterganges. Sie würde diesen Tag in der Wüste nicht überleben. Der Tod streckte schon seine unbarmherzigen Krallen gegen sie aus. Am Horizont sammelten sich die Geister, um sie mit hinüber ins Totenreich zu nehmen. Aber kampflos würde sie ihnen das Feld nicht überlassen. Im Osten gab es einen Brunnen. Sie brauchte nur gegen Osten zu laufen, immer der aufgehenden Sonne entgegen. Sie würde den Brunnen finden, dann würde sie auch weiterleben. *Nein, ihr Dämonen der Finsternis, so schnell gebe ich mich nicht geschlagen!*

Unter Aufbietung aller Kräfte erhob sie sich und streckte den Rücken. Ihr Körper schmerzte. Dann setzte sie einen Fuß vor den anderen, mechanisch, ohne zu denken, ohne zu fühlen, dass die Steine ihre Füße zerschnitten, dass der Wind ihr Baumwollhemd an den Körper drückte, dass die Sandkörner wie Nadeln auf der Haut stachen. Ihre Lippen platzten auf, der Atem wurde heiß, und in ihren Schläfen dröhnten dumpfe Trommeln. Sie musste es schaffen! Der Brunnen konnte nicht mehr weit sein. Der Horizont schwankte vor ihren brennenden

Augen und mit ihm schwankten die dunklen Dämonen, die dort auf sie lauerten.

Die Augen starr nach vorn gerichtet, ging sie, taumelte, schleppte sich vorwärts, nur noch aufrecht gehalten von dem unbändigen Willen, diesen ausgetrockneten Körper am Leben zu erhalten. Und mit jedem Schritt stieg die Gewissheit, dass dieser Kampf bereits verloren war. *Dann nehmt mich doch, ihr blöden Geister,* wollte sie schreien, aber aus ihrer Kehle drangen nur unartikulierte Laute. Sie streckte die Arme nach vorn, die dunklen Gestalten gleichermaßen abwehrend wie begrüßend. Irgendwo in den Tiefen ihres Gehirns bewegten sich noch träge Gedanken, und sie wunderte sich, dass die Geister des Totenreiches auf Kamelen ritten und gänzlich in dunkle Tücher gehüllt waren. Unaufhaltsam näherten sie sich, nahmen jetzt schon ihr ganzes Sichtfeld ein. Und dann bemerkte sie noch, dass diese Gestalten Stimmen besaßen, etwas riefen. Einer hob einen Säbel und gab den anderen Zeichen. Im gleichen Augenblick durchzuckte Désirée die Erkenntnis wie ein Dolchstoß: Tuareg!

Im nächsten Augenblick wurde es dunkel um sie.

XII

Er schien unglaublich groß zu sein, fast bis in den Himmel zu reichen. Sie sah den dunkelblauen Stoff seiner Gandura, die fast bis zum Boden fiel. Unter den hüfthohen Seitenschlitzen trug er Pluderhosen, die sich um die Knöchel schlossen. Seine Füße steckten in schlichten Sandalen und waren von hellem Staub bedeckt. Erst jetzt bemerkte sie, dass sie am Boden lag und zu ihm aufblinzelte. Ächzend versuchte sie sich aufzurichten. Ihre Lunge brannte wie Feuer, und jeder Atemzug schmerzte. Sie wollte den Schmerz ignorieren und konzentrierte sich auf den Mann, der in herrischer Pose vor ihr stand.

Er schaute auf sie herab. Außer seinen verstaubten, nackten Füßen sah sie nichts von ihm. Selbst der Kopf war mit dem blauen Tuch umwickelt, das das Gesicht verhüllte und nur die Augen freiließ. Und was für Augen!

Diese Augen waren nicht schwarz wie die der Araber, sondern heller. Es war eine Mischung aus Grau und Gold, umrahmt von einem dichten Kranz dunkler Wimpern. Es waren die Augen eines Mannes, wie sie sie noch nie gesehen hatte, sanft geschwungen, wie mit einem Kajalstift gezeichnet. Darüber waren dunkle Augenbrauen zu sehen, gerade und streng. Umso faszinierender wirkten die Augen. Die Haut in den Augenwinkeln war glatt. Désirée vermutete, dass dieser Mann noch relativ jung sein musste.

Sie fühlte sich von kräftigen Händen hochgehoben und suchte Halt auf den Füßen. Als ihre Beine einknickten, fingen die Arme sie wieder auf. Ungerührt beobachtete der Mann ihre verzweifelten Bemühungen, Haltung zu bewahren. Sie spürte, dass ihre Lippen feucht waren. Jemand musste ihr Wasser eingeflößt haben.

Seine Haltung hatte etwas Hoheitsvolles, Königliches an sich. Désirée ahnte, dass er nicht irgendein Wüstenkrieger war. Er war es gewesen, der den Säbel gezogen hatte. Er war es gewesen, der unverständliche Befehle gerufen hatte. Sie versuchte ein ungeschicktes Lächeln. Es war nicht zu erkennen, ob er es erwiderte. Sie musste lernen, es aus seinen Augen abzulesen.

Er sagte etwas zu ihr, was sie nicht verstand. »*Ma temousem?*« Es war nicht Arabisch und auch sonst keine Sprache, die sie kannte. Das Lächeln auf ihrem Gesicht verlor sich und machte einem verzweifelten Ausdruck Platz. »Ich spreche Arabisch und Französisch«, sagte sie in diesen beiden Sprachen.

»Wer bist du?«, fragte der Mann zu ihrer Überraschung in perfektem Französisch.

Erleichtert stieß sie die Luft aus. »Mein Name ist Désirée Montespan. Mein Vater weilt hier irgendwo zu Ausgrabungen. Ich suche ihn.«

Ein verwundertes Gemurmel der umstehenden Männer war die Antwort. Es waren etwa zwölf bis fünfzehn Krieger, alle in diese blauen Gewänder gehüllt, aus denen nur die Augen blickten. Keiner machte Anstalten, seinen Schleier abzunehmen. Auf Désirée wirkte diese Aufmachung ausgesprochen bedrohlich. Sie versuchte, sich ihr Unbehagen nicht anmerken zu lassen. Kämpferisch reckte sie das Kinn vor. Ihr schien, als habe es in den Augen des Anführers belustigt aufgeblitzt. Doch gleich darauf blickte er sie wieder mit einer merkwürdigen Eindringlichkeit an.

»Allein?«

»Meine Begleiter sind in der Nacht einfach davongefahren. Wir waren mit zwei Automobilen unterwegs. Ich weiß nicht, warum sie mich im Stich gelassen haben. Wir waren auf der Suche nach einem Brunnen, der hier in der Nähe sein soll. Unser Wasservorrat ging zur Neige.«

Wieder murmelten die Männer um sie herum, verstummten aber sofort, als der Anführer sprach.

»Man muss entweder sehr mutig oder sehr dumm sein, sich ohne ausreichenden Wasservorrat und ohne Kamele in die Wüste zu begeben.«

»Verstehen Sie nicht? Mein Vater ist verschollen. Ich muss ihn suchen.«

»Ich habe dich verstanden, ich verstehe deine Sprache sehr gut«, erwiderte der Anführer. Sein Blick wurde wieder distanzierter. Mit den Händen hielt er die Falten seines Gewandes auf dem Rücken zusammen, ohne sich zu bewegen. Désirée stellte fest, dass er kein Wort darüber verlor, dass sie eine Frau war. Wahrscheinlich war es auch gleichgültig, denn wer sich so wie sie allein in die Wüste begab, war wirklich entweder unglaublich dumm oder …

»Dann werden Sie auch sicher verstehen, dass ich ihn suchen muss. Ich bitte Sie, mir etwas Wasser zu geben und ein Kamel. Ich werde es Ihnen selbstverständlich bezahlen.«

Sie hörte die Männer lachen. Der Anführer jedoch blieb

ernst. Er sagte etwas in einer fremden Sprache. Die Männer packten sie an den Armen und schoben sie zu einem der liegenden Kamele. Désirée fühlte sich hochgehoben und in den Sattel gesetzt. Erschrocken krallte sie sich an dem hölzernen Knauf fest. Dass ihre Bitte so schnell erfüllt werden würde, damit hatte sie nicht gerechnet. Fehlten nur noch die Wassersäcke. Doch die Männer schienen etwas anderes vorzuhaben. Sie gingen zu ihren Kamelen und schwangen sich ebenfalls in die Sättel. Mit unwilligem Knurren erhoben sich die Tiere.

Auch der Anführer bestieg sein Kamel. Es hatte fast weißes Fell und den gleichen hochmütigen Gesichtsausdruck wie sein Reiter. An seinem Zaumzeug klingelten kleine Messingglöckchen, und am Hals baumelten verschiedene Amulette. Den Sattel zierten bunte Wollfransen, an beiden Seiten hingen Ziegenschläuche für das Wasser. Die meisten Schläuche waren leer.

Ruckartig erhob sich das Kamel. Désirée wurde zuerst unsanft nach hinten, dann nach vorn und schließlich wieder nach hinten geworfen. Beinahe wäre sie aus dem Sattel gestürzt. Einer der Männer nahm ihre Zügel und kletterte als zweiter Reiter auf ein anderes Kamel.

»Hilfe, was soll das?«, rief Désirée.

Der Anführer drehte sich zu ihr um, und wieder konnte sie ein spöttisches Funkeln in seinen grauen Augen entdecken.

»Du bist meine Gefangene!«

Es war ein dumpfes Gefühl, das nur langsam in ihr Bewusstsein drang. Gefangene! Das Gefühl ballte sich in ihrem Magen zusammen und verursachte ihr Übelkeit. Den Tuareg sagte man nach, dass sie ihre Gefangenen nicht gut behandelten. Ja, man erzählte im Flüsterton und schaudernd von entsetzlichen Marterungen: dass sie den Unglücklichen die Haut bei lebendigem Leibe abzögen, um sich daraus Taschen zu machen, oder ihnen Ringe durch die Haut stießen, um sie daran zu fesseln wie wilde Bären oder Ochsen. Sie wusste nicht, was an diesen Erzählungen wahr war und was Übertreibung, aber allein der Anblick der Wüstenkrieger ließ jede Hoffnung in ihr absterben.

Für Désirée sahen die Tuareg alle gleich aus. Sie trugen zwei Ganduras, eine weiße unten und eine blaue darüber, Pluderhosen, einen kunstvoll gewickelten Turban aus ebensolchem indigoblauen Stoff, dessen Ende sie als Schleier vors Gesicht zogen. Nur die Augen waren zu sehen. Sie sahen alle gleich Furcht einflößend aus und boten doch einen prachtvollen Anblick auf ihren hellen Dromedaren. Während des Rittes sprachen sie nur in knappen Sätzen miteinander. Sie bedienten sich einer Sprache, die Désirée unbekannt war.

Die Sättel der Dromedare bestanden aus Holzgerüsten mit einem gekreuzten Sattelknauf vorn und einer hohen Rückenlehne. So bequem diese Sättel aussahen, so unbequem erschienen sie Désirée. Es war nicht das erste Mal, dass sie auf einem Kamel saß, aber diese Art zu reiten erschien ihr besonders anstrengend. Sie beobachtete die Männer. Sie hatten sich ihrer Sandalen entledigt und die Füße über Kreuz auf die Hälse der Dromedare gelegt. Nur mit den Zehen dirigierten sie die Tiere.

Schon nach kurzer Zeit schmerzte ihr das Hinterteil derart, dass sie glaubte, es nicht länger ertragen zu können. Verstohlen versuchte sie die Haltung der Reiter nachzuahmen. Sie kreuzte die Beine über dem Hals ihres Dromedars und übte mit dem Fuß Druck aus. Das Tier brummte unwillig auf, dann warf es den Kopf nach hinten und versuchte in Désirées Fuß zu beißen. Mit einem erschrockenen Laut kippte sie zur Seite. Das majestätische Tier entledigte sich seiner Reiterin ohne feierliche Umstände. Mit einem Plumps und einem Schmerzenslaut landete sie im Sand.

Die kleine Karawane kam ins Stocken, die Tuareg wandten sich zu ihr um, und unter ihren Schleiern erklang gedämpftes, abgehacktes Lachen. Désirée war peinlich berührt, auf diese Weise zum Gespött der Männer geworden zu sein. Doch das Kamel war riesig, und sosehr sie auch an seinem Zügel zerrte, es ließ sich nicht bewegen auf die Knie zu gehen. Die Tuareg ließen sich viel Zeit, bis sich der Anführer erbarmte, von seinem Kamel glitt und zu ihr kam. Er trat dicht an sie heran.

»Ein königliches Kamel beugt nicht die Knie vor einem kleinen französischen Mädchen«, sagte er.

Trotz der Hitze bemerkte sie, wie ihr das Blut ins Gesicht schoss. Sie fuhr herum. Er erwiderte gelassen ihren Blick mit seinen unergründlichen grauen Augen. Sie glaubte, Spott darin zu sehen.

»Ist es bei stolzen Kriegern üblich, dass der König eine Gefangene demütigt?«, fragte sie mit gepresster Stimme.

Ihr schien, als verlöre sich das spöttische Funkeln. »Welches Schicksal ist für eine Frau erstrebenswert?«, gab er die Frage zurück. »Warum verlässt jemand sein eigenes Volk, um sich von einem anderen demütigen zu lassen?«

Unangenehm berührt, schlug sie die Augen nieder. Sie hatte das Gefühl, als wäre sie ein gläserner Mensch, und dieser verschleierte Krieger könnte alles sehen, was in ihr war. Seine kräftigen Hände packten sie und schoben sie hinauf in den Sattel, ohne dass sich das Dromedar niederknien musste. Dann ging er zurück zu seinem eigenen Reittier und schwang sich mit einer einzigen eleganten Bewegung hinauf. Im Stillen bewunderte sie seine katzenhafte Gewandtheit.

Doch sie zwang sich zur kühlen Vernunft. Sie sollte lieber ein gesundes Misstrauen bewahren. Sie befand sich in der Gewalt berüchtigter Wüstenkrieger, und ihr Schicksal würde keineswegs rosig sein. Nein, ihr war klar, dass sie ein grausames Schicksal erwarten würde, sie in den Augen dieser seltsamen Wüstensöhne als Ungläubige galt und zudem noch eine Frau war, die unverschleiert und ohne männlichen Schutz in einer für sie feindlichen Umwelt umherstolperte. Es war einfach lächerlich, und die Männer hatten ihrem Spott auch lautstark Ausdruck verliehen.

Sie presste die Lippen zusammen, die schon wieder hart und rissig wurden. Ihr Speichel verdickte sich, und das Schlucken fiel ihr schwer. Die Haut ihres Gesichts brannte, und das Hemd unter der unbequemen Jacke klebte an ihrem schweißnassen Körper. Das Schlimmste jedoch waren die ledernen Schnürstiefel, die ihre Füße zusammenpressten. Der Sand, der sich hineingeschmuggelt hatte, rieb unerträglich.

Hinter einer lang gestreckten sichelförmigen Sanddüne stoppte die Karawane, und die Reiter saßen ab. Désirée nahm alles nur noch verschwommen durch ihre entzündeten, brennenden Augen wahr. Halb ohnmächtig kippte sie aus dem Sattel. Einer der Männer zog sie in den Schatten der Düne auf eine eilig ausgebreitete Decke. Sie spürte etwas Feuchtes auf den Lippen und ihrem Gesicht. Alles in ihr glühte wie der erhitzte Wüstensand. Die Männer sprachen leise miteinander. Aufstöhnend ließ sie sich auf die Matte sinken und beschloss, sich nie wieder zu bewegen. Im Unterbewusstsein nahm sie brenzligen Geruch wahr. Die Männer hatten ein kleines Feuer entfacht, um das sie sich nun im Kreis hockten und eine Mahlzeit zubereiteten. Niemand kümmerte sich mehr um sie.

Désirée rollte sich auf die Seite und blieb zusammengekrümmt liegen. Aus den Lidspalten heraus beobachtete sie die Männer. Sie kochten in einem flachen Topf einen Brei, der unappetitlich aussah. Dann reichten sie den Topf herum, jeder schaufelte sich mit einem eigenen Holzlöffel etwas heraus, dass er sofort verzehrte und reichte den Topf weiter. Nicht einmal beim Essen nahmen sie den Schleier ab, sondern wandten das Gesicht ab, um irgendwie den Löffel darunterzuschieben.

Vielleicht sehen sie ganz abscheulich aus, dass sie selbst ihren Feinden und Gefangenen ihre Gesichter nicht zu zeigen wagten, mutmaßte Désirée. Ihr Magen krampfte sich vor Hunger zusammen, gleichzeitig wurde ihr übel. Sie hatte nicht erwartet, dass sie etwas zu essen bekam. Diese Männer waren hochmütig und herzlos, und sie war nur eine unbedeutende Frau. Sie war zu schwach, um Zorn zu empfinden.

Die Tuareg hatten ihre Mahlzeit beendet und bereiteten den Tee zu. Der aromatische Minzgeruch, der zu Désirée herüberwehte, nahm ihr fast das Bewusstsein. Sie schreckte zusammen, als eine dunkle Gestalt plötzlich vor ihr stand, sich zu ihr herabbeugte und ein dickwandiges Glas mit Tee reichte. So gern sie nach dem Glas gegriffen hätte, ihre Glieder versagten ihr den Dienst. Ohne Umschweife schob er seinen Arm unter ihren Rücken und hob sie etwas an. Dann führte er das Glas an ihre Lippen.

»Erst ausatmen, dann trinken«, hörte sie die Stimme des Anführers. Sie schaute auf und blickte in seine Augen. Sie wollte atmen, aber es fiel ihr unendlich schwer. Das innere Feuer schien sie zu verbrennen.

Der Tee belebte ihre Lebensgeister. Gierig trank sie das Glas aus und ließ sich ein zweites einschenken. Ein anderer Krieger brachte ihr eine Schüssel mit Hirsebrei, in dem ein Holzlöffel steckte. Dann setzten sie sich alle ans Feuer und kümmerten sich nicht mehr um Désirée.

Sie schwankte zwischen Aufbegehren und Schwäche. Zunächst wollte sie den Brei nicht anrühren, besann sich dann aber eines anderen. Ein Plan keimte in ihr auf. Die Kamele standen in der Nähe, nur mit einem schlichten Strick an den Vorderbeinen gefesselt. Es würde ihr keine Mühe bereiten, den Knoten zu lösen. Sie musste versuchen zu fliehen. Mit einem Kamel war es immerhin möglich. Doch dazu brauchte sie Kraft.

Mit geschlossenen Augen stopfte sie den Hirsebrei in sich hinein. Er wurde immer mehr im Mund und schmeckte mehlig und salzig. Sie zwang sich, die ganze Schüssel zu leeren, und trank dann ausreichend brackiges Wasser aus einem der Ziegenschläuche. Dabei glitten ihre Augen prüfend über die Kamele. Fast alle trugen noch ihre Sättel und auch die Wasserschläuche. Einige hatten sich hingelegt, die meisten jedoch standen und kauten auf ausgedörrten Zweigen herum. Bessere Voraussetzungen für eine Flucht konnte sie nicht bekommen. Außerdem hatte sie sich eingeprägt, wo die Sonne untergegangen war. In diese Richtung musste sie flüchten.

Sie ignorierte das Brennen ihres Körpers. Die anbrechende Nacht brachte Kühle. Sie hockte sich wieder an ihren alten Platz. Ein Tuareg-Krieger kam, warf ihr ein Bündel Decken hin und nahm das benutzte Geschirr mit. Dann hockten sie wieder im Kreis um das Feuer und unterhielten sich leise. Einige legten sich zum Schlafen hin, nachdem sie ihr Gebet verrichtet hatten. Désirée fiel auf, dass sie mehr pflichtbewusst als überzeugt beteten. Zumindest waren sie wohl doch Moslems, und damit kannte sich Désirée aus. Die rituelle Waschung vollzogen sie mit Sand statt mit Wasser. Auch konnte sie keine Gebetsteppiche entdecken, der Wüstensand tat es auch. Nicht einmal in der Nacht nahmen sie ihre Schleier ab. Und selbst die Waffen behielten sie am Körper. Mit Schaudern bemerkte Désirée blitzende Dolche an den wehenden Gewändern.

Sie wartete, bis das Feuer heruntergebrannt war und die Krieger in tiefem Schlaf lagen. Es gab keinerlei Wache. Sie schienen sich sehr sicher zu fühlen.

Bevor die Kälte der Nacht zu sehr in ihre Glieder kroch, befreite Désirée sich aus ihren Decken, die sie um den Körper gewickelt hatte. Sie hatte sich etwas abseits von den Männern hingelegt. Eine Weile beobachtete sie die schlafenden Gestalten, die wie dunkle Bündel verstreut im hellen Wüstensand lagen. Keiner regte sich, einige schnarchten leise. Ab und zu vernahm sie ein leises Knurren der Kamele.

Sie warf einen Blick zum Himmel. Der Nachthimmel über der Wüste war immer wieder faszinierend. Bereits in Arabien hatte sie das festgestellt. Die Luft war klar und rein, die Sterne funkelten wie tausende Diamanten. Die Schwärze der Nacht legte sich wie ein weiches Tuch über die Erde. Trotzdem war es nicht gänzlich dunkel. Schemenhaft waren die Konturen der Dünen zu erkennen, das ersterbende Feuer glomm dunkelrot zwischen den Steinen, und die Tuareg-Krieger lagen immer noch in tiefer Ruhe unter ihren Decken.

Auf allen vieren kroch Désirée zu einem der Kamele. Es trug zwei Ziegenbälge am Sattel, die am vollsten mit Wasser gefüllt waren. Das Tier stand und blickte mit einem fast verächtlichen Blick aus seinen großen dunklen Augen auf sie herab. Désirée überlegte kurz. Aufsteigen konnte sie auf das Tier nicht. Aber sie wollte es auch nicht zwingen sich hinzuknien. Wahrscheinlich würde es ungnädig brummen, und das könnte die Männer wecken. Sie kraulte es am Hals und ergriff langsam den kordelartigen Zügel.

»Komm«, lockte sie es. »Komm mit.« Das Kamel blieb, wo es stand. Es bewegte nicht einmal den Kopf. Désirée zog etwas stärker am Zügel. Das Kamel knurrte drohend. »Himmel, nun sei doch nicht so störrisch«, flüsterte sie. Endlich schien es sich's zu überlegen und setzte ein Bein vors andere. Diese Bewegungen waren unglaublich langsam, als hätte es alle Zeit der Welt. Es kostete Désirée Kraft, das Tier hinter sich herzuziehen. Sie führte es in den Schatten der Düne. Ein leichter Wind wehte und trieb die Sandkörnchen wie ein zarter Schleier an der Oberfläche der Düne entlang. So bewegten sie sich Zentimeter um Zentimeter, aber unaufhaltsam vorwärts. Es war eines der Wunder der toten Wüste, die doch auf seltsame Weise lebte.

Lautlos tappte das Kamel auf seinen Ballensohlen, den Kopf immer noch majestätisch erhoben, als erweise es Désirée lediglich eine Gnade, ihr zu folgen. Als sie sich in sicherer Entfernung zu den Tuareg glaubte, versuchte sie das Kamel zum Niederknien zu zwingen. Das Tier stieß einen unwilligen Knurrlaut aus, der ziemlich drohend klang. Seine hellen Plüschohren wackelten ungeduldig, und die lange Oberlippe bewegte sich hin und her. Désirée bemühte sich, respektvollen Abstand zu halten, damit sie nicht gebissen wurde. Je mehr Désirée am Zügel zog, umso nervöser wurde das Tier. Und mit einem lauten Grunzen ließ es sich endlich auf die Knie nieder.

Aufatmend kletterte sie in den wackeligen Sattel. Er war vor dem Höcker festgezurrt. Ein Halsriemen, in den eigentlich ein Fuß gesteckt wurde, gab dem Sitz zusätzliche Sicherheit. Doch Désirée trug Schnürstiefel, die das verhinderten. Sie hatte viel zu viel Angst vor Schlangen und Skorpionen, als dass sie auf die Stiefel verzichtet hätte. Es würde auch so gehen. Mit einem energischen Klopfen gegen die Flanke des Kamels forderte sie es auf, sich zu erheben. Mit einem empörten Schrei sprang das Tier auf, zuerst mit den Hinterbeinen, dann mit den Vorderbeinen. Désirée wurde zunächst unsanft nach vorn geschleudert, dann nach hinten. Sie hatte keine Möglichkeit, sich nach der Himmelsrichtung zu orientieren, denn das Kamel setzte sich sofort in Bewegung. Verzweifelt hielt Désirée sich mit einer Hand am Sattelkreuz fest, mit der anderen zog sie am Zügel, um das Tier zu stoppen. Doch es hatte seine ureigensten Vorstellungen. Mit einer kleinen, eleganten Bewegung entledigte es sich der unbequemen Reiterin und trabte dann laut grunzend davon, genau in Richtung des Tuareg-Lagers. Désirée fand sich im Sand wieder und konnte nur noch hinterherschauen, wie das Kamel hinter der Düne verschwand.

»Verdammtes Vieh«, schnaufte sie. Gleichzeitig sprang sie auf. Sie musste sich beeilen, bevor die Tuareg wach wurden und ihre Flucht bemerkten. Sie hastete durch das Tal zwischen den beiden Dünen, dann wählte sie einen Durchgang, der wie eine flache Schneise zwei Dünen voneinander trennte. Doch kaum hatte sie diese Düne hinter sich, erhob sich schon die nächste vor ihr. Es waren immer die windabgewandten Seiten, die besonders steil waren.

Lief sie überhaupt in die richtige Richtung? Die Dünen waren hart wie Stein, aber ihre Oberfläche rutschig wie Glatteis. Ihre Füße verloren den Halt, sie krabbelte verzweifelt wie eine Ameise auf dem tückischen Grund, ohne vorwärts zu kommen. Trotz der kühlen Nachtluft wurde ihr heiß, das Blut dröhnte in ihren Ohren, in ihren Schläfen hämmerte es. Jedes Sandkorn auf ihrer Haut schmerzte, als wäre es aus glühendem Eisen. Sie bekam das bedrückende Gefühl nicht los, dass die Geister der Nacht sie verfolgten. Gehetzt blickte sie sich um – und erstarrte. Eine dunkle Gestalt stand unterhalb der Düne. Désirées Gedanken überschlugen sich. Wie war das möglich? Wie konnte der Krieger ihr folgen? Ohne Kamel, nur zu Fuß!

Sie verdoppelte ihre Anstrengung, den Kamm der Düne zu erreichen, mit dem Ergebnis, dass sie auf dem Bauch landete. Langsam und unaufhörlich glitt sie den steilen Hang nach unten.

Es musste der Anführer der Krieger sein. Irgendwie erkannte sie ihn an seiner hoheitsvollen Haltung. Er stand einfach da und wartete auf sie. Sie glitt ihm genau vor die Füße.

Enttäuschung, Scham und Wut stiegen in ihr auf. Als er so vor ihr stand, riesig, wie ein dunkles Monument gegen den Himmel, überkam sie auch Angst. Er war eine übermächtige Drohung, verdunkelte die Sterne und grub sich in ihre Seele ein. Eine ganze Weile stand er so da und blickte auf sie herab. In der Dunkelheit konnte sie seine Augen nicht sehen, und darüber war sie froh. Wahrscheinlich hätte sie dieser Blick noch zusätzlich erschüttert. Er kostete offensichtlich ihre Demütigung aus. Dann bewegte er nur einen Fuß nach vorn und presste ihn auf ihr Handgelenk. Der Sand darunter grub sich schmerzhaft in ihre Haut ein.

»Ich habe wirklich geglaubt, dass du eine mutige Frau bist. Ich habe mich geirrt.«

Désirée erwartete etwas – etwas Schreckliches. Sie kniff die Augen zusammen. Er würde sie treten, schlagen, vielleicht sogar töten. Sie war nur eine Belastung für die Tuareg. Was sollten sie auch mit ihr anfangen? Sie würden sie im Sand verscharren, und irgendwann, wenn der Wind die Düne weiterwandern ließ, würden ihre bleichen Knochen wieder zu Tage treten.

Tränen stiegen in ihr auf und bahnten sich ihren Weg. Sie schluchzte verzweifelt auf. Sie hatte nicht die Absicht, damit sein Herz zu rühren. Nein, sie war überzeugt, dass diese unheimlichen Wüstenkrieger ohnehin keines besaßen. Das, was sie in Algier über die Tuareg gehört hatte, war schrecklich genug. Räuber, Wegelagerer, Mörder, Sklavenhalter, Wüstenplage, blaue Dämonen ohne Gesicht.

Er beugte sich zu ihr herab, und Désirée presste die Augen zusammen. Sie wartete darauf, dass er seinen blitzenden Dolch aus den Falten seines Gewandes zog und ihn ihr kurzerhand zwischen die Rippen stach. Vielleicht war es auch besser so, dann hatten die Qual und die Ungewissheit ein Ende. Für den Bruchteil einer Sekunde überlegte sie, ob ihr Vater vielleicht auf die gleiche Weise ums Leben gekommen war. Dann spürte sie zu ihrer Überraschung, wie er sie auf seine Arme hob. Scheinbar mühelos trug er sie zurück zum Lager. Dort standen die anderen Krieger. Désirée hörte ihre Stimmen und war sich nicht sicher, ob sie sprachen oder lachten. In einem Anfall von Verzweiflung krallte sie ihre Finger in die blaue Gandura des Anführers und fing hemmungslos an zu weinen.

»In der Wüste sollte man sparsam mit Wasser umgehen«, hörte sie ihn sagen. Sein Französisch besaß einen kehligen Akzent, der Désirée eine Gänsehaut über den Rücken jagte. Sie wollte immer noch sterben. Am liebsten in seinen Armen.

XIII

Aber so schnell starb es sich nicht einmal in der Wüste. Der Anführer der Krieger ließ sie sacht auf ihre Decken gleiten und gab irgendwelche Befehle. Désirée hielt die Augen immer noch geschlossen. Ihr war unsagbar elend zumute. Ihre Haut spannte und schmerzte, das Feuer in ihrem Körper loderte, sämtliche Kraft schien daraus entschwunden zu sein. Ihre Zähne schlugen klappernd aufeinander, während ihr immer heißer wurde.

Die Stimme des Anführers wurde lauter. Ein zweiter Mann kam hinzu, und sie spürte etwas Kühles, Säuerliches auf den Lippen. Es schmeckte wie dicke, saure Milch mit ranzigem Fett. Désirée wurde von Ekel geschüttelt. Nicht genug damit, schmierten sie ihr den Rest dieser Pampe ins Gesicht. Schwach versuchte sie sich zu wehren.

»Du hast einen schlimmen Sonnenbrand«, sagte der Anführer, der als Einziger französisch zu sprechen schien. »Und Fieber.« Er deckte sie mit einer dicken, gewebten Wolldecke zu. Sie wollte die Decke wegstoßen, weil Schweiß auf ihre Stirn trat. Im gleichen Moment begann sie zu frieren, und ein heftiger Schüttelfrost erfasste sie. Von fern vernahm sie die Stimmen der Männer, die sich leise miteinander unterhielten. Ihre Sinne schwanden wie das Licht des Mondes. Über der Wüste breitete sich der kristallklare Himmel wie das indigoblaue Tuch der Tuareg aus.

Der Tag war noch nicht angebrochen, als sie geweckt wurde. Désirée fühlte sich elend und schwach. Sie war nicht in der Lage, sich aus eigener Kraft zu erheben. Jemand flößte ihr wieder etwas Kühles ein, das sie begierig schluckte. Sie schmeckte nichts. Dieser Sinn schien bereits nicht mehr zu funktionieren. Auch sah sie kaum etwas, alles verschwamm vor ihren Augen. Sie spürte, wie sie auf das schwankende Kamel gehoben und von starken Händen gehalten wurde. Die schaukelnden Bewegungen verursachten ihr Übelkeit.

Längst hatte sie auch das Zeitgefühl verloren und dämmerte stumpf vor sich hin, nur unterbrochen durch einen Kraft raubenden Wechsel aus glühenden Hitzewallungen und Schüttelfrost. Irgendwann stockte die Karawane wieder. Sie registrierte es kaum. Dann spürte sie, wie sie von ihrem Kamel gehoben und in ein Zelt getragen wurde.

Ein Zelt? Sie riss die Augen auf und versuchte etwas zu erkennen. Es war dämmrig in dem Zelt, und es roch nach Ziegenhaar und Fett. Sie sah zwei Gesichter. Es waren die Gesichter zweier Frauen. Zu Désirées Verwunderung waren sie unverschleiert. Die eine war jung und ausgesprochen hübsch, die andere um etwa eine Generation älter, aber sie musste eine ebensolche Schönheit gewesen sein. Ihre Gesichter strahlten Stolz und Anmut aus.

Die Jüngere beugte sich zu ihr herab und hielt ihr eine flache Schale an die Lippen. Désirée trank, und es schmeckte wieder nach saurer Kamelmilch. Aber sie erfrischte und löschte den brennenden Durst in ihrem Inneren. Irgendetwas befand sich auf ihrem Gesicht. Als sie danach fasste, griff sie in etwas Schmieriges. Die Ältere hielt ihr Handgelenk fest, um sie daran zu hindern. Dann sagte sie etwas in ihrer kehligen, unbekannten Sprache. Es roch nach Ziegenbutter.

Ich muss diese Sprache lernen, dachte Désirée. Ich muss wissen, was sie sagen. Es ist ein sonderbares Volk, dessen Männer verschleiert auf Kamelen reiten und Karawanen überfallen, und dessen Frauen keine Schleier tragen und sehr hübsch sind. Offenbar hat ihre Religion mit dem Islam nur wenig gemein. Dafür pflegen sie eine ungewöhnliche Lebensweise. Natürlich war Désirée ärgerlich und ungehalten darüber, wie die Männer sie behandelt hatten. Gefangen genommen, entführt. Und doch! Désirée war neugierig geworden, das Geheimnis der Tuareg zu lüften. Ähnlich wie bei Ausgrabungen packte sie ein seltsames Fieber, eine Leidenschaft, die sie nur schwer unterdrücken konnte. Zum ersten Mal fragte sie sich, warum sie immer nur das Leben längst vergangener Völker erforschte.

Früher, wenn sie ihren Vater auf Ausgrabungen begleitete hatte, war sie oft abends allein durch die freigelegten Ruinen gegangen. Dann hatte sie sich vorgestellt, wie das Leben gewesen war, als es hier noch Menschen gab. Als der König in seinem Palast lebte, mit seiner Königin, seinen Konkubinen, seinen Sklaven und Priestern. Als die Bauern vor dem Stadttor ihre Waren anpriesen, als prachtvolle Zeremonien stattfanden, Kriege und Intrigen, Liebesdramen …

Dieses Volk hier war nicht untergegangen. Désirée hatte zum ersten Mal die Gelegenheit, inmitten eines unbekannten Volkes zu leben, ihre Sitten und Gebräuche zu studieren. Das war ungemein aufregender!

Wenn sie sich nur nicht so elend fühlen würde! Und wenn sie nur die Frauen verstehen würde! Aber vielleicht sprachen sie auch Französisch wie ihr Anführer?

»Wo bin ich?«, wollte sie wissen und richtete sich auf.

Die Ältere drückte sie wieder in das Polster zurück. Erschrocken schob Désirée ihre Hand weg. »Mir geht es gut! Ich will wissen, wo ich bin. Ich wurde von diesen Männern entführt …«

Die beiden Frauen wichen zurück und starrten sie aus großen Augen an. Désirée fiel auf, dass sie beide im Gesicht bemalt waren. Verschiedenfarbige Zeichen zierten Wangen und Stirn. Die Lippen waren mit einer dunklen Farbe geschminkt.

Ihr Schmuck war bemerkenswert. Er schien mehr als nur Zierde zu sein und ebenso eine Bedeutung zu haben wie die Zeichen auf der Haut. Dann verließ die Jüngere das Zelt, während die Ältere unbeweglich sitzen blieb. Als sich die Zeltwand wieder hob, trat ein Mann ein. Ohne Zweifel war es der Anführer, der sie gefangen genommen hatte, auch wenn sie eigentlich nichts erkennen konnte. Er trug das Gesicht verschleiert, die lange Gandura und Sandalen. Er begrüßte die ältere Frau sehr respektvoll und voller Wärme. Das war trotz seiner Verschleierung ersichtlich. Seine Begrüßung wurde auf ebensolche Weise erwidert. Hinter ihm betrat die junge Frau wieder das Zelt.

Er setzte sich mit gekreuzten Beinen auf den Teppich, legte seine Arme locker auf die Knie und betrachtete Désirée lange und eingehend.

»In deinem Herzen weht der Wind der Unruhe«, ließ er sich schließlich vernehmen.

Sie starrte ihn verständnislos an. »Bitte was?«

»Du hast eine Frage?«

»Allerdings!« Désirée richtete sich wieder auf und verzog das Gesicht schmerzhaft. Auch diese Geste tat weh. »Wo bin ich hier?«

»In der Oase Zaouatanlaz.«

»Eine Oase, so, so. Und wer sind diese Leute?«

»Es sind Leute meines Stammes.«

»Was haben Sie mit mir vor?«

Er schwieg einen Moment. »Ich warte, bis du gesund bist.«

»Ach!« Sie war überrascht. »Ich dachte, ich bin Ihre Gefangene.«

»Ja, das bist du.«

»Und wer sind Sie, dass Sie es wagen, mich einfach zu entführen?«

»Ich habe dich nicht entführt. Ich habe dich gerettet. Du wärst in der Wüste gestorben.«

»Mich gerettet! Ich nenne es schlichtweg Entführung. Aber ich fürchte mich nicht.« Dabei zitterte sie vor Angst.

Der Mann erhob sich. Er schien verärgert, aber das konnte Désirée an seinem Gesicht nicht erkennen. Nur seine Augen funkelten zornig.

»Ich achte eine Frau, auch wenn das Fieber ihren Geist verwirrt hat und ihre Zunge bittere Worte spuckt. Du befindest dich im Zelt meiner Mutter, und du bist ihr Gast.«

Sie verspürte einen Stich in der Herzgegend, eine Art schlechtes Gewissen. Doch sie bemühte sich, es sich nicht anmerken zu lassen. Dieser Krieger hätte es ihr sicher als Schwäche ausgelegt.

Doch als er gegangen war, erfasste sie eine Schwäche, die ihren Körper und ihren Geist lähmte. Sie lag umhüllt von einem gnädigen Nebel, der ihr den Schmerz nahm. Manchmal drangen leise Stimmen an ihr Ohr, doch so fern und unbestimmt wie von irgendwelchen unwirklichen Wesen. Manchmal schlief sie ganz fest, dann wieder trieb sie an die Oberfläche des Bewusstseins, sie freute sich, als sie etwas trank, und erbrach sich, als sie etwas zu essen bekam. Sie schämte sich dafür, aber zum Glück umhüllte sie wieder dieser seltsame Nebel, der sie vor allem Äußeren schützte. Und dann erwachte sie endgültig und blickte sich verwundert um. Ihr Körper war schwach und gehorchte ihr nicht richtig, aber sie fühlte, dass ganz in ihrem Inneren eine Kraft keimte, die nur Zeit brauchte zum Gedeihen.

Eine Frau kniete sich neben ihr Lager und reichte ihr eine Schale zu trinken. Mühsam versuchte Désirée sich aufzurichten. Jemand schob ihr ein Polster unter den Rücken. Gierig trank sie den mit Honig gesüßten Tee, und die junge Frau zog ihr mehrmals die Schale von den Lippen. Dabei sprach sie auf Désirée ein, in beruhigendem Ton, aber in einer Sprache, die Désirée nicht verstand. Dieses bemalte Gesicht kam ihr bekannt vor, und Désirée überlegte krampfhaft, woher sie die Frau kannte. Und dann fiel es ihr plötzlich wieder ein. Der blaue Krieger, böse Worte, das Zelt seiner Mutter. Seine Mutter?

Die Frau war jung und sehr schön, anmutig und sanft. Und wenn sie lächelte, zeigte sie zwei Reihen ebenmäßiger Zähne, die wie Perlen schimmerten. Sie lächelte viel, wenn sie Désirée umsorgte. Manchmal sagte sie etwas zu ihr. Désirée gab das Lächeln zurück. Ihre Hände lagen auf einer dicken Wolldecke, mit der sie zugedeckt war. Die Decke schützte sie vor der Kälte der Nacht. Im Zelt gab es kein wärmendes Feuer. Nur draußen, einige Schritte vor dem Zelt, glomm tags ein kleines Feuer, das abends richtig entfacht wurde. Dann bereiteten die Frauen das Essen zu.

Langsam gewöhnte sich auch Désirées Magen wieder an feste Nahrung. Die Wüstenküche war nicht sonderlich abwechslungsreich, doch selbst das im Sand gebackene Fladenbrot oder die einfachen Hirseklößchen mit Zwiebeln und getrockneten Tomaten erschienen ihr wie seltene Köstlichkeiten. Manchmal gab es sogar in dünne Scheiben geschnittenes Fleisch, dessen Herkunft sie nicht unbedingt wissen wollte.

Die junge Frau schien sich zu freuen, dass Désirée langsam wieder zu Kräften kam. Désirée versuchte eine Konversation. Sie deutete auf sich selbst. »Désirée«, sagte sie.

Die Frau schien sofort zu verstehen, lächelte und deutete auf sich. »Tedest.«

»Tedest«, wiederholte Désirée leise. Dann hob sie ein Stück des Fladenbrots hoch, das sie gerade aß.

»Tagella«, sagte Tedest.

»Tagella«, wiederholte Désirée.

Tedest freute sich wie ein Kind und lachte. Sie reichte eine Schale mit Datteln. »Teyne.«

Désirée tauchte das Fladenbrot in bröckeligen Ziegenkäse.

»Takammart«, erklärte Tedest.

Doch dann richtete Désirée sich auf. Sie deutete zunächst auf sich. »Désirée.« Dann zeigte sie auf Tedest. »Tedest.« Ihr Finger zeigte auf den geöffneten Eingang des Zeltes. Sie zog die

Decke vor ihr Gesicht und deutete die Verschleierung der Männer an. Ihr Blick blieb fragend auf Tedest.

Einen Augenblick zögerte sie. »Arkani«, sagte sie dann.

»Arkani«, wiederholte Désirée. Es musste sein Name sein. Doch wer war er?

»Arkani?«

Tedest deutete auf die ältere Frau, die draußen am Feuer Brot buk. »Aissa.« Das schien ihr Name zu sein. »Aissa – Arkani.«

Aissa war also Arkanis Mutter. So viel hatte Désirée verstanden.

»Aissa – Arkani – Tedest.«

Langsam begriff Désirée. Tedest musste Arkanis Frau sein. Sie wusste nicht, warum ihr der Gedanke missfiel. Tedest lächelte wieder. »Arkani amekkar.«

Weiß der Teufel, was *amekkar* bedeutete. Wahrscheinlich Ehemann. Aber es war auch egal. In Arkanis Hand lag es offensichtlich, was mit Désirée geschehen würde. Vielleicht war es gar nicht so schlecht, sich mit seiner Mutter und seiner Ehefrau gut zu stellen. Vielleicht konnten sie ihr Schicksal ein wenig erträglicher gestalten.

Als die Hitze des Tages abnahm, winkte Tedest ihr zu, sich zu erheben. Auf sie gestützt, wankte Désirée aus dem Zelt und ließ sich auf einem ausgerollten Teppich nieder. Mit dem Rücken lehnte sie sich gegen ein Gerüst aus dürren Ästen. Ihre Augen waren an diese Helligkeit nicht gewöhnt, obwohl sich der Tag bereits seinem Ende zuneigte. Sie blinzelte in den Sonnenuntergang. Die wie Wattefasern zerzausten dünnen Wolken am blassblauen Himmel färbten sich in den Strahlen der untergehenden Sonne rosarot, der Kamm der Dünen erstrahlte in tiefem Gold. Die Palmen der Oase schüttelten ihre Wedel raschelnd im Wind, und von fern drang das Rufen der Frauen, die die Esel heimtrieben. Alles strahlte eine fast unwirklich anmutende Ruhe aus.

Die Schwäche hatte Désirée wieder ergriffen, aber sie wollte diesen Sonnenuntergang genießen, als sei es der letzte, den sie erlebten sollte. Sie badete in dem rotgoldenen Licht und schloss in Frieden mit sich selbst die Augen.

XIV

Désirée genas nur sehr langsam. Das lag beileibe nicht an der aufopferungsvollen Pflege der beiden Tuareg-Frauen. Es war nicht nur ein heftiger Sonnenbrand, der ihre Haut beschädigt hatte und sie nun in großen Flatschen abpellen ließ. Zum Glück gab es im Zelt keinen Spiegel. Aber sie spürte es, wenn sie mit den Fingerspitzen darüberstrich. Immer wieder packten die Frauen ihr saure Milch, vermengt mit Ziegenfett, auf das Gesicht. Es stank erbärmlich, aber für eine Weile nahm es den Spannungsschmerz. Schlimmer waren die fast unerträglichen Kopfschmerzen. Und zu Désirées Verwunderung war auch ihr rechter Fuß verbunden.

Abends, wenn die Sonne sich dem Kamm der Dünen zuneigte, halfen sie Désirée vor das Zelt. Noch atmete der Sand die Hitze des Tages aus. Aber die beschauliche Betriebsamkeit des kleinen Dorfes nahm ihre ganze Aufmerksamkeit in Anspruch und lenkte sie von ihren Schmerzen ab. Ihr Interesse an ihrer Umgebung kehrte wieder zurück, und sie beobachtete das Treiben im Lager.

Allerdings verwirrten die Eindrücke sie mehr, als dass sie Klarheit schufen. Es gab keine festen Häuser, sondern nur flache Zelte. In jedem Zelt lebte mindestens eine Frau, meist waren es ganze Familien, aber nicht in jedem Zelt lebte ein Mann. Häufig besuchten sich die Menschen untereinander. Désirée vermutete, dass es sich um Verwandte handelte, denn dann lebten sie meist einige Tage mit im Zelt.

Es gab viele Kinder. Sie beobachtete eine Frau, die ihren Säugling hingebungsvoll in einer flachen Schüssel badete, während der Kleine herzzerreißend schrie. Wahrscheinlich waren die Tuareg von Geburt an dem Wasser abgeneigt.

Alle Kinder bis zu einem gewissen Alter liefen nackt herum. Sie tobten, spielten, zankten und versöhnten sich wie alle Kinder auf der Welt. Die größeren Kinder und Jugendlichen kamen häufig zu zwanglosen Zusammenkünften zusammen. Die Jungs erprobten sich in harmlosen Kampfspielen, in Wettstreiten, Bogenschießen und Speerwerfen, Kamelreiten und Disputen. Die Mädchen zeigten schon zeitig einen unglaublichen Stolz und Schönheitssinn. Stundenlang waren sie damit beschäftigt, sich zu schmücken, gegenseitig die Frisuren zu gestalten oder miteinander zu schwatzen. Wasserholen war auch eine Aufgabe der Frauen und jungen Mädchen. Den Gang zum Brunnen oder hinunter zum Fluss nutzten sie gleich zu ausgelassenen Gesprächen. Scheinbar ignorierten sie das Imponiergehabe der halbwüchsigen Jungs, die schon zeitig damit begannen und so den erwachsenen Männern nacheiferten. Doch meist endete es in fröhlichem Gelächter auf beiden Seiten.

Die Zubereitung der Speisen war denkbar einfach. Und doch staunte Désirée, wie abwechslungsreich die eigentlich karge Wüstenküche war. Am einfachsten waren die Fladenbrote herzustellen. Weizenmehl wurde mit etwas Wasser vermischt, gut durchgeknetet und eine Prise Salz hinzugegeben. An der Stelle, an der vorher ein Feuer gebrannt hatte, wurde der Sand aufgegraben, der Teig hineingegeben, heiße Holzkohle und Sand darübergeschaufelt. Eine halbe Stunde später wurde das Loch geöffnet, das Brot gedreht und noch einmal mit Holzkohle und Sand bedeckt. Danach war das Fladenbrot fertig. Aissa kratzte Sand und Kohle von der Kruste und brach es auf. Heiß strömte der köstlich duftende Dampf heraus.

Häufig gab es auch kleine Klößchen aus Hirsebrei. Dazu wurde eine Soße aus Zwiebeln, getrockneten Tomaten und rotem Pfeffer gereicht. Fleisch gab es nur ganz selten. Zum Fladenbrot wurde Ziegenkäse mit Zwiebeln gegessen. Mehrmals am Tag wurde Tee zubereitet. Morgens wärmte er nach der kalten Nacht, mittags erfrischte er in der Hitze, nachmittags spendete er Lebenskraft und abends war er einfach ein Genuss. Wenn die Männer auch nicht kochten, so bereiteten sie sich doch ihren Tee selbst zu und saßen dann meist in kleinen Gruppen um ein Feuer und schlürften das heiße, aromatische Getränk aus dicken Gläsern oder flachen Tonschalen.

Die Hauptarbeit verrichteten die Frauen. Sie waren allesamt unverschleiert. Sie trugen ein ähnliches Übergewand wie die Männer. Auffallend war, dass manche Gewänder der Männer reich mit Ornamenten bestickt waren und lange Ärmel aufwiesen, die der Frauen waren gänzlich schlicht. Manche Frauen trugen einen einfachen Schleier über dem Haar, dafür aber interessanten Schmuck.

Mit Hingabe widmeten sich die Frauen der Zucht und Pflege der Esel. Auch dabei beobachtete Désirée, dass ihnen Männer zur Hand gingen, die die schmutzigen und niederen Arbeiten verrichteten. Aber es waren keinesfalls ihre Ehemänner! Einmal wurde Désirée Zeugin einer für sie ungeheuerlichen Szene. Einer dieser Männer hatte beim Beladen eines Esels eine Tonamphore fallen lassen, die in tausend Scherben zersprang. Wahrscheinlich beinhaltete sie Öl, denn eine klebrige gelbe Masse ergoss sich über die Steine, den Sand und auch den Esel. Die Frau, der der Esel gehörte, griff erbost zu einem Stock, aber sie prügelte nicht auf den Mann ein. Der hob zwar schützend den Arm über den Kopf, aber wehrte sich nicht weiter. Den Rest des Tages war er damit beschäftigt, den Esel in knietiefem Wasser zu schrubben. Mehrmals kontrollierte die Frau das hellgraue Fell des Tieres. Entdeckte sie noch gelbliche Flecken, musste der Ärmste weiterschrubben, bis sie ihn endlich erlöste.

In der Nähe des Wassers gab es gartenähnliche Felder, auf denen Getreide, Gemüse und Kräuter wuchsen. Désirée entdeckte ganze Pfefferminzfelder, Tomatensträucher mit kleinwüchsigen Früchten, Zwiebelfelder, Hirse und Weizen. Diese Gärten und Felder wurden von Männern bearbeitet, die ganz offensichtlich eine ähnliche niedere Stellung besaßen wie jene Unglücklichen, die den Frauen bei den Ziegen und Eseln zur Hand gingen.

Désirée kannte die sozialen Verhältnisse in muslimischen Ländern wie Ägypten und Tunesien, aber was sie hier beobachtete, gab ihr Rätsel auf. Die Männer in den blauen Ganduras taten den ganzen Tag nicht viel. Manchmal ritten sie mit den Kamelen aus, veranstalteten kleine Wettrennen, gingen auf die Jagd. Selten genug brachten sie Beute mit, mal ein hochbeiniges Kaninchen, ein andermal ein Wildschaf oder eine Antilope.

Einmal schlachteten sie ein Schaf. Es sah nach einer rituellen Handlung aus, denn die Dorfbewohner umringten den weisen Mann, der das Tier mit der Kehle gen Mekka ausrichtete, ehe er sie mit einem scharfen Messer durchtrennte. Die Umstehenden riefen laut einen Namen, die umstehenden Männer antworteten darauf. Aus dem nächsten Zelt erklang ein lautes und freudiges Trällern der Frauen, die alsbald herauskamen, den Schafbock ausnahmen und das Fleisch zubereiteten. Einer der Männer betrat daraufhin das Zelt.

Désirée richtete ihren fragenden Blick auf Tedest. Sie lächelte und winkelte die Arme an, als wiege sie darin ein Kind. Es musste ein Fest zur Geburt eines Kindes sein. Am liebsten wäre Désirée aufgestanden und hingelaufen, aber im Augenblick war es ihr nicht möglich. Sie war froh, wenigstens am Abend die wenigen Schritte bis zum Windschutz zu gelangen, um die Abkühlung und den Sonnenuntergang zu genießen.

Ein Teil des Festmahles wurde unter den Bewohnern des Dorfes verteilt, die nicht unmittelbar am Fest teilnahmen. So bekam auch Désirée ein Stück des gebratenen Lammfleischs.

Doch meist waren die Mahlzeiten eher karg. Allerdings schien niemand zu hungern, und auch die Kinder, die Désirée aus sicherer Ferne neugierig beäugten, sahen alle gut genährt aus.

Täglich stampften abwechselnd Tedest und Aissa Hirse in einem hölzernen Mörser. Es war das Hauptnahrungsmittel dieser Menschen.

Oft spielte Tedest am Abend auf einer seltsamen, einsaitigen Geige, der sie melancholische Klänge entlockte. Dabei saß sie in der Nähe des Zelteinganges, ohne sich jedoch den Blicken der anderen zu zeigen. Désirée bemerkte, dass die Musik so manchen der Männer im Gang verweilen ließ. Einige hockten sich in der Nähe hin und schienen ihrem Spiel zu lauschen.

In dem Gatter neben ihrem Zelt standen nachts einige Ziegen und Wildesel. Den Frauen oblag es, sie zu melken. Sie zähmten auch die halbwilden Esel, die sie in der Wüste fingen. Das war kein leichtes Unterfangen, wie sie beobachten konnte. Diese Esel hatten durchaus ihren eigenen Willen, und die beiden Frauen hatten nicht geringe Mühe, sie zu bändigen.

Auf einem hübschen, hellgrauen Tier holte Tedest das Wasser vom Fluss. Es sah sehr anmutig aus, wenn sie darauf ritt. Auf dem Rückweg lief sie meist. Der Esel schleppte die ledernen *guerbas*, die sie ihm an die Seiten gebunden hatte. Manchmal stapelte sie obendrauf noch ein Bündel Brennholz.

Nach einigen Tagen konnte Désirée einige Schritte laufen. Der hässliche Abszess, der sich durch ihre reibenden Schnürstiefel am Fuß gebildet hatte, war aufgegangen, und Tedest hatte die Wunde gesäubert. In den leichten Sandalen der Tuareg konnte Désirée auch mit dem Verband laufen.

Sie machte davon Gebrauch und schlenderte in der näheren Umgebung umher. Hinter einem Zelt hörte Désirée Kinderstimmen, und als sie dahinter spähte, entdeckte sie eine Gruppe Kinder, die von einer Frau unterrichtet wurden. Andere Frauen saßen dabei und hörten ebenfalls zu. Still hockte sich Désirée hin.

Die Frau sprach Laute und Worte vor, die die Kinder gemeinsam laut wiederholten. Manchmal schrieb sie Zeichen in den Sand, und auch die Kinder übten diese Zeichen. Aber es gab keine Schiefertafeln, kein Papier, keine Bücher. Alles, was geschrieben wurde, wurde im nächsten Augenblick wieder ausgelöscht. Eine Schrift nur für den Sand! Désirée konnte es nicht fassen.

Alles in allem schienen die Frauen das Sagen zu haben. Die Männer, obwohl sie sich stolz gaben und in ihren imposanten blauen Gewändern herumstolzierten, spielten offensichtlich eine Nebenrolle. Wieso benahm sich Arkani dann so arrogant und selbstherrlich? War es nur, weil sie eine Fremde war?

Sie sah auch Arkani einige Male. Er hielt sich meist bei einer kleinen Gruppe der Männer auf, die allesamt gut gekleidet und stets bis auf die Augen verschleiert waren. Auch wenn sie ihre Gesichter nicht sehen konnte, so wusste sie doch, welcher von ihnen Arkani war. Seine hoheitsvolle Haltung verriet ihn. Sie wurde das Gefühl nicht los, dass er sie von weitem beobachtete. Doch wenn sie zu ihm hinschaute, drehte er sich weg und beschäftigte sich anderweitig.

Der Gedanke an Arkani beunruhigte Désirée. Jetzt, wo es ihr besser ging, erinnerte sie sich daran, warum sie überhaupt hier war. Ihr Schicksal lag in Arkanis Hand. Und sie war sich gar nicht sicher, dass es gut ausgehen würde.

Sie bedauerte, dass sie die Sprache nicht verstand und sich mit den beiden Frauen nicht unterhalten konnte. Sie hatte so viele Fragen, die ihr Herz schier überquellen ließen. Aber niemand würde sie ihr beantworten können. Niemand, außer Arkani.

Es war unmöglich, Arkani zu fragen. Dazu hätte sie zu der Gruppe Männer hingehen müssen. Einige Male hatte sie es sich sogar vorgenommen, es sich im letzten Moment aber wieder anders überlegt. Sie wollte nicht als Bittstellerin vor ihm auftreten. Die anderen Männer hätten sie wahrscheinlich wieder ausgelacht. Wenn sie mit Arkani sprechen würde, dann nur erhobenen Hauptes. Sie hatte nicht vor, sich zu beugen. So musste sie sich in Geduld üben.

Geduld war etwas, das Désirée schwer fiel. Bislang hatte sie zumeist ihren Kopf durchgesetzt oder einfach die Zügel selbst in die Hand genommen. Hier aber rann die Zeit so langsam dahin wie die Sandkörnchen am Hang der Dünen.

Langsam hinkte sie zu Aissas Zelt zurück. Mit Erstaunen

stellte sie fest, dass daneben ein zweites Zelt aufgebaut worden war. Es war deutlich kleiner und schlichter, etwa schulterhoch. Zwei Sklaven erledigten die letzten Handgriffe, bauten einen Windschutz auf und räumten die Decken ins Zelt.

Aissa kam Désirée entgegen und deutete auf das kleinere Zelt. »Désirée«, sagte sie in bestimmtem Ton.

»Ist das jetzt mein Zelt?« Die Frage war überflüssig, Aissa konnte sie ja nicht verstehen. Außerdem war ihre Geste eindeutig.

Désirée neigte dankend den Kopf und ließ sich auf den Teppich davor nieder. Wahrscheinlich wollten die Männer nun endlich zu ihren Frauen zurückkehren. Lange genug hatte Désirée Aissas Zelt blockiert. Vielleicht würde sie dann Arkani öfter sehen.

XV

Als hätte Arkani ihre Gedanken erraten, stand er kurze Zeit später vor ihr. Er verdeckte den Himmel und die sinkende Sonne, und sie konnte nur seine riesige, dunkle Gestalt sehen. Schützend legte sie die Hand über ihre Augen und blinzelte zu ihm auf.

»Ich sehe, dass Schmerz und Krankheit verflogen sind wie die Sandwirbel über den Dünen«, sagte er.

»Ja, dank Aissas und Tedests Pflege«, erwiderte sie. »Sie sind sehr nett zu mir.«

Arkani beugte sich etwas zu ihr herab, fasste unter ihr Kinn und drehte ihren Kopf. »Und dein Gesicht sieht auch nicht mehr aus wie ein falsch gegerbtes Ziegenleder.«

Schamesröte schoss in ihr Gesicht, und sie drehte schnell den Kopf weg. Wie hatte sie nur einen Augenblick annehmen können, dass dieser Arkani seine Arroganz abgelegt hätte!

Sie hörte ihn hinter seinem Schleier gedämpft lachen. »Du

bist immer noch schön genug, dass sich die Sonne verstecken kann.«

»In Zukunft werde ich mich wohl vor der Sonne verstecken müssen«, erwiderte sie. »Ich werde mein Gesicht verschleiern, wenn ich weiterreise.«

Sie vernahm wieder sein gedämpftes Lachen, dann hockte er sich vor ihr nieder. »Es wäre schade, wenn du dein Gesicht verschleierst. Dann könnte niemand deine Schönheit sehen. Aber es wird auch so nicht nötig sein. Du wirst nicht weiterreisen.«

Erstaunt zog Désirée die Augenbrauen zusammen, was ihr einen leichten Schmerz auf der Haut verursachte. »Wer will mich daran hindern, meinen Vater zu suchen?«

»Ich«, erwiderte er schlicht. »Oder hast du vergessen, dass du meine Gefangene bist?«

Désirée schlug die Augen nieder. »Ich habe es keinen Augenblick vergessen«, sagte sie leise. »Ich frage mich nur, welchen Grund es gibt, mich gefangen zu halten. Ich habe nicht vor, jemandem etwas Unrechtes zu tun. Ich habe auch nicht vor, mich in euer Leben einzumischen, wenngleich mir vieles fremd und seltsam vorkommt. Ich bin dankbar für die Gastfreundschaft und die Fürsorge, die mir zuteil wurde. Ich danke Ihnen, Ihrer Mutter und Ihrer Frau für alles, was für meine Genesung getan wurde.«

Er schwieg und neigte nur leicht den Kopf.

Nervös verschränkte sie die Finger ineinander. »Sie können stolz auf Ihre Frau sein. Und sie ist sehr schön.«

»Meine Frau?«, fragte er. »Ich nehme an, du meinst Tedest.«

Désirée nickte.

Dann neigte er wieder den Kopf. »Sie ist nicht meine Frau.«

Sie blickte ihn erstaunt an. »Nicht?«, fragte sie verwundert. »Aber ich nahm an … also, auch wenn ich mich mit ihnen nicht richtig unterhalten konnte, so haben wir doch unsere Namen genannt. Und ich weiß, dass Sie Arkani heißen. Tedest sagte, Sie sind …«, krampfhaft suchte sie nach dem Wort, » … ein *takkamart.*«

Arkani lachte auf. Es schien ihn äußerst zu belustigen.

Verwirrt und verärgert bemerkte Désirée die Hitze in ihrem Gesicht. »Leider ist mir Ihre Sprache nicht geläufig.«

»*Takkamart* heißt Ziegenkäse«, erklärte er. »Aber sicher meinst du das Wort *amekkar*. Das bedeutet ›älterer Bruder‹.«

Wenngleich sie wenig darüber erbaut war, dass Arkani sie auf diese Weise immer wieder foppte, so war sie doch gleichzeitig irgendwie erleichtert. Tedest war also seine Schwester! Vielleicht war Arkani gar nicht verheiratet?

Ärgerlich schob sie den Gedanken wieder beiseite. Was ging es sie an, ob Arkani verheiratet war. Von ihr aus hätte er einen ganzen Harem haben können. Désirée war verlobt mit Philippe, und sie befand sich auf der Suche nach ihrem verschollenen Vater. Sie sollte endlich wieder zur Tagesordnung zurückkehren!

Betont gleichgültig wandte sie ihm das Gesicht zu. »Ich spreche verschiedene Sprachen, und ich beherrsche sogar das ausgestorbene Persisch. Warum sollte ich nicht auch Ihre Sprache lernen?«

An seinen Augen konnte sie erkennen, dass er lächelte. »Warum nicht?«, erwiderte er. »Unsere Sprache heißt Tamasheq. Und sie ist sehr klangvoll.«

»Vielleicht kann ich mir dann einige Fragen selbst beantworten«, sagte sie nachdenklich.

Er betrachtete sie aufmerksam. »Ich nehme an, dass du viele Fragen hast. Du beobachtest uns aber, als wären wir ein Ameisenvolk. Du stehst außerhalb. Deshalb wirst du das meiste ohnehin nicht verstehen.«

Da war sie wieder, diese Arroganz. Sie hob selbstbewusst das Gesicht. »Solange ich lebe, beschäftige ich mich mit der Archäologie und versuche zu verstehen, wie die ausgestorbenen Völker damals gelebt haben. Mein Vater ist eine Kapazität auf diesem Gebiet, und ich bin seine Tochter. Trauen Sie mir nicht zu, dass ich auch ein Volk verstehen kann, das es noch gibt?«

»Das es noch gibt«, wiederholte er langsam. »Es ist vielleicht deine Chance, unser Volk zu erleben, solange es noch lebt. Vielleicht wird es eines Tages nicht mehr leben, wenn die Fremden kommen und uns ihr Leben aufzwingen.«

Sie schaute ihn erschrocken an. »Erwarten Sie das?«

»Wir erwarten es alle. Aber wir werden uns nicht ergeben. Die Ihaggaren sind schon immer große Krieger gewesen.«

»Wer soll euch denn ein anderes Leben aufdrängen?«, wollte sie wissen.

»Alle, die nicht verstehen, warum wir so leben. Angefangen von den Franzosen.«

Désirée schüttelte energisch den Kopf. »Das will ich nicht glauben. Was sollten sie für ein Interesse daran haben?«

»Warum sind die Franzosen dann in Algerien?«, gab er die Frage zurück.

»Algerien ist französische Kolonie. Wir bringen Fortschritt, Technik, Zivilisation.«

»Das, was ihr unter Fortschritt und Zivilisation versteht«, entgegnete er ungehalten. »Aber von unserem Leben versteht ihr nichts!«

Einige Augenblicke schwieg Désirée. »Dann lassen Sie mich es verstehen«, sagte sie leise.

Arkani erwiderte ihren Blick lange. Schließlich erhob er sich. »Um uns und unser Leben zu verstehen, muss man erst einmal die Wüste verstehen.« Er blieb vor ihr stehen und streckte ihr seine Hand entgegen. »Kannst du laufen?«

Sie nickte und nahm die angebotene Hand an. Er zog sie hoch, und sie spürte dabei zufällig seinen Körper unter der Gandura. Für einen Moment stockte ihr Herzschlag. Verlegen trat sie einen Schritt zurück und strich sich das Haar aus dem Gesicht.

Arkani steckte den Kopf ins Zelt und sagte etwas zu den beiden Frauen. Tedest reichte ihm eine hübsch verzierte Ledertasche, die er sich über die Schulter warf.

»Komm«, forderte er Désirée auf. »Lass uns ein Stück in die Wüste gehen.«

Das Gehen fiel ihr doch noch etwas schwer, und Arkani ging langsam neben ihr her. Sie entfernten sich nicht weit vom Lager. Zwischen zwei Dünen blieb Arkani stehen und warf die Tasche in den Sand. Er suchte einige trockene Zweige zusammen und entzündete ein kleines Feuer. Dann setzte er sich nieder und forderte sie mit einer knappen Handbewegung auf, es ihm gleichzutun.

Obwohl es nur ein kurzer Spaziergang gewesen war, fühlte sich Désirée entkräftet. Arkani öffnete die Tasche und zog einen kleinen Lederbalg mit Wasser hervor, eine Eisenkanne und zwei Becher. Ein weiterer kleiner Beutel enthielt Teeblätter und Zucker.

Hingebungsvoll bereitete er den Tee zu und schien sich voll darauf zu konzentrieren. Désirée beobachtete ihn schweigend bei seiner Arbeit. Er füllte die grünen Teeblätter in die Kanne, goss Wasser darüber und ließ es gut zehn Minuten kochen. Dann gab er reichlich Zucker dazu, bis es schäumte.

»*Essekor*«, sagte er plötzlich. »Zucker.«

»*Essekor*«, wiederholte Désirée, wie sie es hinter dem Zelt der Frau gehört hatte, die die Kinder unterrichtete.

Er hielt den kleinen Lederbeutel hoch. »*Arreg.*«

Désirée wiederholte das Wort und prägte es sich gut ein.

Schwungvoll goss Arkani den Tee in die Becher. Es war, als wären sie ganz allein, zwei winzige, lebende Punkte in der unendlichen, lebensfeindlichen Wüste.

»Haben Sie niemals Angst, allein in der Wüste zu sein?«, wollte sie wissen.

»Ich habe keine Furcht vor der Wüste, aber sehr großen Respekt«, antwortete Arkani. Mit einer bedächtigen, würdevollen Geste reichte er ihr den Becher Tee. Dankbar nahm sie ihn mit beiden Händen entgegen. Dabei berührten sich ihre Finger ganz leicht. Trotzdem fühlte sie ein Flattern in ihrem Bauch wie von einem Schwarm auffliegender Vögel. Der König bediente seine Gefangene …

Sie musste unwillkürlich lächeln. Dann senkte sie den Blick

und konzentrierte sich auf den Tee. Er war sehr heiß und sehr stark. Trotzdem erfrischte sie der Minzgeschmack. Ihr fiel auf, dass Arkani sehr schöne, schmale Hände hatte, fast wie die einer Frau. Trotzdem konnte er damit sehr fest zupacken, das hatte sie schmerzhaft erfahren müssen. Sie hielt die Augen gesenkt, doch sie fühlte, wie er sie betrachtete.

»Ich habe auch keine Furcht vor der Wüste«, sagte Désirée. »Die Angst um meinen Vater ist stärker.«

»Wer sich von der Angst treiben lässt, begeht Fehler«, erwiderte Arkani sanft. »Und einen Fehler begeht man in der Wüste nur einmal, weil es für ein zweites Mal keine Chance gibt.«

Er nahm den anderen Becher und schob seinen Gesichtsschleier ein wenig beiseite, um trinken zu können. Diese Geste nahm Désirées ganze Aufmerksamkeit in Anspruch. Gespannt folgte sie seinen bedächtigen Bewegungen. Was der Schleier enthüllte, hätte sie beinahe in einen Ausruf des Entzückens ausbrechen lassen. Arkani war unglaublich schön! Sein Gesicht war länglich und schmal, seine Wangen glatt rasiert, was Désirée besonders verwunderte. War sie doch überzeugt, dass sich unter dem Tuch bärtige Monster verbargen, so wie viele Araber schwarze Bärte trugen. Seine lange Nase war sehr schmal mit engen Nasenflügeln. Auch das verwunderte sie, hatte sie doch einmal einer Vorlesung an der Akademie beigewohnt, wo einer der Ethnologen erklärte, dass alle Völker in den heißen Klimazonen breite Nasen mit riesigen Nasenlöchern besäßen, um besser Luft zu bekommen. Seine Lippen waren voll und so vollendet geschwungen wie seine Augen, das Kinn eher eckig und energisch. Was Désirée jedoch am meisten verblüffte, war die Farbe seiner Haut. Sie war blau!

Arkani bemerkte Désirées Blick und hob die Augen. So schnell konnte sie seinem Blick nicht ausweichen. Sie wusste sehr wohl, dass es unschicklich war, einen Mann so anzustarren, egal in welchem Kulturkreis sie sich gerade befand. Und sie errötete heftig. Das schien Arkani zu erheitern, und er lächelte. Dabei ließ er zwei Reihen prachtvoller weißer Zähne sehen. Ihr verschlug es fast den Atem. Dieses Gesicht war so schön, so voller Leben und voller Stolz! Es besaß den aristokratischen Ausdruck eines freien Falken, dem der Himmel und die Welt gehörten. Und genau so aufmerksam und scharf blickten seine Augen.

Sie schauten sich an und schwiegen. Und in diesem Schweigen lag ein plötzliches Verstehen, das Désirée fast die Tränen in die Augen getrieben hätte. Für einen Moment verschwand der Unterschied zwischen ihnen, sie waren zwei menschliche Wesen unter der riesigen Himmelskuppel, die die Wüste überspannte, nicht König und Gefangene.

Ein seltsames Hochgefühl erfasste Désirée, das sie sich nicht erklären konnte, während gleichzeitig eine unsichtbare Hand ihre Kehle zusammendrückte. Sein Blick ließ sie die widrigen Umstände vergessen, die sie in seine Gewalt getrieben hatten. Zwischen ihnen flirrten unsichtbare Energien wie die Hitze, die dem aufgeheizten Boden entströmte.

Arkani saß vor ihr mit untergeschlagenen Beinen, über die sich in gefälligen Falten seine Gandura legte. Seine Hände lagen locker auf den Knien. Désirée bewunderte ihn, wie elegant er in der für sie unbequemen Stellung saß. Sie bewunderte die selbstverständliche Leichtigkeit seiner Bewegungen, die Sicherheit in seinem Auftreten, die Ausgeglichenheit seines Wesens.

»Ich kenne die Wüsten Arabiens, Syriens, Tunesiens, Ägyptens«, sagte sie leise, als befürchtete sie, mit ihrer Stimme den Zauber des Augenblicks zu zerstören. »Jede Wüste ist anders: Die eine ist eine Unendlichkeit aus gelbem Sand, die andere ein gigantisches Gebirge aus Fels und Stein. Auch ich habe Respekt vor ihr. Aber ich habe mich nicht von ihr bezwingen lassen. Jede Wüste birgt Geheimnisse in ihrem Herzen. Mein Vater versucht, diese Geheimnisse zu lüften. Ich helfe ihm dabei.«

Er schaute sie nachdenklich an. »Sehr ungewöhnlich«, stellte er dann fest.

»Für eine Frau?«

Er schüttelte sacht den Kopf. »Für einen Menschen, der nicht in der Wüste geboren ist. Die meisten Menschen fürchten die Wüste oder betrachten sie als einen Feind. Man muss sie lieben, um ihr Herz erkennen zu können.«

»Ich weiß nicht, ob mein Vater die Wüste liebt. Und ich habe mir die Frage noch nie gestellt. Aber in mir schlummert der Wissensdurst, mehr über die Völker zu erfahren, die vor uns ihren Fuß auf diese Erde gesetzt haben. Das war auch der Grund, der meinen Vater hierher führte.«

Er schwieg und senkte den Blick. Désirée betrachtete ihn gedankenversunken und wusste, dass sie diesen Anblick nie vergessen würde.

»Geben Sie mich frei, damit ich meinen Vater suchen kann.«

»Wo die Geister sind, nehmen sie die Seele gefangen. Es ist kein guter Ort, um auf die Suche zu gehen. Ich glaube nicht, dass dein Vater noch am Leben ist. Und ich kann dich nicht freilassen.«

Ihr Herz begann wieder heftiger zu klopfen, und sie warf ihm einen flehenden Blick zu. »Was hindert Sie daran?«

Er atmete tief durch und erhob sich, während er sich mit einer anmutigen Bewegung den Schleier wieder übers Gesicht zog. Nur seine grauen Augen mit den goldenen Punkten schauten sie durchdringend an.

»Wenn man befürchtet, den Verstand zu verlieren, flüchtet man sich in Träume.«

Er ging davon und ließ sie auf dem Boden sitzen. Er brauchte sie nicht zu fesseln. Sie war Gefangene der Wüste – und seiner Augen.

XVI

Die Männer hatten sich ein Stück außerhalb der Oase zur *djemaa* versammelt. Es ging um die Fremde. Dass sie keine gewöhnliche Gefangene war, das war allen Männern der *djemaa* klar. Auch wenn ihre Gesichter verschleiert waren, so stand ihnen der Ernst der Situation im Blick.

»Sie bringt Probleme«, sagte der Amenokal Ahitarel, ohne sich direkt an Arkani zu wenden. Obwohl Arkani sein Sohn war, so hatte er keinerlei Vorrechte und war dem Wohl des ganzen Stammes verpflichtet. Und dieses Wohl sah Ahitarel nun gefährdet.

»Sie ist eine Gefahr«, bekräftigte Akhamouk.

»Was kann eine einzelne Frau uns antun?«. Arkanis Stimme blieb ruhig, obwohl er innerlich erregt war.

»Was sie dir antut, das weiß ich nicht, aber sie lockt die Fremden an, die sie suchen werden.«

»Hätte ich sie in der Wüste sterben lassen sollen?«, ereiferte sich Arkani.

»Besser jedenfalls als, eine Spur auszulegen. Die Franzosen sind wie die Schlangen. Sie kriechen überall herum, bemächtigen sich der besten Landstriche und unterdrücken die angestammten Völker.«

»Nur die Kabylen und die Harratin im Norden, weil sie auf ihr fruchtbares Land aus sind. Aber wir sind keine Sklaven des Ackers. Der Hoggar gehört den Ihaggaren. Die Franzosen können mit dem Hoggar nichts anfangen.«

»Vielleicht nicht mit dem Hoggar, aber mit der Fremden. Es könnte Krieg geben.«

»Die Ihaggaren fürchten sich nicht vor dem Krieg.« Menahil erhob sich und zog sein Schwert. »Sollen sie kommen, die Fremden, wir werden sie würdig zu empfangen wissen.«

Der Amenokal hob beschwichtigend die Hände. »Du vergisst, dass sie die Waffen der Feiglinge tragen.«

»Ein Amajer fürchtet sich nicht vor Feiglingen«, widersprach Menahil. »Sind unsere Schwerter nicht gefürchtet? Lähmt nicht die Angst vor den blauen Kriegern jede Karawane?«

»Was redet ihr von Krieg und Schwertern und Feiglingen?«, ergriff Arkani wieder das Wort. »Die weiße Frau will uns weder etwas Böses antun noch will sie überhaupt bei uns bleiben. Sie ist auf der Suche nach ihrem Vater, der auf einer Expedition in den Hoggar war. Sie mischt sich nicht in unseren Handel, in unser Leben ein. Wir gewähren ihr Gastrecht, das uns heilig ist, und beschützen sie vor den Gefahren der Wüste. Wenn sie gefunden hat, was sie sucht, wird sie wieder gehen.«

»Du hast sie gefangen genommen«, entgegnete Akhamouk hart. »Gefangene werden entweder versklavt oder als Geiseln genommen. Ich sehe nicht, dass du sie als Sklavin hältst. Dann fordern wir eben für sie Lösegeld. Ich habe noch nie von einer Gefangenen gehört, die Gastrecht besitzt.«

»Sie ist ja auch keine Gefangene«, widersprach Arkani.

»Ich habe mit eigenen Ohren gehört, dass du es zu ihr gesagt hast.«

»Ich wusste gar nicht, dass du die Sprache der Franzosen verstehst«, spottete Arkani. »Natürlich habe ich ihr gesagt, sie sei meine Gefangene. Sie ist eine sehr eigenwillige Frau und wäre blindlings in ihr Verderben gelaufen.«

»Das hat sie ja auch versucht«, bestätigte Mahmoud und nickte bedächtig.

»Wir sollten ihrem Wunsch entsprechen und sie zu den Höhlen ziehen lassen.«

»Die Ruhe der Geister würde gestört«, wehrte der Amenokal ab. »Wir können das nicht unterstützen.«

»Sie kann ja allein losziehen«, schlug Menahil vor. »Da wird sich das Problem von selbst erledigen.«

»Du bist nicht bei Sinnen«, gab Arkani schroff zurück. »Wir werden sie nicht ihrem Schicksal überlassen. Wir sind Imajeren, habt ihr das vergessen? Wir sind mutige Kämpfer, dort wo es angebracht ist. Eine Frau alleine in die Wüste zu jagen, ist einfach unwürdig.« Er erhob sich. »Oder ist jemand anderer Meinung?«

»Ist es unwürdig, dass sie allein und ungebeten hierher kam?«, schnaufte Menahil. »Oder hat dir ihr bleiches Haar schon den Verstand benebelt?«

Mit einem Sprung war Arkani bei Menahil und packte ihn an seiner Gandura. Mit einem Ruck zog er ihn hoch.

»Halt!«, donnerte der Amenokal. »Was erlaubt ihr euch, in der *djemaa* zu kämpfen? Hier hat allein das Wort ein Recht.«

Nur zögernd ließen die beiden Männer voneinander ab und setzten sich wieder.

»Ich werde darüber nachdenken. Im Augenblick ist die Fremde ohnehin nicht in der Lage, überhaupt mehr als einen Schritt zu gehen. Aissa sagte mir, dass sie sehr schwach sei. Vielleicht erledigt sich das Problem wirklich von selbst.« Er warf seinem Sohn einen scharfen Blick zu. »Und wenn nicht, werde ich meine Entscheidung rechtzeitig bekannt geben.«

Damit war die *djemaa* beendet. Die Männer erhoben sich und wandten sich zum Gehen. Auch der Amenokal stand auf. Sein sorgenvoller Blick lag auf seinem Sohn, der langsam davonging. Er wollte das ungute Gefühl, das ihn bei Arkanis Worten beschlichen hatte, unterdrücken. Aber er wusste, dass ihn sein Gefühl nicht trog. Er würde Arkani sorgfältig beobachten müssen.

Arkani wollte allein sein und nachdenken. Das konnte er am besten in der Wüste. Er ließ sein Kamel von seinem Sklaven Touhami satteln, dann stieg er auf und ritt davon. Er spürte die Stimmung in seiner Sippe gegen sich. Es war Désirée, die das Leben in der Oase empfindlich störte. Es wäre wirklich am besten, wenn sie sie einfach ziehen lassen würden. Sie würde keine drei Tagesritte weit kommen, dann hätte sich die Sache von allein erledigt. Ein Amajer sollte damit keine Probleme haben. Doch Arkani hatte ein Problem damit. Er fragte sich, was ihn von den anderen seines Stammes unterschied. Hatte er sich wirklich schon die Denkweise der Fremden zu Eigen gemacht? War mit der Kenntnis ihrer Sprache etwas in seinen Geist gekrochen, was ihn verfremdete?

Oder war es gar Désirée selbst, die seinen Geist verwirrte? Überrascht stellte er fest, dass er sie begehrte. Nicht nur, weil sie schön war, helle Haut besaß und goldenes Haar. Sie strahlte etwas aus, das ihn berührte. Diese innere Kraft, dieser unbändige Wille, sich auch durch widrige Umstände nicht aufhalten zu lassen. Wie konnte eine einzelne Frau nur auf die Idee kommen, ihren Vater in der Unendlichkeit der Wüste zu suchen?

Bei den Imajeren waren die Frauen stark. Sie besaßen das Zelt, sie verwalteten den Besitz, sie sorgten für die Nachkommen, sie lehrten die Kinder, und sie verteilten die Nahrungsmittel. Und im Kampf standen sie den Männern als Gefährtinnen zur Seite. Alle Imajeren ließen sich zurückführen auf die zwei Urmütter namens Tin-Hinan und Takamat. Starke Frauen gehörten zu ihnen seit Anbeginn der Zeiten. Fühlte er sich deshalb so zu Désirée hingezogen?

Er schüttelte unwillig den Kopf. Seine Gedanken wanderten in eine falsche Richtung. Vielleicht waren es die bösen Geister, die ihr Vater aufgeschreckt hatte und nun seine Gedanken verwirrten. Er sollte dafür sorgen, dass Désirée ihren Vater fand und mit ihm in das ferne Frankreich zurückkehrte, dann würde auch Arkani seinen Frieden wiederfinden. Und bis dahin ...

Er beschloss am Abend den *ahâll* zu besuchen. Das würde ihn ablenken und zerstreuen.

Von ihrem Platz vor dem Zelt beobachtete Désirée wiederum unbekannte Vorgänge. Irgendein Ereignis schien die träge Beschaulichkeit des Dorfes zu durchbrechen. Sie konnte jedoch nicht entdecken, was es war. Die Frauen und ein Teil der Männer gingen wie gewöhnlich ihrer Arbeit nach, versorgten die Esel, molken die Ziegen und bereiteten das Abendessen. Andere jedoch, sowohl Frauen als auch Männer, gerieten in geheimnisvolle Geschäftigkeit. Sie kleideten sich in ihre schönsten Gewänder, legten Schmuck an, die Frauen schwatzten und kicherten, und selbst die sonst so würdevoll erscheinenden Männer hatte eine seltsame Nervosität erfasst.

Gäste trafen ein auf festlich herausgeputzten Kamelen und Eseln. Es waren Leute aus anderen Dörfern und Lagern. Jedenfalls hatte Désirée sie noch nie gesehen. Auch sie waren prächtig gekleidet. Vielleicht fand eine Hochzeit statt. Sie hätte gern Arkani danach gefragt.

Désirées Augen suchten Arkani. Seit sie in sein Gesicht gesehen hatte, konnte sie keine innere Ruhe mehr finden. Arkani war unbeschreiblich schön. Und sein Antlitz zeigte, was sie bislang nur durch den blauen Schleier hindurch gespürt hatte: eine hoheitsvolle Würde, verbunden mit einer charismatischen, anziehenden Ausdruckskraft. Sie bedauerte nur, dass die Männer sich offensichtlich ständig verschleierten, sogar im Schlaf. Wahrscheinlich war überhaupt nichts dran an den dummen Gerüchten, sie würden sich verschleiern, weil sich darunter die Fratzen des Teufels befanden. Wenn alle Teufel so aussähen wie Arkani, dann wünschte Désirée sich in die Hölle!

Auch Arkani war von dieser sonderbaren Betriebsamkeit erfasst. Als er aus dem Zelt trat, trug er eine reich bestickte Gandura. Selbst die weite Hose, die sich an den Knöcheln verengte, wies an den Seitennähten Stickereien auf. Sein *tugulmust* war sorgfältig gewickelt, auf seiner Brust klimperten silberne Amulette an langen Lederbändern.

Désirée verschlug es fast den Atem, als sie ihn so sah. Etwas unschlüssig stand er vor dem Zelt und schaute sich um. Zögerlich erhob sie sich. Sie musste zugeben, dass sein Aussehen sie beeindruckte.

Hinter ihr wurde der Zelteingang hochgeschlagen, und Tedest erschien, ebenfalls in ein schönes Gewand gekleidet. Allerdings vermisste Désirée die ornamentalen Stickereien, die Arkanis Gewand zierten. Vielleicht war es das Symbol seiner Königswürde, überlegte Désirée. Aber dann sah sie andere Männer, die ebenfalls bestickte Ganduras trugen. Die Übergewänder der Frauen waren schmuckloser. Dafür trugen sie schleierähnliche Stoffbahnen auf dem Kopf und ebenfalls überreichlich Silberschmuck. Alle strebten einem großen Zelt zu. Manche Männer und Frauen trugen Musikinstrumente, so auch Tedest. Wahrscheinlich würde sie auf dieser seltsamen Geige spielen.

Bestimmt fand dort die Hochzeit statt. Désirée wollte ebenfalls hinzueilen, doch Aissa hielt sie am Handgelenk fest. Mit Gesten bedeutete sie ihr, dass sie nicht hingehen solle.

»Aber warum nicht?« Désirée tippte auf ihre Augen. »Ich will doch nur zuschauen.«

Aissas Blick zeigte eine eigenartige Mischung aus Scham und Entschlossenheit. Es schien ihr unangenehm zu sein, Désirée etwas zu verwehren. Andererseits geboten wohl die Sitten des Volkes, dass kein fremdes Auge es sehen sollte. Doch was? Aissa zeigte wieder auf den Teppich vor dem Zelt. Widerstrebend ließ Désirée sich darauf nieder. Aus dieser Ferne beobachtete sie das Treiben, soweit das überhaupt möglich war. Bereits auf dem Weg zu dem großen Zelt, dem größten des Dorfes und erst vor einem Tag von einer großen Zahl Sklaven aufgestellt, präsentierten sich die Männer wie Pfauenmännchen, gingen besonders langsam, um von den Frauen beachtet zu werden. Diese warfen ihnen scherzhafte Bemerkungen zu und lachten.

Auf einmal erklang Musik. Es waren wieder die eigentümlich melancholischen Klänge, die einer einsaitigen Geige entlockt wurden. Diese Geige wurde von Tedest gespielt, und die Männer lauschten ihr aufmerksam. Eine andere Frau begann ein Lied zu singen. Dann wechselten sich die Frauen in der Rolle der Vorsängerinnen ab, während die anderen im Chor einfielen.

Die Männer fingen an zu tanzen. Die anderen umstanden sie im Kreis und feuerten sie an. Die Tänzer zeigten ihr Können mit gewagten Sprüngen und schnellen Schrittfolgen. Von den Frauen wurden sie frenetisch mit trällernden Lauten bejubelt.

Einige Männer trugen Sprechgesänge vor. Désirée vermutete, dass es sich um Dichtkunst handelte. Wenn sie doch nur mehr von der Sprache verstehen könnte! Aber außer *Zucker, Ziegenkäse* und *großer Bruder* wusste sie so gut wie gar nichts.

Aissa setzte sich neben Désirée und lauschte der Musik und den Deklamationen. Ein seliges Lächeln legte sich über ihr Gesicht. Dann erklang wieder Lachen.

Es dämmerte, und dann senkte sich ziemlich schnell die Dunkelheit über die Wüste. Aber das große Zelt, in dem diese seltsame Feier stattfand, schien von innen zu leuchten. Nicht nur das Feuer davor, sondern auch kleine Tonschalen mit brennendem Ziegenfett leuchteten es hell aus.

Kein Zweifel, die prächtig herausgeputzten Männer und Frauen flirteten miteinander!

Die Erkenntnis erschütterte Désirée. Sie kannte die strengen Moralvorstellungen des Islam. Die hatten ihre Begeisterung für die Exotik schon seit einiger Zeit gedämpft. Doch hier schien alles ganz anders zu sein.

»Was tun die da?«, fragte sie Aissa. Ach ja, Aissa konnte sie ja nicht verstehen! Sie zeigte auf das Zelt und blickte Aissa fragend an.

»*Ahâl*«, sagte Aissa.

»*Ahâl?* Was ist das?«

Aissa überlegte, dann hob sie die Zeigefinger beider Hände, ließ sie sich voreinander verbeugen, sich annähern, entfernen, als sprächen oder tanzten sie miteinander. Dann schlang sie ihre Arme um sich selbst und wiegte sich hin und her.

»Was … was soll das sein? Liebe?« Sie wiederholte Aissas Geste.

Aissa nickte. Dann zeigte sie auf ein Paar, dass in der Dunkelheit nur schemenhaft zu erkennen war. Es war ein Mann, der eine Frau an der Hand hielt. Beide eilten lachend aus dem Zelt und verschwanden zwischen den Dünen.

Désirée stieß einen leisen, überraschten Pfiff aus. »Das ist tatsächlich mehr, als ich erwartet habe«, murmelte sie. Gleichzeitig drückte etwas ihren Hals zusammen. Arkani befand sich noch dort im Zelt! Sie wartete darauf, dass er auch mit einer Frau an der Hand herauskam und zwischen den Dünen verschwand. Sie wusste nicht, was sie daran ärgerte, aber sie wünschte sich, dass er es nicht tun würde.

Wieder erklang das traurige Lied der Geige mit seiner immer wiederkehrenden, schlichten Tonfolge, das ganz im Gegensatz zu der lustigen, zwanglosen Runde der Männer und Frauen stand.

Leise erhob sich Désirée und verschwand im Zelt. Aus einem ihr unerfindlichen Grund wollte sie nicht mit ansehen, wie diese Menschen miteinander fröhlich waren. Sie warf sich auf ihr Lager, drückte das Gesicht auf ein Lederkissen und ließ ihren Tränen freien Lauf.

XVII

Die Morgensonne vertrieb langsam die eisige Kälte der Nacht, von draußen klang das geschäftige Schwatzen der Frauen ins Zelt, die vom Melken der Ziegen und Kamele kamen.

Mit steifen Gliedern wühlte Désirée sich unter den Decken hervor. Sie hatte schlecht geschlafen. Noch im Traum verfolgte sie die Musik der Geige und das Lachen und Scherzen der Männer und Frauen. Sie wünschte sich insgeheim, an so einem seltsamen, aufregenden Fest teilzunehmen. Und sie hätte sich ebenso gewünscht, dass jemand mit ihr flirtete, scherzte, lachte, sich um ihre Gunst bemühte, jemand ganz Bestimmtes …

Im gleichen Augenblick wurde sie ärgerlich. Dieser stolze Mann in seiner blauen Gandura hatte ihr ja total den Kopf verdreht. Den aber brauchte sie jetzt dringend, und zwar klar und schmerzfrei.

Sie trat vor das Zelt und blinzelte in die Morgensonne. Dann reckte und streckte sie ihre steifen Glieder.

»*Essalamou alaikoum*, guten Morgen!«

Sie fuhr herum. Arkani stand hinter ihr und hielt eine flache Schale in der Hand.

»Guten Morgen«, erwiderte sie mürrisch.

»Ich sehe, du hattest keine gute Nacht und keinen erholsamen Schlaf«, stellte er fest.

Die Unmutsfalte auf ihrer Stirn vertiefte sich. »Ganz recht«, erwiderte sie. »Die Musik war so laut, das Lachen, das … na ja, eben das ganze Fest.«

Er hob ein wenig die Augenbrauen. »Weißt du, was das für ein Fest war?«

»Woher soll ich das wissen? Offensichtlich hält es keiner für nötig, mir hier irgendetwas zu erklären.«

»Dann musst du unsere Sprache lernen.« Er streckte ihr die Schale entgegen. »*Aman iman.*«

Misstrauisch beäugte sie die Schüssel. »Und was heißt das? Ein Zaubertrank?«

Er lachte. »Darauf solltest du antworten: *ach isudar*. Das Wasser lässt uns leben, die Milch gibt uns Kraft. Es ist frisch gemolkene Kamelmilch.«

Désirée wollte ihn nicht weiter provozieren, sondern nahm die Schüssel entgegen und trank. Es schmeckte schauderhaft, die Milch war noch warm.

»Was heißt ›Danke‹ in Ihrer Sprache?«

»*Tanimmert*. Und wenn dich jemand begrüßt, dann solltest du ihm erwidern: *alaikoum essalam*.«

Das warme Gefühl in Désirées Magen durch die Kamelmilch stimmte sie etwas versöhnlicher.

»Also gut. *Alaikoum essalam*, Arkani. *Tanimmert*!« Mit einem Lächeln reichte sie ihm die Schale zurück.

Sie sah es in seinen grauen Augen aufleuchten, und als sich ihre Finger berührten, verspürte Désirée wieder ein erregendes Kribbeln. Ein wenig verlegen senkte sie den Blick.

»Wenn du möchtest, zeige ich dir unser Dorf«, schlug Arkani vor. »Sicher hast du viele Fragen.«

Désirée war einverstanden. Aissa trat aus dem Zelt, und ihre dunklen Augen wanderten zwischen ihnen hin und her. Dann sagte sie etwas zu Arkani, und es klang nicht sehr freundlich. Désirée wurde das Gefühl nicht los, dass es ihr nicht recht war, dass sich Arkani auf diese Weise mit ihr abgab. Sosehr sie sich um Désirées Genesung bemühte, so schien sie doch auch zu spüren, welchen Einfluss Arkanis Nähe auf Désirées Gefühlsleben hatte.

Selbst wenn Désirée es vor sich selbst leugnete, so fühlte sie doch diese seltsame und geheimnisvolle Anziehungskraft, die von Arkani ausging. Sie musste sich gegen sein Charisma wappnen. Sie war stark, sie musste auch gegen Arkani Stärke beweisen.

Arkani antwortete seiner Mutter ebenso knapp, dann forderte er Désirée mit einer bestimmenden Handbewegung auf, ihm zu folgen. Also hatten die Männer doch ab und an etwas zu bestimmen, stellte sie im Stillen fest. Sie atmete tief durch und redete sich ein, sie befände sich auf einer archäologischen Expedition. Der Ausgrabungsleiter erklärte ihr gerade, was sie gefunden hatten. Und doch, hier lebte alles …

Ein wenig besorgt drehte er sich zu ihr um und schaute auf ihren verbundenen Fuß. »Geht es dir gut?«

Sie nickte. »Ja, ja, es geht mir gut.«

»*Al kheras*«, sagte Arkani.

»Was?«

»*Al kheras*. Es geht mir gut. Sprich es nach.«

»*Al kheras*.«

Er schien zufrieden. Unten am Fluss blieb er stehen.

»Wo kommt das Wasser her?«, fragte Désirée verwundert. »Befinden wir uns hier nicht mitten in der Wüste?«

»Dieser Fluss entspringt dem Hoggar-Gebirge. Er führt fast das ganze Jahr lang Wasser, sodass es sich lohnt, hier ein Lager länger aufzuschlagen.«

»Und wo fließt er hin?«

»Irgendwann versickert er im Sand. Es gibt auch Jahre, da bleibt das Flussbett trocken. Aber unter dem Sand scheint es immer noch Wasser zu geben, denn die Dattelpalmen wachsen weiter. Und auf den Feldern bauen die *issegaren* Gemüse und Getreide an.«

»Wer sind die *issegaren*?«, wollte Désirée wissen.

»Niedere, Bauern, Vasallen. Sie sind an Land gebunden, beackern es. Sie geben einen Teil ihrer Ernte als Tribut ab. Manchmal ist es vorteilhaft, in ihrer Nähe zu lagern.«

Aus großen Augen schaute sie ihn an. Arkani schien ihren Blick nicht zu bemerken, sondern blickte stolz über die Oase hinweg zu den Dünenkämmen dahinter.

»Also, verstehe ich richtig, es gibt Vasallen, die den Tuareg tributpflichtig sind? Und Sie leben nicht immer hier?«

»So ist es«, erwiderte er. »Ein Amajer würde sich niemals an ein Stück Erde binden. Wir sind die Edlen, denen die Kamelzucht obliegt. Wir kontrollieren die Handelswege, wir gewähren Schutz für die Karawanen und unsere Vasallen.«

»Vasallen«, wiederholte Désirée nachdenklich. »Das heißt, dass Sie sie zu Vasallen machen. Mit Gewalt.«

Sie hörte ihn leise lachen. »Natürlich. Wir sind Krieger.«

»Man sagt, dass Sie auch fremde Karawanen überfallen.«

»Die blauen Krieger sind gefürchtet«, sagte Arkani voller Stolz. »Wir führen die *rezzous* durch.«

»Was sind *rezzous*?«

»Beutezüge. Mehr oder weniger zur Warnung. Im Allgemeinen reicht es, dass wir Abgaben für unsere Schutzgewährung verlangen.«

»Ich habe beobachtet, dass es dienende Männer gibt, die manchmal sogar von den Frauen angetrieben werden.«

Er schien amüsiert. »Du beobachtest gut«, lobte er sie. »Und du hast es richtig erkannt. Es sind die *iklan*, Sklaven, die alle anfallenden niederen Arbeiten verrichten.«

Entsetzt trat sie einen Schritt von ihm weg. »Wirklich Sklaven? Aber das ist barbarisch! Und unwürdig.«

»Du urteilst schnell. Vielleicht solltest du unser Leben erst näher kennen lernen. So einfach, wie es dir scheint, ist es nicht. Und diese Leute sind auch nicht rechtlos. Daneben gibt es noch die *imrad*, Ziegenzüchter, die sich auch um die Kamele der Adligen kümmern. Sie dienen uns manchmal in der Art, wie früher in Frankreich Knappen den Rittern gedient haben. *Kel ulli*, das Volk der Ziegenzüchter. Ihr gewählter Ältester hat

Stimmrecht bei der Wahl des Amenokals. Das ist wiederum der Oberste der Adligen.« Er wandte sich ihr zu, und in seinen Augen funkelte es voller Spott.

»Trotzdem ist es finsterstes Mittelalter«, entgegnete Désirée unangenehm berührt.

»Welche Stellung nimmt in deiner Gesellschaft die Frau ein?«, fragte er. »Was tut sie, wenn sie verheiratet ist?«

»Sie lebt mit ihrem Mann, gründet eine Familie, kümmert sich um Haushalt und die Kinder …, was sonst?«

»Und wer bestimmt, was getan wird?«

»Der Mann natürlich. Schließlich verdient er ja den Lebensunterhalt der Familie. Es sei denn …«

»Es sei denn was?« Seine Augen schienen sie jetzt zu durchbohren, und sie kam sich wie vor einem gestrengen Professor bei einer Prüfung vor.

»Es sei denn, sie führt ihr eigenes Leben und ergreift einen Beruf.«

»Würde das den französischen Männern gefallen?«

»Den meisten nicht«, gab Désirée zu. »Aber es gibt auch welche, die fortschrittlich denken. Mein Verlobter zum Beispiel …«

»Und du? Würdest du dich ihm unterordnen, wenn er es verlangt, oder deinen eigenen Weg gehen?«

»Ich lasse mich von niemandem …«, sie stockte und drehte schnell den Kopf weg. »Sie wollten mir etwas über Ihr Volk erzählen.«

»Das tue ich die ganze Zeit. Was die Frauen bei uns angeht, so besitzen sie diesen Fortschritt schon seit Urzeiten. Ihnen gehört das Zelt, und sie wählen den Mann, der mit ihnen das Zelt teilt. Wenn sie sich scheiden lassen, dann muss er das Zelt wieder verlassen. Für dich müsste es das Paradies sein.«

Sie stieß schnaubend Luft aus. »Darauf brauchen Sie sich nichts einzubilden, und ich betrachte dieses Leben keineswegs als Paradies. Dort, wo es Sklaven gibt, kann es kein Paradies geben.«

Arkani antwortete nicht darauf, sondern schlenderte weiter. Wollte Désirée noch mehr erfahren, musste sie ihm zwangsläufig folgen. Es gab also ein gewisses Vorrecht der Frau, und interessanterweise gab es sogar Scheidungen. Und dann warf sie den Mann einfach aus dem Zelt. Sie musste unwillkürlich lächeln. Die Arroganz dieser verschleierten Männer wurde also durch einen weiblichen Widerpart in Schach gehalten.

Einige Frauen trieben die Esel zur Weide. Bequemerweise ritten sie und trieben die anderen mit Stöcken und Rufen an.

»Sie besitzen sehr schöne Esel«, stellte Désirée fest.

»Nicht ich«, widersprach Arkani. »Sie gehören meiner Mutter und Tedest. Sie haben sie alle selbst aus der Wüste eingefangen und gezähmt.«

Désirée musste lachen. »Ich habe es beobachtet. Die Esel haben durchaus ihren eigenen Kopf.«

»Warum nicht? Sie sind stolze und freiheitsliebende Tiere. Und sie sind tatsächlich schön.« Er wandte sich zu ihr um. »Übrigens heißen sie, wie sie aussehen.«

»Bitte, was?«

»Sie heißen Weiß, Hellgrau, Rotbraun, Ocker, Anthrazit, Dunkelgrau …«

Sie schüttelte lachend den Kopf. »Und was heißt Esel?«

»*Aghyul.*«

Sie schlenderten weiter am Ufer entlang.

»Was war das für ein Fest gestern Abend?«, nahm sie ihren Mut zusammen. »Mir schien, es ging zwischen den Männern und Frauen recht zwanglos zu.«

Er drehte sich so unvermittelt zu ihr um, dass sie beinahe gegen ihn geprallt wäre. Erschrocken hob sie die Hände und stützte sich gegen seinen Körper ab. Sie spürte seine feste Brust unter dem Stoff der Gandura. Er packte ihre Handgelenke und presste ihre Hände an sich.

»Es war der *ahâl*, eine Möglichkeit, dass unverheiratete Männer und Frauen sich … näher kommen. Sie werben umeinander, singen, musizieren, tragen Gedichte vor. Unsere Frauen sind sehr schön.«

Verärgert entzog sie ihm ihre Hände. Ihre Finger zitterten, und das Beben setzte sich auch in ihrer Stimme fort. »Ich hoffe, Sie hatten gestern Abend Erfolg.« Schnell wandte sie sich ab und ging weiter. Er schlenderte gemächlich hinter ihr her.

Vor ihnen tauchten ärmliche Hütten auf. Sie waren ganz aus dem Schilf gebaut, das am seichten Ufer des Flusses wuchs. Die Schilfbündel waren unbeschnitten, und so wirkten die Hütten wie die liederlichen Flechtwerke von Spatzennestern.

»Hier wohnen die Issegaren«, erklärte Arkani. Sie hörte Herablassung aus seiner Stimme. »Sie sind an ein Stück Erde gebunden.«

»Aber sie bewohnen richtige Hütten«, erwiderte sie.

»Ein Amajer würde niemals in so einem Schilfbündel hausen«, gab er zurück. »Die einzig angemessene Wohnstadt ist das *ehen*, das Lederzelt.«

Sie waren am Ende der Oase angekommen. Vor dem Bereich, an dem das fruchtbare Gebiet in den Dünensand der Sahara überging, stand ein seltsames Gebilde aus Steinen, im Rund zusammengebaut. Es war wie ein offener Turm, aus dem Rauch herausdrang. Es roch aufdringlich nach Holzkohle, Fett und Metall, und ein gleichmäßiges Hämmern ließ sich hinter der Wand vernehmen.

In einiger Entfernung blieb Arkani stehen und rief etwas. Hinter der Steinwand tauchte ein Gesicht auf. Der Mann grüßte Arkani ehrfürchtig, doch zu Désirées Verwunderung grüßte Arkani ebenso ehrfürchtig zurück. Erst auf Aufforderung des Mannes trat er näher.

Der Mann schlug den Teppich zurück, der den Eingang zu seiner Schilfhütte verdeckte. Im Dunkel lagen dort Schwerter, Messer, Schmuck, Amulette und sonstige Gerätschaften aufgereiht. Es musste ein Schmied sein.

Arkani nahm ein Messer und trat damit vor die Hütte. Im Tageslicht prüfte er seine Verarbeitung, die Schärfe der Klinge, die Härte des Metalls. In knappen Sätzen sprachen die beiden Männer miteinander, dann reichte Arkani ihm das Messer zurück. Désirée hätte sich gern den Silberschmuck intensiver angeschaut, doch Arkani zog sie sanft, aber bestimmt von der Hütte weg.

»Nicht jetzt«, sagte er nur.

»Was ist mit ihm?«, wollte sie wissen und zeigte auf den Schmied.

»Er gehört zu den *enaden*, den Schmieden. Sie kommen mit Metall in Berührung.«

»Na und?«

»Sie besitzen magische Kräfte. Sie sind gleichzeitig verachtet und gefürchtet. Sie leben außerhalb unserer Gesellschaft.«

Désirée schüttelte fassungslos den Kopf. »Das Ganze begreife ich überhaupt nicht. Jeder von euch Noblen trägt ein Schwert und ein Messer und diese Amulette, und doch verachtet ihr die, die sie herstellen?«

»So ist es. Aber das hat auch seine Vorteile. Da unsere Verhaltensnormen für sie nicht gelten, dürfen sie auch Dinge tun, die uns versagt sind. Zum Beispiel werden sie gern als Übermittler von Heiratsanträgen herangezogen.«

»Fürchtet ihr eure Frauen so, dass ihr einen Heiratsvermittler braucht? Und dazu noch einen, der außerhalb der Gesellschaft lebt? Könnt ihr eine Liebeserklärung einer Frau nicht direkt sagen?«

»Niemals! Ein Mann muss eine Frau beeindrucken, ihre Aufmerksamkeit auf sich ziehen, ihr gefallen. Aber niemals würde er sie direkt fragen.«

»Niemals?«

Er stand dicht vor ihr und blickte auf sie herab. Der Blick aus seinen Augen ließ sie erbeben. Sie war verwirrt von den vielen Dingen, die er ihr erzählt hatte und die sie nicht so recht begreifen konnte.

»Niemals«, flüsterte er und nahm wieder ihre Hände in seine. Sie standen einsam unter den Dattelpalmen, der Wind bewegte leise die Wedel über ihnen, und irgendwo in der Ferne schrie ein Esel.

»Schade«, erwiderte sie ebenso leise. »Eine Liebeserklärung hätte den stolzen Rittern der Wüste etwas mehr Herz verliehen.«

Er schob ihre Hand auf eine Stelle an seiner linken Brust, an der sie dumpf seinen Herzschlag spürte.

»Diese Ritter haben ein Herz, Désirée. Sie wissen es nur gut zu verbergen. Und Liebe muss im Verborgenen gedeihen.«

Sie entzog ihm die Hand, bevor ihre Knie endgültig schwach wurden. Verwirrt drehte sie sich um und ging zum Fluss, wo einige Kinder laut kreischend im Wasser plantschten.

»*Addhar* heißt Fluss«, sagte Arkani neben ihr. »Er ist wie unser Herz. Er fließt und spendet Leben. Und manchmal versickert er. Das bedeutet aber nicht, dass er nicht da ist. Da unten im Sand fließt er weiter.«

Désirée schwieg. Alles war doch komplizierter, als sie angenommen hatte. Sie sollte aufhören, in die Tiefe eindringen zu wollen. Sie sollte sich endlich auf das Wesentliche besinnen.

Sie hob den Kopf und sah ihn an. »Es war sehr interessant, aber vieles auch fremd und unverständlich für mich. *Tanimmert*, Arkani.«

Seine Augen lächelten, und die goldenen Pünktchen darin glitzerten wie Sterne im sanften Grau seiner Iris.

»*Assidaragh ak azzel ihossayan*. Ich wünsche dir einen schönen Tag.«

Sie schenkte ihm ein Lächeln. »*Assidaragh ak azzel ihossayan*«, wiederholte sie und gab den Wunsch gleichzeitig zurück.

Er schüttelte sacht den Kopf. »*Assidaragh am azzel ihossayan*«, verbesserte er sie. »Du musst die weibliche Form anwenden. Du bist doch eine Frau.«

»Ach ja?« Sie spürte plötzlich, wie sie errötete. »Das hatte ich beinahe schon vergessen.«

Er hob die Hand, strich mit den Fingerspitzen sacht über ihre Wange und folgte der Form ihrer Lippen. »Ich vergesse es keinen Augenblick«, flüsterte er. Dann verstärkte er leicht den Druck seiner Finger auf ihren Lippen. Es fühlte sich an wie ein Kuss. Unvermittelt wandte er sich um und ging davon.

XVIII

Ahitarel hockte vor dem Zelt und starrte mit zusammengekniffenen Augen in die Ferne. Vom Fluss her kam Arkani mit schnellen Schritten näher. Ahitarel spürte, dass sein Sohn erregt war. Er hatte beobachtet, was zuvor geschehen war. Es war diese fremde Frau!

Arkani hockte sich neben ihn. Sein Vater erwartete nicht, dass Arkani etwas sagte. Aber er würde seinem Sohn etwas sagen.

»Weißt du, warum wir die Lieblinge der Götter sind?«, fragte Ahitarel. Arkani warf ihm nur einen kurzen Blick zu und schwieg weiter.

»Dann werde ich es dir sagen, mein Sohn. Weil wir uns selbst treu geblieben sind, unserem Leben, unseren Traditionen. Deshalb lassen uns die Götter in diesem Meer aus Sand und Stein und Trockenheit überleben. Wir sind klug genug, uns von fremden Welten abzuwenden. Nicht, weil wir sie nicht verstehen, sondern weil wir verstehen, dass fremde Welten nicht gut für uns sind.«

»Du fürchtest die Veränderung?«, fragte Arkani leise und schob sich eine getrocknete Dattel unter den Gesichtsschleier. Langsam zerkaute er sie.

»Ich fürchte sie nicht, denn ein Amajer kennt keine Furcht. Aber ich sehe sie auf uns zukommen, und ich werde mit allen Mitteln dagegen ankämpfen.«

»Woher soll sie kommen?«, wollte Arkani wissen.

Der Amenokal zeigte auf Désirée, die weiter am Fluss entlangschlenderte. »Von ihr.«

Arkani lachte kurz auf. »Was soll sie verändern? Sie kennt unser Leben überhaupt nicht.«

»Dich hat sie schon verändert«, entgegnete Ahitarel.

Arkani kaute immer noch auf der Dattel herum. »Ich bin immer noch ein Amajer und ein *elelli*«, sagte er dann.

»Das Gift des Bösen wirkt schleichend. Du spürst es zuerst nicht. Und wenn du es bemerkst, ist es zu spät.«

»Sie ist eine stolze und kluge Frau. Sie hat nicht die Absicht, unserer Sippe zu schaden. Ihre Genesung ist fortgeschritten. Wir sollten sie in ihrem Wunsch unterstützen, ihren Vater zu suchen. Danach wird sie in ihre Welt zurückkehren.«

Ahitarel nestelte an seinem *tugulmust* herum, als befürchtete er, dass er ihn verlieren würde. »Sie trägt den *gri-gri* des Todes bei sich«, murmelte er.

»Mutter sagte, dass es ihr wieder gut geht. Auch die Verletzung am Fuß heilt zu.«

»Ich meine nicht, dass der *gri-gri* in sie fährt. Er wird uns töten.«

»Hast du es gesehen?« Arkani spuckte den Dattelkern aus und verscharrte ihn im Sand.

Ahitarel nickte schwach.

»Dann solltest du den Marabout befragen«, schlug er vor.

»Das habe ich vor. Du solltest zu ihm reiten und ihn herbitten.«

Arkani erhob sich schweigend. Einen Augenblick blieb er stehen, dann drehte er sich zu seinem Vater um. »Du bist der Amenokal. Ich bin dein Sohn. Ich werde tun, was du verlangst. Aber was ich fühle, kannst du nicht bestimmen.« Dann ging er, um sein Mehari zu satteln.

Désirée verzog sich in den Schatten des Zeltes. Körperlich hatte sie dieser Spaziergang weniger angestrengt, selbst das wunde Pochen in ihrem Fuß war verschwunden. Doch in ihrem Kopf wirbelten die Gedanken durcheinander wie diese kleinen Sandteufel, die rotierend über den Wüstensand tanzten.

Jetzt wusste sie, dass es der Stolz dieser blauen Männer nicht zuließ, sich einer Frau zu offenbaren. Aber es gab andere Möglichkeiten, es ihr zu zeigen.

Noch immer brannte ihre Handfläche, wo sie Arkanis Brust berührt hatte, und sie glaubte, das dumpfe, gleichmäßige Pochen seines Herzens zu spüren. Wie gern hätte sie es noch einmal getan, aber sie wusste auch, dass es gefährlich war. Sie hatte es hier nicht mit unbekannten Zeichen auf toten Steinen zu tun. Es waren lebende Menschen, eine fremde Kultur, eine unbekannte Welt.

Sie wäre nicht Désirée Montespan gewesen, wenn sie fremde Welten, unbekannte Kulturen nicht magisch angezogen hätten. Sie war offensichtlich nur dazu geboren, sich diese fremden Welten zu erschließen, sich in diese Menschen hineinzuversetzen, sie zu verstehen, ihr Leben, ihr Schicksal, ihre Gefühle. Oft genug hatte sie sich selbst als stolze Römerin gesehen, die den Helden der Wagenrennen zujubelte, oder sie fühlte sich als eine ägyptische Priesterin, die im Tempel diente, oder sie war eine griechische Dichterin, die die Schönheit der ionischen Landschaften besang. Aber das alles waren Träume, Fantasien.

Zum ersten Mal befand sie sich mittendrin in einem fremden Leben, spürte es hautnah, empfand es als Realität. Es hätte die Erfüllung ihrer Träume sein können. Aber diesen Traum hatte sie nie geträumt.

Arkani! Es war eine Erklärung, diese Geste, ihre Hände an seine Brust zu legen. Doch was wollte er damit andeuten? Dass er sie mochte? Dass sie ihm gefiel? Dass er sich mehr erhoffte?

Im gleichen Augenblick hatte er sich wieder so arrogant, so stolz und selbstsicher gezeigt, als müsse er ihr beweisen, dass sie für ihn nicht mehr als ein Sandkorn im Wind war.

Was hatte er gesagt? Ein Mann soll einer Frau gefallen, sie beeindrucken, ihr imponieren. Es war das Balzgehabe von Tieren, von aufgeplusterten Männchen, die um die Gunst eines Weibchens warben. Wie in diesem Zelt am Abend zuvor. *Ahâl*, sie hatte sich den Namen gemerkt. Doch sie gehörte nicht dazu!

Verärgert presste sie die Lippen zusammen. Vielleicht bildete sie sich das alles nur ein. Sie sollte sich endlich darüber erhaben zeigen. So erhaben und stolz wie Arkani. Dann würde er merken, dass er sie auf diese Weise nicht beeindrucken konnte.

Mit den Augen verfolgte sie Aissa, die zusammen mit Tedest einen Teppich reinigte. Sie warf Désirée einen prüfenden Blick zu und bemerkte Désirées verspanntes Gesicht. Tedest schlug den Zelteingang auf, sodass etwas Licht in das dämmernde Innere fiel. Sie packte den Teppich in den hinteren Teil des Zeltes, die »Frauenseite«, soweit Désirée das richtig deutete. Das Innere war zweigeteilt, denn auf einer Seite lagen Sachen von Aissas Mann.

Unruhe bemächtigte sich ihrer. Es wurde Zeit, dass sie von hier verschwand. Sie war den Menschen dankbar, dass sie ihr geholfen hatten. Doch nun hatte sie ihre Gastfreundschaft lange genug in Anspruch genommen.

Dass sie Arkanis Gefangene sein sollte, daran glaubte Désirée keinen Augenblick mehr. Wahrscheinlich hatte Arkani sie tatsächlich zunächst als eine Art Beute betrachtet. Sie war für ihn wie ein exotisches Tier gewesen, hellhäutig und blond und weiblich dazu. Er hatte sich damit genug im Lager brüsten können. Es war auf kein großes Interesse gestoßen, die meisten Bewohner betrachteten sie tatsächlich als das, was sie war: eine Fremde, eine Außenseiterin, eine Exotin.

Sie wollte sich nicht mehr begaffen lassen wie ein Ausstellungsstück. Sie wollte ihren Vater suchen.

Schuldbewusst erinnerte sie sich daran, dass sie den Gedanken an ihren Vater für einige Zeit verdrängt hatte. Die Faszination, die von dem blauen Mann ausging, hatte ihn verdrängt. Doch nun, wo sie ihre körperlichen Kräfte zurückgewonnen hatte, kehrte auch ihre geistige Stärke zurück. Auf die war sie immer besonders stolz gewesen und darauf, dass sie sich über alle gesellschaftlichen und durch Konventionen gegebenen Schranken hinweggesetzt hatte, um ihre eigenen Vorstellungen zu verwirklichen. Sie musste diesen Weg konsequent weitergehen.

Sie erhob sich und trat auf Aissa zu. »Aissa, du warst so gut zu mir. Du hast mir in meiner Not geholfen. *Tanimmert*. Doch nun wird es Zeit, zu gehen. Ich muss fort.« Sie zeigte auf sich und dann in die Weite der Wüste. »Ich muss meinen Vater suchen.«

Aissa starrte sie eine Weile an, dann hob sie abwehrend die Hände. Sie rief laut etwas, und Tedest kam hinzu. Aufgeregt redeten sie miteinander, dann wurde Désirée von beiden Frauen in das kleine Zelt geschoben. Entschlossen zerrte Aissa den Zelteingang herunter.

Ungehalten erhob sich Désirée wieder. »Wo ist Arkani? Ich will mit Arkani sprechen. Er versteht mich.«

Aissa hielt in ihren heftigen Bewegungen inne, dann drückte sie ihre Hände gegen die Brust. »Arkani«, keuchte sie. *»Izgar!«* Dann zeigte auch sie zum Horizont.

Désirée begriff sofort. Arkani war fort! Und sie war immer noch eine Gefangene!

XIX

Drei Tage war Arkani fort. Drei Tage, die Désirée endlos und leer vorkamen. Sie wusste nicht, wohin er verschwunden war, sie wusste nicht, warum er verschwunden war, sie wusste nicht, wie lange er fortbleiben würde. Sie konnte sich mit niemandem unterhalten.

Je schneller ihre Genesung fortschritt, umso weniger kümmerten sich die beiden Frauen noch um sie. Aissa und Tedest waren ohnehin die Einzigen, die Kontakt mit ihr hatten. Alle anderen Bewohner der kleinen Oase hielten sich in einer gewissen Entfernung. Selbst wenn Désirée dann und wann einen kleinen Spaziergang unternahm, wich man ihr aus. Die Kinder beäugten sie neugierig und kicherten, die Erwachsenen warfen ihr scheue oder gar feindselige Blicke zu. Die hübschen Frauen, die sonst viel lachten und scherzten, beobachteten sie mit misstrauischen Mienen. Irgendetwas Negatives schienen alle von ihr zu erwarten. Wie sollte sie den Menschen klar machen, dass sie ihnen nichts Böses wollte?

Es wurde Zeit, dass sie weiterzog. Sie fühlte sich kräftig genug. Sie benötigte zwei Kamele, Wasser, Verpflegung und ein paar Decken. Sie würde zwei Führer bezahlen und dann gäbe es diese eigenartige Spannung nicht mehr.

Als sie langsam am Flussufer entlangging, sah sie den Amenokal vor seinem Zelt im Sand sitzen. Diese Männer konnten den ganzen Tag nichts tun, vor sich hinstarren, Tee trinken oder sich zur Schau stellen. Die Frauen waren viel fleißiger. Kein Wunder, dass sie die Oberhand hatten und die Männer bei ihnen um Einlass ins Zelt bitten mussten. Und war man so eines Faulpelzes überdrüssig, konnte man ihn ziemlich einfach wieder loswerden. Ein seltsames Volk!

Ihre Füße führten sie vom Flussufer weg zum Zelt des Amenokals. Vielleicht konnte auch er einige Brocken Französisch. Dann würde sie zumindest erfahren, wo Arkani steckte und ob sie nicht abreisen könne. Ja es erschien ihr sogar einfacher, wenn Arkani nicht da war. Sein undurchschaubarer Anspruch, sie als Gefangene zu betrachten und sie doch gleichzeitig wie einen Gast zu bedienen, sie im Zelt seiner Mutter wohnen zu lassen und ihr das Leben der Tuareg zu erklären, verwirrte sie immer noch. Außerdem widerstrebte ihr der Gedanke, dass die Edlen der Tuareg sich Bauern, Sklaven und Ziegenzüchter hielten. Es war barbarisch und unmenschlich. Vielleicht war es doch ganz gut, wenn die französische Kolonialmacht hier die Zivilisation einführte.

Sie blieb vor dem Amenokal stehen und deutete eine Verbeugung an, um ihm ihre Achtung zu zeigen.

»Ich grüße Sie als Herr des Stammes«, sagte sie auf Französisch. »Ich möchte mich gern mit Ihnen unterhalten.«

Die kleinen, dunklen Augen des Amenokals musterten sie aus dem Sehschlitz seines *tugulmusts* heraus. Doch er schwieg. Wahrscheinlich hatte er sie nicht verstanden. Sie wiederholte die gleichen Worte auf Arabisch. Ahitarel ließ den Blick nicht von ihr, doch er antwortete auch nicht.

Désirée hockte sich vor ihm in den Sand, schlug die Beine unter und schwieg. Dann glättete sie den Sand vor sich und begann Linien zu ziehen. Sie malte ein Zelt und die Schlangenlinie des Flusses. In einiger Entfernung deutete sie einen Berg mit einer Höhle an. Dazwischen malte sie mit wenigen Strichen ein Kamel mit einem Reiter.

Mit dem Finger zeigte sie auf das Zelt, dann beschrieb sie eine ausholende Handbewegung. Das Zelt bedeutete den Ort der Oase. Danach deutete sie auf das Kamel und sich selbst. »Désirée«, sagte sie langsam und deutlich. Sie ließ ihre Finger vor dem Kamel her durch den Sand trippeln bis zu dem Berg mit der Höhle. Dann schaute sie den Amenokal fragend an.

Nichts in seinen Augen verriet, ob er sie verstanden hatte. Wahrscheinlich nicht.

Désirée begann das Spiel von vorn. Sie zeigte auf das Zelt, beschrieb eine ausholende Armbewegung. Dann tippte sie auf das Kamel und sich. Doch als sie das Kamel auf den Berg zutrippeln lassen wollte, wischte der Alte mit einer heftigen Handbewegung die Bilder weg. Er hatte sie verstanden und seine Antwort war eindeutig!

Sie starrte ihn an, dann erhob sie sich langsam. Eine steile Unmutsfalte bildete sich zwischen ihren Augenbrauen. »Wo ist Arkani?«, fragte sie. Sie war sicher, dass der Amenokal ihre Frage verstand, auch wenn sie auf Französisch gestellt war.

Er wischte mit einer Hand eine imaginäre Fliege von seinem Gewand, dann erhob er sich und ging einfach davon. Es war der Gipfel der Unhöflichkeit!

Wütend stapfte Désirée zu ihrem Zelt zurück. Arkanis Mutter beachtete sie nicht, sondern war damit beschäftigt, Brot zu backen. Tedest war mit den Eseln unterwegs. Désirée hockte sich neben Aissa.

»Wo ist Arkani?«, fragte sie langsam.

Aissa blickte sie einen Augenblick prüfend an, dann widmete sie sich wieder ihrer Arbeit. Désirée fasste nach Aissas Handgelenk und hinderte sie daran, die Schüssel mit dem eingerührten Teig zu greifen. »Aissa, wo ist Arkani?«, wiederholte sie eindringlich ihre Frage.

Aissa gab den Blick zurück und entriss Désirée ihre Hand.

»Arkani«, sagte sie dann und zeigte auf die Wüste. Arkani war also in die Wüste geritten. Doch das wusste Désirée bereits. Sie würde auch von Aissa keine Antwort erhalten. Zudem schien sie Aissa verärgert zu haben, denn die Frau erhob sich und schimpfte auf Désirée ein. Sie verstand zwar kein Wort, aber Aissas Tonfall war alles andere als freundlich.

Sie hielt es für angebracht, sich zurückzuziehen und ihren Platz auf der Matte vor dem Zelt einzunehmen. Aissa schimpfte noch eine Weile vor sich hin, dann widmete sie sich wieder ihrer Arbeit. Sie würdigte Désirée keines Blickes mehr.

Für Désirée hieß es weiter warten, nichts als stumpfsinnig warten.

Es war noch ein halber Tagesritt bis zur Oase Zaouatanlaz. Arkani ließ sein Mehari gehen, ohne es zu treiben. Das kluge Tier witterte, dass es zum Fluss ging. Es würde nicht unnötig trödeln. Er war stolz auf das wundervolle Dromedar. Es war gänzlich weiß und einem Fürsten angemessen. Er war kein Fürst, noch nicht. Aber eines Tages würde er es sein. Er besaß die Achtung und den Respekt des Stammes. Die Männer hörten auf ihn. Er führte die Krieger an, er entschied klug und weise. Es sprach nichts dagegen, dass die Männer des Stammes ihn zum Amenokal wählen würden. Aber es gab einen gewählten Amenokal, und das war Arkanis Vater. Auch wenn er dessen Sohn war, so musste er sich trotzdem beweisen. Es gab kein Anrecht darauf aufgrund der Geburt.

Bislang hatte Arkani keinen Zweifel daran gehegt, wie die

Zukunft für ihn aussehen würde. Er verschwendete kaum einen Gedanken daran. Kluge Taktik, Mut und das Schwert hatten ihn und seinen Stamm immer wieder zu den Siegern der Wüste gehören lassen. Es war immer so gewesen, und es würde immer so sein.

Nach dem Gespräch mit dem weisen Mann war er sich dessen plötzlich nicht mehr so sicher. Alhavi war ein Schriftgelehrter. Er war ausgezeichnet durch die Nähe zu Allah, aber auch zu den Geistern der Tuareg. Er kannte den Koran, er beherrschte die Schrift Tifinagh. Und er gab weise Ratschläge. Auf ihn hörte auch der Amenokal.

Einen halben Tag verbrachte Arkani bei Alhavi. Die Hälfte der Zeit davon tranken sie Tee, unterhielten sich über die Wüste, die Meharis, die Größe der Ziegenherden, den Wind und die Welt. Dann hob der Alte den Kopf.

»Was könnte ich dir sagen, was du ohnehin nicht schon weißt?«

»Ich weiß es nicht, heiliger Mann«, erwiderte Arkani.

»Egal, was ich dir rate«, entgegnete Alahvi, »dein Entschluss steht fest. Und weder ich noch der Amenokal werden dich daran hindern können.«

Arkani senkte den Blick. Wenn er auf den Grund seiner Seele schaute, dann musste er Alhavi Recht geben. Er hatte sich schon längst entschieden.

»Der Amenokal wünscht eine Antwort«, sagte er schließlich.

Alhavi schnaufte leise. »Auf welche Frage?« Dann lachte er meckernd. »Du willst die Verantwortung auf jemand anderen abwälzen. Du wirst sagen, der Marabout hat es so gesagt, also ist es seine Schuld.«

Arkani wollte aufbegehren, zog es dann aber vor zu schweigen. Es schickte sich nicht, einem weisen Mann zu widersprechen.

»Gedanken und Wünsche fliegen um uns herum«, sprach Alhavi weiter, als spräche er zu sich selbst. »Sie versuchen in uns einzudringen. Was bewirken sie? Gutes? Schlechtes?«

Er legte seine Unterarme auf seine untergeschlagenen Beine. »Seit Anbeginn der Zeiten gelten Gesetze für unser Volk. Es sind Gesetze, die unser Volk in der Wüste über diese Zeiten hinweg überleben ließen. Sie schreiben jedem von uns vor, wo sein eigener Platz in dieser Welt ist. Aber ob du die Gesetze beherzigst oder nicht, ist deine eigene, freie Entscheidung.«

Dann bewegte Alhavi seinen Oberkörper vor und zurück, und Arkani wusste, dass er nichts mehr sagen würde.

Arkani hatte sich zu einer letzten Rast niedergelassen, obwohl sein Mehari durchaus in der Lage gewesen wäre, die restliche Strecke ohne Pause zurückzulegen. Er zögerte, in das Lager zurückzukehren, als würde er dadurch die Entscheidung, die er ohnehin schon getroffen hatte, aufschieben können. Alhavi hatte Recht. Egal, was der weise Mann ihm riet, es würde nichts an der Tatsache ändern, dass Arkani für sich bereits entschieden hatte. Warum zögerte er dann, seinem Vater gegenüberzutreten?

Er stoppte sein Mehari an einer Stelle, an der getrockneter Kameldung lag. Er verriet ihm, dass er sich nicht mehr weit vom Lager entfernt befand. Er verzichtete darauf, das Mehari abzusatteln, holte nur aus seiner Packtasche den Tee, Zucker, die Kanne und einen Trinkbecher hervor und nahm den Wassersack ab. Es war noch genügend Wasser darin.

Sorgsam sammelte er den Kameldung ein, formte daraus zusammen mit einem dürren Ast eines Wüstenstrauches einen kleinen Haufen und entzündete das Feuer. Dann setzte er den Tee mit Wasser und Zucker an und kochte ihn auf. Er wollte ihn sehr stark und schäumend haben. Er brauchte einen klaren Kopf.

Noch bevor der Tee fertig war, bemerkte er am Knurren seines Meharis, dass sich jemand in der Nähe befinden musste. War es ein wildes Tier? Doch das Mehari blieb gelassen, spielte mit der Oberlippe und drehte leise brummend den Kopf in die Richtung, aus der es etwas witterte. Es war die Richtung des Lagers. Arkani schloss daraus, dass es sich nur um einen oder mehrere Reiter handeln konnte.

So blieb er ruhig sitzen und fachte das Feuer erneut an. Und dann erschien der Reiter auf dem Kamm der flachen Wanderdüne. Obwohl er bis auf den kleinen Sehschlitz völlig verschleiert war und die übliche Kleidung der Tuareg trug, wusste Arkani sofort, wer es war. Nicht nur an seiner Art, auf dem Mehari zu sitzen, sondern auch an dem Mehari selbst. Das Tier war hell, aber nicht so weiß wie sein eigenes und damit nicht ganz so edel. Aber es gab jemanden, der sehr viel Wert darauf legte, dass sein Mehari so hell wie möglich war. Das Fell dieses Tieres besaß eine Farbe zwischen hellgrau und gebrochenem Weiß. Es war Akhamouk.

Arkani wartete, bis Akhamouk herangeritten kam, sein Mehari sich hinlegen ließ und er abstieg. Er schaute nicht einmal auf, als Akhamouk zum Feuer kam und sich unaufgefordert setzte.

»Essalamou alaikoum, Arkani«, begrüßte er ihn. »Ich sehe, du bist wohlbehalten zurückgekehrt.«

»Alaikoum essalam«, erwiderte Arkani. »Ich sehe, dass meine Begrüßungseskorte recht dürftig ausgefallen ist.«

Akhamouks Augen verengten sich, weil er grinste. »Es ist keine Begrüßung, Arkani. Niemand wird kommen, um dich zu empfangen. Niemand außer mir.«

»So? Bist du der Einzige, der loyal zu mir steht?«

»Das würde bedeuten, dass du gegen den Amenokal stehst«, schlussfolgerte Akhamouk messerscharf. »Ist es so?«

Arkani warf ihm einen scharfen Blick zu. Die Höflichkeit gebot ihm jedoch, Akhamouk als Gast an seinem Feuer zu betrachten. In einem schwungvollen Strahl goss er den Tee aus der Eisenkanne in den Trinkbecher, sodass sich eine schöne Schaumschicht darauf bildete. Er reichte Akhamouk den Becher, der ihn entgegennahm. Seine Augen fixierten Arkani.

Arkani wich seinem Blick nicht aus.

»Was willst du?«, fragte Arkani zurück.

Akhamouk schwieg eine Weile, während er den kochend

heißen Tee schlürfte. »Was hat der weise Mann gesagt?«, wollte er schließlich wissen.

»Das werde ich dem Amenokal ausrichten, und er wird eine *djemaa* einberufen. Bis dahin wirst du dich gedulden müssen.«

Wieder schwieg Akhamouk, doch diesmal erschien Arkani dieses Schweigen drohend. »Du kennst meine Meinung, was die fremde Frau betrifft«, sagte er dann langsam.

»Ja, ich kenne sie«, erwiderte Arkani.

»Aber dein Geist verschließt sich ihr, so wie er sich auch allen anderen Argumenten verschließt.«

»Welchen Argumenten denn?«, fuhr Arkani auf. »Lösegeld zu erpressen oder sie allein in die Wüste reiten zu lassen?«

»Menahil versteht mich.« Akhamouk schlürfte ungerührt weiter den Tee. »An deiner Stelle würde ich es nicht darauf ankommen lassen. Menahil ist ziemlich entschlossen.«

»Wozu?«

»Die Fremde zu töten. Sie ist niemals hier gewesen. Keiner weiß etwas von ihr. Ihre Spur verliert sich im Wüstensand drei Tagesritte von hier.«

»Du bist verrückt«, schnaubte Arkani. »Sie hat nichts getan. Niemand darf sie töten.«

»Menahil denkt anders darüber. Und er denkt nicht allein so.«

»Und du?«, fragte Arkani scharf.

»Ich?« Er legte eine kleine Pause ein, in der er Arkani aus zusammengekniffenen Augen betrachtete. »Ich denke, man sollte eine Ziege nicht schlachten, ohne ihr Fleisch zu essen. Es ist einfach Verschwendung.«

»Du willst Geld aus ihr herauspressen«, stellte Arkani fest. »Und du glaubst allen Ernstes, dass die Franzosen darauf eingehen werden?«

Akhamouk nickte. »Ich glaube, die Frau ist es ihnen wert.«

»Und du glaubst auch, dass die Franzosen anschließend keinen Rachefeldzug starten?«

»Nein, das glaube ich nicht«, entgegnete Akhamouk. »Aber ich habe keine Angst davor. Wir haben keine Angst davor.«

»Es gibt keinen Grund, so einen Kampf herauszufordern.«

Akhamouk trank den Tee aus und stellte den Becher hart in den Sand. Er reckte den Kopf vor wie ein Raubvogel, und seine Augen funkelten angriffslustig. »Du bist ein Weichling, Arkani. Diese hellhäutige Frau hat dir gänzlich den Geist verwirrt. Aber du bist auch ein Amajer, Arkani, ein Wüstenkrieger, ein stolzer, freier, unabhängiger Wüstenkrieger. Es gibt nichts und niemanden hier in dieser unendlichen Weite aus Sand und Stein, aus Hitze und Kälte, aus Licht und Dunkelheit, der es mit einem Amajer aufnehmen kann. Sie alle, diese Fremden, die ihre Klauen nach unserem Land ausstrecken, werden elend verrecken. Sie können hier nicht leben. Wir sind die Herren dieses Landes, und wir werden es immer bleiben!«

Arkani nickte langsam. »Und warum fürchtest du dich dann vor einer einzelnen, fremden Frau?«

Akhamouk starrte ihn einen Moment lang irritiert an, dann sprang er auf. Mit schnellen Schritten lief er zu seinem Mehari, schwang sich in den Sattel und trat mit den Füßen auf das Tier ein, das sich unwillig und unter lautem Knurren erhob. »Nicht vor der Frau habe ich Angst, Arkani«, rief Akhamouk im zu, »sondern vor dir!«

XX

In der letzten Nacht wurde Désirée von einem bedrückenden Traum heimgesucht. Sie hätte sich gewünscht, von Arkani zu träumen. Doch der Mann in ihrem Traum war nicht Arkani. Es war Philippe.

Sie konnte sein Gesicht so deutlich sehen, als stände er leibhaftig vor ihr. Seine Augen schauten sie traurig und vorwurfsvoll an. Und sofort regte sich in Désirée das schlechte Gewissen. Es war unfair Philippe gegenüber. Es gab nichts, was sie Philippe vorwerfen konnte. Er hatte sie immer gut behandelt, ihr die Freiheiten gelassen, die sie haben wollte, ihr auch selten Vorwürfe deswegen gemacht. Er war ein moderner, aufgeschlossener Mensch. Dass er sich um sie sorgte, dass er sie nicht allein in dieses gefährliche Abenteuer ziehen lassen wollte, sprach nur für ihn. Es war unrecht, ihn zu betrügen, und wenn es nur in Gedanken war. Philippe stand da, ganz allein, in seinem braunen Anzug, den Halbschuhen und mit dem sanften, liebevollen Blick. Sie streckte die Hände nach ihm aus, näherte sich ihm Schritt für Schritt auf dem steinigen Wüstenboden. Der Wind wirbelte feinen Staub auf und verschleierte das Bild vor ihren Augen. Philippes Konturen waren nur noch schemenhaft zu erkennen. Und dann veränderte sich das Bild. Sein brauner Anzug wurde dunkel, der Stoff wehte im Wind wie eine Gandura, ein blauer Schleier legte sich über sein Gesicht, und seine Augen – sie wurden grau mit goldenen Punkten, sein Blick leidenschaftlich und voller Stolz und Verlangen …

»Arkani!« Mit einem Schrei schreckte sie von ihrem Lager hoch. Sie starrte in die Dämmerung des Lederzeltes, verspürte den allgegenwärtigen fettigen Geruch. Ihr war nicht bewusst, ob sie den Namen nur im Traum oder in Wirklichkeit gerufen hatte.

Der Zelteingang wurde hochgeschlagen, Aissa und Tedest steckten ihre Köpfe herein. Die beiden Frauen starrten sie aus großen Augen an. Wie sich dann Aissas Blick verdüsterte, sagte Désirée, dass sie wirklich Arkanis Namen gerufen hatte. Sie presste ihre Hand auf ihr wild schlagendes Herz.

»Tut mir Leid«, murmelte sie peinlich berührt mit einem Seitenblick auf Aissa. »Ich habe schlecht geträumt.«

Wahrscheinlich, nein, ganz sicher war Aissa nicht entgangen, was Désirée für Arkani empfand. War es die Eifersucht einer Mutter, war es die Ablehnung, weil sie eine Fremde war?

Eine Fremde! Das bedrückende Gefühl, hier nur geduldet zu sein, übermannte Désirée erneut. War der Traum ein Fingerzeig, wohin sie wirklich gehörte?

Am Nachmittag kam Leben in das Lager. Oben am Kamm der Düne sah Désirée einen einzelnen Reiter. Erwartungsvoll erhob sie sich von ihrem Platz hinter der Schilfmatte, die als Windschutz diente. Sie beschattete ihre Augen mit der Hand. Langsam trabte das Mehari den Hang hinunter. Doch Désirée war sich plötzlich nicht mehr sicher. Der Reiter sah aus wie alle Tuareg-Krieger, auch das Mehari war ganz hell. Und doch – irgendetwas war anders an der Haltung des Reiters.

»Arkani?«, fragte sie halblaut.

Tedest, die vor dem Zelt ein Lederkissen reinigte, blickte kurz auf und senkte gleich wieder den Kopf. Es konnte nicht Arkani sein. Einige lärmende Kinder liefen dem Targuil entgegen.

Enttäuscht nahm Désirée wieder Platz hinter der Matte. Warum wartete sie so hoffnungsvoll auf Arkanis Rückkehr? Sollte sie sich nicht jeden Gedanken an ihn verwehren?

Tedest brachte ihr etwas zu essen, als sich die Sonne dem Horizont zuneigte. Zum Osten hin verfärbte sich der Himmel von hellem Türkis bis zu dunklem Blau. Die ersten Sterne begannen zu funkeln und kämpften gegen das verlöschende Tageslicht an. Désirée stocherte mit dem Holzlöffel lustlos in ihrer Schüssel mit Hirsebrei herum. Ihr Hals war wie zugeschnürt. Dieses Warten, diese Qual! Sie schluckte mühsam und kämpfte gegen die aufsteigenden Tränen. Ihr war plötzlich elend zumute.

Tedest warf ihr immer wieder verstohlene Blicke zu. Als sich Aissa erhob, um ins Zelt zu verschwinden, erhob sich auch Tedest. Sie füllte eine kleine Holzschüssel mit Ziegenmilch, ging zu Désirée und hockte sich vor ihr nieder. Sie lächelte freundlich, während sie Désirée die Milch reichte.

»Arkani.« Sie deutete in Richtung des Dorfes.

Désirées Kopf ruckte hoch. »Er ist da?«, rief sie erstaunt. Dann flog ein glückliches Lächeln über ihr Gesicht. »Arkani ist da!«

Erschrocken hielt Tedest ihr den Mund zu, dann legte sie

sich selbst den Finger auf den Mund. Doch ihre Augen lächelten.

Désirée atmete erleichtert durch, Arkani war wieder da! Jetzt hatte das Warten ein Ende. Er würde zu ihr kommen. Sie würde ihn erwarten!

Es war tief in der Nacht, als Arkani kam. Die Dunkelheit hatte sich über die Wüste gebreitet wie ein schwarzes Tuch. Sie sah ihn nicht kommen, aber sie hörte es. In diesen Tagen hatten sich ihre Sinne geschärft. Sie hatte sich geweigert, in das Zelt zu gehen und sich schlafen zu legen. Tedest hatte ihr schließlich noch eine Decke herausgebracht.

In die wärmende Wolldecke gewickelt, blieb Désirée vor dem Zelt sitzen, gegen die Windschutzmatte gelehnt. Lange hatte sie den blinkenden Sternen zugeschaut und ihren Weg über das Firmament verfolgt. Und dann schob sich eine dunkle Silhouette davor, die sich noch schwärzer gegen den Nachthimmel abhob.

Sie blickte zu ihm auf und seine Anwesenheit verschlug ihr den Atem. »Arkani«, flüsterte sie ergriffen. Sie hatte nicht geahnt, *wie* sehr sie sich nach ihm gesehnt hatte.

»Ich bin hier«, erwiderte er ebenso leise. Dann hockte er sich vor sie nieder. Sie spürte plötzlich seine Hand auf ihrer, und ihre Haut schien zu verbrennen.

»Ich bin so froh«, sagte sie und legte ihre andere Hand auf seine. Die Wärme, die von seiner Hand ausging, flutete in ihren Körper und schenkte ihr ein unbeschreibliches Glücksgefühl.

»Geht es dir gut?«, wollte er wissen.

Sie presste die Lippen zusammen, um nicht zu verraten, dass in ihrem Hals ein dicker Kloß steckte. Sie schüttelte den Kopf, schluchzte, dann nickte sie. »Ja, jetzt geht es mir wieder gut.« Sie packte seine Hand fester, und er spürte, wie sie zitterte. »Ich habe Angst gehabt.«

Sie fühlte, wie er über ihr Haar strich und seine Finger dann ihre Wange entlanggleiten ließ.

»Das brauchst du nicht«, beruhigte er sie.

»Ich weiß«, wisperte sie. »Es war dumm von mir.«

Er zog sie so unvermittelt in seine Arme, dass sie erstarrte. Als wolle er ihr Kraft geben, hielt er sie fest, tröstend, schützend. Ebenso plötzlich ließ er sie wieder los und erhob sich.

»Ich verstehe deine Ängste und Sorgen. Und ich verstehe, warum du hierher gekommen bist. Ob dein Vater noch am Leben ist, vermag niemand zu sagen. Die Aussichten sind gering, denn wenn die Geister erst einmal die Seele eines Menschen gefangen haben, dann geben sie sie nicht wieder her.«

Désirée hob in vager Hoffnung das Gesicht. »Aber es ist nicht ganz hoffnungslos?«

Arkani antwortete nicht. »Es sind sieben Tagesritte bis zu dem Ort, wo die Geister wohnen.«

»Sieben Tagesritte«, murmelte sie. »Ich könnte es schaffen.«

Er schüttelte sacht den Kopf. »Es macht mich traurig, dich enttäuschen zu müssen. Du kannst es nicht schaffen. Nicht allein.«

»Was heißt das?«

»Dass wir dich begleiten werden.«

»O Arkani!« Sie sprang auf und wollte ihn umarmen. Im letzten Augenblick besann sie sich. Er war ein stolzer Krieger, den man nicht einfach so abküsste. Sie blieb vor ihm stehen und senkte einen Moment den Blick, um sich zu sammeln. »Ich danke dir für deine Güte.«

Er schüttelte wieder den Kopf. »Es ist nicht meine Güte. Der Amenokal hat das Orakel befragt. Viele meiner Männer haben mich gewarnt. Sie wollen nicht, dass du bei uns bleibst. Sie wollen nicht, dass du zu den Geisterbergen reitest.«

»Und was willst du?«, fragte sie leise.

»Ich werde dich begleiten. Es sind sieben Tage. An jedem dieser sieben Tage werde ich dir eine Aufgabe stellen, eine Frage, die du beantworten musst. Davon hängt es ab, ob du diesem Leben gewachsen bist.«

Sie blickte mit großen Augen zu ihm auf, ohne mehr als seine dunkle Silhouette zu erkennen. »Ist es eine Prüfung?«

»Ja, eine Prüfung, die dir die Wüste auferlegt. In der Wüste erkennt der Mensch seine Seele.«

Am nächsten Abend tanzten die Männer. Verhüllt von ihren blauen Stoffen, ihre Schwerter gezogen, boten sie ein beeindruckendes und zugleich Furcht erregendes Bild. Ein tiefer, sanft anmutender Gesang erklang, gedämpft durch den *tugulmust*, doch er schwoll gleichmäßig an, wurde immer heftiger und endete mit einem abgehackten Schrei, während die Männer ihre Schwerter schwangen. Dann begann der Gesang wieder leise und langsam. Stundenlang ließen sie diese seltsamen Choräle erklingen, bewegten sich mit kleinen, rhythmischen Schritten vor und zurück, bildeten einen Kreis. Die Schwerter blitzten im Schein des Feuers, die Szenerie wurde gespenstisch. Der monotone Gesang wiegte Désirée in einen unruhigen Schlaf, aus dem sie im Morgengrauen wieder erwachte. Sie befürchtete, die Abreise der Karawane zu verschlafen.

Die beiden Frauen waren bereits geschäftig, als Désirée unter ihren Decken hervorkroch. Schnell trat sie vor das Zelt und schaute sich um. Die Sonne stand im Osten knapp über dem Horizont. Die Frauen trieben die Esel aus dem Gatter, und in der Ferne sah sie, dass einige Sklaven die Meharis sattelten.

Tedest trat aus dem Zelt und winkte ihr, dass sie ihr folgen sollte. Drinnen deutete Tedest auf die Sachen, die auf ihrem Lager ausgebreitet lagen, ein lange, weiße Gandura, ein wunderschöner Gürtel, beschlagen mit Silber und Kupfer, lederne Sandalen.

»Ist das alles für mich?«, staunte Désirée.

Mit einer ungeduldigen Handbewegung forderte Tedest sie auf, näher zu treten.

Désirée zögerte und ließ die Augen über die prächtige Kleidung schweifen. Doch nirgendwo entdeckte sie Unterkleider. Fragend hob sie den Blick. Über Tedests Gesicht flog ein Lächeln. Mit einem Nicken forderte sie Désirée auf, die Sachen anzulegen.

»Nackt?«, fragte sie entsetzt.

Kurzerhand packte Tedest ihr Unterhemd und zog es ihr aus.

Désirée hatte auf ihren Reisen mehrfach die Kleidung der Einheimischen getragen und festgestellt, dass sie den klimatischen Bedingungen wesentlich besser angepasst war als ihre eigene. Trotzdem hatte sie zumindest ihre Unterwäsche darunter behalten. Dass die Männer und Frauen unter ihrer Kleidung wirklich nackt waren, hatte sie bislang nicht gewusst. Fast scheu griff sie nach Tedests Kleid. Das Mädchen ahnte ihre Absicht und lachte. Dann hob sie ihren Rock. Fasziniert erblickte Désirée schlanke, braune Beine, die sich an ihrem Zusammenschluss in ein ebenso ebenmäßiges, geheimnisvolles Delta vereinten. Darüber wölbte sich sanft der Bauch mit der dunklen Vertiefung ihres Bauchnabels.

Désirée stieß die Luft zwischen den gespitzten Lippen aus. Es war das Paradies schlechthin, das einen Mann da erwartete.

»Donnerwetter«, murmelte sie. »Für mich sehr gewöhnungsbedürftig.«

Tedest hatte sie nicht verstanden, aber das schien ihr nichts auszumachen. Sie half Désirée beim Anlegen der Kleidung und band ihr den prachtvollen Gürtel um.

Dann trat Désirée aus dem Zelt. Draußen stand Arkani mit einem weißen Tuch in der Hand. »Die Sonne wird deinen Kopf zum Schmerzen bringen«, sagte er. »Der *litham* schützt dich davor.«

Mit einer Handbewegung deutete er ihr an, sich vor dem Zelteingang auf den Teppich niederzulassen. Sie raffte ihr Haar zusammen. Mit geschickten Fingern faltete, wand und knotete er den Stoff um ihren Kopf. Sie war erstaunt, wie angenehm leicht und kühl der Stoff sich anfühlte. Das Ende des *lithams* ließ er auf ihre Schulter fallen. Er trat einen Schritt zurück und begutachtete sein Werk. In seinen Augen konnte sie Zufriedenheit lesen.

Arkanis Sklave brachte eine hübsche Kamelstute. Désirée stellte fest, dass sie ein Fell in hellem Karamell besaß. Zwar war es nicht so weiß wie Arkanis Mehari, doch mittlerweile wusste sie, dass nur die Elite der Tuareg helle Kamele besaß. Dass sie ein so helles Mehari bekam, war Ausdruck einer hohen Wertschätzung.

Hinter ihr trat Arkanis Mutter aus dem Zelt. Sie hielt etwas Metallisches in der Hand. Es war ein Amulett an einer Kette.

»Gri-gri«, sagte sie zu Désirée und hängte ihr das Amulett um den Hals. Fragend hob Désirée ihren Blick zu Arkani. Auch er schien für einen Moment überrascht.

»Es soll die bösen Geister abwehren, die in den Bergen und Höhlen wohnen«, erklärte er.

Erstaunt hob Désirée die Augenbrauen. Warum war Arkanis Mutter daran interessiert, sie vor bösen Geistern zu schützen? War den Tuareg nicht eher daran gelegen, sie so schnell wie möglich loszuwerden, gleich auf welche Art? Außer von Tedest und Arkani hatte sie keine positive Zuwendung erfahren. Und Arkanis Unternehmen schien auf heftige Gegenwehr der Sippe gestoßen zu sein. Wahrscheinlich allein sein Stand als Sohn des Amenokals ließ ihm wohl diese Freiheit zu. Obwohl hier doch eigentlich die Frauen das Sagen hatten …

Verwundert schüttelte Désirée den Kopf, doch dann bedankte sie sich bei Arkanis Mutter.

Sie wandte sich zu Arkani um. »Bitte sag ihr, dass ich tief in ihrer Schuld stehe. Ich habe es ihr zu verdanken, dass ich wieder gesund geworden bin. Sie ist eine wunderbare Frau.«

Arkani übersetzte es, und Désirée bemerkte ein leichtes Zucken in Aissas Gesicht. Dann neigte sie nur den Kopf.

Das Mehari kniete geduldig und wartete, bis Désirée in seinen Sattel geklettert war. Erst dann bestieg Arkani sein Dromedar. In einiger Entfernung warteten etwa fünfzehn Reiter auf ihren Tieren. Sie würden ihre Eskorte sein. Die meisten trugen die zweischneidigen Schwerter an den Schulterriemen. Désirée wusste nicht, ob sie darüber beruhigt oder beunruhigt sein sollte.

Mit wiegenden Schritten bewegten sich die Meharis im Passgang aus der Oase hinaus. Bald umgaben sie nur noch die sanft gewellten Dünen. Sieben Tage würden sie durch die Wüste reiten, sieben Tage, die Désirée näher an die Gewissheit bringen würden. Aber welche Gewissheit würde sie am Ende des Weges erwarten? Dass ihr Vater noch lebte? Dass er tot war? Dass er sich überhaupt nicht hier befand? Sieben Tage, in denen sie mit Arkani zusammen sein würde. Doch würde sie ihn in dieser Zeit auch näher kennen lernen? Er hatte etwas gesagt von einer Aufgabe, einer Prüfung. Sie war sich sicher, dass sie diese Prüfung nicht bestehen würde. Nicht vor seinen Augen. Diese Augen waren aus einer anderen Welt, wohin sie wohl nie gelangen würde.

XXI

Wie Perlen an einer Kette aufgereiht, bewegten sich die Reiter durch die Wüste. Es ging langsam, aber stetig vorwärts. Désirée brannte vor Ungeduld. Endlich, endlich konnte sie die Reise fortsetzen, die Suche nach ihrem Vater. Sie war sich sicher, dass sie es in erster Linie Arkani zu verdanken hatte, dass sie weiterreiten durfte.

Sie waren gut ausgestattet mit ausreichend Proviant, Decken und Wassersäcken. Die Meharis waren kräftig und ausgeruht. Mit hochmütigem Gesichtsausdruck und abgeklärtem Blick setzten sie ein Bein vors andere. Sie hinterließen eine schmale Spur im Wüstensand, die der Wind schon bald wieder verwehen würde.

Désirée genoss den Ritt und das grandiose Panorama. Jetzt, frei von Ängsten und Schmerzen, zu Kräften gekommen und voller Zuversicht, konnte sie sich ganz diesem Genuss widmen.

Die Landschaft veränderte sich unmerklich. Zwischen den rotgoldenen Sanddünen ragten mehr und mehr dunkle Felsen hervor, manche schroff und scharfkantig, andere vom steten Wind und den Sandkörnern zu skurrilen Formen abgeschliffen. Ihr erschienen sie wie drohende Finger, die mahnten, niemals den Respekt vor der Wüste zu verlieren.

Die Tuareg bewegten sich mit einer bewundernswerten Selbstverständlichkeit in dieser feindseligen Umgebung. Von klein auf hatten sie den Durst und die Härten der Wüste kennen gelernt. Mit vollendeter Eleganz saßen sie auf ihren Meharis. Sie hatten die Sandalen abgelegt, die an Lederriemen seitlich des Sattels baumelten. Der linke Fuß ruhte locker auf dem Hals des Tieres, während mit dem rechten das Dromedar angetrieben wurde. Doch das war kaum nötig und entlockte den Tieren zudem nur ein unwilliges Knurren. Es waren insgesamt sechzehn Tiere. Fünfzehn Begleiter hatten sich gefunden. Désirée wusste nicht, wer diese Männer waren, da sie ihre Gesichter generell verschleiert hielten. Zehn von ihnen trugen Schwerter. Das mussten die »Edlen« der Tuareg sein. Die anderen waren wahrscheinlich Sklaven. Aber es war auch nicht von Bedeutung. Arkani war bei ihr. Nur das zählte.

Erst als sich die Sonne dem Horizont zuneigte, legten sie eine Rast ein. Sorgfältig wählte Arkani die Stelle für das Nachtlager. Es gab ausreichend vertrocknete Sträucher, die in der Nähe der eigenartigen Felsen wuchsen. Einer der Männer sammelte das Holz, nachdem alle sich zunächst um ihre Dromedare gekümmert hatten. Sie bekamen weder zu fressen noch zu trinken, aber das war sicher nicht nötig. Nur die Sättel und die Wassersäcke wurden ihnen abgenommen und die Vorderbeine gefesselt. Danach begann die umständliche Zeremonie des Teekochens. Ein weiterer Targui bereitete das einfache Mahl aus Hirsebrei, Wasser, getrockneten Tomaten und Kichererbsen. Dann hockten sich alle im Kreis um das Feuer und aßen und tranken den heißen Tee. Désirée hockte mitten zwischen ihnen. Sie wusste nicht, ob es schicklich war oder nicht. Aber sollte sie allein abseits sitzen? Arkani würde sie schon darauf hinweisen, wie sie sich zu verhalten hatte. Außerdem war sie ja die Hauptperson. Nicht sie begleitete die Männer, sondern die Männer begleiteten sie.

Das Essen geriet zu einer seltsamen Zeremonie. Alle speisten aus einer Schüssel, die reihum gereicht wurde. Doch für jeden steckte ein eigener hölzerner Löffel im Brei. Den benutzte derjenige, um danach die Schüssel an seinen Nachbarn zu geben, der den nächsten Löffel nahm und nur von dieser Stelle aß. Niemals konnte Désirée beobachten, dass die Männer nach arabischem Brauch mit den Fingern speisten. Anfangs hatte sie geglaubt, dass das Essen, welches Aissa oder Tedest ihr gebracht hatten, mit einem Löffel verzehrt wurde, weil sie eine Europäerin war.

Nach dem Essen tranken sie Tee, und die Männer plauderten zwanglos miteinander. Da Désirée die Sprache nicht verstand, erhob sie sich und setzte sich ein Stück abseits. Sie ließ ihre Gedanken fließen und verspürte plötzlich den Schmerz in ihrem Körper. Die Anstrengung nach ihrem langen Krankenlager war wohl doch zu groß, als dass ihr Körper sie so einfach toleriert hätte. Es war ihr unmöglich, mit untergeschlagenen Beinen zu sitzen wie die Tuareg. Wie hielten die das bloß aus?

Stöhnend streckte sie ihre Glieder und stützte sich mit den Armen im Sand auf. Auch ihr Rücken protestierte. Hoffentlich bemerkte es Arkani nicht. Sie wollte nicht am ersten Tag der Reise schon Schwäche zeigen.

Die Kälte der Nacht griff nach ihr. Sie spürte eine warme Decke um ihre Schultern. Die Dunkelheit war plötzlich hereingebrochen wie an jedem Abend. Auch wenn sie sich nicht umdrehte, sie wusste, dass es Arkani war. Er setzte sich in leichtem Abstand neben sie, und gemeinsam betrachteten sie den Himmel.

Keiner von beiden wagte, die Stille zu durchbrechen. Doch dann wandte sich Arkani an Désirée. »Dein Herz ist voller Fragen«, sagte er.

In diesem Augenblick wurde sie von ihrer Ungeduld überrannt. »Und wie«, erwiderte sie. »Bislang habe ich überhaupt nicht begriffen, worum es eigentlich bei meiner eigenartigen Gefangennahme ging. War ich wirklich eine Gefangene?«

Arkani antwortete nicht. Da sie sein Gesicht nicht sehen konnte, musste sie in die Stille hineinlauschen.

»Fühltest du dich als Gefangene?«, erwiderte er die Frage nach einiger Zeit.

»Selbstverständlich. Es gab da unmissverständliche Zeichen. Zunächst dein Wort, dass ich deine Gefangene sei. Das hast du doch nicht so dahergesagt. Ich vermute, dass ihr in eurer Versammlung beratschlagt habt, was ihr mit mir anfangen wollt. Umbringen, Lösegeld erpressen oder …« Sie stockte.

»Oder?«

»Ich weiß nicht, was man sonst noch mit einer Gefangenen machen kann. Ich möchte nicht an andere schreckliche Dinge denken.«

»Foltern? Vergewaltigen?«, sprach es Arkani aus.

Désirée schluckte. »Ja«, antwortete sie gepresst.

Sie hörte, wie Arkani scharf die Luft durch die Nase ausstieß. »Wir sind keine Franzosen«, sagte er hart.

»Na, hör mal«, begehrte Désirée auf. »Über Jahrhunderte war Frankreich Vorbild für einen ganzen Kontinent. Was hat es geschadet, den Franzosen nachzueifern? Die französischen Männer sind charmant und nationalbewusst. Manchmal ein bisschen stur wie Esel und überzeugte Kämpfer. Es gab große Feldherren unter den Franzosen und große Könige. Doch niemals …«

»Niemals?« Zynismus klang aus seiner Stimme.

»Der Krieg hat wahrscheinlich andere Gesetze«, sagte sie leiser. »Da geschehen Dinge, die nicht geschehen sollten.«

»Und das hast du erwartet?«

»Ich weiß nicht. Wir befinden uns ja nicht im Krieg.«

»Doch, wir befinden uns im Krieg. Fremde Mächte sind in unser Land eingedrungen und nehmen es uns weg.«

»Niemand nimmt euch die Wüste weg. Niemand hindert euch daran, so zu leben, wie ihr lebt«, widersprach sie.

»Und die Eisenbahn?«, wollte er wissen. »Sie soll die Wüste durchschneiden wie ein stählernes Schwert. Ein Schwert, das in den Leib unseres Volkes stößt.«

»Was ist gegen diesen Fortschritt einzuwenden?«, wunderte sie sich. »Ich kenne die Eisenbahn sehr gut, und ich finde, sie ist eine der grandiosesten Erfindungen der Menschheit. Frankreich ist ein großes Land, und die Eisenbahn gestattet Reisen in alle entlegenen Winkel innerhalb kürzester Zeit. Aber die Wüste ist ungleich größer. Welch eine Zeitersparnis würde es bringen, eine Eisenbahnlinie bis nach Timbuktu zu führen! Dann wären diese monatelangen Karawanen nicht mehr nötig. Alle Waren aus dem Süden könnten mit der Eisenbahn in die nördlichen Küstenstädte gebracht werden. Für die Tuareg wäre es doch viel einfacher, die wunderbaren blauen Stoffe zu bekommen.«

»Es wäre das Ende unseres Lebens, unserer Existenz«, erwiderte er nach langem Schweigen. »Unser Leben besteht aus Traditionen. Ohne diese Traditionen verlieren wir unsere Identität.«

»Niemand hindert euch, diese Traditionen weiter zu pflegen. Doch so ein bisschen zivilisierter Fortschritt kann doch nicht schaden. Was ist schlecht daran?«

»Diesen so genannten Fortschritt bringen die Fremden, die meinen, dass er so gut für uns sei. Diese Fremden sind anders, denken anders, kämpfen anders. Ihr Bestreben ist, uns die Freiheit und unsere Identität zu nehmen.«

»Ich glaube, die Tuareg verstehen das nicht richtig. Die Franzosen sind ein zivilisiertes Volk, das niemandem die Freiheit nehmen will. Wir helfend diesem armen, rückentwickelten Land, indem wir moderne Städte bauen, moderne Anlagen, Fabriken, Bergwerke …«

Wieder schwieg Arkani eine geraume Weile, bevor er weitersprach. »Ein Elelli kann niemals die Unfreiheit ertragen. Dazu ist er viel zu stolz. Seit Jahrhunderten beherrscht er die Wüste und die Karawanenstraßen. Solange unsere Schwerter die besten Afrikas waren, war es gut. Dann kamen die Fremden mit den Feuerwaffen. Es sind Waffen für Feiglinge. Ich verachte sie.«

»Aber ihr könnt nichts gegen sie machen. Weder ein Schwert noch ein Schild schützt euch vor einer Kugel aus dem Lauf eines Gewehrs.«

Er nickte nachdenklich. »Das Schwert wird nur mit Ebenbürtigen gekreuzt. Doch was ist das für ein Feind, der sich hinter einem Felsen versteckt und tödliche Kugeln durch die Luft schickt? Ist er ebenbürtig?«

»Er ist ebenbürtig in dem Augenblick, wo du auch ein Gewehr besitzt.«

»Ein Amajer stirbt nicht einfach so. Er stirbt mit Stolz und Hochmut im Herzen. So wie er sich niemals unterwerfen würde, so nimmt er auch nicht die Waffe eines Feiglings in die Hand.«

Désirée blickte zum Himmel hinauf. Der Mond füllte sich und umgab sich mit einer kupfernen Aura. In sechs Tagen würde er sich ganz gerundet haben. Dann würden sie die Geisterfelsen erreicht haben. Ihr fiel auf, dass der Mond hier viel größer war als in Paris. Da schien sein Licht weiß und kalt und sehr fern. Hier aber war der Mond groß und weich und rot. Er hatte etwas Magisches an sich, ebenso wie Arkani in seinen blauen Schleiern.

Ihre kämpferische Stimmung weichte auf. »Ich glaube, dass die Welt der Tuareg niemals erobert werden kann«, sagte sie schließlich. »Weil niemand diese öde Wüste haben will. Die Tuareg werden ihre Freiheit behalten. Niemand wird sie stören.«

»Hast du dich daheim in deiner Stadt Paris frei gefühlt?«, wollte er wissen.

»Selbstverständlich. Ich gehe, wohin ich will, ich tue, was ich will.« Sie lachte auf. »Sonst wäre ich wohl nicht hier.«

Wieder lag das Schweigen über ihnen, und nur das leise Rascheln der Sandkörner, die der Wind über die Wüste trieb, durchbrach die Stille. Vom Lager her waren keine Stimmen mehr zu vernehmen. Wahrscheinlich hatten sich die Männer schon zur Ruhe gelegt.

Arkani neigte seinen Kopf. »Wie fühlst du dich jetzt? Frei oder als Gefangene?«

»Im Lager habe ich mich als Gefangene gefühlt. Aber jetzt fühle ich mich frei.«

»Du glaubst frei zu sein«, sagte Arkani leise. »Ihr habt euch angeblich von allen Fesseln gelöst, nichts bindet euch mehr. Ihr tut, was ihr wollt, wie ihr es wollt und wann ihr wollt, liebt und zerstört nach eurem Willen. Ihr habt Worte und Bilder zu euren Untertanen gemacht, hinterlasst eure Spuren auf der Erde, indem ihr sie verändert. Ihr baut hohe Häuser aus Stein, Schienen aus Stahl. Ich habe gehört, dass es Menschen gibt, die mit einer großen Kugel, gefüllt mit heißer Luft, durch den Himmel fliegen. Die Welt unter dir wird so klein, dass du sie gar nicht mehr erkennst. Ihr habt sie schon zerstört, bevor ihr sie überhaupt richtig gesehen habt. Du bist nicht frei. Du bist Gefangene eben dieses Geistes. Du verachtest das, was für ein anderes Volk die Lebensgrundlage ist, weil dein Geist dich fesselt. Bevor du diesen Geist nicht loswirst, wirst du niemals frei sein.«

Er erhob sich und ging davon. Désirée blieb allein zurück und begriff, dass es die erste Lektion war, die er ihr erteilte. Es war eine bittere Lektion über die Freiheit.

XXII

Am nächsten Morgen schien Arkani das Gespräch vergessen zu haben. Allerdings kümmerte er sich auch nicht weiter um Désirée.

Sie hatte eine unruhige Nacht gehabt. Nicht nur der Schlaf unter freiem Himmel war ungewohnt. Als sie sich eine Stelle zum Schlafen suchte, räumte sie wieder sorgfältig jeden Stein beiseite. Sie fürchtete nicht so sehr, dass er drücken könnte, sondern dass sich darunter ein Skorpion verbarg, wie es schon einmal vorgekommen war. Aber nicht einmal Skorpione schienen in diesem Teil der Wüste zu leben. So dämmerte sie in einen unruhigen Schlaf hinüber, Arkanis Worte noch im Ohr. Ihre Gedanken kreisten um diese Worte – und um ihn. Seine Arroganz, sein Hochmut, das waren in Wirklichkeit unbändiger Stolz und Freiheitswille. Und wenn diese Männer auch eitel waren und selbstgefällig, irgendwie passte es zu ihnen, und sie waren es auch wert. Was sie bislang von den Männern gesehen hatte, es war nicht allzu viel – doch forderte es ihre Bewunderung heraus. Ihre Erscheinung war einfach schön, in jeder Bewegung lagen Eleganz und Würde. Und auch ihre Frauen waren sehr schön, voller Selbstbewusstsein und Anmut. Wieder nagte ein kleines Gefühl der Eifersucht in Désirées Bauch, wenn sie nur daran dachte, dass über kurz oder lang auch Arkani eine der Schönen erwählen würde. Nein, er würde von einer der Schönen erwählt werden. Und da gab es sicher nicht wenige Interessentinnen.

Mehr als einmal in der Nacht hob sie den Kopf und schaute hinüber zu der Stelle, wo Arkani lag. Er wirkte wie ein großes, dunkles Stoffbündel, bewegungslos unter seiner Wolldecke, den Kopf auf die prächtig verzierte Satteltasche gebettet. Aber es war zu dunkel, um erkennen zu können, ob er tatsächlich schlief oder wachlag. Wahrscheinlich machte er sich deutlich weniger Gedanken um sie als sie um ihn. Und vielleicht sollte sie endlich aufhören, ständig an ihn zu denken.

Am zeitigen Morgen, nachdem die Männer die rituelle Waschung mit Sand und ihr erstes Gebet vorgenommen hatten, wurde wieder ein Feuer entfacht und Tee gekocht. Diese langwierigen Teezeremonien schienen so ziemlich das Wichtigste im Leben der Tuareg zu sein, zumindest im täglichen Leben. Doch als Désirée einen Becher des kochend heißen Getränks schlürfte, wusste sie sofort, warum das so war. Ihre Lebensgeister wurden erweckt, die Wärme kroch durch ihre Adern und löste sie aus ihrer Erstarrung. Ihre Glieder und der Rücken schmerzten mehr als am Abend zuvor. Tapfer biss sie die Zähne zusammen, um sich nichts anmerken zu lassen. Gleichberechtigt bekam sie einen Teil des Fladenbrots, etwas Ziegenkäse und getrocknete Datteln. Sie kaute darauf herum und besänftigte damit ihren knurrenden Magen.

Die Meharis wurden gesattelt und beladen, das Feuer sorgfältig gelöscht. Dann saßen alle Reiter auf, und die Reise wurde fortgesetzt.

Der Weg führte sie gegen Mittag an eine größere Felsformation. Während Désirée bis dahin auf ihrem schwankenden Dromedar mehr oder weniger dahindämmerte, verspürte sie plötzlich ein dringendes Bedürfnis. Sie schaute sich aufmerksam um.

Zwischen den Felsen tat sich eine schmale Schlucht auf. Dieser kleine Canyon kam ihr wie gerufen. Désirée lenkte ihr Mehari an die Seite Arkanis. »Könnten wir eine kleine Rast einlegen?«, bat sie.

»Es ist kein guter Platz zum Rasten«, entgegnete er. »Außerdem müssen wir bis zum Einbruch der Dunkelheit eine bestimmte Strecke zurücklegen.«

»Für mich ist es eine gute Stelle zum Rasten«, sagte sie und wusste nicht so recht, wie sie es ihm erklären konnte. Für die Männer war es kein Problem, hinter einem Kamel ihre Notdurft zu verrichten. Es war ihr einfach peinlich, das in der Gegenwart der Männer zu tun. »Ich meine, die anderen brauchen nicht einmal von ihren Meharis abzusteigen.«

Arkani verstand sofort und gab mit der Hand das Zeichen zum Halten. Einer der Männer ohne Schwert glitt von seinem Reittier und zwang Désirées Mehari in die Knie. Désirée kletterte herunter und verschwand zwischen den Felsen. Sie fand eine ideale Stelle in einer Felsmulde, die mit feinem, hellem Sand angefüllt war. Aufatmend raffte sie ihre Gandura hoch und hockte sich hin. Nach einer kurzen Weile überkam sie das Gefühl, dass sie jemand beobachtete. Waren diese unzivilisierten Wüstenkrieger tatsächlich solche unverschämten Schweine, einer Dame dabei zuzuschauen? Empört wandte sie sich um – und schrie auf.

Hinter einem scharfkantigen Felsen lugte ein dunkles Gesicht hervor und betrachtete sie mit gutmütiger Neugier. Der Kopf wurde von einem zotteligen Bart und zwei krummen Hörnern geschmückt. Es sah aus wie der Teufel persönlich.

Mit Désirées Schrei zuckte der Kopf zurück, gleichzeitig erhoben nicht sichtbare Bengalivögel irgendwo hinter den Felsen einen ohrenbetäubenden Lärm. Und dann hörte sie auch schon die aufgeregten Stimmen der Männer. Schnell ließ sie ihre Gandura fallen und blieb stehen, wo sie stand. Die Tuareg kamen mit drohend erhobenen Schwertern herbeigelaufen und blieben verwundert vor ihr stehen.

»Was ist geschehen?«, fragte Arkani und blickte sich suchend um.

Mit zitternder Hand zeigte Désirée zur Felswand. »Da … da oben … war jemand.«

Zwei der Männer kletterten an dem Felsen empor und verschwanden hinter dem Vorsprung. Kurz darauf kamen sie wieder hervor und riefen etwas herunter. Einen Augenblick schwiegen die anderen Männer, dann begann einer zu lachen, dann der nächste, bis sie schließlich alle in schallendes Gelächter ausbrachen. Sie steckten ihre Schwerter wieder ein und wandten sich ab.

»Was ist denn?«, fragte Désirée nervös.

»Es waren wilde Schafe«, erwiderte Arkani, immer noch lachend. »Wahrscheinlich hatten sie einen so köstlichen Anblick nicht erwartet.«

Verlegen senkte sie den Blick. Sie hatte sich vor allen blamiert!

Danach hatte sie es ziemlich eilig, ihr Mehari wieder zu besteigen und schwor sich, erst wieder zur Nachtruhe den Wüstenboden zu berühren. Eingereiht in die Kette der Dromedare ließ sie sich in den Dämmerzustand schaukeln, der die Grenze zwischen Wachsein und Schlaf bildete.

Der Rest des Tages verlief ohne Zwischenfälle. Als sie am Abend um das Feuer saßen, schenkten die Männer mit den gleichen präzisen, gemessenen Bewegungen den schäumenden Tee in die Becher wie tags zuvor. Es war ein immer wiederkehrender Ritus wie das Erwachen der Sonne am Morgen und ihr fulminanter Untergang am Abend, wie das Aufsteigen der glitzernden Sternenpracht in der Nacht und das Heraufziehen der Kälte vor der Morgendämmerung. Ein immer währender Kreislauf der Natur, dem sich die Menschen nicht entziehen konnten.

Langsam und still wurde der Tee genossen, so als hätten sie alle Zeit der Welt. Drei Becher leerte jeder von ihnen, und er brachte etwas von dem zurück, was der »himmlische Henker«, die alles verzehrende Sonne, ihnen tagsüber aus dem Körper gezogen hatte. Überhaupt schien die Zeit etwas zu sein, das mit der Wüste unmittelbar zusammenhing. Denn so unendlich wie die Wüste schien, schien auch die Zeit. Die blauen Männer bewegten sich mit derselben Langsamkeit wie die Meharis. Es schien nichts zu geben, was sie in Eile oder Aufregung versetzen konnte. Nie sah Désirée eine hastige Bewegung oder hektische Betriebsamkeit. Manchmal wünschte sie sich, ebenso abgeklärt und voller Selbstverständnis die Gegebenheiten annehmen zu können. Aber sie war keine Targuia, sondern Pariserin mit all den Werten des alten, christlichen Europas. Wenn sie auch einen Teil ihres Lebens – einen beträchtlichen Teil, wie sie selbst feststellen musste – im Orient verlebt hatte, so konnte sie doch ihre Herkunft nicht abstreifen wie eine Schlangenhaut.

Désirée entdeckte Arkani plötzlich nicht mehr in der Runde. Inzwischen hatte sie gelernt, die Männer auseinander zu halten. Sie unterschieden sich in Größe, Art ihrer Bewegungen, leichten Farbunterschieden ihrer blauen Stoffe – und ihren Füßen. Statt anhand von Gesichtern identifizierte sie die Männer anhand ihrer Füße. Es war für sie eine völlig neue Erfahrung.

Sie musste allerdings nicht nach den Füßen schauen, um festzustellen, dass Arkani nicht mehr zwischen ihnen saß. Arkani war der körperlich größte der Wüstenkrieger.

Langsam erhob sie sich und schlenderte umher. Niemand beachtete sie, niemand hinderte sie daran. Sie war sich nun absolut sicher, dass sie keine Gefangene war und wahrscheinlich auch niemals eine gewesen war. Vielleicht hatte Arkani sie mit diesem kleinen Trick auf sich aufmerksam machen wollen? Schließlich waren diese blauen Krieger ständig bestrebt, sich vor den Frauen ins rechte Licht zu rücken, ihnen zu imponieren und besonders mutig und kämpferisch zu erscheinen.

Sie sah ihn in der Nähe eines wie ein unförmiger Zahn aus dem Wüstensand ragenden Felsens sitzen. Sein Blick war hinaus in die Wüste gerichtet, während er mit den Fingern spielerisch in den Sand malte. Sie blieb stehen, um ihn zu beobachten. Sie wollte kein Voyeur sein, aber etwas in seiner Haltung bannte sie. Seine Sandalen hatte er abgelegt, die Beine hielt er untergeschlagen und die Unterarme locker auf die Knie gelegt. Seine langgliedrigen Finger zogen Linien und Vertiefungen in den Sand mit einer Schnelligkeit, die man sonst an keinem Targui bemerkte.

»Tritt ruhig näher«, vernahm sie seine Stimme.

»Tut mir Leid, ich wollte dich nicht in deinem Gebet stören«, murmelte sie verlegen, weil er sie bemerkt hatte, ohne sie überhaupt zu sehen. Jetzt konnte sie nicht mehr zurück.

»Du störst nicht«, erwiderte er. »Ich habe nicht gebetet, ich habe meditiert.«

Sie ließ sich neben ihm nieder, nachdem sie ebenfalls ihre Sandalen abgestreift hatte. Das Unterschlagen der Beine fiel ihr immer noch schwer.

»Ich liebe es, einfach so in der Einsamkeit der Wüste zu sitzen, dem Wind zu lauschen und meine Gedanken in den Sand zu schreiben.«

Erstaunt warf Désirée einen Blick auf die Zeichen und Linien im Sand.

»Gedanken?«, fragte sie verwundert. »Du denkst schnell.«

Er lachte leise, und sie entdeckte in seinen Augen wieder dieses goldene Funkeln.

»Auf diese Weise kann man das Orakel befragen.« Er strich den Sand glatt wie eine Schultafel und begann mit seinen eleganten, gelenkigen Fingern Vertiefungen in den Sand zu drücken. Er tat das mit den Fingerspitzen und Knöcheln jeweils im Wechsel und in solch einer Geschwindigkeit, dass Désirée ihm kaum mit den Augen folgen konnte. Im gleichen Tempo strich er jede zweite wieder aus.

»Moment, Moment, das habe ich gar nicht so schnell mitbekommen«, rief Désirée.

Arkani hielt inne, strich alles wieder glatt und begann von vorn. Aber er vollführte es im gleichen Tempo. Mit offenem Mund beobachtete Désirée sein Fingerspiel. »Und was bedeutet es?«, fragte sie schließlich.

»Wenn drei übrig bleiben, ist es ein gutes Zeichen«, erwiderte er. Schnell wischte er das Orakel wieder aus. Désirée aber hatte trotzdem noch gesehen, dass vier Vertiefungen übrig geblieben waren.

»Ich glaube nicht an so etwas«, sagte sie schließlich und richtete ihren Blick wie Arkani hinaus auf den Horizont der Wüste. Die versinkende Sonne tauchte die mächtigen Wellenkämme aus Sand in ein dunkles Violett. »Ich nehme mein Leben lieber selbst in die Hand.«

»Wer weiß schon, wodurch sein Leben bestimmt wird«, entgegnete Arkani. »Die Wüste ist hart und unerbittlich. Überall kann sie dem Leben eines Menschen ein Ende bereiten. So ein Leben ist ein Nichts, wie ein Sandkorn in der Wüste. Es kann einfach verweht werden.«

»Ein Leben scheint bei euch nicht viel wert zu sein«, stellte Désirée fest. »Warum sonst betreiben die Tuareg Raubzüge, halten sich Vasallen und Sklaven?«

»Unsere Rezzous sind ehrenvolle Raubzüge«, sagte Arkani bestimmt. »Sie erfolgen nach ganz bestimmten Regeln.«

»Ehrenvoll?« Désirée schnaubte empört. »Das ist doch blanker Zynismus. Regeln hin oder her, ihr überfallt Karawanen, raubt anderen ihr Hab und Gut, was ist daran ehrenvoll?«

»Es sind die Regeln«, gab Arkani ruhig zurück. »Um einen Kampf zu beginnen, muss es ein Gleichgewicht der Kräfte geben. Wer gegen Schwächere antritt, verliert seine Ehre.«

»Und daran halten sich alle?«, fragte sie wenig überzeugt.

»Ja, denn wer möchte schon seine Ehre verlieren? Er würde von der Sippe ausgestoßen sein und könnte allein nicht überleben.«

»Man sagt den Tuareg nach, dass sie grausam seien und mit allen Mitteln kämpften.«

Arkanis gerader Rücken schien sich noch um eine Spur zu strecken. »Das stimmt. An erster Stelle stehen der persönliche Mut des Kriegers und die Kunst des blitzschnellen Tötens.«

»Also gilt das Leben für euch doch nichts.«

»Im Gegenteil. Es ist sehr kostbar. Ein Amajer tötet nur, wenn es sein muss. Und dann auch nur einen ebenbürtigen Gegner. Niemals würde er eine Frau angreifen. Frauen sind unantastbar. Sie sind das Herz der Wüste.«

»Das beruhigt mich ungemein«, murmelte Désirée mit einem Seitenblick auf Arkani.

»Die Krieger würden auch niemals ein Zelt des Gegners angreifen«, erklärte Arkani weiter. »Weil das Zelt den Frauen gehört.«

Désirée schwieg. Arkanis Worte hatten ihre unterschwelligen Befürchtungen wieder beschwichtigt. Wenn diese blauen Krieger tatsächlich solche Ehrenmänner waren, hatte sie überhaupt nichts zu befürchten. Zumindest nicht von ihnen. Ihr einziger Feind war die Wüste selbst. Doch im Schutze dieser Wüstensöhne konnte ihr auch da nichts geschehen. Sie wussten den Weg, sie wussten, wo es Wasser gab, und sie wussten, wie sie sich zu verhalten hatten. Sie brauchte sich ihnen nur anzuvertrauen.

Mit Verwunderung bemerkte sie ein Kribbeln in ihren Adern. Der Gedanke, sich Arkani so bedingungslos auszuliefern, erregte sie. Hatte sie dieses Gefühl nicht schon einmal verspürt? Sie glaubte, sich schwach daran zu erinnern.

»Und trotzdem ...«, versuchte sie noch einen schwachen Vorstoß. »Ihr ehrt die Frauen. Aber was ist mit euren Sklaven? Wie viel ist euch ihr Leben wert?«

Mit dem Arm wies Arkani in Richtung des Lagers. »Es sind fünfzehn Männer. Was glaubst du, wie viele Sklaven unter ihnen sind?«

Désirée überlegte kurz. »Einer«, antwortete sie dann.

»Wie kommst du darauf?«

»Er verrichtet niedere Arbeiten.«

Arkani warf ihr einen hochmütigen Blick zu. »Bist du dir sicher?«

Désirée war sich sicher. »Es ist Touhami, den ich bereits aus dem Dorf kenne. Er kümmert sich um dein Mehari, und er ist es, der sich auch um meines kümmert.«

Arkani erhob sich, um zum Lager zurückzugehen. Doch er blieb noch einen Augenblick vor Désirée stehen und verdeckte den Himmel des sterbenden Tages.

»Es sind fünf Iklan. Sie unterscheiden sich von uns dadurch, dass sie nicht edler Abstammung sind. Aber das kannst du nicht sehen. Was du siehst, ist nur ein einziger Unterschied. Sie tragen keine Schwerter.«

Désirée schwieg. Unter Sklaven hatte sie sich tatsächlich etwas anderes vorgestellt.

»Was hast du heute über das Leben gelernt?«, fragte er sie. Und als sie schwieg, fuhr er fort: »Lebe so, als wäre jeder Tag dein letzter, aber behandle deine Familie und Freunde so, als würdest du ewig leben.«

Sie blieb sitzen, während er sie verließ, und starrte weiter hinaus in die Wüste, wo ihre Augen keinen festen Punkt mehr fanden. Alles zerfloss in einem unwirklichen Licht. Sie wünschte sich, dass so der letzte Tag ihres Lebens aussehen sollte.

XXIII

Am liebsten hätte sie geweint, vor Scham, vor Rührung, vor Verzweiflung – und vor Sehnsucht. Doch Weinen war Verschwendung von Wasser in der Wüste, auch das hatte Arkani ihr gesagt. Arkani! Wie sollte sie die restlichen Tage der Reise noch ertragen, ohne verrückt zu werden? Wie sollte sie es überhaupt aushalten, ohne die Hand nach ihm ausstrecken zu dürfen, ohne ihm zu zeigen, was sie fühlte?

Ihr Blick suchte ihn auf dem schwankenden Rücken seines weißen Meharis, und sie wusste, dass es unmöglich sein würde. Sein Herz würde immer der Wüste gehören. Und seine Liebe. Der Stolz dieses Mannes war der Stolz eines freien Adlers im Himmel. Sein Mut, sein Selbstbewusstsein und seine Klugheit, das waren Attribute, die aus seiner Seele heraus geboren waren. Sie waren ihm so wichtig wie das Wasser, seine Freiheit und die Weite der Wüste. Mit grausamer Deutlichkeit wurde ihr bewusst, dieser Mann würde ihr nie gehören.

Scheinbar lässig ließ Arkani sein rechtes Bein von seinem Mehari baumeln, während sein linkes auf dessen Hals lag. Trotz des stundenlangen Rittes hatte er nichts von seiner hoheitsvollen Haltung eingebüßt. Niemand sah ihm an, was in ihm vorging. Zum ersten Mal in seinem Leben fühlte Arkani sich unsicher.

Er war ein Sohn der Wüste, ein Adliger, der Sohn des Amenokal. Er war ein edler Krieger, ein Amajer, seine Mutter die Tochter des alten Amenokal. Seine Tapferkeit war sprichwörtlich, in ihm glühte das Feuer des Kriegers, er vereinte die Stärken der Ihaggaren in sich, und die Karawanenführer flüsterten erschauernd seinen Namen. Er wusste die Worte gut zu wählen, wenn er mit den Mädchen zum *ahâl* zusammenkam, und so manches der heiratswilligen Mädchen hatte ihm zu verstehen gegeben, dass er willkommen war. Bislang war es bei den romantischen Treffen geblieben, er hatte die eine oder andere Liebesnacht verbracht, aber als der Morgen anbrach, wusste er, dass er nicht werben würde.

Er meinte die Frauen zu kennen, auch wenn es wohl vermessen war, das zu glauben. Nicht umsonst oblag es der Frau, das Werben des Mannes anzunehmen oder abzulehnen. Nicht umsonst war der Mann ständig bemüht, den Frauen auf jede Weise zu gefallen. Doch nun sah er sich mit einer Frau konfrontiert, die nicht in dieses Bild passte. Die in gar kein Bild passte.

Sie war schön, ohne Zweifel. Sie erinnerte ihn an Glas, an Porzellan, an Schnee, all die seltenen und kostbaren Dinge, die für ihn unerreichbar waren. Er wusste, auch diese Frau war für ihn unerreichbar. Zudem schien sie aber keineswegs zart und zerbrechlich zu sein, auch wenn Trotz und fehlendes Wissen um die Wüste sie zur Leichtfertigkeit verleiteten. Dagegen bewunderte er ihren Mut, ihr eigenes Leben für das ihres Vaters zu wagen.

Arkani behandelte sie mit Höflichkeit und Respekt. Seine vordergründige Arroganz verdeckte seine Unsicherheit und Nervosität. Er wollte nicht um sie werben. Das durfte er nicht. Niemand aus seiner Familie oder aus seinem Volk würde es gutheißen, dass er eine Ungläubige ehelichte. Das hatte ihm auch der Marabout zu verstehen gegeben. Zwar war es immer noch seine persönliche Entscheidung, aber er würde nie etwas tun, was seinem Volk schaden könnte. Und sein Volk fürchtete den bösen Einfluss der Fremden.

Die Franzosen waren Eindringlinge, Eroberer aus einer fremden Kultur. Arkani beherrschte ihre Sprache, aber nur, um sich von ihnen nicht beherrschen zu lassen. Er wollte verstehen, was sie sagten und planten, um ihnen zuvorzukommen.

Aber das hier war etwas ganz anderes. Er war darauf nicht vorbereitet, und es gab keine Lehre, auf die er sich hätte stützen können. Ihr Liebreiz verwirrte seine Sinne, und er spürte eine traurige Sehnsucht in sich. Ein Teil von ihm wollte, dass diese Reise schnell zu Ende ging und sie wieder aus der Wüste verschwand, ein anderer Teil wünschte sich, dass diese Reise nie zu Ende gehen möge. Er spürte, dass etwas in ihm zerriss und dass es schmerzte.

Ein leises Beben strich über ihn hinweg wie der sanfte Hauch des Wüstenwinds, wenn sie in seine Nähe kam. Seine Augen suchten sie, wenn er sicher war, dass sie ihn nicht beobachtete. Und dass sie ihn beobachtete, hatte er bereits einige Male bemerkt. Dann wandte sie schnell den Blick ab, errötend, weil er sie dabei ertappt hatte. Dieses Erröten entzückte ihn über alle Maßen, und er tat sein Bestes, es sich nicht anmerken zu lassen.

Diese Liebe zum Flirten war ihnen mit der Muttermilch eingeflößt worden, und im Normalfall betrieb es Arkani gegenüber den Frauen seines Stammes mit der gleichen Leidenschaft wie die anderen Männer. Es war immer Zeit zu diesen kleinen Schaustellungen um die Gunst der Frauen. Die *kel tugulmust* waren Meister der Dichtkunst, der Musik mit ihren verzaubernden Melodien und dem Spiel der Augen.

Doch wie sollte er um Désirée werben? Sie verstand nicht den harmonischen Klang seiner Sprache, sie spürte nicht den Zauber der Musik, sie verstand nicht die Gesten und Blicke, die Symbole und Andeutungen.

Sollte er überhaupt um Désirée werben? Sein Verstand untersagte es ihm. Seine Sippe würde sie niemals in ihrer Mitte aufnehmen. Und ohne die Sippe, die Familie würde kein Targui in der Wüste überleben. Doch sein Herz, seine Seele, sein Körper sagten etwas ganz anderes. Es war die gleiche Sehnsucht, die ihn zu Désirée zog, wie die, hinaus in die Wüste zu gehen. Er empfand die gleiche Befriedigung, die innere Ruhe, die tröstliche Wärme in ihrer Nähe. Und er empfand den gleichen Schmerz im Herzen.

Als sie am Abend rasteten und das Lager für die Nacht vorbereiteten, gingen sie sich aus dem Weg. So als spürten beide, dass es zu einem Ausbruch der Gefühle kommen könnte, wenn sie sich näherten, suchten sie es zu vermeiden.

Wieder und wieder malte er Zeichen und Linien in den Sand, und immer wieder antwortete das Orakel mit einem schlechten Omen. Es war nicht gut, das Schicksal herauszufordern. Dann wickelte er sich in seine Decke ein, sein prachtvolles Schwert in Reichweite. Auch wenn diese unerfüllte Liebe ihn quälte, so vergaß er doch niemals, was er in erster Linie war: ein Wüstenkrieger.

Désirée spürte die Spannung zwischen ihnen körperlich. Sie warf ihre Decke beiseite und erhob sich von ihrem Lager. Es erschien ihr unerträglich, dass Arkani nur wenige Schritte von ihr entfernt lag und schlief. Ihr Herz klopfte bis zum Hals, und ihr Atem wurde knapp. Es lag nicht an der Hitze des Tages, die die Wüste in die sternenklare Nacht ausatmete. Sie ging einige Schritte bis zu der dunklen Felsnadel, die sie gerade noch erkennen konnte. Zwar befürchtete sie nicht, sich in der Dunkelheit zu verlaufen, aber sie mochte sich ebenso wenig zu weit von Arkani entfernen. Jeder Schritt, den sie fortging, bereitete ihr Qualen, und doch musste sie eine größere Entfernung zwischen sich und ihn bringen, wollte sie nicht an der inneren Hitze verbrennen.

An der dunklen Felsnadel blieb sie stehen, lehnte sich mit dem Rücken dagegen und starrte hinaus in die Wüste. Sie konnte die Weite nur erahnen, da es dunkel war. Die Dunkelheit war von einem samtenen Schwarz, das sie einhüllte wie ein weicher Stoff. Der Fels in ihrem Rücken strahlte Wärme aus. Auch er glühte von innen und trotzte der Kühle der Nacht. Alles lebte in der Wüste, auch die Steine. Sie lehnte den Kopf nach hinten und schloss die Augen. *Arkani, ich liebe dich,* flüsterten ihre Lippen stumm. Vielleicht trug der Nachtwind ihre Gedanken und Träume, ihre Wünsche und Sehnsüchte zu ihm. Vielleicht …

Sie spürte plötzlich, dass sie nicht allein war. Sie hielt den Atem an, und ihr Herzschlag stockte. Er hatte gewirkt, dieser Zauber, diese unsichtbaren Geister der Wüste hatten ihn zu ihr gerufen!

Eine heiße Welle brandete durch ihren Körper, und er schien alle Grenzen zu verlieren. »Arkani?« Sie wandte sich um. Im gleichen Moment lief etwas über ihre nackten Füße. Im rötlichen Licht des gerade über dem Horizont aufgestiegenen Mondes erkannte sie eine Echse, die sich vor ihr ebenso erschrak wie Désirée vor dem Tier. Mit einem Aufschrei sprang sie beiseite. In diesem Moment flog ein gewaltiger dunkler Schatten über sie. Sie sah einen Dolch aufblitzen und mit unglaublicher Geschwindigkeit herniedersausen. Der Angreifer hatte wohl ihr Erschrecken vor der Echse nicht einkalkuliert. Der Dolch streifte ihre Schulter und hieb in den Stein, dass die Funken stoben. Dem Knirschen des Stahls auf dem Fels folgte Désirées markerschütternder Schrei.

In Panik krümmte sie sich zusammen und schützte ihren Kopf mit den Händen. Sie wusste, dass es keinen Sinn haben würde, wenn dieser grauenhafte Dolch wieder auf sie herniederstieß. Es gab kein Entrinnen für sie. Alles in ihr erstarrte, ihr Atem, ihr Herzschlag, ihr Blut. So erwartete sie den Todesstoß.

Doch der Todesstoß blieb aus. Stattdessen hörte sie einen anderen Schrei, einen tieferen, aus einer männlichen Kehle. Irgendetwas geschah in Bruchteilen von Sekunden, dann war es still.

Désirée hockte immer noch erstarrt. Alles Leben war aus ihr gewichen, und doch waren ihre Sinne übernatürlich geschärft. Jemand näherte sich ihr, und als eine Hand ihre Schulter berührte, schrie sie wieder in Todesangst auf.

»Ganz ruhig. Ich bin es, Arkani.«

Ihr Körper begann zu beben, das Zittern wurde immer stärker, bis sie sich aufbäumte. Sie spürte seinen Arm um ihre Schulter, und sie krallte sich an seiner Gandura fest. Krämpfe schüttelten sie, und plötzlich brach alles Wasser, das sich noch in ihrem Körper befand, aus ihren Augen heraus.

»Mein Gott, oh, mein Gott, was war das?«, schrie sie voller Panik.

»Es ist vorbei«, vernahm sie seine warme Stimme. »Alles ist vorbei.«

Langsam wandte sie das Gesicht, das sie in ihrer Angst an seine Brust gepresst hatte, und blickte scheu zur Seite. Die anderen Männer waren mit brennenden Zweigen herbeigelaufen gekommen, um zu schauen, was geschehen war. Im flackernden Schein der Fackeln sah sie eine reglose Gestalt im Sand liegen. Es war ein Mann in einer blauen Gandura. In seinen verkrümmten Fingern hielt er noch immer den Dolch. Doch der Mann war tot. Eine grausige dunkle Lache trat zwischen Hals und Schulter aus seinem Körper und versickerte im Sand. Und dann bemerkte sie, dass Arkani sein Schwert in der Hand hielt. Es war rot von Blut.

Entsetzt presste sie die Fäuste vors Gesicht. »Wer ist das? Wer ist das?«, stammelte sie.

Einer der Männer bückte sich, zog dem Toten den Schleier vom Gesicht und senkte die Fackel.

»Menahil!«

XXIV

Sie begruben ihn mitten in der Nacht, im Licht des rötlichen Mondes. Arkani fragte Désirée, ob er sie eine Weile allein lassen konnte. Sie nickte nur stumm.

Während zwei der Sklaven das Grab im weichen Sand aushoben, wurde Menahils Leichnam gewaschen. Die Tuareg benutzten dazu das Trinkwasser aus den Lederschläuchen. Dann kleideten sie ihn wieder ein und umwickelten ihn mit einem weißen Tuch. Aus bleichen, trockenen Ästen bauten sie eine provisorische Trage, die von vier Männern angehoben wurde. Der Prozession voran ging in Ermangelung eines Korangelehrten einer der Krieger. Sie betteten Menahils leblosen Körper auf die rechte Seite, den Kopf gen Osten gewandt. Dann schaufelten sie das Grab zu, schichteten Steine und trockenes Holz darüber.

Vom Felsen her hörte Désirée gedämpft murmelnde Stimmen. Die Männer beteten für Menahils Seele. Es dauerte nicht sehr lange, dann kehrten sie zurück.

Arkani setzte sich zu Désirée und nahm sie vorsichtig in den Arm. Ihr war schrecklich kalt, ihre Zähne schlugen klappernd aufeinander, und ein unaufhörlicher Tränenstrom rann über ihre Wangen.

»Er hat seine Ehre verloren«, sagte Arkani wie in Gedanken, »er hat die Hand gegen eine Frau erhoben.«

Désirée senkte den Kopf, dann lehnte sie ihn an seine Schulter. Sie hatte nur einfach Angst und fand es tröstlich, ihn neben sich zu wissen.

»Warum?«, fragte sie leise. »Er war doch kein schlechter Mensch, oder?«

»Nein, das war er nicht.« Seine Finger strichen über den Stoff seiner Gandura. »Er hatte nur eine andere Meinung.«

Sie versuchte seinen Blick einzufangen. »Welche Meinung?«

»Was dich betrifft. Nur war es nicht die Entscheidung der *djemaa*.«

Sie senkte den Kopf. »Ich weiß. Ich bin ein Eindringling, ein Fremdkörper in dieser Welt, die so ganz anders ist als meine. Wie kann ich erwarten, dass alle mich willkommen heißen.« Sie schluckte.

»Es geht weniger um deine Person als …« Er brach ab.

»Ihr befürchtet Probleme mit den Franzosen, nicht wahr?«

Er nickte schwach.

»Dann sollten wir uns beeilen, damit ihr mich bald wieder los seid.« Es sollte tapfer klingen, aber ihre Stimme zitterte.

Arkani spürte es sofort. Sein Arm schloss sich fester um ihre Schulter.

»Halt mich fest.« Ihre Schultern wurden von einem leisen Beben ihres Körpers geschüttelt.

Er schlang beide Arme um sie, und sie legten sich in den warmen Sand. Später zog er die Decke über sie beide und hielt sie fest, bis ihre gleichmäßigen Atemzüge ihm verrieten, dass sie eingeschlafen war. Er zog seinen *tugulmust* vom Gesicht und legte sacht seine Wange an ihr Haar. Diese Berührung schenkte ihm ein wundervolles Gefühl des Friedens.

Als der Morgen graute, erwachte sie in seinen Armen. Sie hatte eine Nacht mit ihm verbracht. Aber diese Nacht war anders, als sie es sich gewünscht hätte. Einzig und allein das Gefühl, nicht allein zu sein in dieser unwägbaren Gefahr, gab ihr Trost. Der Schock über den in letzter Minute vereitelten Mordanschlag saß viel zu tief in ihr, als dass sie zu einer anderen Regung fähig gewesen wäre. Es kam ihr vor wie ein Albtraum, den der aufziehende Morgen auslöschen würde.

Doch die grausame Wahrheit holte sie ein. Eines der Meharis würde heute ohne seinen Reiter gehen.

Verzweifelt presste sie die Fäuste gegeneinander. Sie, nur sie allein war schuld, dass Blut geflossen war und ein Mensch sein Leben gelassen hatte. Menahil hatte Recht, sie brachte Unglück über die Tuareg. Sie sollte sich keinen Illusionen hingeben, sondern ihre Mission ganz schnell zu Ende bringen und dann unverzüglich nach Algier zurückkehren. Dort würde Philippe sie erwarten. Sie würde sich bei ihm entschuldigen, und alles würde wieder gut werden.

Ihr Körper war noch taub vor Erschöpfung und Kälte. Sie hatte nur einige getrocknete Datteln gegessen und eine Hand voll Wasser getrunken. Das Morgengrauen ließ die Konturen verschwimmen. Mit steifen Bewegungen legte sie dem Mehari den Sattel auf. Das Tier protestierte lautstark und warf unwillig den Kopf herum. Nur mit Mühe konnte sie dem Biss ausweichen. Arkanis Sklave Touhami eilte herbei, doch sie schickte ihn mit einer unwilligen Handbewegung weg. Sie versuchte es erneut, und diesmal schaffte sie es.

Arkani hatte nicht die Absicht, ihr zu helfen, aber dann trat er doch hinzu. Sie stand vor ihm, und für einen Augenblick sah er Verzweiflung in ihrem Blick. Gleich darauf schien sie sich zu fassen.

»Ich bin fertig«, sagte sie knapp.

Ein Schweigen trat zwischen sie, als sich ihre Blicke trafen. Ihre Lippen begannen zu zittern, und das Blau ihrer Augen verdunkelte sich zu einer ungewöhnlichen, violetten Farbe. Ihre Hand hob sich unsicher, und ihre Fingerspitzen berührten seinen Schleier. Gleich darauf zog sie die Hand zurück, und ihr Blick begann zu flackern. Seine Augen brannten sich in ihre Seele, heißer als die Wüstensonne, und dort drinnen tobte ein Sturm, entfesselt wie eine Naturgewalt. So war es, wenn man die Hand ins Feuer hielt. Man konnte sich dabei nur verbrennen.

Unter Aufbietung aller Kräfte wandte sie sich ab und kämpfte gegen die sie überwältigenden Gefühle. Es gelang ihr nur schlecht, und Arkani spürte es. Er war enttäuscht darüber, dass sie sich dagegen wehrte, und er fühlte sich plötzlich allein.

Désirée versuchte nicht zu Menahils Mehari zu schauen. Es ging gleichmütig in der Reihe der kleinen Karawane, hatte keine zusätzliche Last bekommen.

Ihretwegen war ein Mensch getötet worden. Allein der Gedanke ließ sie schaudern, obwohl die Sonne immer höher stieg und sich eine sengende Hitze ausbreitete. Sie zog ihren Schleier vors Gesicht, als könne sie sich damit gegen all die widerwärtigen Dinge da draußen abschirmen. Aber das Leben holte jeden ein, und manchmal auch der Tod.

An diesem Abend fragte Arkani nicht, was sie an diesem Tag in der Wüste gelernt hatte. Auch ohne seine Frage wusste sie, dass es diesmal der Tod war. Er war näher, als sie ahnte.

Sie blieb neben ihm am Feuer hocken, als sich die Männer bereits zur Ruhe gelegt hatten. Arkani packte etwas getrockneten Kameldung auf die Glut. Sofort entwickelte sie mehr Wärme. Fröstelnd rutschte Désirée näher heran.

»Könnten wir nicht schneller reiten und so einen Tag sparen?«, fragte sie.

»Warum? Das Tempo ist gut so.«

»Für mich nicht. Ich ertrage diese Ungewissheit nicht mehr, je näher wir dem Gebirge kommen. Im Traum erscheint mein Vater vor mir und ruft mir zu. Und die Sache mit Menahil zeigt mir, dass es bald ein Ende geben muss.«

Er schwieg und starrte vor sich hin in das wieder aufflackernde Feuer. »Die Wüste hat ihre eigenen Gesetze. Du begibst dich wieder auf eine Flucht.«

Sie schob sich jetzt ganz nah an seine Seite und legte ihre Hand auf seinen Arm. Die Berührung erregte sie und ließ ihr Herz trommeln.

»Ich fühle es«, flüsterte sie. »Ich bin ihm ganz nahe. Nur deshalb bin ich hierher gekommen.« Sie hob fast flehend den Blick zu ihm auf. »Arkani, ich bitte dich.« Ihre Stimme war nur noch ein Raunen, aber es lag all ihre Leidenschaft darin. »Lass uns das Tempo beschleunigen. Ich ... ich ertrage es nicht mehr.«

Mit einer eleganten Handbewegung schüttete er Sand ins Feuer. »Das macht der Sand mit dem Feuer«, sagte Arkani. »Genau so geschieht es mit der Ungeduld des Menschen gegen die Vernunft.«

Désirée hob den Kopf, aber sie schwieg.

»Du glaubst deinen Weg zu kennen. Aber du hältst Träume für die Wirklichkeit.«

»Nur weil ich mich um meinen Vater sorge? Hältst du das für ehrenrührig oder unvernünftig?«

»Nein.« Er schüttelte sacht den Kopf. »Es ehrt dich, wenn du deinen Vater achtest. Aber du achtest ihn nicht, wenn du dich kopfüber ins Abenteuer stürzt.«

Sie scharrte in den Resten des Feuers. »Solange es noch ein Fünkchen Hoffnung gibt, ist es möglich, das Feuer wieder zu entfachen.« Sie hob den Blick zu ihm. Er erwiderte den Blick aus dem Schatten des Sehschlitzes seines Schleiers.

»Désirée«, sagte er leise. »Du flüchtest. Vor mir.«

Hitze schoss ihr ins Gesicht. Zum Glück konnte er es nicht

sehen. Das erlöschende Feuer hatte der Dunkelheit Platz gemacht.

»Du hast es selbst gesagt«, erwiderte sie nach einer langen Weile. »Ich bin hier nicht willkommen. Ich sollte schnell wieder verschwinden.«

Er lächelte unter seinem *tugulmust*. »Du glaubst, dass es so ist. Aber die Wüste ist ein Ort für jeden, der reinen Herzens kommt. Gott hat für alle Platz gelassen. Man muss es nur erkennen.«

Sie schwieg. Sie wollte es ja so gern. Aber sie schaffte es einfach nicht. Hier war kein Platz für sie. Schaudernd zog sie die Schultern hoch.

»Du hast gesagt, dass die sieben Tage in der Wüste mich auf die Probe stellen werden«, sagte sie. »Jeder Tag hat mir eine Lektion erteilt. Ich weiß jetzt schon, dass ich die Prüfung nicht bestehen werde. Ich bin sehr traurig darüber. Andererseits weiß ich jetzt, wohin ich gehöre.«

»Schon wieder diese Ungeduld«, stellte er fest. »Du gibst sehr schnell auf. Eigentlich passt es nicht zu dir. Du bist bis hierher gelangt. Dazu gehören sehr viel Mut und Ausdauer.«

Sie senkte den Kopf. »Nur, um meinen Vater zu suchen. Ich tue es für meinen Vater«, rechtfertigte sie sich.

Er antwortete nicht. Sie wussten beide, dass es noch eine andere Wahrheit gab.

Arkani ließ sich in den Sand sinken und hob den Blick zum Himmel. »Schau dir die Sterne an. Jede Nacht wandern sie über das Himmelszelt. Seit uralten Zeiten. Zeit und Ewigkeit verschmelzen miteinander. Da, die Große Kamelstute. Oder dort, die Tochter der Nacht.« Er zeigte auf das Sternbild der Plejaden. »Für sie sind wir Menschen auf der Erde nur wie winzige Sandkörner. Es gibt etwas, das über uns ist. Es bestimmt unseren Weg.«

»Glaubst du wirklich, dass sich Gott um jeden Einzelnen von uns kümmert? Was wir tun, wohin wir gehen? Wie kann er das bei so vielen Menschen auf der Welt?«

»Dafür ist er Gott. Er hat uns den Verstand gegeben, damit

wir ihn gebrauchen. Wir lernen aus unseren Erfahrungen. Wir sollten uns nicht blindlings auf ihn verlassen. Wir sollten ihn aber auch nicht vergessen.«

»Ich sehe euch selten beten. Nicht einmal tagsüber rasten wir zum Gebet. In Arabien haben es die Muslime wesentlich genauer genommen.«

Er lachte leise auf. »Ich weiß, aber es sind nur Äußerlichkeiten. Ob wir auf einem Teppich knien oder auf einem Kamel sitzen, es kommt doch letztlich auf dasselbe heraus. Gott fragt nicht, wie wir an ihn denken, sondern ob wir es tun.«

In der Tat hatte sie die Männer beobachtet, wie sie scheinbar nebenher ihre Gebetsketten durch die Finger gleiten ließen und fast lautlos ihre Gebete murmelten, während sie mit dem Fuß ihre Meharis steuerten und ein wachsames Auge auf die Umgebung warfen. Und wahrscheinlich war man hier in der Wüste Gott näher als irgendwo sonst auf der Welt.

Sie wünschte sich so sehr, ihn zu verstehen, seine Seele, sein Herz. Anfangs erschien es ihr leicht, führten diese Söhne des Windes doch ein einfaches Leben hart an der Grenze der menschlichen Existenz. Langsam aber begriff sie, dass es sehr komplizierte Menschen waren. Dieses schlichte, harte Leben hatte Regeln aufgestellt, die nicht leicht zu befolgen waren.

»Arkani?«

»Ja?«

»Glaubst du, dass ich es lernen könnte?«

»Ja.«

»Aber es wird nicht einfach sein.«

»Nein.«

»Und ich werde Geduld haben müssen.«

»Ja.«

»Auch du wirst Geduld haben müssen.«

»Ja.«

Über den Horizont, der nur als dunkle, gewellte Linie zu erkennen war, schob sich ein riesiger roter Mond. Désirée starrte darauf wie auf ein Wunder.

»Ein roter Mond«, flüsterte sie beeindruckt. »So rot habe ich ihn überhaupt noch nicht gesehen.«

»*Tallit tehoure*. Der Mond errötet, weil er uns beide hier unten sieht.«

Sein Lachen erklang irgendwo aus der Dunkelheit. Leise raschelten die Sandkörner an ihrem Ohr, und weiter weg schnauften die Dromedare. »Es wird einen Sandsturm geben.«

Sie zuckte zusammen. »Also ist der rote Mond für uns kein gutes Zeichen?«

»Zeichen sind nicht immer eindeutig. Dem Wüstenwanderer sagt er, dass vielleicht ein Sandsturm aufkommt. Dem Zweifelnden sagt er, dass es irgendwo Hoffnung gibt.«

»Und was sagt er uns?«, fragte sie mit angehaltenem Atem.

Sie hörte, wie er sich erhob. »Was er dir sagt, weiß ich nicht. Mir sagt er, dass ich wachsam bleiben muss.«

»Du hast Menahil einfach so getötet«, sagte sie mit kalten Lippen.

»Nicht einfach so. Er hat dich angegriffen. Er wollte dich töten. Du stehst unter meinem Schutz. Wer dich angreift, greift auch mich an. Ich hatte nicht nur das Recht, sondern die Pflicht, ihn zu töten.«

»Und das hast du getan«, flüsterte sie.

»Es war eine Ehre für ihn, durch mein Schwert zu sterben, denn er hat seine Ehre verloren, indem er dich angriff. Du darfst dir darüber keine Gewissensbisse machen. Wir Imajeren sind Krieger. Aber wir haben unsere Regeln. Wir haben alle gelernt, blitzschnell zu töten. Er hat nicht gelitten.«

»Willst du mich damit trösten?« Sie unterdrückte ein Schluchzen.

»Nein, du sollst verstehen.«

Sie tastete nach seiner Hand in der Dunkelheit. »Ich verstehe es aber nicht.«

»Das kannst du auch nicht, wenn du Gefangene deiner Welt bleibst. Du wirst es müssen, wenn du unsere Welt kennen lernen willst.«

»Ich werde Krieg und Töten nie verstehen.«

»Manchmal muss es sein.« Er ließ sich wieder neben ihr nieder. »Das hat nichts damit zu tun, dass ich ein anderes Leben nicht achte. Im Gegenteil. Doch das harte Leben in der Wüste schreibt auch harte Regeln. Ohne diese Regeln könnten wir hier nicht überleben.«

Désirée kritzelte mit dem Finger Zeichen in den Sand, ohne dass sie sie sah. Waren es ihre Gedanken? Dann verliefen sie wirr wie ein Schlangenknäuel.

»Du sagtest, wenn er mich angreift, dann greift er damit auch dich an. Aber ich bin eine Fremde für dich, eine Gefangene. Nicht einmal eine Targuia. Menahil aber war ein Targui. Ist dir mein Leben mehr wert als seines?«

»Ich sehe, du hast gar nichts verstanden. Es geht nicht darum, ob du eine Targuia bist oder nicht. Übrigens würde niemand von uns dieses Wort benutzen.«

Sie schaute ihn durch die Dunkelheit hinweg an. »Nicht? Ist das nicht die weibliche Form für eine deines Volkes?«

»So, wie es die Araber sagen. Es bedeutet: die Ausgestoßenen. Wir leben da draußen, außerhalb der Welt der Menschen. Und von Gott verlassen. Wir selbst nennen uns *Imuhar*. Gott hat uns nicht verlassen. Er lässt uns in der Wüste überleben, weil er uns Geistesschärfe, Gewandtheit, aber auch die Wüste selbst gegeben hat. Die Wüste reinigt die Seele. Nirgendwo ist man Gott so nahe wie hier. Deshalb würden wir sie nie verlassen.«

»Das ist wirklich alles sehr kompliziert. Dabei dachte ich, dass das Leben in der Wüste einfach ist. Primitiv.«

»So denken die, die davon nichts verstehen«, erwiderte er ärgerlich.

Désirée schwieg. Dann jedoch hob sie den Kopf. »Arkani, was bin ich für dich? Gefangene? Sklavin? Geisel? Ungebetener Gast? Belastung?«

Auch Arkani schwieg eine Weile. »Das ist eine sehr direkte Frage«, antwortete er schließlich. »Und die ist sehr, sehr unhöflich.«

Er erhob sich und ging leise fort. Das empfand Désirée als sehr unhöflich. Ihre Finger krallten sich in den Sand. »Verdammt, Arkani«, flüsterte sie zornig, »warum können wir uns nicht verstehen?«

XXV

Der Sandsturm brach fast unmittelbar und sehr heftig über sie herein. Zuerst verdunkelte sich die Sonne hinter einem gelben Schleier, bis sie nur noch als ein milchiger Fleck am gelben Himmel zu sehen war. Die Dromedare wurden unruhig, blökten und warfen sich zu Boden. Arkani stoppte die Karawane.

»*Tezakey, tezakey!*«, schrien die Männer.

Désirée wurde unbehaglich zumute. Arkani hatte Recht gehabt. Nichts fürchtete sie mehr als die unberechenbaren Naturgewalten. Schon einmal hätte so ein verdammter Sandsturm beinahe ihr Leben gekostet. Und der rote Mond war ein böses Omen.

Sie hatten es nicht geschafft, in den Schutz der Felsen zu gelangen. Es blieb auch keine Zeit, ein Schutzzelt aufzubauen. Eine unheimliche Stille herrschte, als hielte die Wüste für einen Moment den Atem an. Dann brach der Sturm los. Es war ein ohrenbetäubendes Brüllen der entfesselten Naturgewalten. Sie wurden eingehüllt in eine gelbe Wolke aus Sand, die ihnen jegliche Sicht nahm. Die Sandkörner peitschten wie tausende von Geschossen auf die Haut. Der Schmerz machte Désirée wütend. Doch wie sie sich auch wand, die Körnchen krochen überallhin, in die Augen, die Nase, die Ohren, unter ihre Kleidung. Sie zog den Schleier über ihr Gesicht, doch zwischen ihren Zähnen knirschte es, und sie glaubte, ersticken zu müssen.

Die Dromedare wandten instinktiv den Kopf vom Wind ab. Sie konnten ihre Nüstern schließen und trotzten so der schrecklichen Pein. Désirée krümmte sich im Windschatten ihres Dromedars zusammen und bedauerte gleichzeitig das Tier, das sie als Schutzwall benutzte. Dann spürte sie etwas Dunkles über sich. Es war Arkani, der sich über sie beugte und tiefer in den Sand drückte. Er rief ihr etwas zu, aber es war ihr unmöglich, ihn zu verstehen. Das Brüllen des Sturmes steigerte sich. In Désirée kam Panik auf. Am liebsten wäre sie aufgesprungen und davongelaufen. Arkani hielt sie mit festem Griff in der Deckung des Dromedars. Sie verlor jegliches Gefühl für Zeit. Die Todesangst breitete sich qualvoll aus. Die Sandkörner peitschten durch die Kleidung hindurch, fanden den Weg in alle Körperfalten und hüllten sie in eine lebensfeindliche Wolke ein. Sie hustete und spuckte, wimmerte und betete. Sie verteufelte alle Prüfungen und ihren wahnwitzigen Plan, ihren Vater zu suchen. Sie wusste, dass Gott, die Wüste, die Geister der Ahnen, die Tuareg ihr zürnten. Sie hätte es niemals tun dürfen!

Aber es war zu spät. Sie fragte sich noch, warum sie nur einen Augenblick daran gedacht hatte, ihr schönes, sicheres, bequemes Heim in Paris gegen die Härte, Entbehrungen und Unwägbarkeiten der Wüste einzutauschen. Warum sollte sie das lieben, was sie doch so unbarmherzig strafte?

Nie hätte sie es für möglich gehalten, dass sich der Sturm noch steigern könnte. Das ohrenbetäubende Brüllen dröhnte in ihrem Kopf und wollte ihn schier platzen lassen. Sie drückte die Hände mit aller Kraft gegen die Schläfen. Der Sturm zerrte an ihren Gewändern, rüttelte und presste sie mit einer Angst einflößenden Gewalt. Wenn sie starb, würden ihre Augen nicht als Letztes den glutroten Sonnenuntergang sehen. Sie würden gar nichts mehr sehen, verklebt und zerstochen vom schneidenden Wüstensand. Sie würde nur dieses grässliche Geräusch mit hinübernehmen in die andere Welt, dieses Dröhnen und Brüllen.

Sand häufte sich über ihnen auf. Wahrscheinlich war das Dromedar schon längst erstickt, und auch sie würden alle unter dem Sand begraben werden. Nichts würde daran erinnern, dass hier eine kleine Karawane lagerte, die zu einer großartigen Rettungsaktion aufgebrochen war. Irgendwann, eines Tages, würde der Wind die bleichen Knochen wieder freiwehen. Doch niemand würde sie finden, weil niemand so verrückt war, in diesen Winkel der Erde zu kommen.

Für einen Moment kam ihr die ganze Tragweite zu Bewusstsein, was es bedeutete, in dieser Wüste zu leben wie die Tuareg. Ja, sie mussten so leben, wie sie lebten, um zu überleben. Alles andere war nur der Hochmut einer angeblich überlegenen Zivilisation.

Sie beugte den Kopf noch tiefer und hörte auf zu denken und zu beten. Sie würde in Arkanis Armen sterben. Und plötzlich breitete sich in ihr tiefer Frieden aus.

Der Sturm verebbte so plötzlich, wie er begonnen hatte. Désirée bemerkte es nicht mehr, ihr Geist hatte sich bereits auf die Wanderschaft in das dunkle Nichts begeben.

Etwas bewegte sich neben ihr. Der Druck auf ihren Körper nahm ab. Stimmen erklangen, weit weg und unverständlich. Dann wurde es wieder still. Auf einmal war eine unerträgliche Helle um sie herum und jemand schlug ihr unsanft ins Gesicht.

Es empörte sie, dass sie geschlagen wurde, obwohl sie doch schon tot war. Oder nicht? Ihre Hände tasteten um sie herum, fühlten Sand, Sand, nichts als Sand und dann Stoff.

»*Aman*«, hörte sie einen erregten Ruf. »*Aman*!« Das hieß Wasser!

Dann spürte sie etwas Schmerzhaftes auf ihren Lippen.

»Aua, aua«, wimmerte sie. Etwas Feuchtes benetzte auch ihre Augen. Mühsam versuchte sie sie zu öffnen. Sie waren zugeschwollen und brannten fürchterlich.

»Es ist alles vorbei.« Arkanis sanfte Stimme beruhigte sie. Trotzdem konnte sie nichts sehen. Ein eisiger Schreck durchfuhr sie, erblindet zu sein. Dann schon lieber tot.

Eine starke Hand schob sich unter ihren Rücken und richtete sie auf. Neben ihr brummte ein Dromedar unwillig.

»Was ist los?«, wollte sie wissen und krallte sich an Arkanis Gandura fest.

»Der Sturm ist vorbei. Und alle leben noch.« Sie lauschte seiner Stimme nach.

»Ich nicht«, sagte sie. »Ich fühle mich wie gestorben.«

Wieder fühlte sie etwas Feuchtes im Gesicht. Gierig streckte sie die Zunge danach aus. Arkani flößte ihr Wasser ein. Es schmeckte nach Leder und war sehr warm, aber es war flüssig.

»Wir werden heute nicht weiterreiten können«, hörte sie wieder Arkanis Stimme. »Der Sturm hat uns aufgehalten. Es ist bald Abend.«

»So lange?«, flüsterte sie schwach. Der Sturm hatte einen ganzen Tag gedauert! Sie hatte auch keine Kraft mehr, überhaupt keine Kraft.

Die Männer kümmerten sich zunächst um die Meharis, prüften, ob sie verletzt waren und reinigten ihnen Augen und Nüstern. Erst dann suchten sie im Sand nach dem Gepäck, trugen die Sättel zusammen und kontrollierten das Zaumzeug.

Arkani beriet sich kurz mit den Männern. Dann entfachten sie ein kleines Feuer, um Tee zu kochen.

Es war noch hell, die Sonne stand irgendwo hinter dem Sandschleier am Himmel. Es war drückend heiß. Langsam gewöhnten sich Désirées Augen an das Licht. Doch bei jedem Lidschlag kratzte es, als hätte sie immer noch Sand darin. Sie wickelte sich den Schleier fest ums Gesicht, nachdem sie ihn ausgeschüttelt hatte. Unter seinem Schutz wurde der Schmerz erträglicher. An einen Kamelsattel gelehnt, blieb sie sitzen und blinzelte durch den winzigen Sehschlitz, den sie gelassen hatte. Sie beobachtete die Männer, wie sie das kleine Lager für die Nacht aufbauten. Einige flickten die Ledertaschen und Zaumzeug, das zerrissen war, entfernten den Sand aus den Packtaschen und den Decken und überprüften die Lebensmittel. Désirée bemerkte, dass die Wasserschläuche recht flach geworden waren. Während ihrer Reise hatten sie nicht einmal einen Brunnen gesehen, um die Wasservorräte aufzufüllen.

Auch hatten sie Menahils Leichnam mit dem Trinkwasser gewaschen! Dieser Umstand beunruhigte sie plötzlich. Sie wollte Arkani darauf hinweisen.

Ihre Kräfte reichten jedoch nicht, um sich zu erheben. So blieb sie sitzen mit dem Gefühl, langsam zu mumifizieren. Sie stellte sich als lederne Mumie vor, mit spitzem Kinn und grinsendem Schädel, den faltigen Wasserschläuchen nicht unähnlich.

Die Männer hatten nichts Besseres zu tun, als ihre Kleidung zu richten und den *tugulmust* zu binden. Dabei gingen sie penibel vor und legten jede Falte mit besonderer Sorgfalt. Die Amulette wurden wieder befestigt, und die Männer schmückten und spreizten sich, als ginge es um einen Schönheitswettbewerb.

Ein irres Kichern stieg in Désirée auf, das ihr Schleier verschluckte. In was für einer verrückten Welt lebte sie eigentlich? Sie waren gerade dem Tod entronnen, und die Männer hatten nichts anderes zu tun, als sich schön zu machen!

Erst als sie zwei Becher Tee getrunken hatte, meldeten sich ihre Lebensgeister wieder zurück, und ihr Gehirn fing an, normal zu funktionieren. Sie erhob sich und bewegte ihre steifen, schmerzenden Glieder. Ab und zu warf sie Arkani einen verstohlenen Blick zu. Jetzt, wo er wieder korrekt gekleidet und mit all seinen Amuletten geschmückt war, führte er sich auf wie vor dem *ahâl*. Doch wem wollte er imponieren? Nein, es galt nicht ihr. Es galt ihm selbst. Ihr Schönheitssinn gehörte zu ihrem Selbstverständnis, und selbst eine überstandene Lebensgefahr hielt sie nicht davon ab, ihm zu frönen. Was waren das für Männer?

Sie war zutiefst verwirrt, ein Gefühl, das ihr bislang fremd war. Im Umgang mit Männern konnte sie sich stets durch ihr Selbstbewusstsein behaupten. Sie bewegte sich in der Welt der Männer mit dem Selbstverständnis einer emanzipierten Frau. Dass sie ab und an gegen die gesellschaftliche Etikette verstieß, machte ihr nichts aus. Ja zuweilen provozierte sie diese Verstöße sogar. Sie fand die meisten Männer rückständig und patriarchalisch, auch die französischen und erst recht die arabischen. Doch Arkani war eine Ausnahme. Noch nie hatte sie so eine Mischung bei einem Mann erlebt. Er war unglaublich stolz, ja arrogant, ein König der Wüste. Andererseits verströmte er so viel Zartheit, Feingefühl und Feingeist, dass sie es kaum fassen konnte. Sie war Gefangene seiner Worte, seiner Gesten, seiner Stimme, seines Duftes, seiner Bewegungen, seines Körpers. Er war scharfsinnig und entschlossen, gleichzeitig sanft und bezaubernd. Sie spürte die Leidenschaft in ihm und seine Demut vor der Wüste, er behandelte die Meharis wie göttliche Wesen mit Hochachtung und zeigte trotzdem eine unglaubliche Gelassenheit, wenn er sie ritt, er lachte und plauderte unbeschwert mit Désirée, doch oft ertappte sie ihn, wie er sie nachdenklich und ernst anschaute. Trafen sich ihre Augen, dann schauten sie beide sofort weg, um sich gleich darauf wieder mit den Blicken zu suchen.

Er warb nicht um sie, zumindest nicht in der Art, wie es im *ahâl* üblich war. Sie dachte für einen Augenblick an Philippe und verspürte ein schlechtes Gewissen. Doch es zerstob im Wüstenwind und tanzte davon wie die Staubwirbel über den Dünen. Philippe war so weit weg. Und ihr Gefühl für ihn?

Etwas hatte sich geändert. Sie wusste nicht, wann es geschehen war. Sie wusste nur, dass es geschehen war. Sie tat ihr Bestes, um es sich nicht anmerken zu lassen. Aber der Klang ihrer Stimme, die zu hastigen Bewegungen, ihr ausweichender Blick, die übertrieben zur Schau gestellte Gleichgültigkeit verrieten sie.

Philippe! Sie *musste* an Philippe denken. Sie musste sich dazu und zu dem Gefühl des Schuldbewusstseins zwingen. Doch dann bestärkte sie sich selbst in der Entschlossenheit, nichts zu tun, was dieses Schuldbewusstsein noch nähren könnte. Und ihr wurde richtig elend dabei.

Langsam ging sie in die Wüste hinein, ein Stück weg vom Lager, aber immer noch in dessen Sichtweite. Dann setzte sie sich, schlug die Beine unter, wie sie es bei Arkani gesehen hatte und malte mit den Fingern Zeichen in den Sand. Die Zeichen hatten keine Bedeutung, aber sie verspürte einfach das Bedürfnis, es zu tun.

Désirées Blick glitt über das grandiose Panorama, während sie ihre Finger durch den feinen, weichen Sand gleiten ließ. Nichts erinnerte an den eben überstandenen Sandsturm. Die Natur war mit sich allein. Die Elemente spielten miteinander. Der Mensch spielte dabei keine Rolle.

Sie spürte seine Schritte mehr als sie sie hörte. Sie freute sich, dass er kam, gleichzeitig fürchtete sie sich vor seiner Nähe. Sie fühlte ihren gesamten Widerstand erlahmen. Die Schwäche war nicht nur körperlich.

Arkani hockte sich neben Désirée. Sie roch seine Haut durch die weite Gandura. Sein Körper hatte die Hitze des Tages gespeichert. Außerhalb des kleinen Lagers senkte sich die Stille der Wüste über sie. Plötzlich fühlte Désirée sich einsam.

»Du denkst an die Einsamkeit«, ließ sich Arkani unvermittelt vernehmen.

Désirée zuckte zusammen und fühlte sich in ihren Gedanken ertappt. Woher wusste es Arkani? Der laue Wind strich über sie hinweg.

»Ja, ich fühle mich einsam«, gestand sie. »Es ist, als wäre ich ein Baum, dessen Wurzeln nach und nach absterben.«

»Und was ist mit deinen Sinnen?«, wollte er wissen.

»Sie sind auf eine seltsame Weise gestärkt. Meine Augen, meine Ohren nehmen Dinge wahr, die ich bisher noch nie wahrgenommen habe. Manchmal fühle ich mich wie einer dieser Füchse mit den riesigen Ohren.«

»Du meinst einen Fennek.« Er lachte. »Die Ohren würden dir auch gut stehen.«

Sie senkte errötend den Blick und dachte an ihr geschwollenes, entstelltes Gesicht. »Würdest du mich dann auch noch schön finden?«

»Ja, jede Frau ist schön.« Er streckte die Hand nach ihr aus und zog sie näher zu sich heran. »Willst du die Einsamkeit mit mir teilen?«

»Ist das überhaupt möglich?«

»Die Einsamkeit ist nichts weiter als die Größe der Welt. Und noch größer als die Welt ist der Himmel. Jetzt weicht die Wärme der Erde in den Himmel hinauf, und Kälte senkt sich herab. Die Kälte nimmt die Seele gefangen, und sie fühlt sich einsam.«

»Dann braucht man nur ein bisschen Wärme, um nicht einsam zu sein«, erwiderte Désirée leise, die seinem Blick gefolgt war. Wieder streckte er die Hand nach ihr aus und umfasste mit seinen Fingern ihr Handgelenk. Désirée hatte das Gefühl, dass diese Geste etwas ganz Bestimmtes zu bedeuten hatte. Dann richtete er sich etwas auf, beugte sich zu ihr herab, während er leicht seinen Schleier nach unten verschob. In der Dämmerung konnte sie sein Gesicht nicht richtig erkennen, und sie bedauerte es. Sie hatte es erst einmal gesehen und würde es nie wieder vergessen. Er legte seine Hand unter ihren Kopf und drückte dann sacht seine Nasenlöcher gegen ihre. Er hauchte ihr seinen warmen Atem ein, der seinen Lungen entströmte. Dann sog er langsam ihren Atem ein, als sie ausatmete. Es war, als hauchte er ihr neues Leben ein. Warme Schauer durchfluteten sie.

»Was tust du da?«, fragte sie ergriffen und lauschte dem eigenartigen Gefühl nach.

Er lachte leise. »Ich gebe dir etwas von meinem Leben. Und nehme mir etwas von deinem.«

Erstaunt hob sie den Blick zu ihm. Sein Gesicht war ganz nahe, und sie konnte seine schönen Augen betrachten. Sie glühten von einem inneren Feuer.

Sie konnte nicht anders, als ihre Arme um seinen Hals zu schlingen. Unter dem blauen Stoff spürte sie die langen, festen Muskeln seines Rückens. Mit aller Macht kam ihr zu Bewusstsein, dass sich unter diesen wehenden blauen Gewändern der Körper eines Mannes befand. Nicht irgendein Körper, sondern einer, den sie mit aller Leidenschaft begehrte. Ihre eigene Weiblichkeit schrie es geradezu heraus. Allein der Gedanke an diesen Körper, den sie noch niemals gesehen, nur wenige Male unter ihren Händen gespürt hatte, brachte sie fast um den Verstand. Dieser Körper gehörte zu einem Mann. Arkani!

Es war der unglaublichste Mann, dem sie jemals begegnet war. Er war wie das Mysterium der Wüste. Und er lag neben ihr im Sand, nein, fast schon auf ihr. Seine schönen, langgliedrigen Finger hielten ihren Kopf umfangen, vergruben sich in ihrem hellen Haar, das doch so klebrig und sandig geworden war. Seine Daumen strichen sacht über ihre Wangen. Ihre Haut spannte, der feine Staub darauf kratzte. Und doch war es ein köstliches Gefühl, da es von seinen Fingern hervorgerufen wurde.

Sie wünschte sich nichts sehnlicher, als dass Arkani sie küsste. Seine Daumen wanderten von den Wangen über ihr Kinn bis zu den Lippen, strichen sanft darüber. Es war fast wie ein Kuss. Fast. Ihre Lippen waren spröde und aufgeplatzt, wahrscheinlich pellte sich die trockene Haut und war von weißlicher Farbe. Ihr Ideal war immer dieser sanft geschwungene Mund in zartem Rosé, die Lippen feucht schimmernd und verführerisch wie eine sich im Morgentau öffnende Rosenknospe. Die Risse in den Lippen schmerzten. Wahrscheinlich würden sie bei der nächsten Gelegenheit bluten. Doch ihre Zunge besaß nicht mehr genügend Feuchtigkeit, um ihren Lippen etwas davon abzugeben. Es musste einfach ein schauderhafter Anblick sein.

Sein Blick ruhte in ihren Augen, während seine Finger ihre Lippen liebkosten. Das strahlende Kornblumenblau ihrer Iris hatte sich verdunkelt. Rote Äderchen zogen sich über das Weiß ihres Augapfels, und die Lider waren dick und geschwollen. Jeder Lidschlag rieb die empfindlichen Augäpfel, doch keine Träne konnte den Schmerz lindern. Ihr Körper besaß zu wenig Feuchtigkeit. Die sonst langen, seidigen Wimpern, einen Ton dunkler als ihr Kopfhaar, klebten zusammen wie Spinnenbeine. Und auf ihrer sonnenverbrannten Nasenspitze kringelte sich die abschuppende Haut.

Verlegen wandte sie den Kopf ab. »Bitte, schau mich nicht so an«, flüsterte sie. »Ich sehe schrecklich aus, und ich fühle mich auch so. Schmutzig.«

»Du bist sehr schön«, erwiderte er. Désirée meinte, dass er ihr nur schmeicheln wollte.

»Ich sehe nur anders aus als ihr«, gab sie fast unwillig zurück. »Du darfst dich dadurch nicht verwirren lassen.«

»Was ist anders?«, wollte er wissen. Wieder fuhren seine Daumen sacht über ihre Lippen. Sie schwieg.

»*Imi*«, sagte er, und sie spürte seinen Atem auf ihrem Gesicht.

»Was heißt das?«

»Mund. Sprich es mir nach.«

»*Imi*«, wiederholte sie.

Seine Finger wanderten zu ihren Augen und strichen sacht über ihre Lider. »*Tittaouin* – Augen.«

»*Tittaouin*.« Sie schloss die Lider und genoss das Gefühl seiner Berührung.

Er streichelte ihre Wangen. »*Oudem* – Gesicht.«

Sie hielt seine Hand fest, als sie über ihre Wange strich. »*Afous* – Hand. Du hast alles, was ich auch habe. Es gibt keinen Unterschied zwischen uns. Nur einen kleinen, aber sehr schönen. Ich bin ein Mann, du bist eine Frau.«

Sie stöhnte auf und versteifte sich. »Das ist das Problem.«

Er lachte leise. »Wir unterscheiden sehr genau, bei allen Dingen. Die weibliche Form erkennst du daran, dass diese Wörter in der Regel mit ›t‹ beginnen und auch mit ›t‹ enden.« Er rollte sich von ihr herunter. Désirée bedauerte es. Plötzlich fühlte sie sich einsam, obwohl er doch ganz in ihrer Nähe war. Unvermittelt schoss die Erkenntnis in ihren Kopf, dass sie ihn brauchte, ihn, seine Berührungen, seine Zärtlichkeit.

Er lag auf dem Rücken und blickte hinauf in den samtschwarzen Himmel, an dem die Sterne wie unzählige Diamanten funkelten.

»*Ittij* heißt Sonne, *tallit* der Mond«, hörte sie seine leise Stimme neben sich.

Erstaunt hob sie den Kopf. »Sonne ist männlich, Mond ist weiblich, stimmt's?«

»Stimmt«, gab er zurück. »Die Sonne ist hart, kräftig, auch grausam. Der Mond ist sanft, weich, rund, wie eine Frau.« Er streckte seinen Arm zum Firmament aus. »*Amanar* ist der Orion, der große Führer, und *talamat* ...«

»Lass mich raten.« Ihr Blick suchte den Himmel ab. Der Große Wagen! »Es ist der Große Wagen, nicht wahr? Aber wieso ist er weiblich?«

»In unserer Sprache heißt er Kamelstute«, erwiderte er.

»Dann heißt Frau ...«

»*Tamat*. Der Mann heißt *ales*.«

Sie lachte auf. »Eigentlich ist es gar nicht so schwer.« Sie tastete nach seiner Hand und fand sie im Sand neben seiner Gandura. Sie strich sacht darüber, dann hielt sie sie fest. Allerdings wagte sie nicht sein Handgelenk auf die Weise zu umspannen, wie er es getan hatte. Vielleicht würde er es missverstehen. So verschränkte sie ihre Finger mit seinen. Seine Handfläche war warm und trocken. Er hielt still.

»Was heißt Liebe?«, wollte sie wissen.

Er schwieg. Fast schon glaubte sie, dass er nicht darauf antworten wollte. »*Tera*«, antwortete er schließlich leise.

»Es beginnt mit ›t‹, aber endet nicht darauf«, stellte sie fest.

»*Éoulla*«, bestätigte er. »Das hast du richtig erkannt.«

»Und? Ist Liebe nun weiblich?«

Er richtete sich auf. Sie sah es an seinem dunklen Schatten und spürte, dass ihr seine Hand entglitt. Er schlug nicht einmal die Beine unter, sondern legte seine Hände auf die angewinkelten Knie. »Die Liebe ist ein Zwitterwesen. Manchmal sanft und lieblich, dann wieder hart und quälend. Deshalb kann man sie nicht so einfach zuordnen. Es kommt darauf an, wie man sie erlebt.«

Désirée wollte fragen, wie Arkani sie erlebte, besann sich

aber im letzten Moment noch. Er hatte sie gerügt, weil sie eine direkte Frage gestellt hatte. Das galt offensichtlich als sehr unschicklich.

»Und was heißt ›Ich liebe dich‹?«, wollte sie schließlich wissen.

Arkani wandte sich zu ihr um und beugte sich etwas zu ihr herab. »*Ar tufat,* Désirée«, sagte er und erhob sich.

Sie streckte die Hand nach ihm aus und sprang auf. »Aber das heißt ›Gute Nacht‹!«, rief sie enttäuscht. »Dieses Wort kenne ich.«

»Es heißt tatsächlich ›Gute Nacht‹«, gab er zu. »Hast du bemerkt, die Nacht ist weiblich, sanft und geheimnisvoll.«

Sie presste die trockenen Lippen zusammen. Sie hatte zu viel erhofft.

XXVI

Das Reiten wurde Désirée zur Qual. Der Sturm hatte pulverfeinen Sand durch ihre Kleidung geweht. Ihr gesamter Körper fühlte sich an wie eingepudert. Nur dass dieser Puder scharf war wie Salz. In jeder Körperfalte scheuerte und brannte er. Am liebsten hätte sie sich die Sachen vom Leib gerissen. Verzweifelt schaute sie zu den Reitern. Auch sie hatten den schrecklichen Sturm ertragen müssen. Ja, sie hatten ihren Meharis Augen und Nüstern gereinigt, sich selbst allerdings nicht. Verspürten sie denn nicht diesen mehr als unangenehmen Schmerz? Jede Bewegung wurde zur Pein. Je mehr Désirée versuchte diesen Schmerz zu ignorieren, umso mehr bohrte er sich in ihr Bewusstsein.

Dann musste sie sich eben mit Trinkwasser waschen. Sie hielt diese Tortur keine Stunde länger aus. Ein Blick auf die schlaffen Lederschläuche, die an den Seiten der Meharis baumelten, ließ sie den Gedanken fallen lassen. Sie hatten fast kein

Wasser mehr. Aber den toten Menahil hatten sie damit gewaschen!

Zorn kam in ihr auf. Arkani hatte Recht, sie würde diese Menschen, dieses Denken, dieses Leben nie verstehen! Gingen die Lebenden nicht vor?

Sie warf den Kopf in den Nacken und unterdrückte einen verzweifelten Aufschrei. Sie wollte weinen, aber der letzte Rest salziger Tränen brannte höllisch in ihren Augen. Heftig schlug sie den Schleier vor die Augen und rieb damit. Der Schmerz wurde dadurch nur verstärkt.

»Verdammt, verdammt«, wimmerte sie vor sich hin. Die Prüfungen, die die Wüste ihr auferlegte, waren unerträglich.

Arkani bemerkte, dass mit Désirée etwas nicht stimmte. Er dirigierte sein Mehari an ihre Seite.

»Geht es dir gut?«, wollte er wissen.

»Verdammt noch mal, nein«, heulte sie auf. »Eine mittelalterliche Folter kann nicht schlimmer sein. Überall ist Sand, und er reibt und schmerzt. Wahrscheinlich habe ich gar keine Haut mehr auf dem Körper.«

»Wer da leidet auf Erden, den wird Allah mit dem Paradies belohnen«, sagte er salbungsvoll.

Désirée stieß einen zischenden Laut aus. »Nichts könnte ich jetzt mehr gebrauchen als geistigen Beistand. Soll das ein Trost sein?«

Arkanis Blick blieb nach vorn gerichtet, während er mit monotoner Stimme sprach: »Siehe, die Gerechten werden wahrlich in Wonne sein; auf Ruhebetten liegend, werden sie ausschauen; erkennen kannst du auf ihren Angesichtern den Glanz der Wonne; getränkt werden sie von versiegeltem Wein, dessen Siegel Moschus ist – und hiernach mögen die Begehrenden begehren – und seine Mischung ist Wasser von Tasnim, einer Quelle, aus der die Allah nahe Stehenden trinken.«

»Wie kannst du in so einer Situation auch noch so zynisch sein?«, empörte sie sich. »Wasser einer Quelle, Wonneglanz in den Gesichtern, Begehren auf Ruhebetten – Arkani, willst du mich zum Narren halten?«

»Es steht in der dreiundachtzigsten Sure des Korans. In der Verzweiflung sucht der Gläubige Trost im Gebet.«

»Es fällt mir schwer, dir das zu glauben. Es ist das erste Mal, dass du den Koran zitierst. Und du glaubst doch nicht im Ernst, dass mich das in meiner Qual tröstet. Ich finde es einfach nur zynisch.«

»Nun, kennst du eine passende Stelle aus der Bibel?«, wollte er wissen.

»Nein«, erwiderte sie wahrheitsgemäß. »Ich bin kein sehr religiöser Mensch, und ich glaube, dass es Gott, Allah oder wem auch immer ziemlich egal ist, dass mein Hinterteil aufgerieben ist und höllisch schmerzt. Wahrscheinlich ist es sogar eine himmlische Strafe dafür, dass ich mich so weit gewagt habe. Aber verdammt, ich will diese Strafe nicht akzeptieren!«

»Du fluchst wie ein Ziegentreiber«, spottete er.

»Ist es ein Wunder? Ich weiß nur, das Paradies besteht aus Wasser, nichts als Wasser. Ich wusste in meinem ganzen Leben nicht, wie sehr ich mich einmal nach Wasser sehnen würde. Mein Begehren, o ja, ich begehre Wasser, Wasser, Wasser! Wahrscheinlich willst du mich doch in der Wüste verdursten lassen. Wir haben ja nicht einmal mehr Trinkwasser.«

Er warf ihr einen kurzen Blick zu, dann trieb er sein Mehari wieder an. Leichtfüßig setzte es sich in Trab, als drückte die Sonne nicht mit grausamer Kraft auf ihre Köpfe. In diesem Augenblick hätte Désirée ihn am liebsten in die Hölle gewünscht. Aber da befanden sie sich ja schon.

Die Felsen wurden höher und schroffer und glichen einem kleinen Gebirgsausläufer. Langsam bewegte sich die Karawane in die Felslandschaft hinein. Arkani hob die Hand, sie verlangsamten ihr ohnehin schleppendes Tempo. Ab und zu lösten sich zwei Reiter von der Gruppe und inspizierten das Gelände. Wen oder was erwarteten sie hier?

Sie wollte Arkani fragen, doch er wich ihr aus. Nach und

nach formierten sie sich wieder zu einer Karawane. Bewaffnete Krieger ritten am Anfang und am Ende, dazwischen die Sklaven und mittendrin Désirée. Sie empfand die dunklen Felsen als drohend. Sie rückten immer enger zusammen und bildeten einen schmalen Durchlass für die in der Landschaft fast verloren wirkenden Reisenden. Die Gespräche unter den Männern verstummten.

Dann hatten sie die Schlucht durchquert, und sie öffnete sich wieder zur Wüste. Désirée bedauerte es. Im Schatten der Felsen war es ein wenig erträglicher. Mittlerweile hatte sie sich einer stumpfen Lethargie ergeben, die nichts mehr zu ihrem Gehirn durchließ als diesen permanenten, boshaften Schmerz. Es war undenkbar, dass sie in dieser Verfassung weiter nach ihrem Vater suchen konnte. Und an den Rückweg mochte sie gar nicht denken. Am liebsten würde sie sterben. Wieder einmal …

»Wasser!« Dieser überraschte Ausruf entfuhr Désirée, als sie unvermittelt vor dem kleinen See standen, der versteckt zwischen dunklen Felswänden lag. Er schimmerte wie Silber und atmete Kühle aus.

»Wasser!« Sie glaubte an eine Fata Morgana, sie glaubte an ein Trugbild ihrer verwirrten Sinne. Bekam man nicht Halluzinationen, wenn man kurz vor dem Verdursten war?

Die kleine Karawane hielt, und die Reiter stiegen von ihren Meharis. Touhami kam zu ihr und zwang ihr Mehari zu Boden. Für einen Moment versagten Désirées Beine den Dienst, und sie taumelte. »Wasser«, flüsterte sie benommen.

Unvermittelt stand Arkani neben ihr und stützte sie. Unwillig schob sie seine Hand beiseite und bemühte sich um Haltung. Fasziniert über den unerwarteten Anblick wankte Désirée zum Ufer. Fast überall war es steil und felsig, nur an einer Stelle befand sich ein Zugang von der Wüste her. Auch hierhin hatte der Wind Sand geweht.

Die Männer trieben die Meharis zum Wasser. So als wäre es nichts Besonderes, senkten die Tiere die Köpfe und begannen gemächlich zu saufen. Mit brennendem Blick beobachtete sie Arkani, wie er sich an das Ufer kniete und das kristallklare Wasser in die Mulde seiner Hände schöpfte. Ebenso andächtig wie die Meharis senkte er den Kopf und trank. Er wiederholte es ein zweites und ein drittes Mal, dann benetzte er sein Gesicht damit. Schließlich erhob er sich wieder, zog sorgfältig den Schleier vors Gesicht und wandte sich zu ihr um.

Wortlos nahm er ihre Hand und führte sie etwas abseits um einen Felsvorsprung herum. Es war ein unwirklicher Anblick, wie Zauberei, dieser stille, entlegene See inmitten dieses Glutofens. Ihre Sinne begannen wieder zu arbeiten. Tief sog sie die kühle Feuchte, die dem See entstieg, in die Nase ein. Eine heftige Sehnsucht kam in ihr auf.

»Möchtest du baden?«

Sie konnte sich von dem Anblick nicht losreißen und nickte stumm.

»Dann tu es«, sagte Arkani. »Ich kümmere mich um dein Mehari.«

Sie schlüpfte aus den Sandalen und lief barfuß über den weichen Sand. Dann ließ sie den Schleier fallen, danach den Gürtel. Sie blickte sich um. Von den Männern war nichts zu sehen. Hinter dem Felsen hörte sie das unwillige Knurren der Meharis und die Stimmen der Reiter. Trotzdem ging sie zu einer kleinen Nische im Fels, um sich dort der weißen Gandura zu entledigen.

Das Gefühl, ihren nackten Körper dem Wüstenwind preiszugeben, war unglaublich. Désirée reckte die Arme in die Höhe und genoss es. Dann schritt sie vorsichtig in das klare Wasser. Es war bedeutend kühler, als sie erwartet hatte. Sie empfand es sogar als kalt. Aber ihr ausgedörrter Körper verlangte einfach danach. Wie ein ausgetrockneter Schwamm wollte er sich mit diesem herrlich klaren Wasser voll saugen. Als ihr das Wasser bis zu den Knien reichte, blieb sie stehen und beugte sich vor. Wie zuvor Arkani schöpfte sie das Wasser in ihre Hände und trank. Es schmerzte sogar in ihrer Kehle, und sie fühlte es brennend bis in ihren Magen hinuntergleiten. Dort krampfte sich alles zusammen. Sie verharrte und rang nach Luft. Dann schöpfte sie ein zweites und ein drittes Mal und trank. Langsam nahm ihr Körper das lebenswichtige Nass an.

Tiefer ging sie und tiefer, um sich dann hineingleiten zu lassen. Die Kälte nahm ihr den Atem. Ihre Haut schmerzte. Vorsichtig strich sie mit den Händen darüber, um den klebrigen Sand abzustreifen. Sie biss die Zähne zusammen, um nicht laut aufzuschreien.

War es ein Wunder der Wüste, ein Wunder Gottes, dass sie hier in einem kühlen See badete? Hatte es Arkani gewusst?

Arkani! In Gedanken rief sie seinen Namen. Diese Tage der Reise waren eine Qual. Doch die größte Qual war es, ihm nahe zu sein und ihn doch nicht zu erreichen. Arkani! Warum?

Sie hörte es platschen, und als sie sich umschaute, sah sie nur die ringförmigen Wellen auf der spiegelnden Oberfläche des Sees. Im Wasser wurde sie des verschwommenen Bildes seines Körpers gewahr. Im ersten Moment war sie überrascht darüber, dass er schwimmen konnte.

Mit ruhigen Bewegungen schwamm er in großem Kreis um sie herum. Sie drehte sich mit ihm, die Augen in Erstaunen weit geöffnet. Trotz der Kälte des Wassers wurde ihr heiß. Allein der Gedanke, dass sie sich beide allein und völlig nackt in diesem See befanden, brachte ihr Blut in Wallung. Ihr Blick irrte zu den geheimen Stellen seines Körpers. Doch das Wasser wirbelte und flimmerte und ließ nur ein anmutiges Geheimnis erahnen. Immer wieder tauchte er unter, während die Kreise immer enger wurden. Sie ahnte, dass er ihren Körper ebenso geheimnisvoll und verschwommen sehen musste, und Scham und Entzücken erfassten sie gleichermaßen.

Sie tauchte ebenfalls unter und suchte mit aufgerissenen Augen seinen Körper. Ihr blondes Haar folgte wie ein Kometenschweif ihren Bewegungen. Sie spürte eine zarte Berührung an ihren Hüften und drehte sich. Ihre Hände streckten sich nach ihm aus, und sie ertastete mehr, als sie sah. Sie schloss die Augen, während zarte, neugierige, liebkosende Finger langsam an ihrem Körper heraufwanderten. Aufsteigende Luftblasen perlten um sie herum. Sie tauchte auf, legte den Kopf in den Nacken und ließ sich treiben, während seine Finger immer noch langsam, suchend, zärtlich ihren Körper erkundeten. Sie schwelgte in einem Gefühl des Übersinnlichen, als seine Haut ihre berührte, sein Körper an ihrem entlangstrich wie ein anmutiger Delphin. Das Wissen um die unmittelbare Nähe seines Körpers, dieser Hauch des Wassers, das durch seine sanften Bewegungen verwirbelte und ihren Körper umwehte wie ein seidiges Tuch, pflanzte sich in ihr Inneres fort. Dort wuchs es zu einem wilden Feuer, das sich in ihrem Schoß sammelte.

Seine Hände glitten höher, über ihre Brüste hinweg, die Schultern, ihren gedehnten Hals, benetzten ihre Lippen, die Wangen, die geschlossenen Augenlider. Sie stöhnte leise und lustvoll auf. Diese Hände wanderten wieder tiefer, strichen ihren Rücken entlang, blieben auf ihren Hüften liegen. Dann spürte sie seinen Körper, der sich an ihren schmiegte, die Lust weiter anfeuerte. Umschlungen, weich und gleitend gaben sie sich einem schwerelosen Gefühl hin, ließen sich wie in Trance treiben. Ihre Beine umschlangen einander, ihre Hüften pressten sich aufeinander und dann ließ sie ihre Brüste gegen seine Haut gleiten. Die Lust wurde fast unerträglich. Ein Sturm ließ das Wasser brodeln, alles war Hitze, Bewegung, Luftblasen. In diesem Sturm glitt er von ihr. Sie sah ihn ein ganzes Stück weiter auftauchen, sein nasser, dunkler Schopf glänzte in der Sonne. Mit kräftigen Armstößen schwamm er dem Ufer zu und entschwand hinter einem Felsvorsprung.

In ihrem Kopf drehte sich alles. War es ein Traum gewesen? War das Wirklichkeit? Warum war es so schnell vorbei? Sie versuchte das Gefühl zurückzuholen, doch es löste sich im Wasser auf und zerrann zu Nässe und Kälte. Enttäuschung breitete sich in ihr aus und Verwirrung. Es war vorbei, ehe sie begriffen hatte, was es war.

Mit vor Kälte steifen Bewegungen schwamm sie zurück ans Ufer. Auf dem Fels suchte sie nach Spuren, nach einem nassen Fußabdruck, einem Hinweis, dass es doch kein Traum war. Aber sie fand nichts. Sie hörte das Knurren der Kamele, die Stimmen der Männer und hoch oben in den Felsen das Heulen des Windes. Die Sonne neigte sich dem Rand des Gebirges zu, und bald würde die Kälte der Nacht sie einholen.

Sie streifte sich die weiße Gandura über, und die Berührung des Stoffes auf ihrer Haut brachte sie endgültig in die Wirklichkeit zurück.

Sie kleidete sich sorgfältig an, bevor sie zu den Männern zurückging. Diese hatten inzwischen ein Lager aufgebaut, ein Feuer brannte in der Mitte. Einige der Männer begaben sich auf die Jagd in die Felsen hinein. Désirée hatte keine Ahnung, was es hier für Tiere gab, aber der Gedanke an ein reichhaltiges Mahl war nicht zu verachten.

Langsam ging sie zu Arkani und hockte sich neben ihn nieder. Eine geraume Weile beobachtete sie seine bedächtigen Handbewegungen, während er den Tee zubereitete und die Becher bereitstellte.

»Du hattest Recht, es war wie das Paradies«, sagte sie schließlich.

Sie sah an seinen Augen, dass er lächelte.

»Es *ist* das Paradies«, erwiderte er.

Sie wollte wissen, ob es ein Traum gewesen war. Alles in ihr bebte. Doch Arkanis gemessene Bewegungen verrieten nicht, was noch vor kurzem geschehen war. Doch was war geschehen? Sie beschloss nicht den direkten Weg zu gehen. Es entsprach dem Feingefühl dieser Menschen, besonders dem von Arkani. Sie wurde wieder daran erinnert, wer er war.

»Wie kommt es, dass es hier mitten in der Wüste einen See gibt?«, wollte sie von ihm wissen. »Und warum ist das Wasser so kalt?«

Er schwieg eine Weile. »Es erfreut mich, dass du dir darüber Gedanken machst«, sagte er schließlich. »Man nennt solch eine Wasserstelle *guelta*, in unserer Sprache heißen sie *agelman*. Nur die Ihaggaren wissen von ihr. Sie trocknet nie aus, nicht einmal während der Dürre. Hast du bemerkt, dass es richtig kalte Strömungen im Wasser gibt?«

Sie senkte errötend den Kopf. Trotz der Kühle des Wassers hatte sie das Gefühl gehabt, darin zu verbrennen.

»Das kommt von einer unterirdischen Quelle, die die *guelta* speist«, erzählte er weiter, als hätte er ihre Verlegenheit nicht bemerkt. »Diese dunklen Felsen gehören zu Ausläufern des Hoggar-Gebirges. Über die Klüfte im Gestein steigt das klare Wasser auf.«

Ihr fiel auf, dass Arkani sehr gebildet war. Er erzählte nicht, dass Gott oder die Geister der Ahnen die Quelle schenkten. Er gab eine wissenschaftliche Erklärung ab. Fast wäre es ihr lieber gewesen, er hätte ihr eine erfundene, dafür romantischere Geschichte über den See erzählt.

»Der See ist verzaubert«, sagte er plötzlich, und Désirée zuckte zusammen. Stets hatte sie das Gefühl, dass er ihre Gedanken lesen konnte.

»Im Wasser lebt eine Fee, die mal diese, mal jene Gestalt annehmen kann und den Badenden verwirrt. Deshalb gehen auch die Tiere niemals ins Wasser hinein. Nur die Menschen tun es manchmal. Und dann haben sie eigenartige Erlebnisse.«

»Unsinn«, knurrte Désirée leise, aber sie sah an seinen Augen, dass er lachte.

»Man sollte nicht nur dem trauen, was die Augen sehen. Die Sinne können sich irren. Geisterwesen machen sich einen Spaß daraus, die Sinne der Menschen zu narren.«

Eine Weile starrte Désirée ins Feuer. »Ich wünsche mir, dass es kein Trugbild war.«

Arkani antwortete nicht darauf. Sie war froh darüber, denn sie fürchtete sich vor der Antwort. Was fühlte Arkani wirklich? Nur ihren weiblichen Körper?

Die Männer kamen von der Jagd zurück, und Désirée wurde aus ihren Gedanken gerissen. Sie legten ein halbwüchsiges

Wildschaf vor Arkani nieder. Es würde reichen, sie alle zu sättigen. Ein kurzer Wortwechsel, dann trugen die Männer das Schaf beiseite, hängten es an lange Äste, häuteten und zerteilten es in kürzester Zeit. Das Feuer wurde heftiger angefacht und die Fleischstücke gegart.

Zunächst regte sich in Désirée Ekel, aber als der Bratengeruch zu ihr drang, machte sich ihr knurrender Magen mit aller Macht bemerkbar. Fast gierig verschlang sie das Stück Fleisch, das ihr gereicht wurde. Dazu gab es gekochte dicke Bohnen. Es war genug frisches Wasser da, um eine fette Brühe aus den Knochen zu kochen. Nach den langen Wochen der Entbehrung empfand es Désirée wie ein Festessen. Doch ihr Magen rebellierte. Er hatte sich an die Entbehrung und Kargheit des Wüstenlebens gewöhnt. Die unerwartete Völlerei behagte ihm wenig. Der Pfefferminztee verschaffte ihr etwas Linderung.

Nach dem Essen und einer Höflichkeitspause zog sie sich vom Feuer zurück und suchte sich dort einen Platz, wo auch ihr Reitsattel lag. Sie rollte die Decke auf und streckte sich aus. Nach dem Bad fühlte sie sich wie neugeboren. Ihr voller Magen verschaffte ihr nun ein angenehmes Gefühl der Trägheit. Aus gesenkten Augenlidern beobachtete sie die Männer um das Feuer. Sie unterhielten sich, tranken Tee und schienen die Welt um sich vergessen zu haben. Es schien nichts zu geben, was sie aus ihrer Gelassenheit reißen könnte. Und doch wusste sie, dass unter dem blauen *tekamist*, wie die Tuareg die Gandura selbst bezeichneten, leidenschaftliche Herzen schlugen. Ein wohliges Kribbeln lief über ihre Haut.

Ihre Augen suchten Arkani. Er war für sie der schönste unter den stolzen Kriegern. Jawohl, sie benutzte das Attribut schön. Arkani würde sich geschmeichelt fühlen, wenn er es wüsste. Würde er um Désirée werben, wie er es im *ahâl* täte, würde sie ihn erhören. Aber er warb nicht um sie. Mal behandelte er sie höflich und freundlich. Ein anderes Mal verspottete er sie. Manchmal machte er ihr Komplimente, dann wieder tat er nichts dagegen, dass sie sich selbst blamierte.

Sie schloss die Augen und versuchte sich die wundersame Begegnung im See ins Gedächtnis zurückzuholen. Sie spürte die Kühle des Wassers auf der Haut, seine Hände wie den Hauch eines Vogelflügels, das Perlen der Luftblasen und die Strömungen des Sees. Das Wasser umhüllte sie wie Seide, doch sie konnte weder sein Gesicht noch seinen Körper sehen. Alles war verschwommen, war Ahnung, halb Traum, halb Realität. Vielleicht waren es doch Geister, die ihre Sinne narrten. Aber dann war es ein wunderschönes Trugbild! Sie wollte es mit hinüber in den Schlaf nehmen.

XXVII

Die Nacht brach über die Wüste herein, plötzlich und unmittelbar. Die ersten Gestirne blinkten am Firmament. Bald würde es völlig mit den silbern funkelnden Diamanten des Alls übersät sein. Es war ein Anblick, den Désirée zu bewundern nie müde werden würde. Der Himmel über der Wüste war und blieb ein immer währendes Mysterium, so wie die Unendlichkeit selbst. Nach der qualvollen Hitze des Tages spendete der nächtliche Sternenhimmel Kraft, Ruhe, Trost.

Arkani blieb am Feuer sitzen. Nicht nur das reichhaltige Essen und der heiße Tee versetzten ihn in einen eigenartigen Zustand. Er hatte etwas erlebt, das ihm unter die Haut gegangen war. Es war nicht nur schlichtes Begehren. Er wünschte sich plötzlich, dass er auf den Schwingen der Leidenschaft getragen würde, zu Orten, zu denen er noch nie geflogen war.

Unruhe erfasste ihn. Die ersten Männer legten sich zur Ruhe. Touhami warf ihm einen fragenden Blick zu.

»Geh schlafen«, sagte Arkani. »Ich möchte noch ein bisschen am Feuer sitzen bleiben.«

Später erhob er sich und ging langsam zu der Stelle hinüber, an der er Désirée wusste. Sie war in den ersten Schlaf gefallen. Er konnte ihr entspanntes Gesicht im rötlichen Schein des sterbenden Feuers erkennen. Eine Weile betrachtete er es versonnen. Dann hockte er sich neben ihr nieder, strich ihr zärtlich über die Wange und fasste nach ihrer Hand.

Erschrocken fuhr Désirée aus dem Schlaf. »Psssst!« Arkani beugte sich über sie.

Mit einem leisen Seufzer der Erleichterung ließ sie sich wieder auf die Decke sinken. Es war ein wunderbares Gefühl, dass er ihre Hand hielt. Wieder umspannte er ihr Handgelenk. »Möchtest du ein Stück mit mir spazieren gehen?«, fragte er.

»Es ist doch dunkel«, erwiderte sie, erhob sich jedoch. »Mit dir fürchte ich mich aber nicht.«

Er hielt weiter ihre Hand fest, während die Dunkelheit sie verschluckte. Désirée ließ sich führen wie eine Blinde. Sie vertraute Arkani vollkommen. Auch sie hatte plötzlich eine seltsame Unruhe erfasst. Es war fast so wie im See. Mit Arkani ganz allein …

Er führte sie zwischen den Felsen hindurch zum See, ging ein Stück an dessen Ufer entlang und ließ sich hinter einem Felsvorsprung im weichen Sand nieder. Désirée blieb dicht neben ihm. In der Dunkelheit konnte sie das Wasser nur ahnen. Langsam ließ sie sich rückwärts sinken. Ihr Blick wanderte zum Himmel. Etwa die Hälfte des Firmaments wurde von der dunklen Felswand verdeckt, die den See umgab. Darüber leuchteten die Sterne.

Sie spürte, dass er sich dicht neben sie legte. Ihr Herz begann heftiger zu klopften.

»Spürst du, dass es ein verwunschener Ort ist?«, flüstere er.

»Ja«, flüsterte sie zurück. Sie wagte nicht laut zu sprechen. Weniger wegen der Männer im Lager. Dazu waren sie zu weit weg.

»Und du bist eine Fee«, hörte sie seine Stimme.

»Ich?«

»In den Sagen unserer Ahnen gibt es auch Legenden von

Feen, die verirrte Menschen aus der Wüste retten. Diese Feen haben meist goldene Haare und helle Haut.«

Er wickelte sich eine Strähne ihres im Dunklen leicht schimmernden Haares um den Finger. Sein Gesicht war nah, und sie fühlte seinen warmen Atem. Das Blut rauschte in ihren Ohren, und sie wünschte sich, dass es nicht so dunkel wäre, damit sie seine Augen sehen könnte. Und nicht nur seine Augen, sein Gesicht, seinen Körper ...

Sie lachte leise. »Warum sollte ich eine Fee sein? Und warum sollte ich dich retten? Ist es nicht eher umgekehrt?«

»Vielleicht. In den Legenden steckt viel Weisheit. Auch ich bin nicht allwissend. Unsere Götter und Geister lenken unser Schicksal.«

»Götter?«, fragte sie erstaunt. »Ist nicht Allah euer Gott?«

»Sollte es wohl sein, wenn es nach den Imamen geht. Aber wir haben unsere eigenen Götter, die viel länger in der Wüste wohnen als die Kinder Allahs. Uns gefällt es, nicht nur einen Gott zu haben.«

Seine Hand strich sacht über ihre Wange, dann glitt sie zwischen Stoff und Haut. Sie erschauerte unter dieser Berührung und presste die Lippen zusammen. Seine Hände waren unglaublich gefühlvoll.

»Du zitterst«, flüsterte er. »Ist dir kalt?«

Sie schüttelte stumm den Kopf. Das Gefühl des alles verzehrenden Feuers in ihrem Körper war kaum zu ertragen.

»Hast du Angst?«, wollte er wissen.

Sie antwortete nicht, hielt jedoch ganz still. Sie wollte nicht, dass er aufhörte, sie zu streicheln.

»Du brauchst keine Angst zu haben«, sagte er. »Wenn ein Mann eine Frau in den Armen hält, dann wird er sich immer an bestimmte Regeln halten.«

»Regeln?«, wunderte sie sich. »So wie die Regel mit dem Zelt?«

»Ja. Und es gibt keinen Mann von Ehre, der diese Regeln brechen würde. In der ersten Nacht soll er sein wie eine Mutter. In der zweiten Nacht soll er sein wie eine Schwester, und in der dritten Nacht soll er sein wie ein Mann.«

»Wird das unsere erste Nacht sein?«, fragte sie ängstlich. Sie hatte nicht Angst vor der Nacht, sie hatte Angst davor, dass er es verneinen würde.

»Möchtest du es denn?«, fragte er zurück.

»Ich habe kein Zelt, in das ich dich bitten kann«, bedauerte sie.

»Man braucht kein Zelt, um die Herzen zueinander zu bringen.« Er deutete auf den Himmel über ihnen, der mit Milliarden von Sternen übersät war. »Es ist das größte und schönste Zelt, das es auf der Welt gibt. Und wenn der rote Mond sich rundet, werden Mann und Frau eins.«

Sie schlang die Arme um seinen Nacken. »Müssen wir wirklich erst auf den Mond warten?«

»Nein«, hörte sie ihn flüstern. »Wir befinden uns bereits in seinem Bann.«

Sie spürte plötzlich seine Lippen auf ihren, ganz sacht, tastend, fast spielerisch. Er musste seinen *tugulmust* beiseite gezogen haben. Sie hob die Hände, um sein Gesicht zu erkunden.

Seine Wangen waren schmal und glatt. Sie legte die Handflächen daran und erschauerte, als sie die Wärme spürte. Mit den Daumen strich sie sacht über seine Augenbrauen, seine Augenlider, spürte die dichten Wimpern, die seine schönen Augen umkränzten und jetzt wie Vogelschwingen auf seinen Unterlidern lagen. Dann ertastete sie seine schmale Nase, seine Lippen, die leicht geöffnet waren. Für einen Moment nahm er die Kuppen ihrer Daumen zwischen die Lippen, eine unglaublich gefühlvolle Liebkosung. Sie stöhnte auf.

In diesem Augenblick trat der Mond über den Rand der Felswand und übergoss sie mit seinem kupfernen Schein. Das, was sie bislang nur unter ihren Händen gefühlt hatte, nahm nun sichtbare Gestalt an. Es war wie eine perfekte Inszenierung der Natur.

Arkani löste sich von ihr und erhob sich. Ihre Hände tasteten ins Leere. »Bleib hier«, bat sie flüsternd. Er blieb neben ihr stehen und verharrte einen Augenblick, dann sah sie mit Erstaunen, dass er damit begann, seinen *tugulmust* abzuwickeln. Er tat es langsam und bedächtig, eine seltsame Art der Enthüllung. Das rote Licht des Mondes war diffus, es ließ die Konturen verschwimmen; und doch sah sie genug, dass ihr der Atem stockte. Lautlos glitt die blaue Stoffbahn zu Boden. Als Arkani das Gesicht zur Seite wandte, stieß Désirée einen Laut des Entzückens aus. Warum verschleierte sich dieser Mann bloß? Sein Anblick raubte ihr fast den Verstand. Verlangend streckte sie die Hände nach ihm aus.

»Gibst du dich damit zufrieden?«, fragte er.

»Was?« Ihr Herz klopfte zum Zerspringen. Er wollte doch nicht etwa …

Mit einer geschmeidigen Bewegung streifte er sein Übergewand ab und ließ es ebenfalls in den Sand fallen. Darunter trug er eine weite Hose, die im Bund durch einen reich verzierten Ledergürtel gehalten wurde. Mit ebensolchen bedächtigen Handbewegungen öffnete der den Gürtel.

Hitze stieg in ihr Gesicht. Sie musterte ihn mit einem verstohlenen Blick. Er besaß einen schlanken und harten Körper mit langen Muskeln. Seine ganze Haltung strahlte Eleganz und Anmut aus. Trotz seiner Nacktheit stand er da wie ein König. Das Licht des roten Mondes hüllte ihn in einen unwirklichen kupferfarbenen Schein. Die funkelnden Sterne über ihm krönten ihn wie unzählige Diamanten.

Er blickte zu ihr herab und lächelte. Es war ein hinreißendes Lächeln, das seine grauen Augen wie Silber schimmern ließ. Auch ohne Schleier und Gandura umwehte ihn das Geheimnis des blauen Volkes.

Sein Blick fesselte sie. Sie wollte das Geheimnis dieses Mannes ergründen. Und sie ahnte, dass sie diesem Geheimnis gänzlich erliegen würde. Was für ein Mann!

In Arkanis Herz stahlen sich gleichzeitig Freude und Schmerz. Er hatte es sich gewünscht, er hatte es gewollt. Wie ein Zauber wirkte diese schöne, junge Frau mit dem goldenen Haar auf ihn, ihr Liebreiz, ihre innere Stärke, diese Zwiespältigkeit ihres Wesens. Sie kam aus dieser anderen Welt, die ihm fremd und feindlich erschien, aber er spürte, dass sie bereits die Grenze zu seiner Welt überschritten hatte. Sie lernte, und sie verstand. Es war dieses Verstehen, das er so intensiv spürte, dieses unsichtbare Band zwischen ihren Herzen, das er anfangs immer wieder geleugnet hatte. Der edle Raubritter wurde ganz zahm in ihrer Nähe, spürte das Verlangen nach inniger Zärtlichkeit. Und er ahnte, dass es Désirée auch danach verlangte.

Als er den lauen Nachtwind auf seiner nackten Haut spürte, ging eine seltsame Verwandlung mit ihm vor. Er nahm die Hitze der Wüste in sich auf, die Kraft der versunkenen Sonne, die Stärke des Wüstenwindes. Er atmete tief die Nachtluft ein und schmeckte die Feuchte des aufsteigenden Wassers aus dem kleinen See auf seinen Lippen. In seiner Erinnerung sah er Désirée wieder im klaren Wasser des Sees schwimmen, ihr silbern schimmernder, heller Körper, die hastigen Bewegungen ihrer Arme und Beine, das goldene Haar wie ein Kometenschweif. Und dann ließ er sich neben ihr nieder.

Der Mond stieg höher, und sein Licht wurde heller. Die Bühne öffnete sich für ein weiteres Schauspiel, dem kein Zuschauer beiwohnen durfte. Es war allein für sie beide gedacht.

Désirée blinzelte aus halb geschlossenen Lidern, als sich Arkani über sie beugte. Langsam hob sie die Hände und vergrub sie in seinem Haar. »Arkani«, wisperte sie und kämpfte gegen die aufsteigenden Tränen. Er machte sich selbst ihr zum Geschenk.

Für Arkani war es eine Offenbarung. Er tat nie etwas Unüberlegtes, und auch jetzt war er sich seines Handelns voll bewusst. Er gab einem Gefühl nach, das er tief in sich vergraben hatte. Doch kein Wüstensand konnte einen Schatz für alle Ewigkeit unter sich begraben. So geschah es auch mit seinem Gefühl für Désirée. Einmal, dessen war er sich von Anfang an sicher, würde er dieses Gefühl herauslassen müssen. Und dieser Augenblick war jetzt gekommen.

Behutsam löste er den Gürtel von ihrer Taille, dann streifte er ihr Übergewand ab. Als sie in ihrer ganzen Schönheit neben ihm lag, erfasste ihn ein Taumel. Ihr Körper leuchtete wie eine Statue aus hellem Stein. Sie erschien ihm als etwas Übernatürliches, Einmaliges, das ihm in jedem Augenblick wieder genommen werden konnte. Er betrachtete sie nicht als eine Frau, die ihm mit einer zeremoniellen Handlung verheiratet wurde. Er führte das Zeremoniell selbst durch. Er spürte, dass es eine heilige Handlung war.

Ergeben senkte er die Augen und berührte mit den Lippen ihre Stirn. Unendlich langsam setzte er diesen Weg über ihren Körper fort, als beschritte er zum ersten Mal ein neues Land. Er versuchte vergebens, sein wild schlagendes Herz zu beruhigen. Ihn hatte eine Verzückung ergriffen, die von seinem gesamten Ich Besitz nahm. Mit den Lippen, seiner Zungenspitze, den Händen, schenkte er Désirée wonnevolle Zärtlichkeiten. Nichts in seinem bisherigen Leben war vergleichbar mit dem, was er im Augenblick erlebte.

Seine Zunge umkreiste noch die empfindliche Spitze ihrer Brust, während seine Hand langsam vom Bauch zwischen ihre Schenkel wanderte. Er fühlte ihr gekräuseltes Haar zwischen den Fingern. Es war feucht. Ihr Kelch quoll über wie Fortunas Füllhorn, während ihre steifen Brustwarzen wie zwei kleine Beeren die Hügel ihrer hellen Brüste krönten, die sich im Rhythmus ihres schweren Atems heftig hoben und senkten. Sie hielt den Kopf nach hinten gestreckt und die Augen geschlossen. Ein tiefes, kehliges Stöhnen drang aus ihrem Hals. Er verspürte zwei heftige Blutschübe in seinen Lenden, die sein Glied zu schmerzhafter Größe aufpumpten. Dann schob er sich über sie.

Sie lag reglos und erwartete sein Eindringen. Er tauchte ein wie in einen Topf voll köstlichen Honigs und ließ sich auf dessen Grund sinken. Was waren die Verlockungen des Paradieses gegen Désirées Körper? Nein, es war nicht nur ihr Körper. Die

Glut in ihrem Inneren brannte heißer als die Wüstensonne zur Mittagszeit, und das Verlangen, das ihr Körper wie ihre Seele verspürten, saugte ihn in sich hinein. Einen Moment verharrte er, um dieses Schwindel erregende Gefühl auszukosten. Dann begann er sich in einem langsamen Rhythmus zu bewegen.

Désirée blieb noch immer unbeweglich, lauschte in sich hinein und hörte diesem Rhythmus zu. Und dann, zunächst kaum spürbar, bewegte sie sich ebenfalls, ergab sich diesem Wiegen und Schaukeln, fühlte die Wogen des Verlangens, bis sie über ihrem Kopf zusammenschlugen. Die feuchte Flut versiegte und wich einer engen Hitze, die sein Glied fest umspannte. Stoß um Stoß stieg das Barometer seiner Lust in fast unerträgliche Höhe. Er blickte herunter auf ihr entrücktes Gesicht, die geöffneten Lippen, die blitzenden Zähne. Sie stieß im Rhythmus der Bewegungen kleine, spitze Schreie aus, derer sie sich sicher nicht bewusst war. Ihr ganzes Fühlen war bereits abgedriftet in den grenzenlosen Raum, wo es nichts mehr zu denken, nichts mehr zu handeln gab. Sterne explodierten vor ihrem inneren Auge, und Lava schoss durch ihre Adern. Die Konturen ihres Körpers lösten sich auf und zerflossen in einem Meer aus Feuer. Und dann kulminierten die lustvollen Emotionen in einer einzigen, alles verschlingenden Explosion, die sie beide hinwegschleuderte in die Unendlichkeit.

Der volle rote Mond wanderte weiter seine Bahn und zog wie ein Schleier sein kupfernes Licht über die Wüste. Am Ende seines Wegs tauchte er in die schwarze Unterwelt ein, um dem neuen Tag Platz zu machen. Die Wüste hielt den Atem an. Es war die Stunde, in der Legenden geboren wurden.

XXVIII

Am siebten Tag ihrer Reise tauchte vor ihnen die unregelmäßige Kontur des Tassili N'Ajjer auf. Bislang waren sie durch die nördlichen Ausläufer des Hoggar geritten. Die gelben Sanddünen wogten wie erstarrte Wellen eines Meeres. Einem versteinerten Wald gleich ragten dunkle Steinsäulen in den Himmel. Als hätten riesige Zyklopen mit den Felsen gewürfelt, so erhoben sie sich aus dem Wüstensand. Die fantasievollen Felsformationen waren das Ergebnis des immer währenden Kampfes zwischen der glühenden Hitze des Tages und der Eiseskälte der Nacht. Ein eigenartiges Licht lag über der bizarren Szenerie. Es bedrückte und begeisterte Désirée gleichermaßen.

Arkani streckte den Arm aus. »Das ist der Tassili N'Ajjer«, sagte er.

»Wir haben es geschafft!« Ein Gefühl überschäumender Freude überkam sie und Stolz. Sie hatten es geschafft! Mehr als einmal auf dieser Reise hatte sie gezweifelt, dass sie es überhaupt schaffen würden. Zu viel stand dagegen. Doch nun hatten sie das Gebirge erreicht!

Sie bereiteten das Nachtlager vor. Die Lederschläuche waren noch gut gefüllt mit dem Wasser aus dem kalten See. Sie hatten einen Tag Verspätung. Der Sandsturm hatte sie aufgehalten. Doch das spielte jetzt keine Rolle mehr.

Unruhe erfasste Désirée, und es war eine andere Art der Unruhe als noch am Abend zuvor. Sie hatte es getan! Sie wusste, dass sie es nicht hätte tun dürfen. Aber sie wusste auch, dass es nicht zu verhindern war. Es hatte weit reichende Konsequenzen, für sie, für Arkani, für Philippe …

Sie verbannte alle Gedanken an die letzte Nacht und alles, was damit überhaupt im Zusammenhang stand, aus ihrem Gehirn. Sie war hier, um ihren Vater zu suchen. Nur das allein war ihr Ziel, nur das allein war wichtig.

Ihre Augen schweiften hinüber zur Silhouette des Gebirges. Sie war sich nicht darüber im Klaren, wo sie zu suchen beginnen sollten. Sie würde sich auf die Tuareg verlassen müssen. Auf Arkani …

Für den Rest dieser Nacht hatte sie keinen Schlaf gefunden. Im Dunkel sah sie die Gestalt ihres Vaters. Er war ein mittelgroßer, stattlicher Mann, der zu einer gewissen Körperfülle neigte. Sie kannte ihn nur mit seiner runden Brille, stets in einen unmodernen Anzug gekleidet, wenn er nicht gerade die Kleidung der Einheimischen trug, auf deren Boden er Ausgrabungen tätigte. Er war besessen von seinem Beruf, von seiner Leidenschaft auszugraben. Manchmal fragte sich Désirée, ob es die Jagd nach Ruhm, nach Anerkennung in der Fachwelt war oder ob er tatsächlich ein Herz für untergegangene Kulturen besaß. Auf jeden Fall hatte er dieses Feuer auch in Désirée geweckt. Sie ignorierte einfach den Verdacht, dass ihm genau das zum Verhängnis geworden sein könnte. So ein Mann wie ihr Vater hatte bislang alles überlebt. Er konnte einfach nicht gestorben sein.

Am nächsten Morgen vermisste Désirée die gewohnte Geschäftigkeit vor dem Aufbruch. Die Tuareg lagen noch in ihre Decken gewickelt oder saßen am Feuer, die Kamele ruhten in einiger Entfernung, ungesattelt und nur an den Vorderbeinen lose gefesselt.

Arkani stand an einem der Feuer und sprach mit den Männern, die davor hockten. Keiner von ihnen machte Anstalten, sich zu erheben. Désirée zwang sich, nicht hinzulaufen und zu fragen, was los sei. Sie würde es ohnehin erfahren.

Langsam drehte sich Arkani um und erblickte Désirée. Eine Weile standen sie sich so gegenüber. Aus dieser Entfernung jedoch war es ihr nicht möglich, in seinen Augen zu lesen. Sie ließ die lederne Packtasche, die sie in den Händen hielt, in den Sand fallen.

»Haben sie keine Lust?«, fragte sie schließlich.

Langsam kam Arkani näher. Wenige Schritte vor ihr blieb er stehen. »Sie weigern sich weiterzureiten.«

»Und warum?«

Er deutete mit dem Kopf zu dem Felsmassiv. »Dort wohnen die Geister.«

Sie folgte seinem Blick. »Aber sie wussten doch, dass wir hierher reiten«, wunderte sie sich.

»Sie hatten den Befehl, hierher zu reiten«, erwiderte er.

»Befehl? Von dir?«

»Nein, vom Amenokal.«

»Und warum verweigern sie sich nun seinem Befehl?« Sie verstand überhaupt nicht, was in den Köpfen dieser Männer vor sich ging.

»Die Geister sind mächtiger als der Amenokal.«

Ratlos blickte sie auf die Tasche. »Und was nun?«

»Wir beide werden allein weiterreiten.«

Plötzlich stand Touhami neben ihnen. »Herr, ich werde dich begleiten«, sagte er nur.

»Ich weiß, auch du fürchtest die *kel essouf*. Ich zwinge dich nicht, uns zu begleiten, es steht dir frei.«

Désirée betrachtete neugierig den jungen, dunkelhäutigen Sklaven, der ebenso wie die anderen Männer bis auf einen schmalen Sehschlitz verschleiert war. Er besaß schöne schwarze Augen, sanft und doch voller Leidenschaft. Sie verstand nicht die Worte, die die beiden Männer wechselten. Aber sie ahnte, dass auch er Angst vor den Geistern der Berge hatte. Und doch ...

Touhami blickte fast flehend zu Arkani auf. »Herr, ich würde es nicht überleben, dich in dieser Situation allein zu lassen. Dein Leben ist auch mein Leben. Ich fürchte die Geister, aber nicht so sehr wie, meine Ehre zu verlieren und dir nicht mit dem Herzen und meinem Leben gedient zu haben.«

Einen kurzen Moment legte Arkani seine Hand auf Touhamis Schulter. »So soll es sein«, sagte er schließlich.

Touhami eilte davon, um die Meharis zu satteln.

»Wird er mit uns kommen?«, wollte Désirée wissen.

»Éoulla«, erwiderte Arkani abgewandt. »Es ist sein Wille.«

Désirée schüttelte verständnislos den Kopf. Und da hatte sie geglaubt, diese Menschen endlich begriffen zu haben.

Stunde um Stunde ritten sie auf das Gebirgsmassiv zu. Es schien, als wachse es aus dem Wüstenboden heraus. Und dann befanden sie sich mittendrin. Dunkle Felswände umgaben sie, durchzogen von rötlichen Maserungen. Beklommen blickte Désirée in die Höhe. Das Gestein wirkte düster und bedrohlich. Jeden Augenblick erwartete sie, dass Dämonen und Fabelwesen von oben auf die drei einsamen Reiter herabstürzen würden.

Sie konnte nicht sehen, wie sich Arkani und Touhami fühlten. Scheinbar gleichgültig saßen sie auf ihren Meharis. Arkani ritt voran, Touhami bildete den Schluss. Aber sie ahnte, dass auch sie angespannt waren.

Das Felstal weitete sich, und Arkani verlangsamte den Schritt seines Meharis, bis Désirée aufgeschlossen hatte.

»Was tun die Dämonen, dass sich deine Männer so vor ihnen fürchten?«, wollte sie von ihm wissen.

»Wenn man in die Berge hineinreitet, hört man die Stimmen der Geister. Sie schreien und klagen. Und dann holen sie sich die Seelen der Eindringlinge.«

Désirée schwieg. Allah war hier nicht der einzige Gott. Wahrscheinlich hielten die Tuareg überhaupt nicht viel von Allah, dafür umso mehr von diesen seltsamen, unsichtbaren Geistern. Ganz sicher gab es für dieses Phänomen auch eine ganz natürliche Erklärung, aber es hätte wenig Zweck gehabt, diese den Männern nahe bringen zu wollen.

Sie glaubte nicht an solche Märchen. Sie war eine aufgeklärte junge Frau. In jeder antiken Kultur gab es Götter, Geister, Fabelwesen, an die die Menschen damals glaubten. Mit dem Untergang dieser Kulturen verschwanden auch ihre Götter und Dämonen. Doch die Tuareg lebten! Ihr wurde unbehaglich zumute.

Die Hitze des Tages heizte das Gestein auf. Mit einem lauten Knall zerplatzte vor ihnen ein Felsen, Gesteinstrümmer rieselten herab. Selbst die Meharis schienen sich nicht wohl zu fühlen. Unruhig schnaubten und brummten sie und reagierten nervös bei jedem Geräusch. In den trostlosen Schluchten heulte der Wind, und unter Ächzen dehnte sich das erhitzte Gestein aus.

»Die Stimmen der Geister«, sagte Désirée und erschrak über

den fremden Klang ihrer Stimme. »Es ist das Gestein, das sich in der Hitze ausdehnt und nachts wieder zusammenzieht. Dieser Temperaturunterschied sprengt die Felsen. Daher diese Töne.«

»Vielleicht«, erwiderte Arkani. »Vielleicht sind es auch die Geister. Sie fühlen sich gestört durch die Anwesenheit der Menschen.«

Sein Mehari sprang erschrocken beiseite, als unversehens ein Felsbrocken aus der Wand brach und vor ihnen zerplatzte. Ein Gesteinssplitter traf Désirée schmerzhaft am Bein. Sie bemerkte einen roten Fleck in ihrem Gewand, sagte Arkani jedoch nichts. Ihr besorgter Blick wanderte in die Felswand hinauf, bereit, gleich einen schrecklichen Anblick zu erleben. Aber die Felsen ragten dumpf, drohend und leblos über ihnen auf, so wie sie seit Jahrmillionen schon standen. Es war ein unwirtlicher Ort, und unheimlich dazu.

»Und hier soll es Höhlen mit Felsmalereien geben?«, fragte sie. »Welche Menschen haben sich denn hierher gewagt, um diese Malereien anzufertigen?«

»Ich weiß es nicht«, erwiderte Arkani. »Es gab sie schon, bevor die Ihaggaren hier lebten. Vielleicht waren es die Geister selbst, die sie gemalt haben.«

Désirée lachte auf, doch es klang nicht echt. »Geister können malen? Ich glaube, das waren ganz irdische Künstler. Allerdings müsste ich die Bilder erst einmal sehen. Wo sind sie?«

»Das weiß ich auch nicht.«

»Du weißt es nicht?« Langsam kam Panik in ihr auf. Dieses Gebirgsmassiv war riesig. Hilflos blickte sie sich um. Wo sollten sie zu suchen beginnen?

»Wir reiten den Stimmen der Geister nach«, sagte Arkani schließlich. Er ließ sich nicht anmerken, wie unbehaglich er sich fühlte.

Die Schluchten wurden enger, das Gelände unwegsamer. Sie kamen nur langsam vorwärts. Die Orientierung wurde schwerer, bis Arkani die Hand hob.

»Wir müssen zu Fuß weitergehen«, sagte er.

Sie ließen die Meharis zurück, die Touhami bewachte. Die Tiere waren so nervös geworden, dass Arkani es nicht verantworten wollte, weiterzureiten. Er warf einen besorgten Blick auf Touhami, dem es offenbar überhaupt nicht gleichgültig war, allein zurückzubleiben. Doch er zeigte seine Angst nicht und hob tapfer zum Abschied seine Hand.

Zu Fuß gingen sie weiter. Arkanis Hand hielt sein Schwert fest umklammert. Seine Nerven waren zum Zerreißen gespannt. Zum ersten Mal in seinem Leben verspürte er so etwas wie Furcht. Keine Schlacht, kein Kampf hatte ihm je dieses Grauen eingeflößt, das er zwischen diesen Felsen empfand. Eigentlich war es ein gewaltiges Felsplateau, durchschnitten und zerfurcht von Flüssen, die es nicht mehr gab, von Wind und Zeit, Hitze und Kälte. Er verstand Désirées Leichtsinn nicht, die plan- und ziellos mal hierhin, mal dorthin lief.

»Ich glaube, bis hierher ist überhaupt noch kein Mensch vorgedrungen«, meinte er schließlich mit gedämpfter Stimme.

Désirée stand mit hochrotem Kopf und schweißüberströmt neben ihm. Ihr Atem ging schwer. Sie hätte so gern etwas getrunken, aber sie mussten sich ihren Wasservorrat einteilen, weil sie ihn selbst tragen mussten.

»Mein Vater muss aber hier gewesen sein«, beharrte sie eigensinnig.

»Dann hätten es meine Männer gewusst, da er durch unser Gebiet hätte kommen müssen. Aber es gibt überhaupt keinen Hinweis darauf. Ein fremder weißer Mann wäre eine Sensation in der Wüste.«

Désirée warf ihm einen spöttischen Blick zu. »So wie ich?« Sie schüttelte den Kopf, und ihr Schleiertuch verrutschte. Entnervt wischte sie sich die Stirn. »Ich brauche Schatten«, japste sie und strebte einem Felsüberhang zu. Ihre Kräfte drohten sie zu verlassen. Arkani folgte ihr gezwungenermaßen. Er sah keinen Sinn in Désirées chaotischer Suche. Sie vergeudete nur ihre Kräfte.

Für einen Augenblick entschwand sie seinem Sichtfeld, als

sie um einen Felsvorsprung lief. Im nächsten Moment hörte er ihren Schrei. Er zog sein Schwert und begann zu laufen. Mit einem kehligen Ruf sprang er hinter dem Felsen hervor in Erwartung eines ganzen Heeres von Dämonen.

Désirée stand vor einer Wand. »Schau dir das an!« In ihrer Stimme schwang Euphorie. »Ich habe sie gefunden, die Bilder!«

Arkani hob den Blick. Am Felsen waren seltsame Gebilde zu sehen. Menschenähnliche Wesen, Strichfiguren, daneben Tiere, mit wenigen Linien gemalt, aber deutlich erkennbar. Rinder mit gebogenen Hörnern, Antilopen, ganze Herden.

»Es gibt sie, es gibt sie wirklich!« Sie tanzte im Kreis herum. »Es war kein Märchen, es war keine falsche Fährte, es gibt diese Malereien wirklich! Dann hat auch mein Vater hierher gefunden.«

Schweigend und ergriffen stand Arkani da. Nicht einen einzigen Schritt mochte er näher treten. Diese Bilder waren nicht nur unglaublich schön, sie wirkten auf ihn wie ein Zauber, eine Botschaft aus mystischer Zeit. Es war eine Entweihung, dass Menschen ihren Fuß hierher setzten, in ein scheinbares Nichts aus Fels und Stein. Und er fürchtete den Zorn der Dämonen mehr als zuvor.

Plötzlich lief Désirée auf die Felswand zu und ließ sich auf die Knie fallen. Wie rasend buddelte sie im steinigen Sand und zog ein zerfetztes Blatt Papier hervor. »Hier, hier, hier«, stammelte sie. »Er war hier! Das ist eine Zeichnung von ihm!«

Zögernd trat Arkani näher. Die Felswand jagte ihm Angst ein. Doch er wollte sie vor Désirée nicht zeigen. Er zog seinen *tugulmust* noch ein Stück höher, sodass auch seine Augen fast verdeckt waren. Sie hielt ihm die zerknitterte, zerrissene Zeichnung vors Gesicht. »Das hat er gezeichnet, ich erkenne es sofort. Siehst du, es ist mit einem Kohlestift gemalt. Er nimmt immer Kohlestifte, weil er damit gut schattieren kann.«

Sie ließ das Blatt fallen und kratzte wieder im Sand. »Der Stift! Ich habe den Stift gefunden! Mein Vater war hier, jetzt bin ich mir ganz sicher.«

»Aber er ist nicht mehr hier«, erwiderte Arkani beklommen. »Wir sollten den Ort verlassen.«

»Was? Jetzt? Niemals! Wir sind ganz in seiner Nähe, das fühle ich.«

Arkani fühlte etwas anderes in seiner Nähe, etwas Unsichtbares, nicht Greifbares, Bedrohliches. »Es ist kein guter Ort«, murmelte er.

»Komm weiter«, rief Désirée aufgeregt. Zu gern hätte sie die Bilder weiter betrachtet, aber das musste sie auf später verschieben. Weiter ging sie um den Felsen herum, durch eine Schlucht.

»Hier! Hier sind auch Zeichnungen! Von Menschen! Schau, Arkani, es waren keine Geisterwesen, sondern richtige Menschen. Wer weiß, wie alt diese Felsbilder sind? Zweitausend Jahre, dreitausend, viertausend?«

Er antwortete nicht, sondern beugte sich herab. Mit dem Fuß schob er einen Stein beiseite. »Désirée!«

Sie drehte sich zu ihm um. Langsam zog er ein Stück Stoff aus dem Sand. Es war aus Baumwolle und blauweiß gestreift. Hemden aus diesem Stoff trug man in Paris. Trotz der Hitze wurde sie blass.

»Es ist sein Hemd«, sagte sie tonlos. Sie packte seine Hand. »Komm, er muss irgendwo hier in der Nähe sein.«

Er rührte sich nicht. »Désirée, kein Mensch kann hier überleben. Nicht einmal ein Targui.«

Einen Augenblick starrte sie ihn an. »Du lügst! Er ist am Leben! Ich fühle es. Er wartet hier irgendwo und braucht unsere Hilfe! Warum willst du es denn nicht wahrhaben? Warum willst du mir einreden, dass er tot ist?«

»Désirée, bitte beruhige dich doch. Niemand wünscht mehr als ich, dass du deinen Vater wiederfindest. Aber ich kenne die Wüste.«

»Du kennst aber nicht dieses Gebirge. Und du kennst meinen Vater nicht!« Sie schluchzte auf. »Du brauchst mir nicht zu helfen, ich gehe allein!« Und ohne sich nach ihm umzudrehen, stapfte sie los.

»Désirée! So warte doch! Es ist gefährlich!«

»Ich fürchte deine Geister nicht! Es gibt gar keine Geister! Und mir geschieht nichts!«

Unbeirrt lief sie weiter, direkt in ein schmales Felstal hinein. Arkani lief ihr nach und war wütend auf sich selbst. Er hatte nicht mit so viel Starrsinn und Unvernunft gerechnet. Zu seiner Furcht vor den Geisterwesen kam noch die Sorge um Désirée. Schon ein herabstürzender Stein könnte ihr zum Verhängnis werden.

Er musste schnell laufen, um sie einzuholen. Dabei war ihm jede Hetze zuwider. Es war drückend heiß. Gleichzeitig erreichten sie das Ende der Schlucht. Arkani wollte Désirée zurückhalten, aber sie blieb von selbst abrupt stehen. Die Schlucht weitete sich vor ihnen und gab den Blick auf eine Höhle frei. Und vor dem Eingang wehte sacht ein ausgebliches Kamelfell im Wind.

XXIX

»Vater!« Désirée presste die Fäuste vor ihre Brust. »Vater!« Ehe Arkani sie zurückhalten konnte, rannte sie los.

»Warte, Désirée! Bleib stehen!« Er zog sein Schwert und hielt es kampfbereit in die Höhe.

Er spürte eine Gefahr, doch wo war sie? Wie sah sie aus?

Sie war fast am Höhleneingang angekommen, als ein lauter Knall die heiße Luft durchschnitt. Gleich darauf ertönte ein zweiter. Es waren ohne Zweifel Schüsse!

Mitten im Lauf warf sich Désirée auf den Boden. »Nicht schießen! Nicht schießen!«, rief sie.

Einen Augenblick herrschte Stille. Dann wurde sie von einem weiteren Schuss zerfetzt, dem ein ohrenbetäubendes Lachen folgte. In dem weiten Talkessel verstärkte es sich durch das Echo, prallte von den Felswänden ab, vervielfachte sich und schwirrte um ihre Köpfe. Arkani wirbelte herum, kämpfte gegen die unsichtbaren Dämonen, hieb mit dem Schwert durch die Luft, doch das irre Lachen war überall. Es umsprang ihn wie ein Teufel, es löste sich im Nichts auf, um sich an der nächsten Felswand wieder Kraft zu holen.

Mit aufgerissenen Augen starrte Désirée auf den wild um sich schlagenden Arkani. Doch da war nichts, nur dieses grässliche Lachen.

Langsam rappelte sie sich auf und hob die Hände. »Vater! Ich bin es, Désirée, deine Tochter! Nicht schießen! Ich bin Désirée. Und das ist Arkani, mein Freund. Bitte leg das Gewehr weg!« Sie suchte mit den Augen den Talkessel ab, aber sie konnte ihn nicht entdecken. In einer Senke standen mehrere uralte, archaisch anmutende Bäume.

»Ho-ho, du elender Dämon. Ich weiß, dass du mich narren willst. Sendest du mir Trugbilder? Ich habe gar keine Tochter! Du kannst mich nicht fangen. Komm doch, ich werde dich durchlöchern wie dieses Kamelfell!« Wieder peitschten Schüsse.

»Vater! So höre doch! Ich bin kein Trugbild. Ich bin es, Désirée!«

Eine Weile herrschte Schweigen. Langsam, Schritt für Schritt kam Arkani näher und drängte Désirée gegen die Felswand.

»Wir stehen in seiner Schusslinie«, flüsterte er. »Er muss sich in den Kronen der Bäume verstecken.«

»In die Höhle, wir verstecken uns in der Höhle«, schlug sie mit zitternder Stimme vor.

»Nein, da sitzen wir in der Falle. Er hat uns genau in der Sicht.«

»Dann gehe ich zu ihm. Vielleicht erkennt er mich aus dieser Entfernung nicht.«

Arkani schwieg. Mit der Linken packte er Désirées Hand, um sie an ihrem Vorhaben zu hindern, während seine Rechte immer noch drohend das Schwert erhoben hielt. Doch er wusste, dass diese Waffe sinnlos war in dieser Situation.

»Bleib hier. Er erkennt dich überhaupt nicht.«

»Aber wieso? Ich bin doch seine Tochter!«

»Désirée, ich glaube, die Geister haben seine Seele geraubt.«

Mit einem Ruck riss sie ihren Arm aus seinem Griff. »Du bist von Sinnen, Arkani. Ich bin tausende von Meilen gereist, um meinen Vater zu suchen. Ich habe schreckliche Gefahren auf mich genommen. Jetzt, wo ich ihn gefunden habe, darf ich ihn nicht einmal in die Arme schließen? Natürlich erwartet er mich nicht hier. Wir hatten nicht vereinbart, dass ich ihm folge.«

»Désirée, du gibst dich einer Illusion hin. Ja, er lebt noch. Aber es ist nur sein Körper, der existiert. Sein Geist hat sich verwirrt. Die Dschinnen haben ihm die Sinne geraubt.«

Ohne Arkani eines Blickes zu würdigen, lief Désirée los, auf die alten Akazienbäume zu.

»Bleib stehen, du Dämon«, schallte es aus dem Talkessel. Dann folgte wieder dieses irre Lachen. Désirée presste sich die Hände auf die Ohren.

Aufhören, betete sie. Aufhören! Dann ging sie weiter. Ein Schuss peitschte durch die Luft, und vor ihr stob der Sand auf. »Du kriegst mich nicht«, schrie die Stimme. »Ihr kriegt mich alle nicht!«

»Vater! So komm doch zur Vernunft. Hier ist Désirée!«

»Ich kenne keine Désirée! Ich kenne nur diese verdammten Steine. Und ich kenne die Marseillaise!« Und er intonierte sie laut und falsch, dann verfiel er wieder in das irre Lachen.

Unbeirrt schritt Désirée weiter auf die Baumgruppe zu. Sie glaubte ihren Vater im Geäst hocken zu sehen. Er zielte mit dem Gewehr auf sie. Sie hob die Hände.

»Siehst du, Vater, ich bin ganz allein. Und ich habe keine Waffen. Leg das Gewehr weg! Komm vom Baum herunter! Ich will dich in meine Arme schließen.«

»Geh weg, sage ich! Désirée ist in Paris. In Paris! Natürlich weißt du Teufel nicht, was Paris ist. Paris ist eine Stadt, eine große Stadt. Frankreich, sie liegt in Frankreich. Und hier ist nicht Frankreich. Hier gibt es nur Sand und Steine, diese verfluchten Steine und euch Dämonen. Désirée, entfliehe, sonst zerfetzen dich meine Kugeln!«

Sie war fast an der Baumgruppe angekommen. Beschwörend hob sie die Hände. »Vater, ich bin es wirklich. Ich bin aus Paris gekommen, um dich heimzuholen. Ich bin dir gefolgt. Wir haben Kamele. Du kannst nach Hause zurückkehren!«

Jetzt sah sie ihn sitzen. Dieser Mann hatte keine Ähnlichkeit mit dem Mann, der ihr Vater war. Er trug einen sackähnlichen Überwurf, zerschlissen und zerfetzt. Darunter konnte sie seinen knochigen Körper sehen. Sein Haupthaar war grau wie sein zotteliger Bart und hing ihm wirr ins Gesicht. Seine Haut war dunkel und faltig, von der Sonne gegerbt wie Leder. Nur seine Augen glühten fanatisch.

Désirée zog sich den *alechu* vom Kopf und ließ ihr langes, blondes Haar wehen.

»Siehst du, Vater, ich bin es wirklich. Ich bin es, Désirée!«

Der Professor neigte den Kopf, als wollte er dieser Verwandlung keinen rechten Glauben schenken. »Natürlich kannst du dich verwandeln«, rief er. »Du bist ja ein Dschinn.«

»Nein, Vater. Komm herunter. Wir reiten nach Hause. Es ist vorbei.«

»Reiten?«, krähte er. »Das Kamel ist fort. Ich habe es aufgegessen!« Er lachte wieder, dass es von den Felswänden widerhallte. »Hier ist nichts, gar nichts. Nur die Geisterbilder. Und du bist auch ein Geisterbild. Ich werde sie zerstören, diese Bilder. Sie sind Teufelswerk. Und du bist auch Teufelswerk.« Er hob das Gewehr und zielte auf Désirée.

»Aber Vater, so komm doch herunter, und schau mich genau an. Dann siehst du, dass ich wirklich da bin. Du kannst mich anschauen, mich anfassen, mich in deine Arme schließen.«

Er schien zu überlegen, neigte wieder den Kopf und kniff dann die Augen zusammen. »Du willst mich überlisten«, sagte er misstrauisch.

»Nein. Ich bleibe hier stehen und rühre mich nicht von der Stelle. Komm herunter, komm zu mir, und du wirst dich selbst überzeugen können, dass ich tatsächlich hier stehe. Ich bin Désirée, deine Tochter. Du kennst mich. Wir waren zusammen in Ägypten. Wir waren zusammen in Tunesien. Wir haben Karthago gesehen. Vater, wir haben Hand in Hand vor Athens Akropolis gestanden. Mein Verlobter ist Philippe, und wir wohnten in Paris in der Rue de Voisin. Erinnerst du dich? Ich habe manchmal Männerkleidung getragen und Zigarren geraucht. Meine Lieblingslektüre war die von George Sand.«

»Was ich dir immer wieder verboten habe«, krähte er. »Aber du hattest ja schon immer einen Dickschädel.«

»So wie du, Vater. Erkennst du mich endlich?«

»Désirée! Was willst du hier?«

»Oh Gott, du erkennst mich! Vater, du erkennst mich!« Die Anspannung wich von ihr, und sie schluchzte befreit auf.

Arkani war Désirée nicht gefolgt, sondern an der Felswand stehen geblieben. Er blickte sich um. Die Aufmerksamkeit des verwirrten Alten war einzig auf Désirée gerichtet. Aber er schien sie nicht zu erkennen. Er würde seinen Geist nicht wiedererlangen, deshalb blieb er gefährlich. Zum ersten Mal fühlte Arkani sich diesen verdammten Waffen der Feiglinge unterlegen.

Doch er wäre nicht Arkani, einer der besten Krieger der Ihaggaren, wenn er sich in dieser Situation ergeben würde. Désirée befand sich in Lebensgefahr. Sie wollte es nur nicht wahrhaben. Blitzschnell reagierte er. Die Deckung der Felsen nutzend, umging er den Talkessel. Es war ein weiter Weg. Sein Atem ging keuchend, das Gelände war unwegsam und mit Geröll übersät. Er musste versuchen, von hinten an ihn heranzukommen. Er betete nur, dass er nicht schon vorher mit einem gezielten Schuss auf Désirée allem ein Ende bereitete.

Désirée! Im Augenblick der Gefahr wusste Arkani, was er für diese Frau fühlte! Er würde sein Leben für sie geben. Nicht nur aus Pflichtgefühl, weil sie ihm anvertraut war. Er liebte sie aus tiefster Seele. Er würde diese Liebe niemals aufgeben. Sie war die Erfüllung seines Lebens. Wenn er bislang nicht genau gewusst hatte, wohin sein Weg ihn führte, so sah er ihn jetzt überdeutlich vor sich.

Er würde nicht davor zurückschrecken, ihrem Vater die Kehle durchzuschneiden, nur um ihn von seinem wahnwitzigen Vorhaben abzubringen. Längst hatten die Geisterwesen seine Seele genommen. Er war verloren, auch wenn Désirée es nicht wahrhaben wollte.

Endlich hatte er die Gegenseite des Talkessels erreicht. Sein Körper fieberte. Seine einzige Angst war, zu spät zu kommen. Ein Wahnsinniger war nicht berechenbar. Hier war nicht nur Mut gefordert, hier war List vonnöten. Und Glück, viel Glück!

Geduckt lief er nun direkt auf die Bäume zu. Sein Blick trübte sich, als brennender Schweiß in seine Augen drang. Er sah den Alten einige Äste weiter herunterklettern. Doch er hielt das Gewehr immer noch in der Hand.

Sprich mit ihm, Désirée, sprich, und halte ihn hin, beschwor er sie in Gedanken. Er hielt den roten Ledergriff seines Schwertes mit festen Fingern umklammert, bereit, mit einem einzigen Hieb den Kopf des Alten von seinem Rumpf zu trennen. Er bedrohte Désirées Leben, das Einzige, was für Arkani von Wert war. In der Wüste besaß man nichts, nur das Leben. Nicht sein eigenes war es, sondern das von Désirée. Niemand durfte es ihr nehmen, niemand, auch nicht ihr eigener Vater.

Ihn trennten nur noch wenige Meter von der Baumgruppe. Alle Nerven in ihm spannten sich wie Bogensehnen. Seine Augen fixierten den alten Mann wie ein Wild, das er gleich zur Strecke bringen würde. Nein, er war ein Feind, ein unberechenbarer, schrecklicher Feind, weil er sich an keine Regeln halten würde. Die Geister hatten ihn verwirrt, er war schon selbst fast zu einem Geisterwesen geworden. Fast, denn dieses wirre Knäuel aus unfassbaren Gedanken steckte noch in einem Körper, der, mehr tot als lebendig, nun auf dem untersten Ast des Baumes hockte.

Arkani sah, wie Désirée sich den Schleier vom Kopf zog und ihr blondes Haar wehen ließ.

»Lass dich umarmen, Vater! Du hast es überstanden. Ich bringe dich fort von hier. Es ist ein unseliger Ort.« Sie weinte und lachte, sie schluchzte und breitete die Arme aus. »Vater!«

Doch er blieb auf dem Ast hocken. »Bleib stehen!«, rief er und fuchtelte drohend mit seiner Waffe. »Du bist ein Dämon. Jetzt erkenne ich dich. Die Fratze des Teufels. Mit der lieblichen Gestalt meiner Tochter willst du mich täuschen. Alle wollen mich täuschen. Diese Herren Gelehrten haben mich verlacht, mich verspottet. Aber ich hatte Recht. Natürlich hatte ich Recht. Es gab schon eine Zivilisation vor der unsrigen. Und sie war höher, viel höher. Alle Könige und Zauberer, Wüstenfürsten und Priester waren schon da, als wir uns noch in Bärenfelle hüllten. Da wanderten sie durch die Wüste und brachten Gold und Manna, Elfenbein und Salz. Sie waren die Ersten. Hier in Afrika. Afrika!« Er begann wieder irre zu lachen. »Diese verdammte Wüste will mich bezwingen. Kein Wild mehr da. Kein Wasser. Keine Munition.« Er äugte in den Lauf seines Gewehres. »Weißt du, Désirée, hier ist es furchtbar schwer, ein Stück Wild aufzuspüren. Hier lebt nichts, gar nichts. Was da auf den Bildern zu sehen ist, Gazellen, Rinder, Kamele, Elefanten, Ziegen, Antilopen, es ist alles nur Illusion. Einmal gab es ein Festessen. Eine Eidechse. Stell dir vor, eine Eidechse! Hast du jemals eine Eidechse gegessen?« Er schaute wieder in den Lauf seines Gewehres, und sein Blick wurde melancholisch. »Ich habe nur noch einen Schuss«, sagte er traurig. »Einen einzigen. Ich habe die ganze Munition verfeuert. Immer wieder habe ich auf die Geister geschossen. Ein paar habe ich erwischt.« Er lachte bitter auf. »Aber es sind so viele.«

Plötzlich richtete er seinen bohrenden Blick auf Désirée. »Hunger, Durst, Hitze, Kälte, alles ist schrecklich. Aber weißt du, was das Schrecklichste ist? Die Einsamkeit! Sie ist da, überall. Sie greift nach dir mit tausend Armen. Sie bohrt sich in dein Gehirn, sie reißt dir die Seele aus dem Leib. Sie macht dich wahnsinnig, Ja, ich bin wahnsinnig. Das siehst du doch, oder?« Er sprang wie ein Affe auf dem Ast hin und her. »Es ist niemand mehr da. Sie sind alle tot. Tot! Ich habe sie begraben. Die Wüste hat sie sich genommen. Was für eine Verschwendung!«

Désirée stand wie versteinert. Eine eiskalte Hand legte sich um ihr Herz. Nur ganz langsam begriff sie, was geschehen war. Nein, sie wollte es nicht wahrhaben. Sie musste versuchen, ihn wieder zur Vernunft zu bringen. Er war krank. Er war halb verrückt. Wer würde das nicht werden in dieser Situation? Aber es gab einen Ausweg.

»Vater, ich habe dich gesucht. Ich habe befürchtet, dass etwas schief gehen würde. Deshalb bin ich hier. Ich habe Freunde unter den Tuareg, die haben mich begleitet. Wir haben Wasser, zu essen, Kamele. Wir können sofort diesen schrecklichen Ort verlassen. Du brauchst bloß von diesem Baum herunterzukommen. Niemand will dir etwas zuleide tun. Es gibt keine Geister hier. Es ist nur der Wind.«

»Überall sind Geister«, schrie er und fuchtelte mit dem Gewehr herum. »Du bist einer, ich bin einer.« Dann ließ er wieder sein grausiges Lachen ertönen. Désirée erschauerte.

»Du bist Etienne Montespan, ein großer Gelehrter. Archäologe, Professor an der Sorbonne. Und du bist mein Vater.«

»Etienne Montespan?«, fragte er und verdrehte seltsam den Kopf. »Den kenne ich nicht. Den gibt es nicht. Etienne Montespan ist tot. Mausetot. Ich habe ihn umgebracht. Ich habe sie alle umgebracht. Nun liegen sie im Sand. Mausetot. Und du bist auch bald tot. Es ist ein böser Ort. Warum bist du gekommen? Du kannst mich nicht holen. Du wirst mich nicht bekommen. Einen Geist kann man nicht töten. Er fliegt davon, einfach so. Hui! Und du kannst auf ihn schießen, aber er ist schon fort. Hui!«

Langsam, Schritt für Schritt, setzte Désirée einen Fuß vor den anderen, ihre Augen starr auf ihren Vater gerichtet. »Vater, alles wird gut. Gib mir deine Hand. Leg das Gewehr weg.«

Er lachte wieder, hantierte mit dem Gewehr.

Arkani setzte zum Sprung an. In dem Moment knallte ein

Schuss. Der Körper des Alten krümmte sich zusammen und fiel wie ein Sack vom Ast, direkt vor Désirées Beine. Das Gewehr hielt er noch immer umklammert. In seiner Stirn klaffte ein Loch.

Désirée starrte darauf, ohne es zu begreifen. Plötzlich begann sie zu schreien. »Nein, nein, nein! Vater, nein! Oh nein, bitte nicht!« Dann sank sie schluchzend über seinem leblosen Körper zusammen.

Arkani wusste, dass Trauer eine ganz persönliche Angelegenheit war. Immer fielen Krieger, immer starben Menschen. Es gab Rituale, nach denen sie zu beerdigen waren. Es gab den *aneslem*, den Korangelehrten, der die Gebete sprach. Es gab die Freunde und Verwandten, die das Grab aushoben und die Totenklage anstimmten, es gab die Schmiede, die den Toten wuschen und die Nachricht verkündeten. Aber hier? Er kam sich plötzlich hilflos vor.

Désirée war ganz still geworden. Ihre Tränen waren versiegt, ihr Schmerz war im Herzen begraben. Sie hockte neben ihrem toten Vater, stumm, den Blick starr ins Nichts gerichtet. Nur an ihrem Atem erkannte Arkani, dass sie lebte. So saß sie und spürte die Hitze nicht.

Er blieb hinter ihr sitzen, ebenso stumm, und überließ sie ihrer Art der Trauer. Als sich die Sonne den Felsen zuneigte, erhob er sich und legte sacht seine Hand auf ihre Schulter.

»Wir müssen ihn begraben«, sagte er leise.

Sie nickte unmerklich. Dann hob sie plötzlich den Kopf. »Hier unter diesen Bäumen. Ich glaube, es würde ihm gefallen.«

Langsam erhob sie sich und schaute sich um. Womit sollten sie ein Grab schaufeln? Der Boden war steinig. Es gab nur einige abgestorbene Äste, die auf dem Boden lagen. Und dann begann sie mit den blanken Händen, Steine, Sand und Schotter beiseite zu räumen.

»Warte, ich schau in der Höhle nach, ob ich eine Schaufel oder irgendein Werkzeug finde«, bot sich Arkani an.

Sie schien ihn nicht zu hören, sondern arbeitete verbissen weiter. Er eilte zur Höhle. Es war ein Felsvorsprung, der durch die verwitterte Kamelhaut abgeschirmt wurde. Arkani wollte sie zurückschlagen, doch da fiel sie auf ihn herab. Erschrocken sprang er zurück. Die Furcht in seiner Seele war geblieben. Erschüttert blickte er auf die wenigen Habseligkeiten, die in der Höhe verstreut lagen. Etienne Montespan musste sich hier eine richtige Wohneinrichtung geschaffen haben. Zwei Stühle, einen Tisch, ein Bett. Davon war fast nichts mehr übrig geblieben. Es war zerschlagen worden, zum Teil verbrannt. Es sah aus, als hätten Dschinnen darin gewütet. Er fand eine eiserne Kanne, um Tee zuzubereiten, doch ihr Boden war durchgebrannt. Einen kaputten Kamelsattel, an dem getrocknete Hautstreifen hingen. Die Bissspuren verrieten, dass es seine letzte Nahrung gewesen war. Eine Blechdose, in der Munition aufbewahrt worden war. Sie war leer. Es war der letzte Schuss, den er sich selbst gegeben hatte.

Schaudernd wandte Arkani sich um, nahm das Kamelfell mit und kehrte zu Désirée zurück. Sie hatte in der Zwischenzeit ein flaches Grab ausgehoben. Erschöpft kniete sie daneben, ihre Hände bluteten. Das Haar hing ihr ins schweißnasse Gesicht, ihr Atem ging stoßweise, und ihre Augen glänzten fiebrig.

»Es gab nichts«, flüsterte er. »Nur das.«

Langsam wandte sie den Kopf zu ihm. Dann erhob sie sich, nahm ihm das Fell ab und legte es neben ihren toten Vater. Als Arkani ihr helfen wollte, wehrte sie ab. »Du bist ein Edler, Arkani. Es ist nicht deine Sache, diese Arbeit zu tun.«

Sie rollte die Leiche auf das Fell und wickelte sie darin ein. Das Gewehr, das der Tote immer noch umklammert hielt, beließ sie ihm. Unter größter Anstrengung wälzte sie das Bündel zum Grab und gab ihm dann einen Stoß. Sie benötigte eine Weile, um Atem und Kraft zu schöpfen, dann erhob sie sich.

»Verzeih mir, Vater, ich war nie eine fleißige Kirchgängerin. Wie du ja auch nicht. Ich hoffe, mein Gebet reicht, um dich sicher hinüberzugeleiten.« Dann faltete sie die Hände. »Vater unser, der du bist im Himmel …«

Arkani stand wenige Schritte abseits und betete auf seine Weise um das Seelenheil des alten Mannes.

Als sie ihr Gebet beendet hatte, kniete Désirée nieder und scharrte Schutt und Steine in das Grab. Mit jeder Hand voll Erde verschwand ein Teil des verwitterten Kamelfells darunter. Zum Schluss schichtete sie größere Steine auf. Aus zwei bleichen Ästen, die unter dem Baum lagen, baute sie ein schlichtes Kreuz und steckte es ans Kopfende des Grabes. Noch einen Augenblick verharrte sie mit gesenktem Kopf. Dann wandte sie sich zu Arkani um. »Gehen wir.«

XXX

Die Meharis lagen mit gefesselten Beinen unter einem Felsvorsprung. Zwischen ihnen hockte Touhami. Von ihm war nur ein Stück seines dunklen Gewandes zu sehen.

Als sich Arkani und Désirée näherten, hob er vorsichtig den Kopf und spähte über den Rücken des Kamels. Dann sprang er auf und rannte auf sie zu. Mit einem Seufzer der Erleichterung fiel er Arkani um den Hals.

Die Felsen sandten dunkle Schatten aus, die wie Krakenarme über den Boden krochen. Sie umschlangen alles und sogen es in sich auf. Bald verwischte die Dämmerung die Konturen, und die Farben vermischten sich zu einem dunklen Violett. Eilig sammelte Touhami die restlichen Holzstückchen auf und legte sie ins Feuer. Er vermied die Blicke zu Désirée. Er fragte nichts. Er sah, dass sie geweint hatte.

Leere und Schweigen, Stein und Sand. Die Sahara war ein verlorenes Paradies. Die Bilder an den Felswänden waren stumme Zeugen dessen, was längst vergangen war. Elefanten und Giraffen, Antilopen und Rinderherden. Kämpfende Männer und tanzende Frauen. Jetzt hausten hier nur noch die Geister. Wo sich staubige Täler hinzogen, rauschten einst wilde Flüsse. Wo der Wind mit seiner allgegenwärtigen Kraft die Steine schliff, wiegten sich einst Palmen. Uralte Tamariskenbäume krallten sich, der Lebensfeindlichkeit der Wüste zum Trotz, in das klüftige Lavagestein und sogen jede winzige Feuchtigkeit heraus. Eidechsen und Schlangen, Skorpione und unscheinbare Mäuse lebten im Schatten dieser Bäume. Winzige Inseln des Lebens inmitten einer toten Welt.

In Désirée breitete sich tiefe Resignation aus. Müde ließ sie ihre Augen schweifen. Was hatte sie überhaupt hier verloren, Tausende Kilometer von zu Hause entfernt? Zu Hause! Was für ein seltsames Wort. Wo war sie zu Hause? In Paris? In den Ruinen von Karthago? In den antiken Tempeln von Delphi? Oder gar hier in der Wüste? Wo gehörte sie hin?

Touhami röstete Hirsefladen im heißen Sand, und Arkani bereitete den Tee, während Désirée apathisch gegen die Flanke ihres Meharis gelehnt saß und in die Luft starrte. Das Feuer brannte nur klein, es gab wenig Holz und noch weniger getrockneten Kameldung. Den hatte Touhami sorgsam gesammelt und Tag und Nacht das Feuer brennen lassen. Er fürchtete sich. Doch niemals würde er es zugeben, niemals hätte er die Treue zu seinem Herrn aufs Spiel gesetzt. Touhami wusste, dass sie noch eine Nacht hier verbringen mussten. Es wäre tödlich gewesen, im Dunkel den Rückweg durch die unwegsamen Schluchten zu suchen.

Er verbarg seine Nervosität hinter seiner Geschäftigkeit. Er knetete den Hirseteig mehr, als notwendig war. Er formte die Fladen einmal, zweimal, ein drittes Mal und begann wieder von vorn. Arkani tat so, als bemerke er es nicht, Désirée bemerkte es überhaupt nicht. Sie war mit sich selbst beschäftigt.

Seit sie ihren Vater beerdigt hatte, hatte sie kein Wort mit Arkani gewechselt. Jeder blieb mit seinem Schweigen allein. Ihre Tränen waren versiegt, dafür floss ihre Trauer umso stärker. Sie hatte immer noch nicht begriffen, warum geschehen konnte, wie es geschehen war. Sie wusste nur, dass es geschehen war. Und dass sie allein war. Etwas in ihr war abgestorben, ein Teil ihres Lebens vorbei.

Mechanisch griff sie zu, als Arkani ihr den Tee reichte. Sie trank ihn, um ihren Körper am Leben zu erhalten. Ihr Geist war umnebelt. Ihre Gedanken flogen Spiralen durch einen Raum voller Mysterien. Hier lebten Geschöpfe, die sich ihrem Verstehen entzogen. Waren es Situationen wie diese, die den Menschen glauben ließen? War es das Übersinnliche, das Unverständliche, das Körperlose, das den Geist überforderte? Klammerte sich der Mensch deshalb an das Unvermeidliche, die höhere Gewalt? Oder war es nur das Irren des Menschen selbst, das ihn in sein Unglück trieb?

Désirée wusste es nicht. Wie die eigenartigen Spiralen und Muster auf den Felswänden bewegten sich ihre Gedanken, ziellos, formlos. Es war die Wüste, die den Menschen Demut lehrte, und dass er vieles als Fügung des Schicksals hinnehmen musste: eine Krankheit, einen Unfall, das Versiegen des Wassers, den qualvollen Durst, den Wahnsinn, den Tod.

Désirée blickte hinüber zum Feuer, wo Arkani und Touhami Seite an Seite saßen. Nichts deutete auf einen Standesunterschied zwischen ihnen hin. Sie saßen da, dicht am Feuer, und schwiegen. Sie nahmen das Schicksal ebenso hin, klaglos, still. Es war keine Resignation, kein Mangel an Sensibilität. Diese Haltung erlaubte ihnen, die Tragödien des Lebens mit Würde zu ertragen. In diesem Augenblick beneidete Désirée sie darum.

Diese Menschen in ihren blauen Gewändern hatten von Geburt an gelernt, dass der Tod dem Leben so nah war wie das Lid dem Auge. Irgendwo im fernen Europa hatte Désirée diese Tatsache verdrängt. Jetzt kam sie ihr mir aller Deutlichkeit zu Bewusstsein. Die Wüste tötete alle, die keine Achtung vor ihr hatten. Welch eine Anmaßung des Menschen zu glauben, sie bezwingen zu können.

Müde legte sie den Kopf an das weiche Fell des Kamels. Die

Wärme des Tierkörpers schenkte ihr Trost. Touhami begann leise zu singen. Irgendwann fiel Arkani in den monotonen Gesang ein. Das kleine Feuer brannte wie ein einsamer Stern inmitten einer unendlichen Dunkelheit.

Im zeitigen Morgengrauen brachen sie auf. Sie verzichteten sogar darauf, Tee zu kochen. Das Feuer war erloschen. Touhami scharrte Sand über die Stelle. In wenigen Stunden würde nichts mehr daran erinnern, dass sie hier gewesen waren.

Sie bestiegen ihre Meharis und ritten aus den engen Schluchten des Gebirges hinaus. Mit jedem schaukelnden Schritt ihres Kamels entfernte sich Désirée weiter von dem Ort ihres Schmerzes. Ihr Vater hatte die Wüste geliebt. Er war für immer zu ihr gegangen. Noch wühlte der Schmerz in ihr. Dass dieser Abschied für immer war, war nur schwer zu begreifen.

Désirée versank in einen Dämmerzustand. Der hitzeflirrende Horizont schwankte und verzerrte die Entfernungen. Gleißend hell zerschmolz das Licht zu einem Brei aus Quecksilber. Flimmernde Trugbilder narrten das Auge. Die kühlen Bergschluchten versanken hinter ihnen. Désirée drehte sich nicht um. Man darf nicht zurückschauen.

Sie bekam quälenden Durst. Der Verlust des Wassers machte ihrem Körper zu schaffen. Sie hätte nicht weinen dürfen.

Nicht sie ritt durch die Wüste, sondern die Wüste zog an ihr vorbei. Wie eine überdimensionale Drehscheibe verschob sich fast unmerklich die Landschaft. In ihrer Kargheit und Wildheit war sie aufregend schön. Gleichzeitig verharrte sie in einem ruhigen Geisteszustand, der sich auf Désirée übertrug. Es war eine Trance, die sich ihrer bemächtigt hatte.

Ihre Zunge klebte am Gaumen, und dann drehten sich all ihre Gedanken nur noch um Wasser. Sie dachte an Regen, an einen Fluss, hörte das knarrende Schöpfwerk eines Brunnens. Dann sah sie die *guelta* vor sich, diesen verzauberten See zwischen den Felsen. Eine Fata Morgana narrte sie. Böse Geister, die sie zu verwirren drohten. Sie wollte um Wasser bitten, doch sie brachte keinen Ton heraus. Es schickte sich nicht, um

Wasser zu betteln. Ihr wurde übel, und sie befürchtete, gleich aus dem Sattel zu stürzen.

Da hörte sie Touhami etwas rufen. Gleichzeitig stockten die Kamele. Désirée hielt sich am Sattelknauf fest und riss die brennenden Augen auf. Was war geschehen?

Sie blickte sich um, doch sie sah nichts. Nur Sand, sanft gewellte Dünen und die bizarren dunklen Felsnadeln, die daraus wie drohende Finger in den hellen Himmel ragten. Vielleicht hatten auch ihn die Trugbilder der Hitze genarrt.

»Sie sind weg«, rief Arkani und sprang von seinem Mehari. Auch Touhami war abgestiegen. Beide beugten sich über den Sand.

Was war weg? Die Felsen? Aber sie waren doch noch da. Nur langsam kamen ihre Gedanken wieder in Bewegung. Was war das für ein Ort? Musste sie ihn kennen?

Touhami scharrte im Sand, hob etwas auf, das er Arkani zeigte. Verwundert schaute Désirée vom Kamelrücken herab auf diese Szene, die sie nicht verstand. Gab es hier einen Brunnen?

Arkani trat zu ihr heran und blickte zu ihr auf. Er hatte sich den Schleier hoch vor die Augen geschoben, und sie sah nur das graue Schillern seiner Iris. »Die Männer haben uns verlassen. Schon gestern Morgen.«

»Aber warum?« Désirée begriff noch immer nicht. »Sollten sie nicht auf unsere Rückkehr warten?«

»Sie glaubten nicht an unsere Rückkehr. Niemand kehrt von den Kel Essouf zurück.«

Die Empörung über diesen schändlichen Verrat rüttelte an Désirées Lebensgeistern. »Dann beweisen wir ihnen das Gegenteil. Das wirst du doch nicht dulden, oder?«

Arkani antwortete nicht. Er stand nur da, und der Wind bewegte den dunkelblauen Stoff seines Gewandes. Es war das Bild, das Désirée ihr ganzes Leben nicht vergessen würde. Der König der Wüste! Er war der wahre Herrscher. Stolz, schön, frei – und sie liebte ihn!

»Es sind sieben Tagesritte zurück bis zum Lager. Wir haben weder genügend Nahrung noch Wasser.«

»Der See«, entfuhr es ihr. »Wir können am See Wasser schöpfen.«

Arkani schüttelte sacht den Kopf. »Wir haben zu wenige Wasserbeutel. Und am See gibt es keine Hirse.«

Sie starrte ihn an. »Wie können sie so etwas tun? Wie können sie uns so schändlich im Stich lassen? Was sind das nur für Menschen?«

Er schwieg. Dann wandte er sich um. »Reiten wir weiter.«

Sie rasteten erst, als die Sonne hinter dem gewellten Dünenkamm verschwand. Mit erstarrten Gliedern kippte Désirée aus dem Sattel und blieb einfach im Sand liegen. Ein wühlender Schmerz hatte ihren Körper erfasst, Fieber trübte ihre Sinne. Arkani flößte ihr Wasser ein.

Sie wollte sich wehren. »Wir müssen sparsam sein«, flüsterte sie.

»Trink«, forderte er sie auf. »Morgen erreichen wir die *guelta*. Dann beraten wir, was zu tun ist.«

Seine Worte beruhigten sie wieder. Sie würde bis morgen noch leben. Ja, bis morgen.

Touhami bereitete das Lager, während sich Arkani um die Kamele kümmerte. Als gäbe es nicht diese drohende Katastrophe, verhungern zu müssen, buk er aus Hirsemehl Fladenbrot im heißen Sand. Der Duft des warmen Brotes raubte Désirée fast die Sinne. Es waren drei Fladen, die sie alle drei sättigten. Und es gab Tee, für jeden drei Becher.

Langsam beruhigte sich Désirées aufgewühltes Innenleben. Sie beobachtete die beiden Männer. Nichts verriet, was sie dachten oder fühlten. Ihre Bewegungen waren gemessen, sie verständigten sich nur mit wenigen Worten. Der Tuareg-Fürst und sein Sklave …

Nach dem Tee zog sich Touhami zu den Kamelen zurück und bereitete sein schlichtes Schlaflager. Désirée blieb neben Arkani sitzen.

»Woher stammt Touhami?«, fragte sie ihn.

»Aus dem Süden. Er wurde bei einem der Rezzous gefangen genommen. Da war er fast noch ein Kind.«

»Ihr raubt Kinder?« Sie konnte ihr Entsetzen nicht unterdrücken.

»Seine Mutter wurde gefangen genommen. Sie trug den Jungen bei sich. Niemand hätte ihr etwas angetan.«

»Aber sie wurde versklavt. Was hat sie euch getan?«

»Nichts. Es war ein Rezzou. Daran ist nichts Ehrenrühriges. Wir haben auch viele Kamele erobert. Er war sehr erfolgreich für unseren Stamm.«

Sie senkte den Kopf. Eine Mutter mit ihrem Kind zu rauben, zu verschleppen und zu versklaven, war etwas so Entsetzliches in Désirées Augen, dass sie sich nicht mit dem Gedanken abfinden konnte.

»Seine Mutter lebt bei den Frauen meines Stammes, und sie ist sehr glücklich. Als Touhami älter wurde, nahm ich ihn zu mir.«

»Es ist einfach grausam, einer Mutter das Kind wegzunehmen«, flüsterte sie.

Arkani lachte leise. »Es war ihr Wunsch, dass ich mich um ihn kümmere. Und auch Touhami wollte es so.«

»Wie bitte?«

»Touhami ist mir wie ein Sohn«, sagte Arkani zu Désirées Überraschung.

»Ich dachte, er ist dein Sklave?«

»Ist er auch. Es bedeutet, dass ich die Verantwortung für ihn habe, es zu meiner Pflicht gehört, ihn zu beschützen. Wäre ich nicht gut zu ihm, hätte er das Recht, sich einen neuen Herrn zu suchen.«

Bedeutete es eine Ungerechtigkeit, wo sich die geraubten Sklaven ihre Herren aussuchten? Sie strich sich fahrig über die Stirn.

»Solange ich meinen Vater auf die Ausgrabungen und Expeditionen begleitete, hat er mich immer dazu angehalten, den

Völkern mit Respekt zu begegnen. Aber diese Völker waren alle bereits untergegangen, ihre Kultur, ihre Götter. Und doch...« Sie verspürte plötzlich das dringende Bedürfnis, über ihren Vater zu reden. »Ich habe immer versucht zu verstehen, auch wenn es mir manchmal schwer fiel. Auch die Tuareg versuche ich zu verstehen. Schade, dass Vater es nicht erleben konnte. Er war ein sehr kluger Mann. Er war ein guter Mensch. Du hättest ihn bestimmt gemocht.«

»Man spricht nicht den Namen eines Toten aus. Man soll nicht an die denken, die nicht mehr unter uns sind. Nur im Leben kann man sich Liebe schenken.«

»Nein, das stimmt nicht«, widersprach sie. »Ich liebe ihn, auch wenn er tot ist.«

»Man kann einen Menschen nicht lieben, wenn er tot ist«, widersprach Arkani. »Aber wenn er gute Taten hinterlassen hat, dann wird man noch in Generationen darüber reden.«

Sie schwieg und hing ihren Gedanken nach. »Ja«, sagte sie schließlich. »Er hat gute Taten hinterlassen.«

Das Feuer brannte herunter. Es gab nichts mehr, womit man es noch einmal hätte entfachen können. Noch atmete die Wüste die Hitze des Tages aus.

Arkani wandte sich zu Désirée. Im letzten Schein des sterbenden Feuers sah sie seine Augen. Sie lächelten. »Es gibt ein beliebtes Spiel am abendlichen Feuer. Einer beginnt eine Geschichte zu erzählen. Der Nächste fährt fort. Und so weiter reihum, bis alle ihren Teil dazu erzählt haben.«

»Das ist schön«, erwiderte sie versonnen. »Schade, dass ich die Geschichten nicht verstehe.«

»Dann erzähle selbst eine.«

Sie überlegte einen Augenblick. »Ich kenne keine.«

»Du musst sie nicht kennen. Sie muss gerade in deine Gedanken fliegen.«

»Soll ich anfangen?«, fragte sie

»Éoulla.«

Désirée dachte eine Weile nach. »In einer Stadt lebte einmal ein Mann. Er war reich und mit seinem Leben zufrieden. Er besaß Kamele und Pferde, Schafe und Ziegen und einen Brunnen. Doch wenn er abends vor seinem Haus aus Stein saß und die Sonne hinter dem Horizont versinken sah, erfasste ihn eine Sehnsucht. Er wusste nicht, wonach er sich sehnte, und lange fand er keinen Grund für die abendliche Traurigkeit.«

Arkani hörte schweigend zu und lauschte ihren Worten nach. Der Klang ihrer Stimme war rein und angenehm. Er brachte etwas in ihm zum Schwingen wie die Saite der *imzad*.

»Jetzt erzähl du die Geschichte weiter«, forderte sie ihn auf.

Unvermittelt begann er zu erzählen. »Eines Tages brach der Mann auf. Er nahm selbst seine Esel und Ziegen und Schafe und Kamele und verließ die Stadt und das Haus aus Stein. Er wollte bessere Weidegründe für seine Herden finden. Er wanderte von einem Wadi zum anderen, von einem Brunnen zum anderen. Am Tag beschützte ihn das blaue Firmament des Himmelsgewölbes, bei Nacht schlug er ein Zelt auf. Ein Feuer spendete ihm Wärme und Licht, verscheuchte die Schakale und vertrieb ihm die Einsamkeit.«

Désirée schlug die Beine unter, wie es Arkani tat, und legte ihre Hände auf die Knie. »Und da begriff der Mann, dass er im Grunde seines Herzens ein Nomade war. Nur in der Wanderung fand er den Frieden, den er daheim in seinem Haus aus Stein vermisste. Doch das Leben als Nomade war nicht einfach. Ein Brunnen war ausgetrocknet, und viele seiner Tiere starben. Der Regen kam nicht, und weitere Tiere starben. Er fand ein grünes Wadi und eine reiche Oase. Er aß und trank sich satt, seine Tiere futterten sich fett, und er konnte viele verkaufen. Bald war er wieder so reich wie zu Beginn seiner Wanderschaft.«

»Er hätte wieder in sein Haus aus Stein zurückkehren können und ein bequemes Leben führen«, nahm Arkani den Faden der Geschichte wieder auf. »Aber die Sehnsucht des Nomaden in ihm war stärker als der Wunsch nach einem bequemen Leben. Er nahm den Rest seiner Herde und zog weiter.

Fort aus der grünen Oase, fort aus dem fruchtbaren Wadi. Nicht das Ziel war für ihn wichtig, sondern der Weg dahin. Getrieben von der Unruhe eines ruhelosen Herzens wollte er seine Herde weitertreiben, immer weiter. Doch alle Wadis, die er erreichte, waren trocken, alle Brunnen vom Sand verschüttet. Nun verendeten auch die restlichen Tiere seiner Herde, eines nach dem anderen. Zum Schluss blieb ihm nichts als der Sand in seiner *guerba*.«

»Das ist eine traurige Geschichte«, sagte Désirée.

»Die meisten Geschichten sind traurig«, erwiderte er.

»Dann muss man daraus eine glückliche Geschichte machen. Als er fast schon am Verzweifeln war«, fuhr Désirée fort, »als Hunger und Durst ihm seine Sinne raubten, öffneten sich vor ihm die Dünen, und er erblickte eine wunderschöne Oase. Sie war so grün und voller Leben, wie er es noch nie gesehen hatte. Brunnen und Bäche gaben kristallklares Wasser, die Palmen rauschten im Wind und süße Datteln hingen zwischen ihren Wedeln. Fettes Gras wuchs auf den Weiden. Doch er besaß keine Tiere mehr, die das Wasser hätten trinken und das Gras hätten fressen können. Da wusste er, dass er am Ende seines Weges angekommen war.« Sie ließ sich hinterrücks in den weichen Sand sinken. Er gab die Wärme des Tages ab.

Arkani neigte den Kopf. »Wenn ein Nomade zur Ruhe kommt, dann kommt auch sein Herz zur Ruhe. Der Mann wollte nicht mehr weiterwandern. Er hatte das Paradies gefunden. Sein Herz wollte nicht mehr weiterschlagen. Ein Nomadenherz kann nur schlagen, wenn der Nomade wandert. Der Mann nahm sein Herz mit ins Paradies.«

Er legte sich neben Désirée in den Sand. Sie spürte seinen Körper neben ihrem, und es beruhigte sie. Er deutete zum Himmel. »Siehst du die beiden funkelnden Sterne? Das sind seine Augen, mit denen er auf dich herabschaut. Und darunter, dieses goldene Licht, das ist sein Herz.«

Sie lehnte sich an seine Schulter und weinte.

XXXI

Am nächsten Tag erreichten sie den geheimen See zwischen den Felsen. Désirée war entkräftet und erleichtert zugleich. *Aman iman* – Wasser heißt Leben. Zumindest würden sie nicht verdursten.

Sie richteten das Lager mit den wenigen Dingen, die sie noch besaßen. Drei Decken, das Teegeschirr, etwas Mehl und Zucker, einige getrocknete Datteln. Es würde höchstens für zwei Tage reichen, dann würden sie auch hungern müssen.

Zu dritt begaben sie sich zum Seeufer, Touhami trieb die Kamele. Arkani trat etwas abseits, um zu trinken. Désirée beobachtete erneut, wie er sich zum Wasser beugte, es in die hohle Hand nahm und andachtsvoll trank. Er wiederholte es zweimal, dann zog er sich den *tugulmust* wieder übers Gesicht. Selbst in dieser Einsamkeit, in dieser fast ausweglosen Situation bewahrte er seine Würde und den Anstand.

Désirée vermochte keine derartige Beherrschung aufzubringen. Sie lief bis zu den Knien ins Wasser, riss sich den Schleier vom Kopf und schüttete sich das Wasser über Gesicht und Hals. Dann trank sie von dem köstlichen Nass, bis sie ihren brennenden Durst gestillt hatte.

»Du bekommst Magenschmerzen vom kalten Wasser«, warnte sie Arkani, aber es war schon zu spät. Die Hitze des Fiebers verdampfte mit der Kühle des Wassers.

Sie kehrten zum Lager zurück, als die Kamele getrunken hatten. Touhami führte sie an eine Stelle, an der dürres Gras wuchs, und fesselte ihnen die Vorderbeine. Dann sammelte er Holz von den Büschen und verkrüppelten Tamarisken und entfachte ein Feuer.

Immer wieder warf Désirée Arkani fragende Blicke zu, aber er schien es nicht zu bemerken. Sie wusste nicht, wie sie jemals aus dieser Situation herauskommen würden. So verwunschen dieser See auch war, sie konnten nicht hier bleiben. Aber sie wusste auch nicht, wie sie es ohne Vorräte bis in die Oase zurück schaffen könnten.

Zunächst jedoch begann das allabendliche Ritual mit Fladenbacken und Teekochen. Es nahm eine geraume Zeit in Anspruch, in der Désirée zur Untätigkeit verdammt war. Sie hockte sich neben Touhami. »Darf ich dir helfen?«

Er schaute sie befremdet an. Dann ging sein fragender Blick zu Arkani.

»Er denkt, du bist mit seinen Kochkünsten nicht zufrieden«, sagte Arkani zu Désirée.

Sie hob erschrocken die Hände. »Das wollte ich damit überhaupt nicht sagen. Ich möchte es lernen.«

Beide Männer schüttelten verwundert den Kopf, aber dann zuckte Arkani mit den Schultern. »Wenn es dir Freude macht.«

Touhami knetete den Hirseteig sorgfältig. Dann nahm er etwas vom Teig heraus und begann ihn in der Hand hin und her zu schlagen. Er deutete Désirée an, es ihm gleichzutun. Doch sosehr sie sich bemühte, der Fladen gelang ihr nicht so wie Touhami.

»Tut mir Leid«, murmelte sie schließlich »Ich bin wahrscheinlich zu gar nichts nützlich.« Sie setzte sich wieder neben Arkani, der den Tee zubereitete. »Ich fühle mich manchmal so überflüssig. Wie eben auch. Es macht mich traurig.«

Arkani antwortete nicht. Désirée glaubte, dass sein Schweigen Zustimmung bedeutete, und ihr Herz wurde noch schwerer. Sie spürte eine unerträgliche Last auf ihren Schultern, die sie in den Sand zu drücken drohte. Wäre sie nicht gewesen, hätte sich nicht auf diese irrwitzige Suche nach ihrem Vater begeben, dann würden sie alle nicht in Gefahr sein. Für sich selbst fand sie die Strafe angemessen, aber Arkani und sein Sklave hatten doch nichts damit zu tun! Sie schämte sich.

»Die Frau ist das Herz der Wüste«, begann er plötzlich, als spräche er zu sich selbst. »Ohne Herz kann niemand leben. Deshalb verehren und achten wir die Frauen. Immer spielen

Frauen in unserem Leben eine wichtige Rolle. Die wichtigste ist zunächst immer die Mutter.«

Désirée starrte in eine unbestimmte Ferne. »An meine Mutter habe ich überhaupt keine richtige Erinnerung. Sie hat sich von meinem Vater scheiden lassen. Meine Bezugsperson war immer mein Vater. Von ihm habe ich alles gelernt.«

Er legte einen trockenen Zweig ins Feuer. Schnell fraßen sich die Flammen hinein. Es knackte, und kleine Funken stoben wie Sterne auf.

»Meiner Mutter verdanke ich fast alles, was ich weiß. Sie lehrte mich als Kind ein Zelt auf- und abzubauen, mit Wasser sorgsam umzugehen, die Schrift des *tifinagh*.«

»Ihr habt tatsächlich eine Schrift?«, staunte Désirée. »Aber ich habe überhaupt noch kein Buch gesehen, weder im Zelt deiner Mutter noch sonst wo.«

»Wir haben keine Bücher«, erwiderte Arkani. »Wir schreiben die Zeichen in den Sand.« Er glättete den Sand vor sich mit der Hand und ritzte dann mit dem Finger seltsame Zeichen in zwei senkrechten Reihen.

»Dann habt ihr auch keine Geschichte, keine Geschichtsbücher, in denen nachfolgende Generationen etwas über euer Leben nachlesen können«, stellte Désirée enttäuscht fest.

»Wir haben unsere Geschichte in den Sand geschrieben, und der Wind hat sie mitgenommen. Die Geschichte lebt im Volk weiter, wird von Generation zu Generation erzählt. Die Mütter geben sie an die Kinder weiter und diese wieder an ihre Kinder. Meine Mutter lehrte mich die Schrift. Sie lehrte mich die Lieder, die von Freude oder Sehnsucht künden. Sie lehrte mich die Sitten und Gebräuche, die Kraft und die Ruhe in mir selbst zu entdecken. Sie lehrte mich das *tekerakit*, das Schamgefühl mit den moralischen Wertvorstellungen. Sie lehrte mich die Ideale unseres Volkes und unseres Standes wie Mut und Ausdauer, Gleichmut und Bescheidenheit, Großzügigkeit und Redegewandtheit, Schönheit und Eleganz, Intelligenz und Wissen, Höflichkeit und Gastfreundschaft. Aber auch Hunger und Durst zu ertragen, ohne zu klagen. Es ist unsere Würde, die über all dem steht.«

Nachdenklich senkte sie den Kopf. Ihr war jämmerlich zumute. Aber sich darüber zu beklagen, wäre eine Schande, zumindest in den Augen von Arkani.

»Sie zeigte mir auch die Sterne, sie erzählte mir Märchen und Legenden. Die Mutter ist immer das Herz und die Seele. Ihr gehört das Zelt, sie holt das Wasser vom Brunnen. Sie versorgt die Tiere und stampft die Hirse, sie erzieht die Kinder, spielt die *imzad* oder die *tindi*-Trommel, sie tanzt und verbreitet Fröhlichkeit, sie steht im Mittelpunkt der Verehrung. Meine Schwester lehrte sie die Nutzung von Heilpflanzen, das Mysterium des weiblichen Körpers und das Wunder der Geburt. Uns beiden schenkte sie den unbändigen Drang nach Freiheit.«

Er reichte Désirée den ersten Becher Tee. Er schmeckte bitter. Jeder erste Becher Tee schmeckte bitter wie die Wahrheit. Ja, die Wahrheit war bitter, und Désirée musste es eingestehen. Aber es war zu spät. Sie hatte die Menschen, die sie mochte, die sie liebte, in höchste Gefahr gebracht. Und nichts ließ es ungeschehen werden.

»Was ist das für ein Lied, das du gesungen hast?«

Arkani wiegte den Kopf. »Man kann es schwer übersetzen. Keine andere Sprache gibt die Harmonie der Worte des Tamasheq wieder. Etwa so: Mein Mund spricht die Wahrheit, meine Lippen lügen nicht. Ich habe den Mond gesehen, der am Himmel wandert. Er hat langes goldenes Haar und wird begleitet von der Großen Kamelstute. Wenn der Tag kommt, geht der Mond schlafen. Und ich bin traurig.«

Er trank, ohne seinen Schleier zu heben. Auch Touhami trank so. Niemals würde er sein entblößtes Gesicht einer fremden Frau zeigen. Es wäre genauso schlimm, als würde er die Hosen herunterlassen. Désirée ahnte, dass Touhami ebenfalls hübsch war. Seine Haut war dunkler als die von Arkani, und seine Augenfarbe ähnelte der von reifen Haselnüssen.

Arkani füllte ihren Becher wieder mit Tee. Man sagte, der zweite Becher Tee sei stark wie die Liebe. Langsam kehrte Kraft in ihre müden Glieder zurück. Verstohlen beobachtete sie ihn. Scheinbar gleichgültig und als hätte er alle Zeit der Welt, bewegte er sich. Kein Zeichen deutete darauf hin, dass er besorgt, unruhig oder gar erregt war. Wie konnte ihn eine derartige Situation kalt lassen?

Sie spürte die Einsamkeit und die Leere unmittelbar. Drei winzige menschliche Wesen allein in der Wüste. Wie zerbrechlich war dieses Leben.

Ob die Liebe wirklich stark machte? Ob Arkani sie liebte? Sie hatte sich oft diese Frage gestellt, aber nie eine Antwort erhalten. Der Stolz dieser Männer ließ es gar nicht zu, ihre Liebe einzugestehen. Doch jetzt, im Angesicht des drohenden Todes, wollte sie es wissen.

»Was ist Liebe?«, fragte sie ihn. »Wie empfindest du sie?«

Er setzte sich mit untergeschlagenen Beinen hin und legte locker seine Handgelenke auf die Knie. Sein Blick verlor sich im Feuer.

»Liebe ist etwas, das man tief in seinem Herzen verbirgt. Nur dann hat sie Bestand. Zeigt sie sich, so wird sie zum Gift. Liebe lebt nur in der Stille.«

Ein Lächeln legte sich auf ihre Lippen. »Wie aber erfährt die Angebetete, dass sie geliebt wird?«

»Sie muss es nicht erfahren, weil sie es spürt. Wer die Liebe einer Frau erringen will, der muss ihr folgen, sich zu ihr setzen, ihr zuhören, ihren Liedern, ihren Tänzen, ihren Geschichten. So ehrt er sie.«

»Das ist ziemlich schwierig und kompliziert. »

Er lachte leise. »Ist es nicht. Es gibt viele Möglichkeiten. Beim *ahâl* kommen sie sich näher. Dort kann der Mann um seine Angebetete werben. Aber ihr obliegt die Entscheidung, ob sie sein Werben annimmt.«

»Ich habe dieses *ahâl*-Fest gesehen, damals in der Oase. Ich habe es nicht richtig verstanden.«

»Wie solltest du es auch verstehen können, ohne uns zu verstehen.«

»Vielleicht verstehe ich es jetzt«, erwiderte sie. »Wie geht es weiter?«

»Wenn eine Frau das Werben eines Mannes angenommen hat, dann zeigt sie ihm ihr Einverständnis. Oft werden Schmiede als Hochzeitsvermittler bestellt. Dafür werden sie bezahlt. Er verhandelt mit den Brauteltern den Preis.«

»Einen Preis?«

»Ja, der Mann muss an die Brauteltern einen Preis zahlen. Meist sind es Kleidung, Sandalen, Tücher, Duftwasser, verpackt in eine große Ledertasche.«

Sie lachte auf. »Ich würde das eher als Bestechung bezeichnen.«

»Hat er den Brautpreis gezahlt, beginnen die Vorbereitungen zur Hochzeit. Ältere Frauen bauen die Hochzeitshütte, in der das Paar dann die sieben Nächte der Hochzeitsfeierlichkeiten verbringt. Zunächst wird das Bett aufgestellt, dann werden am Kopfende des Bettes die Tragegabeln in den Sand gesteckt, an denen der Besitz aufgehängt wird. Die Hütte, das Bett, der Hausrat gehören der Frau. Die alten Frauen singen dabei.

Am ersten Tag wird der Mann von seinen Freunden zur Hennazeremonie begleitet. Seine Füße und Hände werden mit Hennapaste bestrichen. Zuvor wurden mit der gleichen Paste Füße und Hände der Braut eingestrichen. Damit gilt die Ehe als geschlossen.«

»Sie sehen sich dabei gar nicht?«, rief Désirée erstaunt. »Es gibt keine gemeinsame Eheschließungszeremonie?«

Arkani schüttelte den Kopf. »Die Braut darf während der sieben Tage der Hochzeitsfeierlichkeiten weder ihr Gesicht noch ihren Körper zeigen. Das ist aber auch die einzige Zeit, in der sie ihr Gesicht verschleiert. Auch der Bräutigam verbirgt sich bis auf einen winzigen Augenschlitz hinter einem mächtigen Turban. Die Gäste dürfen dafür fröhlich feiern. Oft finden dem Brautpaar zu Ehren Kamelrennen statt.«

»Und wie … wie …?« Sie stockte. Sollte man so etwas überhaupt fragen?

Er beantwortete europäische Neugier mit afrikanischem Gleichmut. »Das Paar trifft sich jede Nacht in der Hütte bis zum Morgengrauen. Dann müssen sie sich wieder verschleiern. In der ersten Nacht verhält sich der Mann seiner Frau gegenüber wie eine Mutter, in der zweiten Nacht wie eine Schwester und erst in der dritten Nacht wie ein Mann.«

Sie senkte lächelnd den Blick. »Du warst schon in der ersten Nacht wie ein Mann.« Doch dann verdüsterte sich ihre Stirn. »Wir haben auch nicht geheiratet.«

Arkani begann zu singen: »Mein Bräutigam,
achte die Worte deiner Schwiegermutter
und respektiere, was sie dir sagt.
Behandle mich gut, gib mir Schutz.
Lass mich nicht lange allein.
Schlage das Lager in der Nähe eines Brunnens auf,
gib reichlich Hirse dazu.«

Sie glaubte Arkani inzwischen zu kennen. Aber da hatte sie sich geirrt. Es verbargen sich offensichtlich noch viele Geheimnisse hinter dem blauen Schleier. Als er ihr den dritten Becher Tee reichte, gewahrte sie ein Lächeln in seinen Augen.

»Der dritte Becher Tee ist süß wie der Tod«, sagte er.

Es versetzte ihr einen Stich in den Magen. Der Tod war näher, als ihnen lieb sein konnte. Und er konnte nicht süß sein. Verdursten war ein grässlicher Tod mit langen Qualen. Und Verhungern war auch nicht besser. Nein, über den Tod würde sie ihn nichts fragen.

Arkani erhob sich und ergriff Désirées Hand. Er führte sie in die Dunkelheit hinein. Touhami wandte diskret den Kopf ab, während er am Feuer saß und mit seinem Messer schlanke Äste der Tamariske bearbeitete. Liebe lebte nur in der Stille. Die Nacht hüllte die Liebenden in ihre schwarze Gandura.

Am Ufer des Sees blieb Arkani stehen. Dann begann er

Désirées *alechu* abzustreifen. Sie hielt still, atemlos und mit klopfendem Herzen. Sie hätte ihm gern gesagt, dass sie ihn liebte. Aber sie kannte das Wort nicht in seiner Sprache. Der weiße Schleier fiel zu Boden und bildete einen hellen Fleck im Sand. Sacht schob er ihr Übergewand nach oben, während er sich vor sie kniete. Sie spürte seinen warmen Atem an ihrem Bauch. Sie legte sanft ihre Hände auf seine Schultern, leicht wie ein Vogel. Er verharrte einen Augenblick, dann legte er würdevoll und gelassen seinen Schleier ab. Als er sich seiner gesamten Kleidung entledigt hatte, ergriff er wieder Désirées Hand und führte sie zum Wasser.

Das Wasser war eisig. Es raubte ihr den Atem und schnürte ihr Herz zusammen. Am liebsten wäre sie umgekehrt und ans sichere Land geflüchtet. Dieses Wasser, das sie so vermisst hatte, ängstigte sie plötzlich. Sie packte Arkanis Hand fester, um sich Mut zu machen. Als griffen fremde, kalte Hände nach ihr, stieg die eisige Umklammerung an ihren Beinen empor, umfasste ihre Waden, stach in ihre Kniekehlen, schnürte sich um die Oberschenkel. Es war wie eine Vorahnung des Todes.

»Ich möchte sterben«, flüsterte sie.

»Es wäre nicht gut«, erwiderte Arkani. »Dann könnte ich nicht mehr die Süße deines Namens kosten, wenn er mir über die Lippen gleitet.«

Mit einem leisen Aufschrei ließ sie sich in das kalte Wasser sinken. Sie spürte, wie sich alle Adern in ihr zusammenzogen. Gleichzeitig nahm eine wunderbare Leichtigkeit von ihr Besitz und hob die irdische Schwerkraft auf. Sie schwebte.

Je länger sie sich im Wasser befand, desto angenehmer empfand sie es nun.

»Das Wasser, der See, dieses ganze Fleckchen Erde ist verzaubert«, hörte sie ihn sagen. Seine Nähe war tröstlich.

Sie schlang die Arme um seine Schultern, und er hob sie auf seine Hüften. Ihre Gesichter waren sich so nah, in seinen Augen spiegelten sich die Sterne wider. Sie berührte seine Lippen mit den ihrigen.

»Je t'aime, Arkani, je t'aime«, wisperte sie fast unhörbar.

Er hatte es sehr wohl verstanden. Er antwortete nicht, aber er erwiderte ihren Kuss. Und dann liebte er sie, wie es in der dritten Nacht geschehen musste.

Der anbrechende Morgen schickte belebende rosa Töne durch die kühle, glasklare Luft. Die magische Stunde der Geburt eines neuen Tages war angebrochen. Désirée nahm schweigend die Verzauberung dieses Augenblicks in sich auf. Tiefer Friede war in ihr, und ihre Seele ergab sich dem treibenden Sand. Die Wüste hatte sie geläutert. Wahrscheinlich konnte kein Mensch in der Wüste leben, ohne von ihrer irdischen Schönheit berührt zu sein. Dieser Zauber brannte eine immer während Sehnsucht in ihr Herz ein. Es gab kein Gestern und kein Morgen. Es gab immer nur das Jetzt. Der Wind verwischte die Spuren der Vergangenheit.

Arkani beugte sich über sie. Er hielt einen der als Speere geschnitzten Stöcke in der Hand. »Wir werden jetzt auf Jagd gehen«, sagte er. »Du wirst einige Zeit allein bleiben. Halte das Feuer am Leben.«

Er fragte sie nicht, ob sie sich fürchten würde. Sie wusste, dass sie Angst haben würde. Aber sie wusste auch, dass sie es ihm nicht zeigen durfte. So nickte sie nur stumm und blickte ihm hinterher, wie er gemeinsam mit Touhami zwischen den Felsen verschwand.

Die Einsamkeit erfasste sie mit ihren eisernen Klauen. Wie Touhami in den Geisterbergen hockte sie sich zwischen die Kamele. Ihre warmen Körper gaben ihr Schutz und Sicherheit. Sie legte ihre Wange an das helle, weiche Fell und beobachtete den Lauf der Sonne. In der Sprache der blauen Ritter gab es so viele Wörter für die Tageszeiten. Sie unterschieden keine Jahre, nur die Jahreszeiten, sie kannten keine Stunden, aber die Zeiten des Tages. An den langen Abenden am Feuer hatte Arkani es ihr beigebracht, und sie hatte sich sehr gelehrig gezeigt.

Vor Sonnenaufgang waren sie gegangen. *Dinidj alwaq*. Es war der Augenblick, in dem die Wüste den Atem anhielt.

Dann brach die Sonne aus ihrer unterirdischen Welt hervor. *Aghora.*

Die Kühle des Morgens legte sich über sie, die Dünen warfen lange Schatten. *Adgalshet.* Langsam wanderte die Sonne bis zum Zenit. Sie tankte Kraft, die sie auf die Erde schleuderte und die die Wüste erglühen ließ. *Tarahout.* Der Abstieg auf der Sonnenbahn begann nur allmählich. Noch einmal glühte das himmlische Feuer. Apathisch lag Désirée im Schatten einer zwischen zwei Kamelsatteln aufgespannten Decke. *Tezzar.* Dann begann die Sonne sich zu neigen, und die Schatten wurden wieder länger. *Takast.* Nur einmal hatte Désirée sich erhoben, war zum See gelaufen, um zu trinken und sich zu erfrischen. Jetzt sah sie niemand, der hätte bemerken können, dass sie ihre Beherrschung verlor. »Arkani, komm bitte wieder«, wimmerte sie und schlug mit der flachen Hand aufs Wasser, dass es in ihr Gesicht spritzte. Die Tropfen lagen auf ihren Wangen wie Tränen.

Almaz. Die Dämmerung brach herein, die Geburt der Nacht kündigte sich an. Die Angst griff nach ihr mit eisernen Klauen. Sie rollte sich zusammen und machte sich ganz klein. Sie erwartete die Geister und Dschinnen, die sie mit in ihr Reich entführen würden. Lautlos bewegten sich ihre Lippen. »Vater unser, der du bist im Himmel ...«

»Désirée!« Es war Arkanis Stimme, die sie aus der Erstarrung erlöste. Sie sprang auf. »Warum hast du noch kein Feuer entfacht?«

Sie starrte auf die Jagdbeute, die Arkani lachend in den Sand warf. Es waren zwei Eidechsen, ein seltsames Tier, das wie ein Zwischending aus Ratte und Kaninchen aussah, und zwei Vögel. Sie hatten sie mit den hölzernen Speeren erlegt, die Touhami am Abend zuvor am Feuer geschnitzt hatte, während Arkani und Désirée zum See gegangen waren. Es reichte niemals für drei Menschen sechs Tage lang. Touhami legte einige knollenähnliche Wurzeln dazu.

»Ich wusste nicht, wann ihr von der Jagd zurückkehrt«,

sagte sie beklommen, dann zwang sie sich zu einem Lächeln. »Bei uns spricht man einen Glückwunsch zur erfolgreichen Jagd aus«, fügte sie hinzu.

»Das tut man bei uns auch«, erwiderte er. Er schien bei guter Laune zu sein. Touhami entfachte das Feuer. Er tat, als bemerke er die Erleichterung auf Désirées Gesicht nicht, ebenso wie Arkani.

Die Anspannung in Désirée machte tatsächlich einer seltsamen Geschäftigkeit Platz. Ihr war vollkommen klar, dass die Anstrengungen der beiden Männer umsonst waren. Den ganzen heißen Tag waren sie unterwegs gewesen, um mit dieser kargen Beute zurückzukommen. Und es standen noch sechs Reisetage vor ihnen.

Sie verdrängte einfach den Gedanken daran. Der Tod liegt näher als das Lid dem Auge …

»Schau!« Sie zeigte auf einen kleinen schwarzen Vogel, der auf einer der Felsnadeln saß. Er war hübsch mit seinem weißen Kopfschmuck und seinen weißen Flügelspitzen. »Er hat mich heute schon einmal besucht.«

»Wie oft?«, wollte Arkani wissen.

»Ist das von Bedeutung? Ich weiß es nicht, ich glaube, zwei Mal.«

»Dann wäre es jetzt das dritte Mal«, murmelte er. Er sprach so leise in seinen *tugulmust* hinein, dass Désirée ihn nicht richtig verstand.

»Wie heißt er?«, fragte sie.

»Mula-Mula«, erwiderte er.

Touhami, der mit der Zubereitung des Fleisches beschäftigt war, hob den Kopf. »Mula-Mula?«

»Éoulla, Touhami, Mula-Mula.« Désirée war stolz, sich auch mit Touhami verständigen zu können, und sie zeigte auf den Vogel auf dem Felsen.

Arkani sagte etwas zu ihm, und Touhami senkte schnell wieder den Kopf. Es sah aus, als arbeitete er verbissen weiter.

»Was hat er?«, wunderte sich Désirée. »Habe ich etwas Falsches gesagt?«

»Nein, es hat alles seine Richtigkeit.« Er verschwieg ihr, dass das dreimalige Erscheinen des Vogels Unglück bedeutete. Er wollte sie nicht noch mehr ängstigen. Und er fragte sich, welches Unglück noch größer sein konnte als der Tod von Désirées Vater.

Das gebratene Fleisch wurde in Stücke geschnitten und in die Vorratstaschen gepackt. Wahrscheinlich würde es sich schon nach wenigen Tagen nicht vom Leder der Taschen unterscheiden. Aber es war gleichgültig, wenn sie es nur bis zum Lager schaffen würden. Sechs Tage!

XXXII

Im zeitigen Morgengrauen ritten sie los. Der Abschied von der kleinen *guelta* fiel Désirée nicht leicht. Hier hatten sie und Arkani sich geliebt, zwei Mal.

Der See war verwunschen. Es war ein Zauber, der sie miteinander verband. Der Zauber ihrer Liebe, einer Liebe, die nicht sein durfte. Ob diese Liebe so stark war bis in den Tod hinein?

Warum kam das Wort Tod immer wieder in ihren Gedanken vor? Weil er ihnen bevorstand. Sie konnte an gar nichts anderes mehr denken. Sie begaben sich auf einen Todesmarsch.

Noch besaßen sie genügend Kräfte, einen ausreichenden Wasservorrat. Sie hatten sich an Hirsebrot satt gegessen und drei Brote befanden sich in ihrem Vorratssack. Doch wie lange würden sie reichen?

Am Abend bemerkte sie, dass Arkani ihr ein größeres Stück Brot reichte.

»Das ist zu viel«, sagte sie.

»Iss es«, forderte er sie auf. »Du bist den Hunger nicht gewöhnt. Wir schon.«

Sie aß das Brot und schämte sich danach.

Die Nacht war angefüllt mit Stille, mit Unendlichkeit. Sie lagen nebeneinander und betrachteten die Sterne.

»Hast du sie dir gemerkt?«, wollte er wissen.

Désirée streckte den Zeigefinger vor, als wolle sie die Worte an das Himmelszelt schreiben. Sie fuhr die Linien des Großen Wagens nach. »Die Große Kamelstute«, sagte sie. »*Talamat*.« Ihr Finger wanderte ein Stück weiter. »Und das da ist ihr Fohlen, *Aura*.«

Arkani nahm ihre Hand und führte sie am Firmament entlang. »Die sieben Töchter der Nacht, *Shat-ahad*.« Es waren die Plejaden, das Siebengestirn. Sie spielten hier offensichtlich eine ebenso große Rolle wie bereits im alten Ägypten. Die Sterne waren für alle Menschen gleich. Sie wies auf den Orion.

»*Amanar*, der Führer«, sagte Arkani. »Er wird uns leiten, wenn wir nachts reisen.«

»Wir werden nachts reisen?«, fragte sie erstaunt und hob den Kopf.

»Ja, wenn der Wasservorrat zur Neige geht.«

Sie schwieg. Da war er wieder, der Tod. Er lauerte ganz in der Nähe, im Schutze der Dunkelheit, aber auch in der Gluthitze des Tages. Er war allgegenwärtig.

Unter dem Atem des Windes veränderten sich die Dünen. Sie bewegten sich, langsam und stetig, als wären es lebendige Wesen. In sanften Bögen, mit scharfen Graten, geriffelt wie das Muster von gelbem Samt waren sie schön und schrecklich zugleich. Unaufhaltsam schoben sie sich vorwärts, gehorchten nur den Gesetzen des Windes. Sie erstickten alles, was sich ihnen in den Weg stellte, und gaben es nach langer Zeit wieder frei, vertrocknet, bleich, tot. Dieses Meer aus Sand beeindruckte das Auge mit seiner tödlichen Schönheit. Wenn man in der Wüste unterwegs war, sah man häufig die ausgeblichenen Knochen von Tieren. Man konnte sich nur schwer vorstellen, dass es einmal lebende Wesen gewesen waren. Fleisch war vergänglich.

Das rhythmische Schwanken ihres Kamels verursachte Désirée Übelkeit. Sie fühlte sich schrecklich. In ihrem Kopf dröhnte und hämmerte es. Wenn sie die Augen schloss, sah sie helle Blitze hinter ihren Lidern. Ihr Körper begann langsam auszutrocknen. Das Wasser verließ nicht mehr auf natürlichem Weg ihren Körper. Ihr Blut wurde dick wie Sirup. Fieber ergriff sie.

In der brütenden Hitze über den Dünen zog sich die Welt zusammen. Die unbarmherzige Sonne nagelte ihre Schatten in den Sand.

Es war ein Land der Illusionen, der Spiegelungen, Visionen und Phantome. Jeder, der dies hautnah erlebte, fühlte sich an den Anbeginn der Welt zurückversetzt. Eine Blüte, die nur einen einzigen Tag in dieser lebensfeindlichen Welt sich öffnete, rechtfertigte, dass man ein ganzes Leben nur für diesen Augenblick gelebt hatte.

Am Abend zuvor hatte wieder die abnehmende Sichel des roten Mondes über den Dünen gestanden. Sie hatte ihn bewundert und die Kühle der Nacht herbeigesehnt. Die Flucht in die Illusion betäubte den Hunger. Tief und traumlos hatte sie danach geschlafen.

Nun tanzten kleine Sandwirbel vor ihnen über die Dünen. Die Sonne wurde von dünnen Wolkenfetzen verschleiert. Träge verfolgten Désirées Augen den Tanz dieser kleinen Luftteufel. Plötzlich waren sie da, drehten sich wie Derwische und rissen den losen Sand von der Oberfläche der Düne mit. Und plötzlich fielen sie in sich zusammen, verschwanden im Nichts, um an anderer Stelle wieder zum Leben zu erwachen.

Wind kam auf und blies ihnen den Sand in die Augen. Der Himmel verdunkelte sich. Dunkle Wolkenberge schoben sich drohend ineinander, und ohne Vorwarnung begann es zu regnen. Dicke Tropfen platschten herab und beunruhigten die Meharis mehr als der Sandsturm. Désirée erwachte aus ihrer Lethargie.

Arkani hob die Hand zum Halt, und sie saßen ab. Sie

mussten die unruhigen Tiere festhalten, während der Himmel seine Schleusen öffnete. Regen und Sand fielen schwer herab. Die Oberfläche der Düne überzog sich mit Blatternarben, die die Tropfen hinterließen. Die Luft wurde gelb und trüb, die Konturen zerflossen im Regen. Der Wind jaulte unheilvoll, schlammiges Wasser rann aus dem Fell der Meharis. Désirée hob das Gesicht zum Himmel und ließ die Tropfen wie eine Köstlichkeit auf die Haut fallen. Es schmerzte beim Aufprall, aber es war nass, nass, nass!

Sowohl Arkani als auch sein Sklave suchten Schutz unter den Kamelsätteln. Warum wussten sie dieses Geschenk des Himmels nicht zu schätzen? Am liebsten hätte Désirée sich die Kleider vom Leib gerissen und sich diesem paradiesischen Gefühl hingegeben. Regen in der Wüste! Es blitzte und donnerte, der Donner krachte wie ein Kanonenschlag und ließ die Erde erbeben. Die Männer warfen sich auf die schreienden Kamele und hinderten sie an einer panischen Flucht. Désirée sah, wie sich der Sand unter ihren Füßen veränderte. Erst zähflüssig wie Quecksilber, dann immer schneller bahnte sich ein Rinnsal seinen Weg, wurde breiter, tiefer, stärker. Und dann war das Wasser da. Ein Fluss entstand binnen weniger Minuten und zwängte sich zwischen den Dünen hindurch. Er riss Sand und kleine Steine mit sich, die Seiten des Flussbettes gaben nach und stürzten in das Bett.

Désirée verlor den Halt unter den Füßen und stürzte. Arkani packte sie an ihrer Kleidung und zog sie heraus. Gelblicher Schlamm rann an ihren Beinen entlang. Sie kämpften verbissen und stumm gegen die Naturgewalten. Nur das Schreien der Kamele vermischte sich mit dem Heulen des Windes und dem grollenden Donner. Und dann war der Spuk so plötzlich vorbei, wie er begonnen hatte. Der Wind zerriss den Wolkenschleier, die Sonne drängte sich hindurch und verdampfte das Wasser. Das Grollen verzog sich in die Ferne

Sichtlich benommen rappelte Désirée sich auf. »Was war das?«, fragte sie atemlos.

»Ein Gewitter«, erwiderte Arkani. »Es ist genauso extrem wie die Wüste selbst.«

Sie schaute zum Fluss, der sich noch immer mit schlammig gelben Fluten durch die Dünen wälzte.

»In einigen Stunden wird er verschwunden sein«, prophezeite Arkani. »Unsere Frauen erzählen den Kindern, dass so ein Fluss die Babys bringt. Und wenn das Kind nicht folgsam ist, dann nimmt er es auch wieder mit.«

»Deshalb die Scheu vor dem Wasser.« Désirée musste lächeln. Arkani hatte keine Angst vor dem Wasser. Der Druck in ihrem Bauch verstärkte sich. Sie sehnte sich die Nacht mit Arkani wieder herbei.

Touhami begann bereits wieder die Meharis zu satteln und erinnerte Désirée daran, dass sie um das Überleben kämpften. Wasser war knapp, Lebensmittel waren noch knapper. Sie durften keine Zeit vergeuden.

Irgendwann bemerkte Désirée, dass sie die Richtung änderten. Arkani wich von der eingeschlagenen Route ab. Die Sonne schien jetzt in ihrem Rücken, sie hatten sich nach Norden gewandt. Geduldig setzten die Meharis ein Bein vor das andere, mit stumpfsinnighochmütigen Gesichtern. Und doch waren es diese seltsamen Tiere, die ihnen das Überleben sichern konnten. Tagelang gingen sie so, ohne zu trinken. Abends kauten sie genügsam an dem gelben Gras, das hier und da wuchs, oder an den ledernen Tamariskenblättern. Wenn ihr Höcker schlaff wurde, dann verbrauchten sie ihre Fett- und Wasserreserven. Der Mensch besaß diese Überlebensstrategie nicht. Er war so schrecklich verletzlich.

Abends gab es das Fleisch der Eidechsen. Bei Désirée erregte es Ekel. Das Bein, die handähnlichen Zehen sahen aus wie die eines Kindes. Unter Aufbietung aller Willensstärke aß sie das Fleisch. Es war hart und trocken, sehnig und schmeckte eigenartig süßlich. Eine Stunde später erbrach sie es wieder. Auf allen vieren kroch sie hinter ihr liegendes Mehari und bat darum, sterben zu dürfen. Arkani gab ihr Wasser zu trinken, anschließend starken Tee. Mit glasigen Augen rollte sie sich auf ihre Decke und erwartete die Geister der Nacht.

Im Traum erschien ihr der Vater. Er saß gebeugt in einer Grube über den Resten alter Mauern. Interessiert betrachtete er eine Tonscherbe. Dann hob er den Kopf und lächelte Désirée zu. »Ich habe es gefunden, das Paradies. Jetzt bin ich am Ende meines Weges angelangt.«

Nein, wollte sie schreien, aber als sie zu ihm lief, wurde die Grube tiefer und tiefer, ein Steingewölbe umhüllte sie, und sie befand sich im Inneren einer Pyramide wieder. In der Mitte des kleinen Raumes stand ein Steinsarkophag. Sein Deckel war geöffnet. Und als sie sich darüberbeugte, sah sie darin ihren Vater liegen. Er trug eine goldene Maske auf dem Gesicht, und seine Augen bestanden aus zwei Sternen.

Mit einem Schrei erwachte sie. Arkani und Touhami waren sofort auf den Beinen. Arkani hielt sein Schwert in der Hand. Erschrocken starrte Désirée auf die Waffe und presste ihre Hand auf ihr wild klopfendes Herz.

»Es ... es ist nichts. Ich hatte nur einen schlechten Traum.«

Schweigend steckte Arkani das Schwert wieder in die Scheide. Dann holte er den Wasserschlauch aus Ziegenleder und hielt ihn ihr hin.

»Trink etwas, dann geht es dir besser.«

Der Schlauch war ganz schlaff. »Es ist kaum noch Wasser da.« Sie spürte das Entsetzen in sich aufsteigen.

»Trink, und mach dir keine Gedanken um das Wasser«, erwiderte er.

»Nein, bitte«, wehrte sie schwach ab, gleichzeitig griffen ihre Hände nach der *guerba.* Sie trank in gierigen Schlucken, und gleich darauf schämte sie sich wieder dafür. Verzweifelt ballte sie die Fäuste zusammen, und ihr Körper wurde vom Schluchzen geschüttelt.

»Vergeude das Wasser nicht auf diese Weise«, gebot Arkani. »Versuche zu schlafen. Ich bete, dass die Dschinnen der Nacht dich nicht wieder heimsuchen.«

Im Halbschlaf hörte sie die Amulette klirren. Herr und Sklave saßen dicht beieinander und murmelten Gebete. Und Désirée fühlte sich elend.

Es war eine winzige Hütte aus Stein mit einem durchlöcherten Dach aus Ästen. Eine flache Steinmauer umgab einen freien Platz vor der Hütte. Die Mauer war zu flach, als dass sie Mensch, Tier oder den Sand hätte zurückhalten können, und schien keinen Sinn zu haben. Und die Hütte war zu klein, als dass jemand darin hätte wohnen können. Verwundert schaute Désirée auf, als ihre kleine Karawane darauf zusteuerte. Sie ließen ihre Meharis in einiger Entfernung niederknien. Die Männer stiegen ab und begaben sich zu dieser Hütte. Mit gemessenen Schritten betraten sie den Vorplatz, knieten sich nieder und beteten auf die islamische Art. Sie berührten den Boden mit der Stirn und murmelten halblaut die Gebete, die der Koran vorschrieb.

Dieses Gebet machte Désirée betroffen. Bislang hatte sie den Eindruck gewonnen, dass es die Tuareg mit ihren religiösen Pflichten nicht so genau nahmen. Manchmal beteten sie während des Rittes auf ihrem Mehari, benutzten dazu die Perlen der Gebetskette oder vertrauten einfach auf ihre Amulette, die sie reichlich am Körper und oft auch am Turban trugen. Offensichtlich befürchteten sie eher die Rache der Geister als den Zorn Allahs. Doch die Inbrunst, mit der beide Männer nun ihre Gebete verrichteten, ließ wieder ein Gefühl der Angst in ihr aufsteigen. Wahrscheinlich wusste Arkani jetzt auch nicht weiter und vertraute sich Allahs Hilfe an. Warum sonst waren sie von ihrer Route abgewichen? Ihre Situation schien aussichtslos. Sie sollte die beiden auch mit einem Gebet unterstützen.

Sie kletterte von ihrem Mehari und sank daneben auf die Knie. In einem Anfall von naiver Frömmigkeit faltete sie die Hände und senkte den Kopf. »Bitte, Gott, mach, dass wir den Weg zurückfinden. Schenke Arkani Erleuchtung und Wasser. Wenn du ein gütiger Gott bist, dann kannst du drei Menschen ...«, sie hob kurz den Blick, » ...und drei unschuldige

Kamele doch nicht mitten in der Wüste verdursten lassen. Ich weiß, ich bin keine gute Christin, und mit dem Beten nehme ich es auch nicht so genau. Aber ich glaube an eine göttliche Gerechtigkeit. Du, der du allwissend bist, wirst das sicher verstehen. Vater unser, der du bist im Himmel ...«

Sie spürte eine Hand auf ihrer Schulter und schaute auf. Arkani stand vor ihr.

»Erhebe dich«, sprach er. »Ich weiß, dass die Angst dich quält. Und ich bin froh, dass du mir vertraust.«

Er deutete auf einen kleinen Steinhügel. »Das ist ein Brunnen.«

Mit großen Augen starrte sie auf das unscheinbare Loch in der Mitte. Der Brunnen wirkte zerbrechlich, winzig mitten in der unendlichen Weite. Touhami legte eine Astgabel über den Brunnen und ein Seil, an dessen Ende er einen eimerartigen Ledersack band. Sie wusste nicht, woher er ihn hatte. Auch an das Seil konnte sie sich nicht erinnern. Vielleicht hatte es schon immer neben dem Brunnen gelegen für jeden durstigen Nomaden, der mit seiner Herde hier vorbeikam.

Insgeheim atmete sie auf. Irgendwie glaubte sie nicht, dass Gott, Allah oder sonst wer Arkani erleuchtet hatte. Arkani hatte gewusst, dass es hier einen Brunnen gab. Durch den Umweg hatte er allen das Leben gerettet.

Ein warmes Gefühl für ihn stieg in ihr auf, und am liebsten hätte sie ihn umarmt oder geküsst. Aber sie waren nicht allein. Auch im Beisein seines Sklaven würde er nicht sein Gesicht verlieren wollen. Sie nahm sich vor, es nachzuholen, wenn sie allein waren.

Unermüdlich schöpfte Touhami Wasser aus dem Brunnen. Er musste ziemlich tief sein, denn das Seil war lang, und er musste es fast bis zum Ende herablassen, damit der Eimer sich mit Wasser füllte. Zuerst tränkte er die Kamele, dann füllte er die Wasserschläuche auf. Erst zum Schluss nahm er Trinkwasser für die Menschen. Er goss es Désirée langsam über die Hände, sodass sie trinken und das Gesicht erfrischen konnte. Das

Gleiche vollführte er bei Arkani, bevor er selbst trank. Später sammelte er trockenes Gras und dürre Äste für ein kleines Feuer. Es reichte gerade zum Zubereiten des Tees.

Als Arkani sich ein Stück vom Lager entfernte, nutzte Désirée die Gelegenheit. Sie hockte sich neben Touhami, der die Teebecher ausspülte.

»Sag, Touhami, was heißt ›Ich liebe dich‹ auf Tamasheq?«

Einen Augenblick starrte er sie verblüfft an, dann wandte er schnell den Blick ab, weil es sich nicht schickte, eine fremde Frau derart anzustarren.

»Ach ja, du verstehst ja kein Französisch. Wie soll ich dir das nur erklären?« Sie tippte ihn an, damit er aufschaute. Dann schlang sie die Arme um sich selbst, wiegte sich hin und her und deutete erst auf sich, dann in Arkanis Richtung. »Tamasheq, Touhami. Was heißt das auf Tamasheq?«

Ein Verstehen glitt in seinen Blick und ein Lächeln, dann senkte er schnell die Augen. Er schien immer noch zu lachen. Sie legte bittend ihre Hand auf seine. Das Wort ›bitte‹ kannte sie nicht auf Tamasheq. Wahrscheinlich gab es das gar nicht. Ein edler Targui bat um nichts. Er wartete still, bis man es ihm gewährte.

»Wie heißt es? Bitte!«

Touhami atmete tief durch. »*Terar kai*«, sagte er schließlich.

»*Terar kai?*«, wiederholte Désirée.

Er nickte und wandte sich schnell ab. So etwas Verrücktes hatte noch niemand von ihm verlangt!

Terar kai, terar kai, wiederholte Désirée im Stillen. Sie durfte es nicht wieder vergessen!

Sie unterdrückte das Zittern ihrer Hände, als Arkani zurückkam und sich niederließ. Es war noch hell, und die Sonne stand ein Stück über den Dünenkämmen. Die Ebene hier war mit unzähligen Steinen übersät. Ein totes, verlorenes Land. Aber tief im Inneren gab es Wasser. Wenn dieses Wasser an die Oberfläche käme und das Land bewässerte, wahrscheinlich würde die Wüste grün werden.

Désirée seufzte. Niemand würde kommen und dieses Land

in Besitz nehmen wollen. Es gehörte den Tuareg, und sie bewegten sich darin frei wie die Vögel in der Luft.

Arkani ließ sich nieder. Touhami hielt sich abseits und besserte das Zaumzeug der Meharis aus.

»Ruh dich aus«, sagte er zu ihr. »Wir werden ab sofort nachts reiten.«

»Warum das?«

»Es gibt keinen Brunnen mehr zwischen hier und der Oase. Und es sind noch vier Tagesritte.« Er legte beruhigend seine Hand auf ihren Arm. »Du brauchst nichts zu befürchten. Das Wasser wird reichen.«

»Ich befürchte nichts. Ich vertraue dir, Arkani. Schließlich kennst du die Wüste Zeit deines Lebens. Ich bin hier nur ein Fremdkörper.«

»Es ist gut so. Und du bist eine sehr tapfere Frau.«

Sie wusste, dass das ein großes Lob war. Verstohlen strich sie über seinen Handrücken.

»Trotzdem solltest du nicht leichtfertig werden. Gut und Böse liegen oft dicht beieinander.« Er nahm einen Stock und stieß einen Stein beiseite. Blitzschnell schoss darunter eine Sandviper hervor. Mit einem Schrei zuckte Désirée zurück, doch die Schlange war schon verschwunden.

»Siehst du, du hast dem Stein nicht angesehen, dass er etwas Böses verbirgt.«

»Wie soll ich das denn sehen? Ich habe es nicht einmal geahnt!«

»Wenn man das Gute nicht vom Bösen unterscheiden kann, dann weiß man nicht, wo sich das Böse verbirgt und welche Gestalt es angenommen hat.«

»Hast du aus diesem Grund Französisch gelernt?«, wollte sie wissen.

»Éoulla«, erwiderte er, »es ist die Sprache des Feindes.«

Sie hob die Augenbrauen. »Also betrachtest du die Franzosen als Feinde? Dann haben die Männer doch Recht, die dich vor mir warnten.«

»Nein, das haben sie nicht. Nicht du bist ein Feind, nicht die französischen Menschen, sondern ihre Politik.«

»Aber die Politik wird von Menschen gemacht«, entgegnete sie. »Die Politiker sind es, die Gesetze machen. Sie sind es, die Kriege beginnen, die Länder erobern.«

»Es ist mehr als nur ein Gesetz, ein Krieg – es ist wie die Kel Essouf. Es kommt als Geist mit den Fremden und versucht dich zu besiegen, zu unterwerfen, auszunutzen und letztlich zu zerstören.«

Er griff zu seiner *takouba*, der schönen, gefürchteten. »Wir sind Krieger. Dieses Schwert mit dem roten Griff begleitet einen Mann bis zu seinem Tod. Doch es gibt einen Feind, gegen den das Schwert machtlos ist. Es ist der Geist in den fremden Köpfen. Er greift auf uns über, verwirrt die Gedanken und macht uns selbst zu Dämonen. Dann vergeht das, was wir unsere Werte nennen. Sie verschwinden im Sand, werden verweht, verdrängt. Nichts bleibt von den blauen Kriegern übrig, von den schönen Frauen, von den Gesetzen unseres Lebens. Es sind diese fremden Geister, die unser Volk bedrohen.«

»Wie können sie euch bedrohen? Ihr lebt hier, mitten in der Wüste.«

»Der Teufel spricht mit falscher Zunge. Er tut so, als wolle er dir helfen, Gutes tun. In Wirklichkeit aber presst er den letzten Tropfen Blut aus dir heraus. Er besitzt einen brennenden Durst, einen unersättlichen Hunger, gierig und egoistisch verschwendet er, was er anderen geraubt hat. Und er lässt bleiche Knochen zurück. Das Leid eines Volkes kümmert ihn nicht. *Iblis* – es ist der Teufel in Form eines Geistes, geboren in fremden Köpfen.«

Désirée hörte Arkani zum ersten Mal so reden. »Ich bin mit diesem fremden Geist im Kopf aufgewachsen, Arkani. Doch er hat mir nicht geschadet. Er hat mich sogar all die fremden Völker verstehen lassen, die ich studiert habe.«

»Es waren untergegangene Völker, tote Welten. Die Tuareg aber leben.«

»Ja, sie leben. Und ich will sie verstehen können.« Sie glättete den Sand vor ihren Füßen. »Zeige mir deine Schrift.«

Arkani glättete ebenfalls eine Fläche des Sandes und malte mit dem Finger Striche und Zeichen.

»Man kann die Zeichen von oben nach unten schreiben, von rechts nach links oder von links nach rechts.«

Er malte eine Reihe Zeichen untereinander: ein Dach wie ein umgekehrtes V, ein Quadrat mit einem Punkt darin, ein weiteres, leeres Quadrat.

»Und was bedeutet das?«

»DÉSIRÉE, das ist dein Name.«

Sie schüttelte ungläubig den Kopf. »Aber es sind doch nur drei Zeichen. Sind das drei Buchstaben?«

»Ja. Meist werden die Vokale nicht mitgeschrieben.« Er zeigte auf das umgekehrte V. »Das entspricht dem D, das nächste dem S und dieses dem R. Für die Vokale a, e und i gibt es nur einen Punkt. Man kann also zwischen jedes Zeichen noch einen Punkt setzen. Es käme auf das Gleiche heraus.«

Désirée malte ein Viereck in den Sand. »Das entspricht dem R, nicht wahr?«

Arkani nickte.

»Nun zeig mir das Zeichen für das K.«

Er drückte drei Punkte im Dreieck in den Sand.

»Aha!« Désirée wiederholte das Zeichen. »Und das N?«

Arkani zog einfach einen waagerechten Strich.

»Das ist alles?«, staunte sie. »Das wäre dein Name: Viereck, drei Punkte, Strich?«

»So ist es.« Er lachte amüsiert. »Aber was ist schon ein Name? Er wird gegeben und auch wieder vergessen.«

»Über meinen Namen hast du einmal etwas ganz anderes gesagt«, erinnerte sie ihn.

»Das stimmt. Er schmeckt süß wie Honig, und er gehört zu dem Bild, das ich von dir kenne.« Mit einer schnellen Handbewegung löschte er die Schrift im Sand wieder aus, glättete den Boden und begann erneut zu schreiben. Zunächst setzte er ein Kreuz, dann das umgekehrte V, ein leeres Viereck, danach eine seltsame waagerechte Doppelklammer und zum Schluss wieder ein Kreuz.

Désirée tippte auf das V. »Das ist ein D. Und dieses Viereck ein R.«

»Richtig. Dieses Kreuz bedeutet ein T und dieses Zeichen ein F.

»Tdrft – das kann ja kein Mensch aussprechen«, lachte sie.

»Tadarfit«, korrigierte er sie. »Du musst die Vokale einfügen.«

Sie zog die Stirn in Falten und überlegte. »Eigenartig. Bei den ägyptischen Hieroglyphen ist es ähnlich. Sie kannten keine Zeichen für Vokale, und doch muss es sie gegeben haben. Auch die Schreibrichtung war ähnlich unterschiedlich. Deshalb ist die Entschlüsselung der Grabinschriften so schwierig.«

»Um die Schreibrichtung zu erkennen, setzt man die Worte *›hier ich‹* voran. Also: ›hier ich, Arkani‹ oder ›hier ich, Désirée‹ ...«

Sie schaute auf. »*Tadarfit*, was bedeutet das?«

»Es bedeutet ›Freiheit‹.«

Sie senkte die Augen und schwieg. Es schien wie ein heiliger Augenblick, den sie nicht zerstören wollte.

Sie spürte Arkanis Blick auf sich, und an seinen Augen sah sie, dass er lächelte.

»Woher kannst du eigentlich so gut Französisch?«, brach sie das Schweigen.

»Von einem *amessakoul*. Ein reisender Mann, der mit so einem komischen Gerät die Welt vermessen wollte.«

»Ein Franzose?«

»Ja, er stammte aus einer kleinen Stadt in Frankreich und arbeitete für die Regierung. Er sollte das Land messen.« Er schüttelte lachend den Kopf. »So einen Unsinn habe ich überhaupt noch nicht gehört. Er kam in unser Lager, als ihm sein Esel starb. Dann hat er eine Weile bei uns gelebt. Er war sehr freundlich und hat mir vieles erzählt. Über Frankreich und seine grünen Wälder, die Flüsse und den roten Wein, über die Eisenbahn und ihre Piste aus Holz und Eisen, wie sein Gerät funktioniert, um die Erde zu messen. So habe ich Französisch gelernt.«

»Und wo ist dieser Mann jetzt?«

»Tot. Wir schenkten ihm zwei Kamele, weil er unbedingt seinen Auftrag weiter erfüllen musste. Und dann zog er davon. Später haben wir ihn gefunden. Die Kamele waren verdurstet und er an einem Fieber gestorben. Wir begruben ihn nach der christlichen Sitte, wie er sie uns geschildert hatte.«

»Die Wüste kennt so viele traurige Geschichten«, stellte sie bedauernd fest. »Ich möchte so gern eine fröhliche Geschichte hören.«

»Ich werde dir eine Liebesgeschichte erzählen«, sagte Arkani und streckte sich im Sand aus, während er sich auf einen Ellenbogen stützte. Er schaute zum rosafarbenen Abendhimmel, als suchte er dort die Worte. »Einmal lebten zwei stattliche Brüder, die zu den besten Kriegern ihres Stammes gehörten. Ihre Frauen gebaren gleichzeitig ein Kind, die eine einen Jungen, den sie Ouanes nannten, die andere ein Mädchen, das Tanes hieß. Eines Tages verließen die Männer das Lager, um an einem Rezzou gegen einen Nachbarstamm teilzunehmen. Sie kehrten nicht wieder zurück. Die Witwen zogen die beiden Kinder gemeinsam auf. Als sie erwachsen waren, verliebten sie sich ineinander.

Tanes war wunderschön, und viele Männer hielten um ihre Hand an. Eines Tages verlangte der Stamm der Mutter, sie solle einen Mann aus ihrem Stamm heiraten. Weil die Mutter wusste, dass Tanes Ouanes liebte, verweigerte sie das Ansinnen. Der Anführer von Tanes Stamm war so erzürnt über die Zurückweisung, dass er das Mädchen überfiel, als es mit ihren Kamelen am Brunnen weilte. Er nutzte aus, dass Ouanes seine Kamele woanders hingetrieben hatte.

Tanes wurde mit festen Stricken um die Handgelenke an die Schwänze zweier Kamele gefesselt. Dann trieben sie die

Tiere in verschiedene Richtungen auseinander. Der Körper des jungen Mädchens sollte zerreißen.

Aber Tanes dachte nur an ihre starke Liebe zu Ouanes. Und es geschah ein Wunder. Sosehr die Kamele auch angetrieben wurden, sie konnten sich nicht von der Stelle bewegen. Die Kraft des Mädchens hielt sie zurück. Da ließ man Tanes frei, und sie heiratete Ouanes. Die Liebe ist stärker als der Tod.«

Sie lauschten beide in das Schweigen hinein.

»Das war keine fröhliche Geschichte. Es war sogar eine grausame Geschichte«, sagte Désirée.

»Ich sagte, dass ich dir eine Liebesgeschichte erzähle. Liebe ist oft grausam, aber sie ist auch stärker als der Tod. Vergiss das nie, Désirée, vergiss das nie!«

XXXIII

Sie ritten im glitzernden Licht der Sterne. Der Horizont verlor seine Grenzen. Es war, als würden Himmel und Erde sich umarmen. Die Erde hatte die Hitze des Tages längst ausgeatmet. Die Kälte der Nacht begleitete die drei einsamen Reisenden. Es hatte den Vorteil, dass der Durst nicht so brennend, der Ritt nicht so kräftezehrend, der Wasserverbrauch nicht so hoch sein würde.

Zum ersten Mal in seinem Leben hatte Arkani sich in die Hand Gottes begeben. Désirée ahnte nichts davon. Sie vertraute ihm, dass er sie sicher durch diese Hölle geleitete bis in das Lager. Und er würde sein Leben dafür geben, nur um ihres zu retten.

Er hatte den Pfad verlassen, den Pfad, den ihm die Tradition, das Leben in der Wüste auferlegt hatte. Wer die Traditionen nicht achtete, der konnte in der Wüste nicht überleben. Wer vom Pfad abwich, der würde elend verdursten.

Er war ein *Amahar*, geboren mit Sand in den Augen und

Durst in der Kehle. Vielleicht würde Touhami auch sterben. Doch zuallererst würde Désirée sterben. Sie würde diese Gluthölle nicht aushalten. Bereits als er sie zum ersten Mal gesehen hatte, wusste er, dass sich in ihm etwas verändert hatte. Es war etwas Unheilvolles, etwas, was ihn beunruhigte. Zuerst wichen die Gedanken vom Pfad ab. Dann wich auch sein Tun vom Pfad ab. Es brachte Unheil. Der rote Mond – die Farbe Rot verriet Unheil. Rot war wie eine Warnung. Arkani, geh zurück!

Er konnte nicht mehr zurück, nichts ungeschehen machen, sich seine Liebe aus dem Herzen reißen. Wie die Dschinnen hatte die Liebe ihn in Besitz genommen, und er wusste, er würde nie wieder davon loskommen. Hatte er damit sein Volk verraten? Bislang wollte er es nicht wahrhaben, aber mittlerweile begann er zu zweifeln. Vielleicht hatte Menahil Recht, dass Désirée das Unglück anzog. Dieser Gedanke verursachte einen schrecklichen Zorn in ihm. Désirées Seele war rein, davon war er überzeugt. Auch wenn sie keine Gläubige war, zumindest nicht an Allah glaubte und den Kel Essouf trotzte. Er bewunderte ihren Mut, gleichzeitig jedoch war ihm klar, dass diese Herausforderung der Geisterwesen nicht ungestraft bleiben würde. Welche Strafe würden sie sich ausdenken? Egal, es würde eine grausame Strafe sein.

Er wandte sich nicht zu ihr um. Sie ritt hinter ihm, hockte zusammengesunken auf ihrem Mehari und ließ apathisch die Torturen der Reise über sich ergehen. Sie war tapfer und klagte nicht. Das nötigte ihm Respekt ab. Er gab ihr die größten Bissen des kärglichen Proviants, er flößte ihr den größten Schluck Wasser ein. Und doch war er sich nicht sicher, ob sie die Reise überstehen würde.

Désirée! Ein warmes Gefühl durchflutete ihn, wenn er nur an sie dachte, ihren Namen in Gedanken aussprach. Er wünschte sich neben ihr zu liegen, ihren silbernen Körper zu liebkosen, sich in ihren Duft zu versenken. Es gab nichts, was schöner, reiner, begehrenswerter war als ihr Körper. Er liebte ihre blauen Augen, die ihn an eine kühle, in den Felsen verborgene *guelta* erinnerten, er liebte ihr langes, blondes Haar, wenn es im Abendwind wehte und ihn an das Band der Milchstraße am Himmelszelt erinnerte. Er liebte die lustigen Sommersprossen auf ihrer Nase, die so unwillkürlich verteilt waren wie die Blumen in der Wüste nach einem Regen. Er liebte ihre Stimme, wenn sie mit ihm auf Tamasheq sprach oder in ihrer Muttersprache erzählte. Er liebte ihre hellen, schlanken Hände, wenn sie zart über seinen Körper strichen, wie damals im Wasser.

Wasser! Er durfte nicht an Wasser denken. Er durfte nicht daran denken, dass sie für die letzten beiden Tage ihrer Reise kein Wasser mehr zur Verfügung haben würden. Er würde es vielleicht aushalten, Touhami möglicherweise auch, Désirée nicht. Dieses Schicksal machte sie zum Brennholz für das Wüstenfeuer, zum Weihegeschenk für den Tod.

Arkani fürchtete den Tod. Nicht den heldenhaften in der Schlacht, dafür war er ein Krieger. Er fürchtete den schmachvollen, langsamen, quälenden Tod, der jedem Lebewesen beschieden war, das kein Wasser mehr hatte. Wasser! Es schmeckte nach nichts, es besaß keine Farbe und keinen Geruch. Und doch war es so unentbehrlich für das Leben. Wie verletzlich war das Leben, nur einen Hauch vom Tod entfernt. Er hatte all seine Erfahrung als Wüstennomade in die Waagschale geworfen. Jetzt lag es an Gott, dass sich die Waage neigte. Arkani wusste nicht, wohin. Er wusste nur, dass Gott es entscheiden würde. Aus diesem Grund hatte er am letzten Abend so inbrünstig gebetet. Er legte seine ganze Kraft in die Anrufung Gottes. Nicht um seinetwillen. Er sollte das Leben von Désirée retten.

Als die Sonne die Dünen in Brand setzte, hob er die Hand und gab das Zeichen zum Rasten. Sie bereiteten das Lager, indem sie Decken zwischen die Kamelsättel spannten. Es spendete Schatten, aber keine Kühle. Reglos lagen sie da, in ihre Gewänder gehüllt, Mumien gleich. Der Schlaf, der sie übermannte, glich einem kleinen Tod. Wenn sie daraus erwachten, würde der Körper unerträglich schmerzen.

Désirée hatte sich zusammengekrümmt wie ein Igel. Unter ihr glühte der Boden. Als die Schatten der Dünen länger wurden, erhob sich Arkani. Er flößte Désirée Wasser ein, das sich in den fast leeren *guerbas* aufgeheizt hatte. Sie schmeckte nichts mehr, ihre Nerven reagierten nicht. Aber es war feucht, ein paar Tropfen Leben. Sie wollte sich ebenfalls erheben, taumelte und stürzte. In ihrem Kopf wuchs der Druck, der Schwindel. Auf allen vieren kroch sie über den glühenden Sand, wimmerte vor Schmerz leise vor sich hin.

Touhami sattelte die Kamele. Und als die Sonne sterbend hinter die Dünenkämme sank, setzten sie die Reise fort.

Es waren Trugbilder, die über der erhitzten Ebene tanzten. Sie gaukelten verzauberte Seen vor, Oasen, bestanden mit Palmen. Arkani wusste, dass er seinen Augen nicht mehr trauen durfte, dass seine Sinne sich verwirrten. Die beiden schwankenden Gestalten hinter ihm auf ihren Meharis waren vielleicht schon tot. Auch die Dschinnen brauchten Wasser. Sie holten es sich aus den Körpern der Menschen …

Und dann senkte sich die nächste Nacht über sie. Der Mond wandte sein Gesicht ab und ward nicht mehr gesehen. Die erhabene Stille der Wüste wurde zur Bedrohung. Doch die Wüste wurde nie ohne Grund erbarmungslos. Wer hatte sie beleidigt?

Arkani riss die Augen auf. Und plötzlich wurde sein Kopf klar. Sein Körper straffte sich, der Durst war verschwunden. Er hob das Gesicht und zog seinen Schleier etwas herab. Ein kühler Wind streichelte sein brennendes Gesicht. Das Frühlicht war wie eine Offenbarung. Er wandte sich zu den anderen um.

»Der Fluss«, rief er. »Es ist der Atem des Flusses, den uns die Wüste sendet.«

Sein Mehari begann zu tänzeln. Unter den Hufen stoben kleine Wolken auf, als dampfte der Boden. War es die Unruhe darüber, dass sie sich dem Lager näherten? Es mochte keinen halben Tagesritt mehr bis zur Oase sein. Auch Touhamis Reittier spielte unruhig mit seinen Plüschohren und begann tief und kehlig zu brummen.

Désirée erwachte aus ihrer Schattenwelt, in die sie sich geflüchtet hatte vor der sengenden Bedrohung dieser Welt. Der Vorhang der Finsternis löste sich auf. Sie hielt sich am Sattelkreuz fest. Warum ritten sie nicht schneller? Sie hatten es doch geschafft.

Endlich, endlich! Alles an ihr begann zu zittern und zu beben. Es waren die letzten Kraftreserven, die ihr Selbsterhaltungstrieb mobilisierte. Sie würde Arkanis Füße küssen, nachdem sie zuerst einen Schluck Wasser aus dem Fluss getrunken haben würde. Es war nah, ganz nah, hinter der nächsten Düne …

Ihr Verstand wütete gegen den Nebel, der ihre Sinne umfangen hielt. Mit letztem Willen drängte sie die Dunkelheit zurück, die sie zu überwältigen drohte. Sie sah Bilder vor sich, einen Krug Wasser, aus dem sie einen Schluck nahm. Er tat gut, dieser Schluck kühlen Wassers. Er gab ihr Kraft.

Arkani wechselte einige Worte mit seinem Sklaven. Touhami antwortete ihm und wies mit der Hand nach vorn. Dann plötzlich änderten sie die Richtung und umgingen das Lager in einem großen Bogen.

»Warum reiten wir weg?«, fragte sie beunruhigt. Ihre Zunge gehorchte ihr kaum, wurde dick und unförmig wie ein Klumpen sterbendes Fleisch.

»Etwas stimmt nicht«, erwiderte Arkani.

»Es ist doch alles in Ordnung«, rief sie mit zitternder Stimme. »Ich kann nicht mehr, ich kann nicht mehr!« Dann trieb sie ihr Mehari an, das in einen stoßenden Trab verfiel.

»Désirée, bleib hier!« Arkanis Stimme verhallte hinter ihr. Sie drang nicht mehr in ihr Bewusstsein vor. Vor ihr lag die letzte Düne vor der rettenden Oase. Sie trieb das Kamel den Hang hinauf. Es brummte protestierend im Takt seiner Schritte. Als sie am Kamm ankamen, waren Arkani und Touhami neben ihr.

Zuerst gewahrten sie die Rauchsäulen, die aus dem Oasental aufstiegen. Sie stammten von verbrannten Zelten. Ungewöhnlich viele kräftige Reit- und Lastkamele drängten sich an einer seichten Stelle des Flusses. Die Männer, die um sie herumliefen, trugen französische Uniformen. Es mochten an die fünfzig Soldaten sein. Auch ein paar Zivilisten waren darunter, Araber in weißen Ganduras und mit unverschleierten Gesichtern. Es waren Karawanenführer aus dem Norden. Jemand brüllte auf Französisch Befehle und übertönte das laute Wehklagen der Frauen.

Arkani trieb sein Mehari an und ritt den Dünenhang hinab. Touhami und Désirée folgten ihm.

Es war ein Trugbild, das ihnen die Dschinnen vorgaukelten, es musste ein Trugbild sein. Sie starrte die Soldaten an und begriff es doch nicht. Wo kamen sie her? Wer waren sie? Was wollten sie? Und wieso brannten sie die Zelte nieder?

Das plötzliche Verstehen griff wie eine eiserne Klaue nach ihr und drückte ihr Herz zusammen. Mit einem klagenden Laut krümmte sie sich zusammen.

»Désirée!«

Wie in Trance wandte sie den Kopf. Da stand ein Mann in abenteuerlicher Kleidung. Er trug ein braunes Jackett, gestreifte Hosen und derbe Militärstiefel, auf dem Kopf einen arabischen Schleier und darüber einen Armeehut.

»Désirée! Gott sei es gedankt, du lebst!« Mit ausgebreiteten Armen rannte er auf Désirée zu, die ihn befremdet anstarrte.

»Philippe?« Sie kniff die entzündeten Augen zusammen und neigte fragend den Kopf. »Wie kommst du hierher?« Noch glaubte sie an eine Fata Morgana, eines dieser Trugbilder, die die Sinne narrten und den Geist quälten. »Was tun all die Soldaten hier?«

»Wir sind gekommen, um dich zu befreien!« Das strahlende Lächeln auf seinem Gesicht erschien ihr wie die Fratze eines Dschinns. Sie starrte ihn sprachlos an.

Einer der fremden Kameltreiber schlug ihrem Mehari heftig

in die Kniekehlen, bis es sich unter lautem Protest niederkniete.

Philippe packte Désirée und zog sie in seine Arme. »Jetzt bist du frei, mein Kleines. Du bist frei!« Seine Stimme versagte, und er presste sein Gesicht in ihren Kopfschleier. Dann riss er ihn herunter und schluchzte hemmungslos in ihr Haar.

Wie zu einer Säule erstarrt, ließ sie diesen Gefühlsausbruch über sich ergehen. Sie starrte über ihn hinweg und sah die Männer des Nomadenlagers stumm im Kreis stehen. Sie strahlten noch immer Kraft und Ruhe aus im Angesicht des Weges ins Nichts. In ihrer Schicksalsgläubigkeit gingen sie dem unvermeidlichen Tod ohne Lärm und Empörung, in stummer Würde und ungebrochenem Stolz entgegen.

Dahinter rauchten die verkohlten Reste der Zelte. Wie kleine Unglückshäufchen bildeten sie in dem hellen Sand dunkle Flecke, aus denen sich dünner Rauch kringelte.

Désirée presste ihre Handflächen gegen Philippes Brust und schob ihn von sich. Mit starrem Blick ging sie an ihm vorbei.

»Was habt ihr getan?«, fragte sie mit vor Entsetzen bleichem Gesicht. »Was habt ihr getan?«

Philippe folgte ihr. »Aber Désirée! Wir sind gekommen, um dich zu befreien.«

»Was habt ihr getan?« Sie schrie ihren ohnmächtigen Schmerz aus sich heraus. »Ihr Mörder! Es waren unschuldige Menschen! Sie haben mein Leben gerettet, sie haben mir Gastfreundschaft gewährt! Ihr habt sie einfach getötet! Mörder! Mörder!« Mit den Fäusten schlug sie auf Philippe ein. Nur mit Mühe gelang es ihm, ihre Arme festzuhalten.

»Beruhige dich doch, bitte beruhige dich. Es ist alles vorbei! Was musst du gelitten haben. Du bist völlig durcheinander.« Er zog sie wieder in seine Arme, und die Rührung übermannte ihn erneut.

Désirées Beine gaben nach, und eine wohltuende Dunkelheit umfing sie.

»Wasser!«, rief Philippe. »Verdammt noch mal, bringt Wasser!«

Etwas in Désirées Innerem wehrte sich dagegen, dass die Lebensgeister in ihren Körper zurückkehrten. Sosehr ihr ausgedörrter Körper nach Wasser verlangte, sie wollte es gar nicht haben!

Jemand flößte ihr das Wasser mit Gewalt ein. Sie verschluckte sich, hustete und erbrach sich. Als sie die Augen öffnete, sah sie Philippe. Sein Gesicht war voller Sorge. Er hielt sie wie ein Kind im Arm und wiegte sie sanft hin und her.

Jemand trat zu ihnen. Désirée sah nur staubige Militärstiefel. Langsam wanderte ihr Blick nach oben. Die französische Uniform erschien ihr gleichzeitig so vertraut wie abschreckend.

»Was ist, Monsieur? Kann Ihre Braut reiten? Ich will keine weitere Nacht hier verbringen und meine Leute der Gefahr aussetzen, einen Dolch zwischen die Rippen zu bekommen oder den Kopf von der Schulter zu verlieren.«

»Sie sehen doch, dass es ihr schlecht geht, Leutnant«, gab Philippe erbost zurück. »Nach allem, was sie durchmachen musste, ist sie unmöglich in der Lage zu reiten.«

»Tut mir Leid, Monsieur, aber eine Sänfte kann ich ihr nicht bieten. Und es ist unmöglich, noch eine Nacht länger hier zu bleiben. Unser militärisches Ziel ist erreicht. Für weitere Aktionen habe ich keinen Befehl.«

»Es bedarf auch keiner weiteren Aktionen«, entgegnete Philippe. »Meine Braut braucht jetzt nur Ruhe.«

»Die kann ich ihr hier leider nicht garantieren«, erwiderte er frostig. »In einer Stunde brechen wir auf.« Er ging, ohne auf Philippes Einwand zu warten.

Désirée schob Philippes Hand von sich. Langsam erhob sie sich und lief wie in Trance über den sandigen Boden. Wo sie lief, gingen ihr die Tuareg aus dem Weg. Sie wandten die Köpfe ab oder drehten sich weg. Selbst die Kinder hockten zu ängstlichen Knäueln geballt im Staub und schwiegen. Einige

Soldaten standen am Fluss und schauten zu, wie die Kameltreiber ihre Tiere tränkten, andere hatten sich in den Schatten der Palmen gesetzt, die Gewehre über den Knien. Der Leutnant lief durch das Lager und brüllte Befehle.

Am Rande der Oase, am Fuße der Dünen begruben sie ihre Toten. Es waren einfache Steinkreise, abgedeckt mit den Zweigen von Dornbüschen. Damals war Désirée dieser Ort überhaupt nicht aufgefallen. Das Wehklagen der Frauen, die Gebete der Männer, der eintönige Singsang des Korangelehrten wehten zu Désirée herüber. Sie blieb stehen, als sie sowohl Aissa als auch Tedest unter den Trauernden bemerkte. Sie spürte fast körperlich die Mauer der Feindseligkeit zwischen ihnen.

Aissa wandte sich ab, als sie Désirée sah. Nur Tedest drehte sich zu ihr um. Aus ihrem Blick sprach so viel Leid und Entsetzen, aber gleichzeitig auch ein unbeugsamer Stolz. Die Tränen brannten in Désirées Augen wie Salzwasser. Dann lief sie zu Aissa und warf sich ihr zu Füßen.

»Verzeih mir, Aissa, verzeih mir!« Die Umstehenden schauten sie befremdet an. Aissa rührte sich nicht. Da beugte sich Tedest zu Désirée herab und umfasste ihre Schulter. Mit sanftem Druck zog sie sie hoch und nahm sie in die Arme. Désirée schluchzte hemmungslos und verzweifelt. Ein wenig hilflos schaute sich Tedest nach Arkani um. Er kam langsam näher und legte nun seinerseits seinen Arm um Désirée. Dann führte er sie beiseite.

»Warum?«, flüsterte sie tonlos. »Warum?«

Arkani senkte den Kopf. »Sie haben dich gesucht. Und sie zogen hier vorbei, zwei Tagesritte von hier.«

»Dann war es nur ein Zufall, dass sie hierher kamen?«

»Nein. Diese Oase ist allen Beduinen bekannt.« Er senkte den Kopf und schwieg.

Sie fasste nach seiner Hand. »Erzähl mir die ganze Wahrheit, Arkani, ich muss sie wissen.«

Er hob den Kopf wieder, und sein Blick schweifte irgendwo

in die Ferne. Sie sah unendliches Leid in seinen schönen Augen, und es zerriss ihr das Herz.

»Einige Männer meines Stammes wollten Lösegeld für dich erpressen.«

»Das weiß ich«, flüsterte sie. »Die einen wollten mich in der Wüste verdursten lassen, die anderen Lösegeld für mich erpressen. Aber niemand wollte, dass ich bleibe.«

Er antwortete nicht.

»Ich verstehe es nicht. Die Begleiter haben uns im Stich gelassen, weil sie glaubten, dass wir aus den Bergen nicht wieder zurückkommen, dass uns die Geister holen. Wieso haben sie dann trotzdem Lösegeld gefordert?«

Er starrte immer noch in die Ferne. »Sie haben nicht begriffen, dass der Wandel schon da ist, die Veränderung. Die Welt hat sich geändert. Und diese Veränderungen haben auch die Tuareg erreicht.«

»Diese Lösegeldforderungen, habt ihr das schon immer getan?«

Er wandte den Kopf etwas beiseite. »Nein. Unsere Krieger erheben Schutzzölle von den Karawanen. Das ist etwas anderes. Diese Lösegeldforderung war der Geist des Bösen, der in die Köpfe einiger Männer gekommen ist. Sie haben nicht vorausgesehen, dass sie damit dem eigenen Stamm schaden.«

»Es ist entsetzlich«, flüsterte sie schaudernd.

»Die Soldaten glaubten, dass man dich versteckt hielt, und wollten den Ort herausbekommen. Mein Vater, der Amenokal, sagte, dass du fortgeritten seiest. Sie haben ihm nicht geglaubt.«

»Und deswegen haben sie ihn …«

»… erschossen«, ergänzte er. »Sie haben so viele erschossen, hingerichtet. Wahllos, immer einen. Eine Frau, ein Kind, ein Mann. Dann wieder eine Frau, ein Kind … Dann haben sie die Zelte angezündet. Bis wir kamen. Sie hätten es wahrscheinlich weiter betrieben, bis keiner mehr übrig geblieben wäre.«

Gequält bäumte Désirée sich auf. »Warum kämpfst du nicht? Warum wehrt ihr euch nicht?«

»Nur wo es ein Gleichgewicht der Kräfte gibt, hat der Kampf einen Sinn«, erwiderte er.

Sie krallte sich an seiner Gandura fest und schaute beschwörend zu ihm auf. »Ihr gebt euch also geschlagen?«

»Der Amenokal ist tot. Da müssen die Waffen schweigen.«

»Wie lange?«

»Bis ein neuer Amenokal gewählt wurde.«

Enttäuscht wandte sie sich ab. Philippe wartete neben einem Kamel, das sich niedergekniet hatte.

»Ein Tuareg trennt sich niemals von seinem Schwert – und nicht von dem Bild der Frau, die er liebt«, sagte Arkani leise.

Désirée rang um Fassung. Sie bemerkte die ungeduldige Handbewegung Philippes. Auch die Soldaten ließen ihre Reitkamele tänzeln und verbreiteten sichtbare Unruhe. Der Leutnant bellte irgendwelche sinnlosen Befehle. Für einen Augenblick überkam sie das Bedürfnis, sich in den Sand zu werfen und zu Stein zu werden. Sie hatte keine Tränen mehr. Nur freie Menschen konnten in der Wüste überleben, Menschen, die keine Grenzen kannten und kein Diktat. All das Wissen über diese lebensfeindliche Welt vereinte sich in dem Volk mit den blauen Schleiern. Alles andere gehörte nicht hierher.

»Ich werde nicht gehen«, sagte sie mit Bestimmtheit. »Ich habe mich niemals als deine Gefangene oder gar Geisel betrachtet.«

»Sie werden dich zwingen«, erwiderte er.

»Das können sie nicht«, widersprach sie heftig.

»Sie haben keine Ehre. Sie haben Frauen und Kinder getötet.«

»Das habe ich nicht gewollt. Ich habe niemals gewollt, dass irgendjemandem ein Leid geschieht.«

Sie wandte sich an Aissa, fasste ihre Hände und presste ihr Gesicht darauf. »Aissa, du hast mich aufgenommen in dein Zelt, hast es mit mir geteilt, bis ich wieder gesund wurde. Deine Fürsorge, deine Pflege, dein Verständnis … *Tanimmert.* Tedest, du warst mir fast wie eine Freundin. Ich weiß, ihr versteht mich nicht, und ich hatte nicht genügend Zeit, eure Sprache zu lernen. Ich gäbe den Rest meines Lebens dafür, bei euch bleiben zu dürfen, euer Leben zu teilen, euch zu verstehen. Es … es tut mir so schrecklich Leid, und ich schäme mich für die Menschen, die euch das angetan haben. Menschen, die aus meinem Land kommen, die so denken und fühlen wie ich, dachte ich. Aber es stimmt nicht. Das ist nicht meine Welt. Ich will nicht wieder dahin zurück!« Ihr verzweifelter Aufschrei verhallte über den Dünen.

»*Kem telellit.*« Es war Arkanis leise Stimme, die ihr ins Herz schnitt. »Du bist frei.«

Für einen Augenblick taumelte sie. Arkanis Volk konnte nur Frieden finden, wenn sie mit den Soldaten ging. Es war zu viel Leid geschehen.

Mit gesenktem Kopf und schleppendem Schritt ging sie hinüber zu dem geduldig wartenden Reitkamel. Philippe half ihr in den Sattel. Am liebsten hätte sie seine Hand abgeschüttelt.

Laute Befehle brüllend, ritt der Leutnant um die Gruppe. Nur langsam formierte sie sich zu einer Karawane. Dunkelhäutige Haussa-Krieger, die den Franzosen als Söldner dienten, versuchten irgendeine Art von Ordnung hineinzubringen. Es gelang ihnen nur schlecht. Sie zogen davon über die Dünenkämme, die die Oase begrenzten.

Désirée brachte es nicht fertig, sich umzudrehen. Sie ließ die Menschen hinter sich, die ihr das Leben gerettet hatten. Sie ließ die Menschen hinter sich, die zu ihren Freunden geworden waren. Sie ließ die Menschen hinter sich, für die sie begonnen hatte Verständnis zu entwickeln. Sie ließ die Menschen hinter sich, die um ihretwillen gestorben waren. Und sie ließ ihre Liebe hinter sich.

Im Westen war der letzte Zipfel der weinenden Sonne zu sehen. Dann versenkte sie voller Scham ihr Antlitz im dunklen Abgrund hinter dem Horizont.

Doch plötzlich richtete Désirée sich im Sattel auf, wandte sich um und formte ihre Hände wie einen Trichter um ihren Mund.

»Arkaniiiii! Teraaaaar kaaaaai!«

XXXIV

In endloser Eintönigkeit zog die Karawane nach Norden. Wie eine lebende Kette bewegten sich die Reit- und Packkamele mit sanften, sparsamen Bewegungen. Sie hinterließen eine ausgetretene Spur im Sand. Wenn nicht dieser Leutnant Pellegrue wäre, der ständig irgendwelche Befehle herumbrüllte und die mühsam aufrechterhaltene Ordnung in der Karawane durcheinander brachte, gäbe es überhaupt keine Abwechslung. Die Soldaten fluchten häufig – über die Hitze, über den Durst, über den Sand, über die unwilligen Dromedare.

Eines Abends gesellte sich der Leutnant zu Désirée und Philippe. Désirée befand sich in einem denkbar schlechten Zustand, sowohl körperlich als auch seelisch. Stets trug er eine kurze, geflochtene Lederpeitsche bei sich. Fast ununterbrochen klopfte er sich den stumpfen Kopf der Peitsche in die linke Handfläche, während seine kleinen, blauen, eng zusammenstehenden Augen ihm den etwas unbedarften Ausdruck eines Affengesichts verliehen.

»Ich war tatsächlich gespannt darauf, wie wohl diese verrückte Mademoiselle aussehen würde, für die dieser ganze Aufwand betrieben wird«, sagte er mit einem schrägen Grinsen. »Sonst habe ich mir die Neugier nämlich inzwischen abgewöhnt.«

Désirée wandte den Kopf ab, um ihn nicht anschauen zu müssen. Es schien ihn nicht zu stören, dass sie ihn mit Missachtung strafte. Er hockte sich unaufgefordert neben das kleine Feuer, an dem die beiden saßen. Die Knie angezogen und die Arme darauf gestützt, klopfte er auch jetzt ununterbrochen mit der Peitsche in seine Handfläche. »Sie sind also eine von diesen modernen Grabräubern, die im Sand nach alten Leichen suchen.« Er grinste wieder. »Das verstehe ich nicht, was daran so interessant sein soll, dass man sich dafür in eine derartige Gefahr begibt.« Er schüttelte leicht den Kopf, während er ins Feuer starrte. »Komisch, ich mache genau das Gegenteil. Ich bringe die Leute unter die Erde.«

Er lachte. Désirée bäumte sich unvermittelt auf und stöhnte leise.

»Sie sehen doch, dass es meiner Braut nicht gut geht, Leutnant. Sie braucht Ruhe.«

Pellegrue warf Désirée einen kurzen Blick zu. »Immerhin ist sie durch die blaue Hölle gegangen«, bemerkte er. »Da muss man schon ein bisschen was aushalten. Jedenfalls bin ich froh, dass wir sie lebend gefunden haben. Das bringt mir mehr Pluspunkte als eine tote Französin.«

Demonstrativ zog sich Désirée den *alechu* vors Gesicht. Philippe griff nach Désirées Hand, während er den Leutnant böse anblitzte. »Ich bitte Sie, lassen Sie sie in Ruhe.«

Pellegrue erhob sich. »Immerhin lebt sie«, wiederholte er. »Vergessen Sie das bitte nicht, wenn Sie sich bei meinem General bedanken.« Dann ging er davon.

Désirée bedauerte, dass sie keinen Dolch bei sich trug, den sie ihm hätte in den Rücken schleudern können. Sie rollte sich zusammen und zog sich die Decke über den Kopf.

Während des Rittes brütete sie dumpf vor sich hin. Noch immer hatte sie den Geruch der verbrannten Lederzelte in der Nase und sah die erstarrten Gesichter der Menschen im Lager. Den *alechu* vor das Gesicht gezogen, schottete sie sich von ihrer Umgebung ab, als könne sie damit die Unbill abhalten.

Ihr Herz war zu Eis erstarrt. Sie fühlte sich schrecklich schuldig und gleichzeitig wollte sie gegen ihr eigenes Schicksal aufbegehren. Mit Erschrecken stellte sie fest, dass es unmöglich war. Arkani hatte Recht, sie war Gefangene ihrer eigenen Welt.

Sie fragte sich, was sie dort am Ende der langen Reise erwarten würde. Das Erste, was ihr in den Sinn kam, war eine Badewanne. Sie glaubte den Duft von Rosenöl im Badewasser wahrzunehmen. Ein weiches Sofa, ein üppiges Mahl, das ihr das Hausmädchen servierte. Schwatzhafte Nachbarinnen, die sie zum Kaffeekränzchen besuchten.

Sie dachte an Straßen, gepflastert und gerade. Eine geordnete Welt, mit Ecken, Winkeln, Mauern, Konventionen. Alles um sie herum würde ihr seinen Willen aufdrängen, jede Straße, jede Ecke, jede Mauer.

Mit geschwollenen Augen heftete sie ihren Blick auf Philippes schwankenden Rücken auf dem Kamel. Er bot ein lächerliches Bild. Er gehörte nicht auf den Rücken eines Kamels. Er gehörte überhaupt nicht in die Wüste.

Philippe war auch Gefangener seiner eigenen Welt, die er für das Maß aller Dinge hielt. Sie mochte es ihm nicht vorwerfen. Er konnte nichts dafür. Jeder war Gefangener seiner Welt. Es sei denn, er befreite sich daraus.

Sie warf einen Blick auf die Wüste. Mittlerweile war sie ihr ein so vertrauter Anblick, die Weite, die Stille, die herbe Schönheit. Alles reduzierte sich auf das Wesentliche. Sie überhöhte die Verdienste und verschlimmerte die Fehler. Sie war Allahs Garten, in dem er alles Überflüssige entfernt hatte. Hier sollte sich der Mensch erkennen. Waren nicht schon die biblischen Einsiedler in die Wüste gegangen, um Erleuchtung zu erlangen?

»Gib mich frei!« Das waren Désirées erste Worte an diesem Abend nach sechs Tagen ihrer Reise. Philippe atmete heimlich auf. Sie schien ihren Schock langsam zu überwinden.

»Du *bist* frei«, sagte er sanft zu ihr.

»Nein, das bin ich nicht«, widersprach sie. »Du hast mich gefangen genommen, entführst mich in deine Welt. Ich will aber nicht.«

»Désirée, du hast einen Schock. Deshalb weißt du nicht, was du sagst. Wie schrecklich muss es für dich gewesen sein, unter diesen Wilden zu leben.«

»Du sprichst, als wären das gar keine Menschen«, hauchte sie entsetzt.

»Sie sind unzivilisiert. Mit ihnen kann man nichts anfangen. Sie eignen sich nicht einmal für die Arbeit im Bergwerk oder an der Eisenbahnstrecke. Sie besitzen eine archaische Kastenordnung. Und sie sind unberechenbar. Das macht sie so gefährlich.«

»Sie sind ein eigenes Volk. Kannst du das nicht verstehen?«

Er schüttelte den Kopf. »Was glaubst du wohl, warum Algerien eine französische Kolonie ist? Damit wir das Land und seine Einwohner befrieden.«

»Äußerlich mag Algerien in den Händen von Frankreich liegen, aber es gibt keine Assimilation der eingeborenen Bevölkerung. Sie leben nach ihren eigenen Gesetzen und Regeln, die du nicht verstehst.«

»Das wird sich alles ändern«, erwiderte er. »Das Land ist groß, und die Eingeborenen sind aufsässig. Es muss eine straffe Infrastruktur geschaffen werden, Verwaltung, Schulpflicht, Militärdienst, Religion, alles unter französischer Oberhoheit. Dann werden auch diese unzivilisierten Wüstenbarbaren bald einsehen, dass sie verloren haben. Aber darüber solltest du dir deinen Kopf nicht zerbrechen. Für die Politik sind die Politiker da.«

»Glaubst du eigentlich an das, was du da sagst?«, wollte sie wissen und betrachtete ihn wie ein ekliges Insekt.

»Glauben ist etwas für religiöse Menschen. Natürlich glaube ich auch an die Sache Frankreichs, wie jeder aufrichtige Franzose. Aber ich mische mich nicht in die Politik ein, von der ich nichts verstehe. Ich bin Ingenieur und verstehe etwas vom Bergbau, von Brücken und Eisenbahnen. Ich will etwas für die Erschließung dieses Landes tun.«

»Aber du grenzt seine Menschen aus«, ereiferte sie sich.

Er betrachtete sie voller Zärtlichkeit. »Du läufst einem Traum nach, einer Utopie. Niemals können alle Menschen gleich sein.«

»Aber ist das nicht gerade unser wichtigstes Prinzip? Freiheit, Gleichheit, Brüderlichkeit?«

»Sicher. Für Frankreich.«

»Warum nicht für alle Menschen?«

Philippe lehnte sich gegen einen Kamelsattel und schenkte ihr ein nachsichtiges Lächeln. »Niemand verbietet dir, von einer besseren Welt zu träumen. Aber bitte, belass es wirklich beim Träumen. In der Wirklichkeit musst du realistisch bleiben.«

Sie schwieg verstimmt. Alle ihre Argumente prallten an Philippe ab. Wahrscheinlich war es auch ein Traum, zu glauben, Philippe befreie sich von seinen eigenen Zwängen. Das lag ihm so fern wie der Horizont hinter dem Großen Erg.

Unter den Soldaten brach Streit aus. Je länger die Reise dauerte, umso schlimmer wurde es. Auch die gebrüllten Befehle des Leutnants änderten nicht viel daran. Die permanente Zurschaustellung der Gewehre verursachte Désirée tiefstes Unbehagen und erinnerte sie zudem immer wieder schmerzhaft an die Geschehnisse im Nomadenlager. Sie fühlte sich schmutzig.

Désirée empfand den Leutnant Pellegrue als äußerst unangenehm.

»Warum war dieses militärische Aufgebot notwendig?«

»Na, du bist gut«, entgegnete Philippe kopfschüttelnd. »Die Tuareg sind gefürchtete Räuber. Sie überfallen Karawanen, erheben Zölle auf den Sklavenhandel und versklaven selbst diese armseligen Kreaturen. Sie machen nicht einmal vor ihren eigenen Leuten halt, sondern überfallen sie, rauben ihr Vieh und töten ihre Frauen.«

»Nein, niemals!«, widersprach Désirée heftig. »Sie rühren keine Frauen an, auch nicht die ihrer Feinde. Alles, was sie tun, ist ehrenhaft.«

Philippe lachte laut auf. »Du träumst wirklich, kleines

Dummerchen. Wie kann ein Überfall ehrenhaft sein? Nein, nein, du solltest dich nicht blenden lassen von ihrem Gehabe. Die einzige Sprache, die sie verstehen, ist die Gewalt.«

»Was haben dir die unschuldigen Frauen und Kinder getan, die dieser grässliche Kerl hat töten lassen?«

Sie erntete einen verständnislosen Blick. »Aus jedem Kind wächst ein neuer Räuber heran. Sie kennen nur den Krieg und diese Überfälle. So etwas muss man vernichten wie schädliches Getier.«

Désirée presste die Lippen zusammen. Philippe sprach über die Tuareg, als wären sie Ungeziefer. Der Schmerz wühlte in ihr mit aller Gewalt.

»Ausgerechnet denen musstest du in die Hände fallen«, fuhr Philippe fort. »Ich bin so froh, dass dir nichts geschehen ist. Es ist doch nichts geschehen, oder?« Er bedachte sie mit einem misstrauischen Blick.

»Was sollte mir geschehen sein?«, gab sie zornig zurück. »Ihre Ehre steht ihnen über alles, und es würde ihre Ehre verletzen, wenn sie einer Frau etwas zuleide täten.«

»Das mag vielleicht auf ihre eigenen Frauen zutreffen, Désirée. Aber du bist eine Französin, hast helle Haut und blondes Haar. Im Inneren sind sie doch wie Tiere.«

»Woher willst du das wissen? Kennst du sie?«

»Gott bewahre, ich lege keinen Wert darauf, sie kennen zu lernen.« Scheinbar interessiert verfolgte er mit den Augen, wie die Kameltreiber der Karawane die Tiere versorgten, Sättel und Zaumzeug ausbesserten, die Wassersäcke füllten und Lebensmittel packten.

»Morgen reiten wir weiter bis Biskra. Dort setzen wir unseren Fuß zum Glück wieder in zivilisierte Gebiete. Wir fahren dann mit der Eisenbahn weiter.« Er seufzte leise. »Diese Strapazen hätten wir uns ersparen können, wenn die Eisenbahnstrecke schon weiter nach Süden ausgebaut worden wäre. Was für ein Segen für diese Region, wenn erst der Schienenstrang bis nach Timbuktu führt.«

»Sie würde durch das Gebiet der Tuareg führen«, wandte Désirée ein.

»Erst recht ein Grund, sie zu bekämpfen. Sie würden dann vielleicht statt der Karawanen die Eisenbahn überfallen. Zum Glück gibt es noch solch tapfere Männer wie Leutnant Pellegrue, die wissen, was von ihnen verlangt wird.« Er erhob sich. »Ich werde noch einmal den Karawanenführer kontrollieren. Immerhin hat er ein schönes Sümmchen eingestrichen. Er war erst bereit in das Tuareg-Gebiet zu gehen, als ich ihm versicherte, dass wir vom Militär begleitet würden. Für Leutnant Pellegrue war es natürlich eine Ehre, eine Französin zu befreien. Ich denke, dieses Erfolgserlebnis tut seiner Karriere gut.«

Désirée blickte ihm nach. Er hatte also nichts dagegen, dass der Leutnant seine Karriere durch Kindermord aufpolierte.

Nach einer Weile kam Philippe zurück und setzte sich wieder zu ihr. Er streichelte mit dem Handrücken sanft ihre Wange und lächelte. »Es war ein schlimmer Albtraum«, sagte er leise zu ihr. »Aber nun ist er vorbei.«

»Philippe, darf ich dich um etwas bitten?«

»Um alles, was du willst«, entgegnete er.

»Lass uns nie wieder davon sprechen.«

Er schaute sie lange und nachdenklich an, dann nickte er. »Egal, was geschehen ist, es soll vergangen sein.«

Sie lehnte den Kopf an seine Schulter und rang mit sich. »Danke.«

In Ouargla würden sich die Soldaten von der Karawane trennen, die dort stationiert waren. Désirée war froh darüber. Sie hatte einen heftigen Disput mit dem Leutnant gehabt, in den Philippe sich handgreiflich hatte einmischen müssen. Désirée hatte Pellegrue als Schlächter bezeichnet, und dieser hatte sich entschieden dagegen verwahrt, sich bei Philippe beschwert und ihn aufgefordert, seine verrückte Braut unter Verschluss zu halten. Daraufhin hatte Désirée ihn wüst beschimpft und auf ihn eingeschlagen. Wenn sie sein Gewehr in die Hand bekommen hätte, dann hätte sie wahrscheinlich sogar abgedrückt. In ihrer Fantasie malte sie sich Folterungen und Torturen für Pellegrue aus, um ihre Rachegelüste zu kühlen.

Später versank sie wieder in Melancholie. Was tue ich eigentlich hier?, fragte sie sich. Warum diese Odyssee?

Ihr träger Blick glitt über die Karawane. Es waren alles plumpe Lastkamele mit dunklem Fell. Arkani hatte es ihr erklärt. Je heller ein Dromedar war, umso edler. Die weißen gehörten einem Fürst. Diese Meharis waren schlank und elegant, schnell und ausdauernd. Sie waren den blauen Kriegern angemessen.

Mit etwa vier Jahren begann für die Dromedarfohlen der Ernst des Lebens. Dann mussten sie sich an Sattel, Zaumzeug und Stricke gewöhnen. Die dunklen Tiere wurden ohnehin nur als Lastkamele genommen, und es war eine gehörige Portion Erziehung nötig, bis sie in einer Karawane laufen konnten. Die jüngsten und am wenigsten erzogenen Kamele mussten ganz hinten gehen, das erfahrenste war das Leittier. So eine Karawane zusammenzustellen, war eine Kunst, die die Tuareg meisterlich beherrschten. Aber noch mehr verstanden sie von der Zucht der edlen Tiere. Sie sah Arkanis Augen leuchten, wenn er von seiner Herde sprach.

Für jede Art der Farbschattierung und Musterung hatten die Tuareg einen besonderen Namen. *Abzaw* hieß Arkanis Mehari, ein Tier, das fast weiß war, *azerraf* ein geschecktes Kamel, *alemlar* ein graues Tier, *éberim* ein gelbliches Kamel und Désirées Reitkamel hieß *égadé*, ein wundervolles hellbraunes Tier.

Sie wunderte sich, dass sie all die Namen behalten hatte, sinnlos für sie, lebenswichtig für Arkani.

Arkani! Sie zog sich noch tiefer unter ihren *alechu* zurück, und einige Erinnerungen an die Zeit mit Arkani stiegen in ihr auf. Das Erste, was sie vor ihrem inneren Auge sah, wenn sie an ihn dachte, war seine imposante Gestalt. Das wehende indigoblaue Übergewand, der kunstvoll gewundene Turban, dessen

Ende als Schleier vor seinem Gesicht lag und seine Haut blau färbte, die unglaublich ausdrucksvollen, ungewöhnlichen grauen Augen mit den goldenen Punkten darin, seine schmalen und doch so kräftigen, zärtlichen, erkundenden, helfenden, beschützenden Hände, die gleichwohl erbarmungslos das rote Schwert führen konnten, um einem Feind mit einem Hieb den Kopf vom Rumpf zu trennen. Sie hörte seine sanfte, durch den *tugulmust* gedämpfte Stimme, tief und geheimnisvoll, wie sie in seiner klangvollen Sprache und in Französisch sang. Sie erinnerte sich an seinen Körper, schlank, mit festen Muskeln, im rötlichen Schein des Mondes, an verwunschenem Ort, umhüllt vom Wasser der geheimnisvollen Quelle. Sie sehnte sich so sehr nach ihm, nach seinen Zärtlichkeiten, seiner Liebe.

O ja, sie war sich sicher, dass Arkani sie liebte. Er liebte sie, wie ein Mann seine Frau liebte. Doch dann schoben sich andere Bilder davor, Bilder des Grauens. Ein zerstörtes Lager, verbrannte Zelte, verwüstete Felder, schweigende Menschen mit anklagenden Blicken, Gräber am Fuße der Dünen …

Und dann weinte sie leise. Der Schlaf kam lautlos auf einem schwarzen Kamel geritten.

Sie träumte von Paris, der Rue de Voisin. Sie sah das hohe, mehrstöckige Haus vor sich, in dem sie wohnten. Ja, Vater war noch da. Er saß in seinem Arbeitszimmer mit einer Lupe über antike Scherben gebeugt und hatte die Zeit vergessen. Désirée stand mit einem Tablett in der Hand in der Tür.

»Vater, willst du wirklich nichts essen?«

»Komm her, Désirée, und schau dir das an. Das ist tatsächlich eines dieser Ölgefäße, das die ägyptischen Priester benutzten, um die Toten einzubalsamieren. Siehst du hier diesen schwarzen Schakal? Das ist Anubis, der Totengott. Und hier drin kannst du sogar noch Reste eingetrockneten Öls erkennen …« Draußen auf dem Kopfsteinpflaster der Straße ratterten Kutschen vorbei. Eine hielt vor dem Haus, und Philippe stieg aus. Er hielt einen Blumenstrauß in der Hand. »Vater, Philippe will um meine Hand anhalten«, sagte sie.

Und der Vater winkte ungeduldig ab. »Ja, ja, fangt schon mal an. Ich komme gleich, muss nur noch dieses wertvolle Stück sichten ...«

Stöhnend wälzte sich Désirée herum. Sand knirschte zwischen ihren Zähnen, und ein Druck lastete auf ihrer Brust. Sie musste das Fenster öffnen, ganz weit, um Luft zu bekommen, sonst würde sie ersticken. Sie schaute hinaus.

Paris, die quirlige, lebendige Großstadt, die niemals schlafen ging. Aber da gab es keinen Frieden, keine Weite und auch keine Zeit. Das Leben verlief hektisch, in quälender Enge und in ständigem Streit mit dem Nachbarn. Dort wurde sie betäubt vom Lärm und der Eile, dort verdeckten Dächer die Sicht auf die Sterne, und die Luft in den Zimmern roch muffig und abgestanden. Kein Wind brachte Hitze oder Kühle, die Probleme schufen sich wie von selbst in den Gassen und Straßen, in den Häusern und öffentlichen Gebäuden.

Dort gab es nicht das, was sie hier in der Wüste fand: die Zeit, den Frieden und die Möglichkeit, sich selbst zu finden. Sie konnte hier den Blick in die Ferne richten und die sie umgebende Natur betrachten, die vom Wind seltsam geformten Steine, die scharfgratigen Wanderdünen oder das einzelne Sandkorn, die Spur eines Käfers oder einer Schlange im Sand, oder auf ihr Inneres konzentriert über all die Dinge nachdenken, die das Glück der Seele ausmachten.

Sie fuhr auf und starrte in die Dunkelheit. Die wachhabenden Soldaten saßen am Feuer und unterhielten sich leise. Die Kamelführer hatten es sich bei ihren Tieren bequem gemacht. Sie spürte Philippes Hand.

»Hast du schlecht geträumt, mein Kleines?« Seine Stimme war sanft und besorgt.

Mit einem Ächzen ließ sie sich wieder auf ihre Decke sinken. Philippe war bei ihr!

Sie hatte Philippe geliebt. Sie hatte Philippe belogen. Sie hatte Philippe betrogen. Er konnte nichts dafür. Er hatte sich Sorgen um sie gemacht. Er hatte eine Karawane bezahlt, die sie finden sollte. Er war selbst auf diese gefährliche Reise ins Unbekannte gegangen. Und er hatte die Soldaten dazugeholt. Was war sein Fehler? Dass er Franzose war?

»Mein Vater ist tot«, sagte sie so unvermittelt, dass Philippe erstarrte. Doch dann beugte er sich über sie und streichelte ihre Schulter.

»Vielleicht solltest du im Augenblick nicht daran denken.«

»Ich habe ihn sterben sehen«, fuhr sie unbeirrt fort. »Vor meinen Augen fiel er tot vom Baum. Er hat sich selbst gerichtet mit der letzten Kugel in seinem Gewehr. Da hatte ich ihn fast erreicht. Über hunderte von Kilometern, über das Meer, das Gebirge, durch die Wüste. Da waren Bilder an den Wänden. Sie waren so schön. Tiere, Rinderherden, Antilopen und Menschen, seltsame Menschen, die tanzten oder kämpften … Ich sah ihn vor mir da auf dem Baum. Die Kel Essouf hatten ihn bereits in ihr Reich gezogen. Sie hausten dort zwischen den schwarzen Felsen, die vor Urzeiten einmal ein Vulkan ausgespuckt hatte … Nur zwei Armlängen vor mir … Dann fiel er vor meine Füße und war tot. Dieses kleine Loch in der Stirn …, vielleicht sind die Geister da wieder hinausgeflogen. Er sah so friedlich aus, als er da lag. Ich habe ihn begraben, mit den bloßen Händen. Jetzt ist er selbst ein Geist. Ein Nomade, der am Ende seiner Wanderung angekommen ist.« Sie blickte zum Himmel. »Da oben«, wisperte sie, als spräche sie zu sich selbst, und zeigte zu den Sternen, »beim Großen Führer. Da leuchten seine Augen und der Stern darunter, das ist sein Herz.« Lautlos rannen Tränen über ihre Wangen. »Arkani hat mir eine Geschichte erzählt. Die Tuareg erzählen sich viele Geschichten, weißt du? Und manchmal erfinden sie welche. Einer beginnt, der Nächste setzt sie fort und reihum so weiter. Die Geschichten handeln von dem Leben in der Wüste, von den Lehren, die die Wüste erteilt, von der Liebe und dem Tod. Von diesem Mädchen, das einen anderen heiraten sollte, als den, den es liebte. Sie haben es zwischen zwei Kamele gespannt. Aber die Liebe gab ihm die Kraft, dass die Kamele es nicht zerreißen konnten. Die Liebe ist stärker als der Tod ... hörst du? ... Stärker als der Tod ... vergiss das nie, Désirée.«

Schweigend wandte Philippe sich ab.

XXXV

Die *djemaa* hatte sich zusammengefunden, diesmal aber in einem ungewöhnlichen Rahmen. Nicht nur die halbwüchsigen Knaben waren da, die stets ehrfurchtsvoll den alten Ratsmitgliedern lauschten und ihnen Tee kochten. Es waren auch viele Frauen dabei, die gespannt den Disput der Männer verfolgten.

Der Amenokal war tot. Ein neuer Stammesfürst musste gewählt werden.

»Wir haben Boten zu allen Nomadenlagern geschickt«, sagte Mahmoud. »Wenn die Gesandten eintreffen, wird der neue Amenokal gewählt.« Er hob den Blick und schaute Arkani durchdringend an. »Du wirst dich sicher zur Wahl stellen.«

Arkani saß unbeweglich, die Arme auf die Knie gelegt. Niemand konnte in seinem Gesicht sehen, was er dachte.

»*Kala kala*«, sagte er plötzlich und unvermittelt. Es war ein Wort, das es im Sprachgebrauch der Tuareg eigentlich gar nicht gab. Lähmendes Entsetzen war die Folge und eisiges Schweigen, dann brach ein heftiger Tumult los.

Arkani hob gebieterisch die Hände und forderte so die Anwesenden zum Schweigen auf. Nur langsam verebbte das Gemurmel der Ratsmitglieder und Zuschauer. Sie wurden soeben Zeugen einer großen Ungeheuerlichkeit. Und Arkani war verrückt geworden!

Er schaute sich in der Runde um. Die Blicke der Männer blieben auf ihn geheftet. Nichts hatte er von seiner hoheitsvollen Haltung eingebüßt, er zeigte kein Zeichen der Unsicherheit.

»Ich kann nicht einfach so weiterleben, als sei nichts geschehen«, sagte er. »Ich will meine Scham und meine Wut nicht mehr hinter meinem *tugulmust* verbergen. Ich weiß jetzt, dass unser Stolz gebrochen werden soll.«

Er trat aus dem Kreis und zu seiner Mutter hin. Sie schaute voller Schmerz in seine Augen. »Wenn du so einfach fortgehst, bist du verloren, mein Sohn.«

»Es ist geschehen, weil *sie* hier war«, warf Mahmoud ein. »Hast du das vergessen?«

Arkani blickte sich wieder um. »Ich habe nichts vergessen, gar nichts. Ich habe nicht vergessen, was jeder Einzelne von euch gedacht, gesagt, getan hat.«

»Hast du auch nicht vergessen, dass die Soldaten kamen und Männer töteten, Frauen zu Witwen und Kinder zu Waisen machten?«

»Ich habe nichts vergessen. Auch meine Mutter wurde zur Witwe.«

»Und trotzdem willst du gehen?«

»Éoulla. Mein Entschluss steht fest.«

»Es ist kein Entschluss für unseren Stamm. Es ist dein ganz eigener. Du willst diese Frau haben, weiter nichts.«

»Nein, ich muss einen Kampf führen. Das wirst du doch wohl eher verstehen.«

»Es ist dein Kampf, Arkani, nicht unserer. Du willst nichts weiter als Rache. Wenn du diese Frau wieder hierher holst, bringst du auch das Unglück mit.«

Wütend fuhr Arkani herum. »Nicht diese Frau hat das Unglück angezogen, sondern eure Gier nach Lösegeld. Es war unehrenhaft, und nur deshalb habt ihr das Unglück heraufbeschworen.« Seine Augen funkelten Akhamouk zornig an. »Es war nicht der Wille des Amenokals.«

»Und jetzt fürchtest du dich davor, die Verantwortung zu übernehmen?«, höhnte Mahmoud.

»Keineswegs«, erwiderte Arkani. »Es gibt genügend geeignete Kandidaten. Ihr wisst genau, dass der Nachfolger des

Amenokals der mütterlichen Linie entstammen muss. Da mein Vater keine jüngeren Brüder mehr hat, so wäre Moussa der Nächste.«

Er erntete Gelächter. Moussa war gerade mal fünfzehn Jahre alt. Er war ein hübscher Junge, aber er musste sich erst in allen Tugenden beweisen.

»Und was ist mit Jerab, Oumelkir, Sidi, Elias, Ibrahim, Katabou, Ismarel, Bachir, Khadou? Sie alle entstammen der mütterlichen Linie des Amenokals.«

Mahmoud winkte ab. »Wir werden geeignete Kandidaten vorschlagen, Arkani, aber du weißt selbst, dass du der geeignetste bist. Du allein hast dich bewiesen, sowohl im Kampf als auch in der Poesie. Deine Schönheit, Tapferkeit, deine Eleganz und dein Mut werden gerühmt und sind weit über die Grenzen unseres Stammes hinaus bekannt. Deine Klugheit, deine Großzügigkeit und Bescheidenheit, deine Ausdauer und Redegewandtheit eilen dem Wind voraus. Wer ist dir ebenbürtig?«

»Aber jetzt steht ihr nicht zu mir. Ihr heißt nicht gut, was mein Wille ist. Wie kann ich dann euer Amenokal sein?«

Plötzlich erhob sich aus dem Kreis der stummen Zuhörer eine Frau. Es war Aissa.

»Es ist nicht üblich, dass eine Frau die Stimme erhebt und so in den Disput der Ratsmitglieder eingreift«, sagte sie bescheiden. »Ich wage es trotzdem, weil es eine wichtige Sache gibt, die beachtet werden sollte. Ihr sagt, die fremde Frau ist schuldig. Ihr sagt, Arkani läuft dieser fremden Frau nach. Ihr sagt, er holt das Unglück zurück. Ihr sagt, es ist Arkanis Sache. Ihr sagt, er schadet damit seinem Stamm, seiner Sippe. Der Hass auf alles Fremde trübt euren Blick. Diese Franzosen sind verdammenswert. Sie haben unsere Männer, Frauen und Kinder getötet. Es sind Teufel, die bekämpft werden müssen. Aber sie haben auch etwas anderes getan. Sie haben unsere Gastfreundschaft beschmutzt. Gastfreundschaft ist eine unserer wichtigsten Tugenden.«

»Niemand hat sie als Gast betrachtet«, fiel ihr Akhamouk ins Wort und erntete sofort strafende Blicke der Anwesenden.

Aissa ließ sich von seinem Einwand nicht erschüttern. »Nicht die Franzosen, aber Désirée verstand sich als unser Gast.«

Überraschtes Gemurmel machte die Runde. Aissa legte ihre Hand auf die Brust. »Es war mein Zelt, in dem ich Désirée beherbergte, es war mein Lager, auf dem sie schlief, es war meine Pflege, die ich ihr angedeihen ließ, es war mein Brot, das sie aß, und es war mein Wasser, das sie trank. Sie war mein Gast, solange sie in unserem Lager weilte, und sie war mein Gast, solange sie an Arkanis Seite ritt. Von seiner Seite haben sie sie weggerissen, diese Franzosen. Sie haben sie gezwungen, mit ihnen zu gehen. Sie haben das Gastrecht mit Füßen getreten, indem sie unseren Gast entführten. Deshalb sollen sie gestraft werden. Sie haben den Tod verdient, weil sie Teufel sind.«

Das beifällige Raunen schwoll zum Tumult an.

Aissa hob die Stimme. »Habt ihr vergessen, dass auch mein Vater Amenokal war? Nur weil seine mütterliche Linie infolge der schrecklichen Hungersnot nach dem Jahr mit der Heuschreckenplage ausstarb, wurde ein Mitglied aus Alhavis Sippe gewählt. Ich weiß, man soll den Namen eines Toten nicht mehr aussprechen, aber muss ich euch daran erinnern, welche Taten Ahitarel zum Ruhme gereichten? Welche Taten meinem Vater Ousma zum Ruhme gereichten? Ist es nicht Arkani, der all diese Ahnen in sich vereint? Der Feind ist nicht eine einzelne Frau, die unter uns gelebt hat und bereit war, unsere Sprache, unsere Sitten und Gebräuche zu erlernen, zu achten und zu beherzigen. Der Feind steckt in den Köpfen dieser Teufel, die unseren Stolz brechen wollen, uns demütigen und töten, unsere Flügel beschneiden wie gefangene Falken. Sie wollen uns unsere Identität nehmen, ihre eisernen Pisten durch die Wüste treiben und sie so verletzen, verstümmeln, entehren. Sie richten Waffen der Feigheit auf uns und glauben, im Recht zu sein. Wie die gefräßigen Heuschrecken kommen sie und reißen alles an sich. Sie vergiften uns mit dem Geist ihrer Anschauung vom Leben, von Zivilisation, Sprache und

Sitten. Werfen wir uns ihnen entgegen, stoppen wir sie auf ihrem unehrenhaften Raubzug durch unsere Gebiete! Rächen wir die Schmach und die Entehrung, die sie uns angetan haben! Wählt einen Amenokal, der euch in diesen Kampf führt!«

Aissa verstummte und rang nach Luft. Dann drehte sie sich um und nahm wieder Platz in der Reihe der Zuhörer.

Stumm hatten die Anwesenden Aissas flammende Rede verfolgt. Und es herrschte noch Schweigen, bis sie ihren Platz wieder eingenommen hatte. Doch dann brach der Tumult los. Selbst die älteren Ratsmitglieder hatten so eine *djemaa* noch nicht erlebt. Den Jüngeren wurde langsam bewusst, dass soeben etwas historisch Bedeutsames geschehen sein musste, dessen Tragweite sie noch gar nicht richtig erahnen konnten.

Es dauerte eine geraume Weile, bis die heftigen Diskussionen verebbten. Nach und nach wandten sich alle Blicke zu Arkani und die Anwesenden verstummten.

Gespannte Ruhe lag über dem Ratsplatz, und nur das Knacken des ausgetrockneten Holzes im Feuer durchbrach die Stille. Jeder erwartete, dass Arkani das Wort ergriff.

Er erhob sich langsam und ordnete zunächst mit Bedacht die Falten seines *tekamist*. Dann richtete er den *tugulmust* und ließ seinen Blick über die Anwesenden schweifen. Seine Stimme klang durch den indigoblauen Stoff gedämpft und doch deutlich genug, dass alle in der Runde sie vernehmen konnten.

»Sie alle werden kommen, die Gesandten der Stämme und der Kel Ulli. Hier, an diesem Ort, werden wir nicht nur den neuen Amenokal wählen und dazu ein großes Fest feiern. Hier werden wir die Stämme vereinen, so werden wir eine große Schlagkraft gegen die Fremden haben. Alle Krieger des blauen Schleiers werden zu ihren *takoubas* greifen und sie gegen die Fremdherrschaft erheben.«

»Auch die Kel Ulli?«, fragte jemand erstaunt.

»Auch die Kel Ulli«, bestätigte Arkani. »Sie werden die Erlaubnis erhalten, Waffen zu tragen, und sie werden einem der edlen Krieger unterstellt.«

Das anschwellende Murmeln unterbrach er mit einer knappen Handbewegung.

»Aber bis die Krieger alle zusammengekommen sind, sind die Soldaten längst in ihre Garnison zurückgekehrt«, wandte ein anderer ein.

»Es bedarf keiner ungesunden Eile«, erwiderte Arkani gelassen. »Ihr alle kennt die Geschichte, in der alle Menschen der Erde noch in einem Lager zusammenlebten. Da rannte ein wildes Rind vorbei. Ohne nachzudenken, sprangen die Europäer und die Asiaten auf und klammerten sich an seinen Hörnern fest. Auch die Araber rannten ihm hinterher und bekamen nur noch den Schwanz zu fassen. Sie alle wurden jämmerlich mitgeschleift. Doch die Nomaden, die kochten erst einmal Tee, um zu beraten, ob sie dem Rind, wenn es müde sei, folgen sollten.«

Beifälliges Gelächter folgte.

»Wir werden ihnen folgen – nachdem wir Tee getrunken haben.«

Nun war der Jubel und Beifall nicht zu bremsen. Und alle wussten, wer der nächste Amenokal sein würde.

In den nächsten Tagen trafen Gesandte und Krieger aller Stämme des Hoggar ein. Nichts deutete auf einen nahenden Kampf hin. Die bevorstehende Wahl des neuen Amenokals wurde gefeiert. Prächtig gekleidet, auf ihren reich geschmückten Meharis, lieferten sie sich einen Wettstreit in Schönheit, Eleganz, Anmut und Reitfertigkeit. Kleinere Kamelrennen wurden veranstaltet, Musik erklang, Frauen und Männer tanzten, über den zahlreichen Holzfeuern wurden geschlachtete Hammel und Ziegen gebraten. Die Frauen stampften unentwegt Hirse, die Sklaven gingen ihnen zur Hand und kochten Schüsseln voller Klößchen, bereiteten Soßen aus getrockneten Tomaten und Zwiebeln zu und schleppten ununterbrochen Holz für die Feuer heran. Die Issegaren brachten körbeweise frisches Gemüse von den Feldern, und einige der Männer gingen auf die Jagd und bereicherten das Mahl mit Antilopen- und Straußenfleisch.

Die Ratsmitglieder und Abgesandten der Sippen ließen sich Zeit mit der Wahl des Amenokals. Sie debattierten die Abstammung des Kandidaten, seine Vorzüge, sein Geschick im Umgang mit dem Schwert, seine Wortgewandtheit und sein Geschick in Poesie und Musik.

Aber als es zur Abstimmung kam, waren sich alle einig. Arkani, Sohn des Ahitarel und der Aissa, wurde einstimmig zum neuen Amenokal gewählt.

Stolz trat Aissa vor und überreichte ihrem Sohn die *tobol*. Sie war das Symbol der Autorität des Amenokals. Arkani nahm sie in Würde und Dankbarkeit entgegen. Dann wandte er sich an die Gesandten und Gäste.

»Mein Herz ist voll Stolz und Freude, dass sich die Stämme zusammengefunden haben. Ein neuer Amenokal wurde gewählt. Mögen Allahs Schutz und Weisheit immer mit uns sein.« Er hob die Trommel in die Höhe. »Die *tobol* wird geschlagen, weil wir einen großen Kampf führen müssen, einen Kampf, in dem wir alle Kräfte benötigen. Solange wir Stamm gegen Stamm kämpfen, sind wir ein schwaches Volk, ein angreifbares Volk.«

»Du beleidigst das Volk der blauen Schleier«, rief jemand. »Noch nie haben wir uns vor etwas gefürchtet. Und wir sind stark.«

»Nein, wir sind in dem Augenblick uneins, wenn wir uns gegenseitig mit Rezzous bekämpfen. Für diesen Kampf aber müssen alle Stämme Seite an Seite kämpfen.«

»Es gibt so lange die Rezzous, wie es den *tugulmust* gibt, Arkani. Beides gehört zu uns. Sollen wir etwa auch den Schleier ablegen?«

»Niemand erwartet das von euch. Und wir werden es auch nicht tun. Er wird unser Zeichen sein, das Fanal, das wir setzen. Es wird auch kein Rezzou sein, denn unser Gegner ist nicht ehrenhaft, und es herrscht auch kein Gleichgewicht der Kräfte.«

»Wozu dann einen Kampf?«, fragte verblüfft einer der Gesandten. »Wir werden nicht gegen Schwächere antreten.«

»Die Schwächeren sind wir«, entgegnete Arkani. »Aber wenn wir alle zusammenstehen, geschlossen eine Front bilden, nicht die kleinste Lücke zwischen den Stämmen zu entdecken ist, dann werden wir siegen.«

Aufgeregtes Stimmengemurmel erhob sich.

»Wir werden gegen die Franzosen kämpfen«, rief Arkani und streckte die Trommel wieder über seinen Kopf.

Ohrenbetäubender Lärm erscholl, beifälliger Jubel. Arkani hob die Hand, um sich Ruhe zu verschaffen. »Die Franzosen besitzen die Waffen der Feiglinge und setzen sie skrupellos ein. Nicht nur gegen die Krieger, sondern auch gegen Frauen und Kinder.«

Er schwieg einen Augenblick in der überwältigenden Erinnerung an das Massaker, das erst vor kurzer Zeit das Leben in seinem Lager auf so dramatische Weise verändert hatte. Er dachte an Désirées Worte, dass es nur zu einem Kampf kommen konnte, wenn auch die Tuareg Gewehre besäßen. »Aber wir besitzen keine Gewehre.«

»Wir Imajeren benutzen nicht ihre teuflischen Waffen«, rief einer. »Wir haben unsere Schwerter.«

Er erhielt frenetischen Beifall. Die Krieger versetzten sich immer mehr in Kampfstimmung.

»Gegen diese Waffen richten unsere *takoubas* nur etwas aus, wenn wir eine bestimmte Taktik verfolgen«, ließ sich Arkani wieder vernehmen. »Wir werden nicht kämpfen nach den alten Regeln unseres Volkes, wir müssen die offene Schlacht mit Schwert, Schild und Lanze vermeiden. Dann strecken sie uns mit ihren Gewehren nieder, jeden Einzelnen. Wir werden kämpfen wie die Wölfe und Schakale: angreifen, zuschlagen, flüchten, zurückziehen, angreifen, ein Stück Beute entreißen, flüchten, zurückziehen, erneut sammeln, angreifen – und das blitzschnell und unerwartet.«

Statt Beifall legte sich lähmendes Schweigen über die Versammelten. Da und dort erhoben Männer ihre protestierende Stimme. »Das ist unwürdig!« – »Das ist kein ehrenvoller

Kampf!« – »So etwas tut ein edler Krieger nicht!« – »Es ist mit unserer Kampfesauffassung unvereinbar!«

Arkani atmete tief durch. Er wusste, dass er mit heftigem Widerstand rechnen musste.

»Ihr habt Recht. Aber ich sagte auch, es ist kein ehrenvoller Gegner. Wir müssen uns auf ihn einstellen. Deshalb die besondere Taktik. Es gibt keinen anderen Weg, sie das Fürchten zu lehren.« Dann riss er sein Schwert aus der Scheide und schwang es über dem Kopf. »Lehren wir sie das Fürchten!«

Mit einem Jubelschrei rissen alle Krieger ihre Schwerter hoch und schwangen sie über ihren Köpfen. Arkani griff zur Kriegstrommel und begann sie rhythmisch zu schlagen. Die Krieger formierten sich im Kreis, hielten die blanken Schwerter hoch und begannen sich im Takt der Trommel mit kleinen Schritten zu bewegen. Ein tiefer, sanfter Gesang drang aus ihren Kehlen, der langsam und gleichmäßig anschwoll, immer heftiger wurde und in einem schrillen Schrei kulminierte. Dann begann er wieder von vorn, sanft und kehlig, unaufhörlich anschwellend wie eine gefährliche Lawine. Mahmoud übernahm von Arkani die Trommel, während sich Arkani in den Kreis der tanzenden Krieger einreihte. Er würde sein Volk in den gerechten Freiheitskampf gegen die Fremdherrschaft der Franzosen führen.

XXXVI

Die gelben Lehmgebäude der Garnison von Ouargla verschmolzen fast mit der Farbe des Untergrundes. Von vier Seiten umgaben die Gebäude einen großen staubigen Platz, auf den die Sonne unbarmherzig herunterbrannte. Zwei Wachtürme flankierten ein großes, hölzernes Tor. Das Ganze glich einer Festung.

Auf der einen Seite befanden sich die Mannschaftsquartiere. Es waren flache, lang gestreckte Räume mit einer unendlich anmutenden Zahl einfacher Pritschen an beiden Wänden. Schmale Fensteröffnungen ließen nur wenig Luft und noch weniger Licht in das Quartier. Über jeder Pritsche befand sich ein Haken in der Wand, für die Uniform und das Gewehr. Die überhöhte Außenwand des Gebäudes diente gleichzeitig als Wachgang.

Dem Mannschaftsquartier gegenüber befanden sich die Stallungen. Es gab Pferde, Maulesel, einige Kamele. In einem besonderen Stall wurden Hühner, Gänse und ein Schwein gehalten. Das Schwein war eine Kostbarkeit. Es war ein weibliches Tier, und seit einem Jahr suchte der Kommandant vergeblich, einen Eber zu bekommen. In einem islamischen Land war das schier unmöglich, und die Admiralität im fernen Paris schien seinem Begehren keinen Glauben zu schenken. Hammel und Ziegen kauften sie von den einheimischen Beduinen ab. Gleich daneben befand sich die Küche.

Das Mittelgebäude beherbergte die Kommandantur und besaß als einziges auch ein Obergeschoss. Kommandant Febréze hatte die Fensterläden geschlossen, um die Gluthitze ein wenig abzuhalten. Er wusste, es war ein hoffnungsloses Unterfangen, wie auch das ganze Unterfangen, die zivilisierte Welt im Norden gegen den wilden Süden zu verteidigen. Dieser vorgeschobene Posten war nichts weiter als ein Himmelfahrtsunternehmen. Starben die Soldaten nicht durch heimtückische Angriffe rebellischer Nomaden, dann raffte sie die Hitze, Krankheiten oder die Verzweiflung dahin. Niemand, der sich hier befand, war freiwillig da. Entweder trieb sie die wirtschaftliche Not in die Legionen, oder sie waren strafversetzt worden. So wie Leutnant Pellegrue. So wie Sergeant Picard. So wie fast alle Offiziere in der Garnison.

So ein Haufen disziplinloser Soldaten war nur zu beherrschen, indem man selbst herrschte. Und zwar gnadenlos. Dafür war Febréze bekannt und gefürchtet. Aber was schon war das alles in diesem Höllenschlund. Gleichgültig, ob man von

Febréze und seinen Offizieren zu Tode geschunden wurde oder an dem seltsamen Fieber starb, das immer wieder aufflackerte, für die meisten der hier Stationierten gab es ohnehin keine Zukunft. Es sei denn, man zeichnete sich durch eine besondere Tat aus, von der die Kunde bis zur Generalität gelangte, sodass man dann vielleicht die Erlösung erhoffen durfte.

Dies hoffte zumindest Leutnant Pellegrue. Doch noch schien Kommandant Febréze nicht gewillt zu sein, seinen Einsatz für diese französische junge Dame wertzuschätzen. Er stand auf dem staubigen Garnisonshof und trieb die Soldaten an, die mit vollem Marschgepäck im Gleichschritt den Sand aufwirbelten. Der Zorn über die Ungerechtigkeit des Schicksals entlud sich in seiner Stimme.

»Ihr verdammten Hunde, schneller, habe ich gesagt! Soll ich euch Beine machen? Im Laufschritt marsch!« Er ließ seine Peitsche knallen und suchte sich ein geeignetes Opfer unter den Soldaten aus. Da, derjenige, der jetzt hinter den anderen zurückblieb, konnte eine kleine Aufmunterung vertragen. Doch ehe er ausholen und zielsicher zuschlagen konnte, fiel der Soldat wie ein gefällter Baum in den Sand. Dort blieb er reglos liegen.

Pellegrue erwählte sich statt seiner denjenigen, der sich über seinen Kameraden beugte und ihm wieder auf die Beine helfen wollte. »Pfoten weg, du Kanaille! Wenn er sich allein hinwirft, soll er auch wieder allein aufstehen!« Dann holte er mit der Peitsche aus und landete ihr verknotetes Ende zielsicher auf dem Handrücken des Unglücklichen. Der zuckte wie von der Tarantel gestochen zurück.

Das große Tor stand weit offen. Im hinteren Bereich des Hofes drängten sich einige Beduinen mit ihren Ziegen und handelten mit dem Koch. Andere schöpften am Brunnen Wasser. Es war ein stillschweigendes Übereinkommen zwischen dem Kommandanten und den Beduinen, seitdem die französische Kolonialregierung diese Oase unter ihren Befehl gestellt hatte, dass die Beduinen ihr Vieh wie seit je an diesen Brunnen bringen konnten. Zumindest gab es dadurch einen Scheinfrieden. Die Beduinen gelangten ans Wasser und ließen die Soldaten in Ruhe. Sie handelten mit ihnen und zumindest, was das Essen anbelangte, gab es keine Not. In der Oase wuchsen reichlich Dattelpalmen, wurden Zwiebeln, Tomaten und sogar Granatäpfel angebaut. Die schönen Frauen der Ouled Nail, eines Berberstammes, verhießen den Soldaten eine angenehme Unterbrechung ihres stumpfsinnigen Dienstes. Die Mädchen tanzten und prostituierten sich gegen Geld, das sie für ihre spätere Aussteuer verwendeten. So gab es eine relativ friedliche Koexistenz der Bewohner der Oase und der Stationierten in der Garnison.

Was Kommandant Febréze mehr Sorge machte, waren seine eigenen Soldaten. Seit 1873 die allgemeine Wehrpflicht in Algerien eingeführt worden war, mussten alle Algerier ihren Dienst ableisten. Der Gedanke, dass die undurchschaubaren Einheimischen unter Waffen standen, verursachte Febréze kein geringes Unbehagen. Umso mehr versuchte er, den Druck groß genug zu halten, um das Pulverfass, auf dem er saß, nicht zur Explosion zu bringen.

Der Kommandant tupfte sich das Gesicht mit kühlem Wasser ab, das immer in einer Schüssel neben seinem Schreibtisch stand. Dann verließ er sein Quartiersbüro und trat hinaus auf den Hof. Eine Weile schaute er den Soldaten zu, die kaum noch die Füße heben konnten und sich im schleppenden Laufschritt im Kreis herumquälten.

Dann winkte er zwei seiner Offiziere heran. »Sergeant Boulieux, nehmen Sie zehn berittene Leute zu einer Patrouille Richtung Südosten. Sie, Merville, patrouillieren mit fünf Reitern und zwanzig Fußsoldaten nach Südwesten.«

Die Offiziere salutierten und gaben die Befehle weiter. Die Pferde wurden gesattelt, die Soldaten nahmen Aufstellung. Kommandant Febréze schritt die Reihen ab. Dann nickte er und wandte sich an die entkräfteten Leute, die von Pellegrue geschunden wurden. »Und wenn ihr glaubt, euch über euer

Schicksal beschweren zu müssen«, tönte Febréze, »dann steht es jedem frei, die Patrouille von Sergeant Merville zu begleiten.«

Niemand antwortete ihm. Nur der keuchende Atem der Soldaten übertönte noch den ständig wehenden Saharawind.

»Nun, niemand hier, der sich freiwillig meldet?«, höhnte Febréze. »Dabei würden die hübschen Berbermädchen heute Abend gern Helden begrüßen und keine Schlappschwänze!«

Zögernd trat einer der Soldaten vor, dann ein zweiter, vier, fünf, sieben. Dabei blieb es. Febréze wippte auf den Zehenspitzen. »Das ist alles?« Wieder wanderten seine Augen die Reihen entlang.

»Gut«, sagte er schließlich. »Die Freiwilligen schließen sich der Patrouille an. Die anderen haben sich geirrt, wenn sie glauben, sich ausruhen zu können. Pellegrue, sammeln Sie die Soldaten zu einem Fußmarsch durch die Dünen. Das ist gut für die Kondition!«

»Sehr wohl, Kommandant«, salutierte Pellegrue und knirschte mit den Zähnen. Da knirschte es ohnehin von dem aufgewirbelten Staub.

Er ließ sich sein Pferd satteln. Die beiden anderen Patrouillen und seine Truppe marschierten durch das offene Tor in die Wüste hinaus.

»Ein Lied!«, brüllte Pellegrue. »Stimmt ein Lied an!«

Zögerlich, dann immer lauter schallte der Gesang aus rauen, durstigen Kehlen in den milchig blauen Wüstenhimmel.

Nach kurzer Strecke trennten sich die beiden Patrouillen. Boulieux schwenkte nach Südosten ab, während Merville in Richtung Südwesten marschierte. Pellegrue trieb seine Leute stur geradeaus nach Süden.

Die Hitze drückte mit dem Gewicht von Wackersteinen auf die armseligen Menschen herab, die sich durch die Wüste schleppten. Die Sonne stand im Zenit, und Pellegrue marschierte unbeeindruckt weiter.

»Vorwärts, ihr lahmen Schnecken! Aus euch muss man erst

noch richtige Soldaten machen. Anschluss halten! Aufrücken! Wegen eines Nachzüglers kehren wir nicht um!«

Der Gesang war schon längst verstummt, die Soldaten starrten stumpfsinnig vor sich hin, nur noch darauf bedacht, nicht zu straucheln. Sonst würden sie an dieser Stelle liegen bleiben, um nie wieder aufzustehen.

Leutnant Pellegrue hasste die Wüste, so wie alle Garnisonssoldaten sie hassten. Sie waren hier lebendig begraben. Niemand konnte ihr entkommen. Diejenigen, die glaubten, statt der Todesstrafe eine Begnadigung erfahren zu haben, als sie zur Garnison geschickt wurden, mussten jetzt verbittert feststellen, dass dies nur eine andere Art von Todesstrafe war.

Pellegrue schwenkte nach Südwesten. Sie marschierten immer gegen die Sonne. Unbarmherzig brannte sie ihre Spuren in die Gesichter der Männer. Manchmal glaubte er, einen schwarzen Punkt am Horizont zu sehen, dort wo Himmel und Dünen zu einem verschwommenen Rand zusammenflossen. Der Schweiß brannte in seinen Augen, und dann schwebten die schwarzen Punkte hinauf über den Horizont und verschwanden in der flirrenden Luft. In der Wüste gab es viele Erscheinungen, die die Sinne narrten. Angestrengt suchte er mit seinem Fernglas die Umgebung ab, aber er konnte nichts entdecken.

Das Pferd begann zu röcheln. Der Leutnant hob die Peitsche zum Zeichen der Rast. Stöhnend ließen sich die Männer in den Sand fallen. Mancher von ihnen wünschte sich nie wieder aufzustehen. Der Tod war gnadenvoller als diese unsägliche Qual.

Einer zog sich mit schmerzverzerrtem Gesicht die Stiefel von den Füßen. Die Enge und der eingedrungene Sand hatten sie blutig gerieben.

»Melde gehorsamst, ich kann nicht weitermarschieren, Leutnant.« Der Mann konnte sich kaum noch aufrecht halten. Pellegrue warf einen kurzen Blick auf die blutigen Füße des Soldaten. »Dann bleib hier«, erwiderte er nur. Er wendete sein Pferd.

»Aufstehen!«, brüllte er. »Alle aufstehen und in Zweierreihen formieren. Ohne Tritt – marsch!«

Einige zögerten und wandten sich zu ihrem Kameraden um.

»Ich habe befohlen: Ohne Tritt – marsch!«, bellte Pellegrue und ließ seine Peitsche knallen. Sein Pferd tänzelte nervös, und weißer Schaum flog aus seinem Maul.

Langsam setzte sich die Kolonne wieder in Bewegung. Der Soldat ohne Stiefel blieb einsam zwischen den Dünen zurück.

Nur äußerst langsam sank die Sonne am westlichen Horizont. In den späten Nachmittagsstunden schickte sie noch einmal alles, was sie an Höllenglut aufzubieten hatte, in die Wüste herunter. Formlos schleppte sich Pellegrues Truppe durch die eintönige Dünenlandschaft. Irgendwo dahinten lag die Oase von Ouargla, einer Fata Morgana gleich, scheinbar unerreichbar. Pellegrues Zorn war verraucht, und er lechzte nach Schatten, Wasser und Ruhe.

Es war ein totes Pferd, auf das sie stießen. Es lag mit unnatürlich verrenkten Gliedern am Fuß einer Düne. Pferde waren nicht unbedingt für die Wüste geeignet. Pellegrue wurde stutzig, weil das tote Tier noch Sattel und Zaumzeug trug. Wenn es schon einen Verlust gab, wurde wenigstens das Sattelzeug gerettet.

Er hob den Peitschenknauf, aber auch die Soldaten hatten das Pferd mittlerweile entdeckt und blieben stehen.

Irgendetwas ließ ihn misstrauisch werden. Er beorderte zwei Soldaten an seine Seite, dann ritt er zum Kamm der Düne empor. Was sich ihm dahinter offenbarte, ließ ihm das Blut in den Adern stocken. Wie dahingemäht lagen die Soldaten von Mervilles Patrouille. Nicht einer, auch nicht Merville selbst, hatte das Massaker überlebt. Dazwischen lag ein weiteres totes Pferd. Die anderen Tiere fehlten.

Langsam stieg Pellegrue von seinem Pferd ab und trat näher.

Die meisten Soldaten waren mit Lanzen erstochen worden. Doch einigen fehlte auch der Kopf. Der war säuberlich und mit einem Schlag vom Rumpf abgetrennt worden.

In Pellegrue keimte ein schrecklicher Verdacht. Das waren keine Beduinen, keine kleinen Scharmützel. Hier waren echte Krieger am Werk, schreckliche Krieger, die kein Erbarmen kannten. Doch wo waren sie?

Er blickte um sich, aber er konnte nichts entdecken. Die Wüste war leer wie zuvor. Er beugte sich herab und untersuchte die Spuren. Da waren jede Menge Fußspuren von Menschen, die tiefen stammten von den Soldatenstiefeln, die flachen von Sandalenträgern. Und es gab Spuren von Tieren, die tiefen und kleinen von Pferden, die flachen und breiten, am vorderen Ende gespaltenen von Dromedaren. Er versuchte, diese Spuren zu verfolgen, aber sie schienen sich in alle Richtungen zu verflüchtigen.

Seine Haut zog sich zusammen wie bei großer Kälte, und er spürte tausend unsichtbare Augen auf sich gerichtet. Er riss seine Pistole aus dem Halfter und feuerte in die Luft.

»Kommt doch her, ihr feigen Teufel! Stellt euch dem Kampf! Was seid ihr für Krieger? Feiglinge!«

Er drehte sich im Kreis, feuerte immer wieder seine Pistole ab, bis das Magazin leer war. Dann erst bemerkte er die stummen Blicke der Soldaten. Sie standen erstarrt, ihre Gewehre mit den aufgepflanzten Bajonetten in den Händen. Aber es gab niemanden, gegen den sie hätten kämpfen können. Die Spuren verwehte der Wüstenwind.

Pellegrue schien sich zu besinnen. Er kam die Düne herab und bestieg wieder sein Pferd. »Abteilung kehrt! Marsch!«, kommandierte er.

»Und die Toten?«, fragte einer der Soldaten.

»Die laufen nicht weg«, erwiderte Pellegrue sarkastisch.

Die Männer standen da, dann nahmen sie ihre Mützen mit den verschmutzten Nackentüchern ab und verharrten in stummem Gebet. Einer ging vor und hob die französische Fahne auf, die halb im Sand vergraben lag. Damit deckte er den abgetrennten Kopf eines der Männer zu.

»Besinnt euch, Soldaten! Im Angesicht des Todes ist es nicht angebracht, nachzudenken. Ihr seid ohnehin hier, um zu sterben. Wir können nichts mehr tun. Aber wir sollten zusehen, dass wir zurück in die Garnison kommen, um Meldung zu erstatten. Die kommen wieder!«

Und diesmal trieb die Angst die völlig entkräfteten Männer, sodass ihr Tempo ein bisschen zügiger wurde.

XXXVII

Das Tor der Garnison stand immer noch weit offen. Von drinnen hörte man Lachen, Musik und Gesang. Zwei Feuer brannten, und die Beduinen saßen gemeinsam mit den Soldaten im Kreis. Zwei junge Mädchen tanzten nach den Trommeln und Flöten.

Der Wachhabende auf einem der Türme, der sich im Stillen ärgerte, dass er am Treiben auf dem Garnisonshof nicht teilnehmen konnte, sah Pellegrues Truppe nahen. Ein Grinsen flog über sein Gesicht. Die Männer waren so entkräftet, dass sie sich nur noch auf ihre Gewehre gestützt vorwärts schleppen konnten. Und doch schien ihnen der Teufel im Nacken zu sitzen. Wahrscheinlich waren ihnen sogar im Augenblick die tanzenden Frauen der Ouled Nail egal, wenn sie nur einen Schluck Wasser bekämen.

Wenige hundert Meter vor dem Tor gab Pellegrue seinem Pferd die Sporen und sprengte in den Hof hinein. Vor dem Kommandanturgebäude sprang er ab und machte sich nicht die Mühe, es anzubinden. Mit großen Schritten eilte er hinein und die Treppe hinauf.

Febréze blickte ihm mit einer Mischung aus Argwohn und Unwillen entgegen.

»Was ist? Warum lassen Sie Ihre Leute nicht zum Appell antreten?«, fuhr er Pellegrue an.

»Kommandant, melde gehorsamst, Überfall der Tuareg!

Mervilles Patrouille ist überfallen worden. Keine Überlebenden.«

Febréze sprang auf. »Was? Hier? So weit sind sie noch nie nach Norden gekommen. Haben Sie sich auch nicht geirrt?«

»Nein, Monsieur le Colonel.«

Febréze starrte Pellegrue an. »Haben Sie die Tuareg gesehen?«

»Nein, Monsieur le Colonel.«

»Woher wollen Sie dann wissen, dass es tatsächlich Tuareg waren?«

»Ein Teil der Männer wurde … geköpft.«

Febréze stieß die Luft aus. Er wusste, nun war es mit der Ruhe vorbei. »Geben Sie Alarm, und lassen Sie sofort das Tor schließen«, befahl er. Dann eilte er selbst auf den Hof. Er ignorierte die Schreie der eingeschlossenen Beduinen und ihre Proteste. Darauf ließ er die Wachen auf den Türmen und dem Wandelgang verstärken.

»Kommandant, die Patrouille unter Sergeant Boulieux ist auch noch nicht zurückgekehrt«, ließ sich einer der wachhabenden Offiziere vernehmen.

»Das weiß ich auch«, blaffte Febréze gereizt zurück. »Halten Sie verstärkt nach ihnen Ausschau, und geben Sie ihnen notfalls Feuerschutz.«

Und dann senkte sich eine gespenstische Stille über die Garnison. Die Nacht brach herein, ohne dass es eine Spur von Boulieuxs Patrouille gab. Aber auch von den Tuareg ließ sich keiner sehen. Langsam kam Febréze zu der Überzeugung, dass Pellegrue sich geirrt haben musste. Wahrscheinlich verfolgte ihn die Angst wegen des Massakers in dem Nomadenlager der Tuareg.

Febréze hatte Pellegrue seine Missbilligung ausgesprochen. Es war nicht ungefährlich, die Tuareg zu reizen. Trotz Pellegrues aufgeblasener Schilderung seiner Befreiungsaktion war der Kommandant überzeugt, dass seine Aktionen überzogen waren. Und er hoffte nur, dass dieser Überfall nicht das Zeichen der Rache der blauen Krieger war. Ansonsten würde es nicht gut um sie stehen.

Doch als der Morgen graute und sich immer noch nichts tat, beruhigte sich Febréze selbst. Die Soldaten aus Pellegrues Trupp waren in einen todesähnlichen Schlaf gefallen.

Trotzdem blieb Febréze wachsam. Fünfundzwanzig Leute hatte er mit Mervilles Patrouille verloren, weitere zehn wurden vermisst, und auch Pellegrue war mit einem Mann weniger zurückgekommen. Und diejenigen, die zurückgekehrt waren, waren mehr tot als lebendig. Aber er brauchte alle, um die Garnison zu verteidigen.

Das hübsche Berbermädchen, das sich ihm für die Nacht angeboten hatte, schickte er mit einer ungeduldigen Handbewegung weg. Er überlegte, ob er die Kanonen ausrichten lassen sollte.

Vor dem immer noch geschlossenen Tor gab es Tumult. Die bislang eingeschlossenen Bauern und Händler wollten hinaus, andere hinein.

»Sergeant Picard, schicken Sie alle verfügbaren Männer in die Waffenkammer. Lassen Sie Munition austeilen. Wachenverstärkung auf den Türmen. Und öffnen Sie das Tor, aber kontrollieren Sie die Leute.«

Nur äußerlich schien sich das Leben in der Garnison zu normalisieren. Der Koch handelte mit den Bauern, einige Händler boten Teppiche, Lederarbeiten und Kupfergegenstände feil, die Musikanten spielten im Schatten des Stalles, und einige Berberjungen machten sich bei der Pflege der Pferde und Maultiere nützlich.

Febréze spürte selbst am meisten die Spannung, die unter seinen Männern herrschte. Während sie die Waffen putzten, waren sie beschäftigt. Aber er wusste auch, dass sie der kleinste Anlass aus der Fassung bringen würde.

Sechsundzwanzig Mann verloren, zehn vermisst! Febréze kratzte sich am Kopf. Er wusste nicht, wie er das gegenüber seiner Obrigkeit begründen sollte. Nichts deutete darauf hin, dass es zu irgendwelchen Kampfhandlungen kommen würde. Die Stammesführer der Beduinen hatten mit den Franzosen ein

Friedensabkommen geschlossen, die Kabylen waren erst blutig niedergeschlagen worden. Es herrschte Ruhe über der Wüste. Oder doch nicht?

Er erinnerte sich wieder an das Kabel, das er aus Constantine erhalten hatte und in dem ein offensichtlich sehr einflussreicher junger Mann seine militärische Hilfe angefordert hatte. Eine französische Frau war in der Wüste verschollen. Zum Teufel, was suchte auch so ein Weib in der Wüste? Gab es für sie keine andere Beschäftigung?

Vielleicht war es ein Fehler gewesen, darauf einzugehen. Sollte er doch diese Verrückte suchen, aber ohne ihn. Nun hatte er das Problem am Hals, wenn Pellegrue Recht hatte. Und dass er das hatte, darauf wiesen Art und Weise, wie die Soldaten getötet worden waren, hin. Seine einzige Beruhigung war, dass die Tuareg ziemlich eigensinnig an ihren herkömmlichen Waffen festhielten. Waren sie im Nahkampf auch absolut tödlich, so würde er es gar nicht erst so weit kommen lassen. Die Gewehre und Kanonen der Franzosen waren diesen mittelalterlichen Waffen allemal überlegen.

»Mon Colonel, sollten wir nicht nach der verschollenen Patrouille von Sergeant Boulieux suchen lassen?«, riss ihn Sergeant Picard aus den Gedanken.

Febréze überlegte. Wenn Boulieux nicht zurückkam, dann konnte das verschiedene Gründe haben. Es konnte daran liegen, dass der Sergeant sich verirrt hatte und den Rückweg nicht fand. Aber das war nahezu ausgeschlossen. Boulieux war erfahren genug, hatte bereits in Marokko gedient und war nur nach Ouargla versetzt worden, weil er im Casino im Streit einen anderen Offizier erschossen hatte. Dieser hatte ihn angegriffen und mit einem Messer verletzt. Beide waren betrunken gewesen, es soll um eine Frau gegangen sein, und Boulieux hatte sich dann auch noch der Verhaftung durch Flucht entzogen. Aber er war und blieb ein alter Wüstenfuchs. Nein, daran konnte es nicht liegen.

Vielleicht lag es an den Pferden. Pferde benötigten weitaus

mehr und häufiger Wasser als Dromedare. Aber er konnte keinen seiner Offiziere überzeugen, Dromedare zu reiten. Sie waren viel zu langsam, zu störrisch und nicht elegant genug. Mochten die Nomaden sie benutzen, ein französischer Offizier ließ sich nicht auf das Niveau von Kameltreibern herab. In diesem Fall würde es sehr wohl helfen, wenn sie ihnen mit Wasser entgegenreiten würden.

Oder auch sie waren in einen Hinterhalt geraten. Das wäre die schlechteste aller Möglichkeiten. Aber auch die wahrscheinlichste. Febréze konnte sich zwar nicht vorstellen, warum die Tuareg eine andere Kriegsstrategie anwenden sollten. So konservativ und halsstarrig sie an ihren mittelalterlichen Waffen festhielten, so traditionstreu und berechnend hielten sie auch an ihrer Strategie fest. Sie waren todesmutig, schnell und bevorzugten den offenen Kampf. Sie kämpften Mann gegen Mann. Und deswegen hatten sie keine Chance.

Febréze hätte spätestens jetzt beruhigt sein können, aber er war es nicht. Es konnten keine Tuareg sein, weil dies hier gar nicht ihr Stammesgebiet war. Das lag weiter südlich des Östlichen Großen Ergs, und bislang hatten sie es noch niemals verlassen. Es gab gelegentliche Kämpfe und Überfälle innerhalb des Gebietes und in der Nähe der großen Karawanenstraßen.

Wahrscheinlich waren es doch irgendwelche abtrünnigen Berberstämme, die unbedingt mit dem Säbel rasseln mussten. Wahrscheinlich hatten sie es nur auf die Gewehre der getöteten Soldaten abgesehen.

»Pellegrue, kommen Sie mal her«, sagte Febréze nach einer Weile. Der Leutnant, der bislang das Putzen der Waffen beaufsichtigt hatte, kam zum Kommandanten herüber.

»Zu Befehl, mon Colonel«, salutierte er.

Febréze winkte beschwichtigend ab. »Sagen Sie, was halten Sie wirklich von der ganzen Sache. Sie waren überzeugt, dass es Tuareg waren.«

»Das bin ich immer noch, Colonel.«

»Und wieso gab es dann nicht einen einzigen toten Tuareg? Unsere Männer haben sich doch bestimmt gewehrt und auf sie geschossen.«

»Ich nehme es an, mon Colonel.«

»Finden Sie das nicht auch ein bisschen eigenartig? Und wo sind die Gewehre der Soldaten?«

»Sie waren nicht mehr da. Alles ist geplündert worden.«

»Sie kennen doch die Einstellung der Tuareg zu modernen Waffen? Glauben Sie wirklich, dass sie die Patrouille überfallen haben, um deren Waffen zu erbeuten? Außerhalb ihres Stammesgebietes?« Er schenkte Pellegrue einen überaus skeptischen Blick.

Pellegrue nahm eine stramme Haltung an. Das tat er immer, wenn er unsicher wurde.

»Ich hoffe nur, dass Sie mit Ihrer angeblich so heldenhaften Befreiungsaktion uns nicht rachedurstige Tuareg auf den Hals gehetzt haben. Wissen Sie, was ich glaube? Dass es doch abtrünnige Beduinen waren, die die Gewehre auf dem nächsten Markt wieder verkaufen oder sich selbst damit ausrüsten. Wir sollten also überlegen, ob wir nicht einige der Stammesfürsten einladen und ihnen mit aller Deutlichkeit klar machen, was sie erwartet, wenn sie sich nicht an die Regeln halten.«

»Sie wollen keine Strafaktion starten?«, fragte Pellegrue erstaunt.

Febréze seufzte. »Wissen Sie, Sie mögen ja eine laute Stimme haben, um die Soldaten zum Marsch anzutreiben, aber das Denken scheint Ihnen nicht in die Wiege gelegt worden zu sein. Nun ja, beim Militär muss man nicht unbedingt denken können, aber ein bisschen was von Strategie verstehen. Glauben Sie im Ernst, ich provoziere die Beduinen, wenn meine Garnison derart dezimiert ist? Ich benötige neue Soldaten, neue Pferde, und irgendwann werde ich auch meine Offiziere überzeugen müssen, Kamele zu reiten. Hier wird kein Schönheitspreis vergeben, sondern es geht ums Überleben.«

Sie wurden durch einen lautstarken Streit unterbrochen.

Zwei der Soldaten waren aneinander geraten. Der eine zog sogar ein Messer und ging auf den anderen los.

»Und der Rest ist nur ein undisziplinierter Haufen«, ergänzte Febréze und erhob sich. Mit wenigen Schritten war er bei den Streithähnen. »Was ist hier los?«, schnauzte er.

»Er hat meine Ration Konfitüre geklaut«, beschwerte sich der Angegriffene.

»Es ist doch noch jede Menge da«, verteidigte sich der andere. Febréze schaute in den großen Kessel. Der Koch hatte aus süßen Datteln und den etwas bitteren Wildmelonen, die an manchen Stellen in der Wüste wuchsen und die die Beduinen ihren Schafen, Ziegen und Eseln zu fressen gaben, eine delikate Konfitüre gezaubert. Jeder bekam eine Ration davon in seine Blechschüssel. Einer der Männer hatte seine leere Schüssel mit der vollen seines Nachbarn vertauscht. Darüber war der heftige Streit entbrannt.

»Wie heißen Sie, Soldat?«

»Gilbert, mon Colonel.«

»Mundraub ist ein schweres Vergehen«, sagte der Colonel und warf dem Soldaten einen abfälligen Blick zu. »Ein sehr schweres Vergehen, das mit dem Tode bestraft wird.«

Angespanntes Schweigen folgte. Er drehte sich zu den umstehenden Soldaten um. »Ich werde ein Exempel statuieren, um Soldat Gilbert zu disziplinieren. Um alle zu disziplinieren.« Seine Stimme steigerte sich zu schneidender Schärfe. »Es wird Zeit, dass hier wieder mehr Disziplin einzieht.« Er warf Pellegrue einen langen Blick zu. Dann wandte er sich wieder um. »Ich setze die Todesstrafe aus.« Man hörte, wie die meisten laut ausatmeten. »Sergeant Picard, lassen Sie ihm noch eine Schüssel vom Koch füllen.«

Ein erstauntes Murmeln erklang. Der Koch schöpfte dem Soldaten eine Kelle voll Mus in die Schüssel.

Febréze beobachtete ihn. »Und nun essen Sie«, forderte er Gilbert auf. »Essen Sie! Das ist ein Befehl!«

Mit einem etwas verlegenen Grinsen begann der Soldat zu

essen. Er löffelte das köstliche Mus in sich hinein. Da und dort erklang ein Lachen. Anstelle der Todesstrafe war das wirklich das Paradies. »Zu so etwas möchte ich auch mal verurteilt werden«, sagte ein anderer leise.

Als die Schüssel leer war, winkte Febréze. »Noch eine Schüssel.«

Der Koch füllte sie wieder auf. Mit einem entsetzten Blick nahm Gilbert sie entgegen und begann schon wesentlich langsamer zu essen. »Essen Sie, Mann!«, raunte Febréze. »Gnade Ihnen Gott, dass Sie die Schüssel leeren.«

Unter größter Anstrengung leerte er auch diese Portion. Mit unbewegter Miene verfolgte der Colonel seine Qual. Dann winkte er wieder. »Noch eine Portion.«

»Gnade, Colonel«, winselte der Soldat.

Febréze war unerbittlich. »Wagen Sie es nicht, das Zeug auszukotzen. Dann löffeln Sie es wieder auf«, drohte er. Er blieb stehen, bis der Soldat nach der Hälfte der Portion auf die Knie sank.

»Schafft ihn weg«, befahl der Colonel angewidert. Dann wandte er sich an die anderen. »Hat noch jemand Appetit?«

Die Disziplin war wiederhergestellt. Die Rationen wurden verteilt, und die Soldaten nahmen ihre Mahlzeit zu sich.

Langsam ging der Kommandant zurück zu seinem Platz an der Kanone. Er streichelte gedankenverloren mit der Hand darüber. Pellegrue hatte sich wieder in die Waffenkammer verzogen.

Die Zeit verrann stetig wie durch eine Sanduhr. Febréze nahm eine Hand voll Sand und ließ sie durch die Handfläche laufen. Wieder und wieder. Was hatte der Gegner vor? Wer war er? Wo war er? Wann würde er angreifen? Würde er überhaupt angreifen? War es nur eine Warnung oder Auftakt zu einer größeren Attacke?

Er würde warten, warten, warten …

»Colonel, Colonel, Soldat Gilbert geht es schlecht«, rief Picard vom Mannschaftsquartier aus.

Febréze klopfte mit der flachen Hand auf die Kanone, als sei es das Hinterteil eines Pferdes. »Das soll es ja auch«, erwiderte er ungerührt. »Das war der Sinn der Erziehung.«

»Es geht ihm aber offensichtlich sehr schlecht«, entgegnete Picard.

Der Kommandant wurde ungehalten ob dieser unwichtigen Störung. »Herrgott, dann schafft ihn auf die Latrine!«

Zwei Soldaten schleppten den halb Ohnmächtigen, der sich in Krämpfen wand, in das kleine Gebäude neben dem Stall, in dem sich die Latrine befand. Dort hockten schon andere Soldaten zusammengekrümmt. Sie packten Gilbert daneben. Jemand zog ihm die Hose herab.

»Was ist los?«, wollte Picard wissen.

»Bauchschmerzen«, wimmerte einer. Es waren insgesamt sieben, die sich auf der Latrine drängten. Gilbert kippte um. Zwei weitere Soldaten kamen hereingetaumelt. Einer erbrach sich, der andere fiel auf die Knie. Picard verließ fluchtartig die Hütte.

»Colonel, irgendetwas stimmt nicht. Die Männer haben alle Bauchschmerzen.«

»Fieber?«, wollte Febréze wissen. Das fehlte ihm noch, dass nun wieder das Fieber ausbrach.

»Ich weiß es nicht. Es sieht nicht so aus.«

»Dann vergewissern Sie sich, Mann«, bellte Febréze ihn an.

»Jawohl, Colonel«, salutierte er. Doch er kam gar nicht dazu. Ein Soldat kam ihm entgegengelaufen. »Melde gehorsamst, Sergeant, Soldat Gilbert ist tot.«

»Tot?« Picard starrte ihn an.

»Tot?«, echote Febréze. »Unsinn! Von Konfitüre kann man nicht sterben. Und von Fieber auch nicht so schnell.«

»Ich glaube, es ist kein Fieber«, sagte Picard. »Die Männer drängen sich auf der Latrine, wälzen sich vor Schmerzen.«

»Wo ist der Stabsarzt?«, wollte Febréze wissen.

»Er ist schon bei ihnen«, erwiderte Picard. »Er sagt, alle haben die gleichen Symptome.«

Mit großen Schritten eilte Febréze zum Latrinenhäuschen. In ihrer Verzweiflung hatten einige Soldaten bereits davor ihre Hosen heruntergelassen.

Beunruhigt starrte der Kommandant auf die Szene. »Monsieur le Docteur!«, rief er.

Der tote Gilbert wurde aus dem Latrinenhaus getragen. Der Doktor folgte ihm mit bleichem Gesicht.

»Was hat das alles zu bedeuten?«, rief der Kommandant.

Der Doktor taumelte. Sein Gesicht war weiß wie eine Kalkwand. »Ich weiß es nicht. Es trat bei allen plötzlich und akut auf.«

»Nicht bei allen«, widersprach Febréze. »Mir fehlt nichts. Picard?« Der Sergeant schüttelte den Kopf. »Pellegrue?« Der stand abseits mit starrem Gesicht. »Nein, ich habe nichts«, flüsterte er.

Der Colonel drehte sich um die eigene Achse. »Ist das hier ein Irrenhaus?«, brüllte er.

»Ich vermute eine Vergiftung«, ächzte der Doktor und krümmte sich zusammen.

»Vergiftung? Was haben Sie denn gegessen?«

»Das Gleiche wie alle anderen auch«, presste er hervor, bevor er auf die Knie fiel.

»Nicht wie alle anderen, Colonel«, warf Picard ein. »Die Offiziere haben noch nicht gespeist. Nur die Soldaten und der Doktor.«

»Und was haben sie gegessen?«

»Hammeleintopf mit Kichererbsen, Weizenbrot und Konfitüre«, antwortete Picard.

Der Kommandant presste die Kiefer zusammen und knirschte mit den Zähnen. »Der Koch, wo ist der Koch?«

»Zur Stelle, mon Colonel.«

»Wo sind die Zutaten her?«, wollte Febréze wissen.

»Ganz frisch von den Bauern«, gab er zurück. »Das Fleisch habe ich erst gestern eingekauft. Und die Datteln und Melonen heute.«

Febréze wollte etwas erwidern, wurde aber unterbrochen vom Wachhabenden auf einem der Türme. »Colonel, Colonel, schauen Sie sich das an!«

»Was ist denn nun schon wieder?« Mit finsterer Miene eilte er hinüber zum Wachturm und stürmte die Treppe hinauf.

Die kurze Dämmerung hatte sich über die Oase gelegt, und die Schatten zwischen den Palmen vertieften sich. Am östlichen Horizont zog schon die Dunkelheit auf, während im Western der Himmel purpurfarben aufleuchtete.

Der Wachhabende wies nach Osten. Am Horizont blinkten die ersten Sterne. Einer war besonders hell. Nein, das war kein Stern. Febréze griff zum Fernrohr. »Ein Feuer«, stellte er fest.

»Zwei Feuer. Drei. Vier. Sehen Sie nur.« Der Wachhabende eilte bis zum Rand des Turmes vor. »Da – da – da!«

Vom Westen beginnend, entzündeten sich Feuer entlang der Horizontlinie. Sie waren zu weit weg, als dass der Kommandant mehr durch sein Fernrohr hätte erkennen können. Aber es war unheimlich genug. Immer mehr Feuer entzündeten sich, zwei feurige Spuren pflanzten sich nach Norden und Süden fort, um sich im Westen zu vereinen. Sie waren von unzähligen Feuern eingekreist!

XXXVIII

Es war leicht, ihren Spuren zu folgen. Sie hatten sich in den Wüstensand eingeschnitten wie der Schar eines Pfluges. Offensichtlich hatten sie überhaupt nicht versucht, ihre Spuren zu verwischen. Und sie hatten keinen Gedanken daran verschwendet, dass sie ihnen folgen könnten.

Diese Menschen, die es in die Wüste verschlagen hatte und aus der sie am liebsten geflohen wären, diese Menschen konnten die Wüste nicht lieben. Sie hassten dieses tote Meer aus Sand und Stein, diesen Glutofen der Hölle mit ihren unberechenbaren Bewohnern. Und sie sollten sie fürchten, die Wüste und ihre Bewohner.

Arkani dirigierte sein gelehriges Mehari mit der großen Zehe, während er seinen Gedanken nachhing. Alle Männer in seinem Gefolge fieberten dem großen Kampf entgegen. Endlich konnten sie gegen die verhassten Franzosen losschlagen, die Fremdlinge, die Feiglinge. Diese Fremden waren wirklich Fremdkörper in der Wüste. Sie besaßen keinen Sinn für die Zeitlosigkeit, den grenzenlosen Raum, die Farbenspiele und Düfte der Wüste. Sie kannten nicht die Lebensgewohnheiten ihrer Bewohner, konnten einen Targui nicht vom anderen unterscheiden, geschweige denn hinter ihre blauen Schleier sehen. Ihnen blieb verborgen, welche Träume und Sehnsüchte, Gedanken und Wünsche sich dort abspielten. Und welche Gefahr sie bedeuteten.

Eigentlich war Arkani sich der ganzen Tragweite des Unterfangens noch gar nicht richtig bewusst. Denn diesmal war etwas anders. Er hatte es geschafft, alle Hoggar-Stämme zum Kampf zu vereinigen. Bislang gehörte es zu ihren Alltäglichkeiten, sich gegenseitig zu überfallen, sich die Herden zu rauben und die Sklaven abzujagen. Es war ein Novum, dass sie bereit waren, nicht gegeneinander, sondern miteinander zu kämpfen. Arkani musste zugeben, dass es allerdings auch nicht einfach gewesen war, sie davon zu überzeugen. Noch schwieriger war es, sie zu einer Taktik zu veranlassen, die ihnen fremd war.

Wo blieb der viel gerühmte Mut der Tuareg? Wo die Herausforderung, wenn man sich feige wie ein Schakal nach dem Angriff zurückzog? Doch dem Volk der blauen Schleier war auch etwas anderes gegeben: die Wortgewandtheit. Und die wandte Arkani an. In bildhaften Vergleichen schilderte er den Kriegern einen Kampf, der sie zum Sieg führen würde. Er legte seine Leidenschaft und seine Emotionen in die Worte. Er appellierte an ihre Ehre, ihren Mut und ihre Tapferkeit. Und alle folgten ihm.

Er wandte sich im Sattel um und schaute nach hinten. Es

war eine gewaltige Karawane, eine stolze Karawane. Drei Farben beherrschten das Heer der Krieger: das Blau ihrer Kleidung, das Rot ihrer Schwerter und das Weiß ihrer Meharis. Das Herz schlug ihm höher bei diesem Anblick. Und es waren beileibe nicht alle Stämme, die hinter ihm herritten. Sie hatten sich wohlweislich geteilt und einen Treffpunkt in der Nähe von Ouargla vereinbart. Und nicht nur die Krieger befanden sich auf der Reise. Auch die Frauen folgten ihnen, die Sklaven, die Herden, wenn auch in einem großen Abstand. So war die Versorgung des Heeres gesichert.

Die Krieger selbst hielten einen sicheren Abstand zur Garnison. Zum einen befanden sie sich außerhalb ihres angestammten Gebietes und mussten sich auch vor den Berbern in Acht nehmen, zum anderen wollten sie taktisch klug vorgehen, so wie es Arkani ihnen vorgeschlagen hatte. Wenngleich sein Plan immer wieder auf die Skepsis der jeweiligen Anführer stieß, so würde doch keiner dagegen verstoßen.

Trotz des mannhaften Mutes der Krieger – auch bei den Rezzous wurde mit allen Mitteln gekämpft, nicht nur offen mit dem Schwert. Ein Teil des Kriegserfolges hing auch immer mit der List zusammen. Und auf die schwor Arkani. War man nicht mit Waffen überlegen, dann musste man es mit der Intelligenz sein. Die Schlauheit des Wüstenfuchses siegte über die Giftigkeit der Sandviper.

Zunächst wurden einzelne Kundschafter ausgesandt, die das Treiben rund um die Garnison beobachten sollten. Und das taten sie am besten, wenn sie sich als Berber verkleideten. Ein paar Maultiere, eine andere Tracht und schon fielen sie in dem regen Treiben in der Oase nicht auf. Einzig, dass sie ihr Gesicht nicht verschleiern konnten, mochte einigen von ihnen unangenehm sein. Die blaue Gesichtsfarbe, die den meisten Tuareg durch das Tragen der indigogefärbten Schleier inzwischen zu Eigen geworden war, wurde durch das Überschminken mit Puder aus Tonerde ausgeglichen. Einem schmutzigen Bauern schaute man ohnehin nicht gern ins Gesicht.

Kleinere Abteilungen der Tuareg spalteten sich ab, um die Patrouillen der Garnison auszuschalten. Hier übten die Krieger dieses Spiel mit der Beute. Der ersten Patrouille begegneten sie südwestlich der Oase. Es waren berittene Soldaten – auf Pferden! Arkani ließ sie beobachten. Kurz vor ihrer Umkehr schnitten sie ihnen den Rückweg ab. Zunächst versuchten die Soldaten, die drohende Mauer aus etwa zweihundert blauen Kriegern zu umgehen. Sie wussten, dass sie trotz moderner Waffen keine Chance gegen sie hatten. Dann versuchten die Franzosen einen Ausfallangriff. Über die Hälfte von ihnen kam dabei ums Leben. Die Tuareg hatten sie in ein enges Tal zwischen den Dünen gelockt, sodass sie in der Falle saßen. Die überlebenden Soldaten flüchteten weiter in die Wüste hinein. Doch Pferde waren weitaus weniger für die Wüste geschaffen als Dromedare. Und so brach ein Tier nach dem anderen zusammen, verdurstet, entkräftet. Nur wenig später folgten ihnen die Soldaten auf dem Leidensweg. Ein Finger der Hand war abgeschlagen.

Eine andere Abteilung der blauen Krieger rieb eine Fußpatrouille auf, die sich auf dem Marsch durch die Wüste befand. Seltsamerweise setzten sich diese Soldaten weitaus heftiger zur Wehr. Es gab auch auf Seiten der Tuareg Tote und Verletzte. Arkani bestand darauf, dass sie in die Lager zurückgebracht wurden. Es sollte keinen Hinweis darauf geben, wer die Männer waren, die die Patrouillen überfielen. Dass die Soldaten in der Lage wären, aus den Trittsiegeln der Meharis zu schließen, wer diese Reiter waren, schloss Arkani aus. So viel Verstand unterstellte er ihnen nicht.

Auch die Waffen nahmen sie den toten französischen Soldaten ab, selbst wenn sie sie nie benutzen würden.

Gedankenverloren hielt Arkani ein Gewehr in der Hand, als er abends am Feuer vor seinem Zelt saß, umgeben von den Befehlshabern der Krieger. Er erinnerte sich an Désirées Worte. Wenn er auch ein Gewehr besaß, dann war das Gleichgewicht der Kräfte wiederhergestellt. Ein verführerischer Gedanke. Warum nicht?

Er schob ihn schnell beiseite, ebenso den an Désirée. Im Augenblick durfte er sich nicht davon ablenken lassen, wenngleich sie eine ebenso große Rolle in seinem Plan spielte. Doch der Krieg gegen die Franzosen war die eine Sache, seine Liebe zu Désirée eine ganz andere. Er hatte sich die Hitzköpfigkeit abgewöhnt. Zum Mut gehörte auch Intelligenz, und die war in diesem Fall weitaus mehr gefragt als tollkühne Dreistigkeit. Und doch ... in die Höhle des Löwen vorzudringen, war irgendwie verlockend.

Die Garnison war wie eine Festung, die Waffenkammer gut gefüllt. Mit ihren Schwertern konnten die Tuareg da nichts ausrichten. Es war unmöglich, heimlich in die Garnison einzudringen und bis zum Waffenlager zu gelangen. Hier war List gefragt.

Trotz der Vernichtung zweier Patrouillen gab es noch genug Soldaten in der Garnison. Und wenn die beiden Patrouillen nicht zurückkehrten, geriet der Rest der Soldaten ohnehin in Alarmbereitschaft.

Was also konnte man tun, um die Kampfkraft der Soldaten zu schwächen? Nicht der gerade Weg ist immer der beste, das wusste auch Arkani. Wenn er also ihre Waffen nicht ausschalten konnte, so musste er diejenigen lähmen, die sie bedienten.

Es war eigentlich Sache der Frauen, im Umgang mit Kräutern bewandert zu sein. Aber Arkani hatte lange genug im Zelt seiner Mutter gelebt, um vieles davon mitzubekommen. Seine Schwester Tedest wurde von der Mutter in die Geheimnisse der Kräuter eingeweiht. Wenngleich sich ihm nicht alle Geheimnisse erschlossen hatten, so kannte er doch die Wirkung einiger der Pflanzen, vor allem, wenn sie sich auf vortreffliche Weise zum Krieg einsetzen ließen.

»Schickt jemanden zu den Frauen in den Lagern, und lasst sie alle Vorräte an Bilsenkraut und Braunwurz zusammentragen«, sagte Arkani.

Zwar erntete er zunächst ungläubiges Lachen, doch als anerkannter Führer dieses Aufstandes wagte ihm natürlich niemand zu widersprechen. Arkani erklärte auch seine Beweggründe.

»Mit ihren Waffen sind sie uns überlegen. Aber nur so lange, wie sie diese Waffen besitzen – oder sie bedienen können. Mit vergifteten Datteln im Bauch können sie es nicht.«

Er erntete beifälliges Gelächter. »Also, schwächen wir unseren Gegner, damit es ein Kampf nach unserem Geschmack wird – Mann gegen Mann.«

Nur nachts, wenn der sternenübersäte Himmel ihn zudeckte, ließ er seinen Gedanken freien Lauf. Dann wanderten sie hinauf in die Höhen, wo es keine Schwere mehr gab, die das Herz zusammendrücken konnte. Und dann dachte er an Désirée. Er holte sich ihr Bild herbei, ihr ebenmäßiges Gesicht, die strahlenden blauen Augen und ihren sinnlichen Mund, das Haar wie Sonnenstrahlen und die Haut so zart wie Seide aus den Ländern hinter dem Horizont. Er verspürte ihren Duft und ihre Nähe, die geschwungenen Linien ihres Körpers und die warmen, weichen Formen unter seinen Händen. Heftige Sehnsucht kam in ihm auf. Der Schmerz wühlte in seinem Herzen, und seine Augen brannten, als hätte der Sturm Sand hineingeweht. Er gab sich der köstlichen Qual hin und versank in wirre Träume, die nur ihm gehörten. Er kehrte zurück in eine Zeit, in der er glücklich war neben ihr, in der er gemeinsam mit ihr hinabtauchte in die Kühle der *guelta*, in der er seinen Körper neben ihrem ausstreckte und sie gemeinsam über sich die Sterne betrachteten.

Er musste erst diesen einen Kampf zu Ende kämpfen, bevor er sich dem anderen Kampf zuwenden konnte. Er führte die Stämme in diesen Krieg. Das war seine Aufgabe, das war ihre Aufgabe, gegen die Franzosen zu kämpfen. Doch das andere musste er allein tun. Das war nicht die Aufgabe der Stämme, das war nicht die Aufgabe seiner Krieger, es war seine eigene Aufgabe, für die er ganz allein verantwortlich war.

Er schloss die Augen und damit Désirées Bild in sich ein.

Es war nur ein provisorisches Lager. Nur wenige Zelte waren aufgestellt. Die anderen hatten sich notdürftig hinter den kreisrunden Schilfmatten eingerichtet. Eine Feuerstelle, ein paar Decken, die Esel und Ziegen, das Hab und Gut in den ledernen Packtaschen, das war im Augenblick die Heimstatt der Frauen und Kinder, der Jugendlichen und Greise, der Sklaven, die nicht am Kampf teilnehmen konnten. So mancher von ihnen hatte es sich gewünscht, dabei zu sein, und nicht selten waren auch Frauen an der Seite ihrer Männer in den Kampf gezogen. Aber diesmal ging es nicht um einen Rezzou, diesmal ging es nicht um ein paar Kamele, Ziegen oder Sklaven. Diesmal ging es um alles.

»Arkani lässt allen Frauen mitteilen, die der Kräuterkunde mächtig sind, dass die Vorräte an bösen Kräutern zusammengetragen werden. Wir benötigen sie im Kampf gegen die französischen Feinde.«

Die Boten brachten die Nachrichten in Windeseile in die Lager.

Und die Frauen eilten zu ihren Taschen und holten die sorgsam gehüteten Kräuter hervor. Bilsenkraut, das das Gehirn verwirrte und den Geist lähmte, Braunwurz, das manchmal dazu verwendet wurde, eine unerwünschte Schwangerschaft zu unterbrechen und das sehr kostbar war, weil es aus dem Norden angekauft werden musste. In größeren Mengen genossen, konnte dieses Kraut auch schreckliche Durchfälle hervorrufen. Eine geeignete Waffe, den Feind auszuschalten.

Sklaven wurden in die Oase geschickt, um Datteln und Melonen aufzukaufen und sie mit den Kräutern zu präparieren. Später zogen sie als Bauern in die Garnison und verkauften sie dem Koch. Und dann hieß es wieder warten.

Sie griffen von Süden her an. Aus dieser Richtung hatten die Soldaten der Garnison den Angriff auch erwartet. Die Kanonen waren nach Süden gerichtet. Sie konnten gar nicht gewendet werden, denn nur von hier drohte Gefahr. Es waren etwa 50 Reiter auf wendigen Kamelen.

»Die sind verrückt«, murmelte Febréze. »Glauben sie, dass sie auf diese Weise die Garnison stürmen können?«

Er winkte Picard. »Lassen Sie sie auf Schussweite herankommen. Und dann knallen Sie sie ab!«

Eine Hand voll Soldaten lag auf der südlichen Mauer, die Gewehre im Anschlag. Picard stand auf einem der Wachtürme und beobachtete die herannahenden Reiter. Sie stießen ein sirrendes Kriegsgeschrei aus und schwangen ihre Schwerter. Einige trugen lange Lanzen.

»Ach, diese Irren«, murmelte Picard. Er hob die Hand, wartete, dann ließ er sie niedersausen. »Feuer!«

Im gleichen Augenblick teilte sich die Angriffsfront, und die Reiter wichen nach beiden Seiten aus. Trotzdem erwischten sie einige der Angreifer, die als dunkle Flecken im hellen Sand liegen blieben. Die reiterlosen Kamele liefen verstört durcheinander, die Angreifer zogen sich in östliche und westliche Richtung zurück.

Febréze trat neben Picard und hob sein Fernglas an die Augen. »Es sind tatsächlich Tuareg«, stellte er verblüfft fest. »Was haben die vor?«

»Da!« Über die Dünenkämme im Osten kam erneut ein Trupp Kamelreiter. Mit lautem Kriegsgeschrei und hoch erhobenen Lanzen stürmten sie auf die Mauer zu.

»Die sind wirklich verrückt«, sagte Febréze. »Wollen die mit Schwertern und Lanzen gegen Mauern, Gewehre und Kanonen kämpfen?«

Längst war das Tor geschlossen worden, die Mauern und Türme besetzt. Unten im Hof hantierten die Soldaten und brachten Munitionsnachschub aus dem Waffendepot.

Mit gespanntem Gesicht beobachtete Picard die Tuareg, die Hand erhoben. »Feuer!«

Die Gewehrsalven peitschten über die Mauerkrone und spritzten dort, wo sie einschlugen, Sand auf. Wieder fielen getroffene Reiter und blieben wie Lumpenbündel zusammengekrümmt liegen. Noch während sie gegen die Angreifer aus dem

Osten kämpften, ergoss sich aus dem Westen eine größere Zahl von Kriegern über die Dünenhänge. Es waren sowohl Reiter als auch Krieger zu Fuß.

»Wo kommen die alle her?«, fragte Febréze verblüfft. »Picard, nehmen Sie sie unter Dauerfeuer.«

»Kanone?«, fragte Picard zurück.

»Noch nicht. Aber halten Sie sie auf Abstand.«

»Wie denn? Ich habe zu wenig Soldaten.«

»Beordern Sie alle auf die Mauern, auch die Kranken. Sie sollen sich zusammenreißen!«

»Zu Befehl, Colonel!«

Die Soldaten feuerten in Richtung Westen. Doch während sie die Angreifer nur unter Mühe auf Abstand hielten, schob sich wieder eine Front aus dem Osten vor. Es mussten wohl an die zweihundert Krieger sein.

»Verdammt, decken Sie die Westflanke«, schrie Febréze. »Pellegrue, Männer an die Kanonen!« Es war keine Sekunde zu früh, denn nun erfolgte noch ein weiterer Angriff von Süden her. Alles ging furchtbar schnell. Und sie hatten Gewehre!

Das Feuer der Soldaten wurde erwidert, einige sackten getroffen zusammen.

»Pellegrue, Kanonenfeuer nach Süd! Lassen Sie die Reiter nicht herankommen. Wenn die sich auf ihre verdammten Kamele stellen, klettern sie über die Mauern!«

Der dumpfe Knall der ersten Kanone zerriss die Luft, hüllte den Garnisonshof kurzzeitig in Rauch. In das Kriegsgeschrei der Angreifer mischten sich die Schreie der Kamele und verwundeten Krieger.

»Feuer!« Pellegrue ließ die zweite Kanone abfeuern. Doch da hatten sich die Angreifer bereits seitwärts zurückgezogen.

Noch ehe Pellegrue die Kanonen erneut abfeuern lassen konnte, war der ganze Spuk vorbei. Die Angreifer hatten sich außerhalb ihrer Reichweiten hinter die Dünen zurückgezogen. Nur die Toten lagen verstreut im Gelände.

Febréze stand neben Picard auf dem Wachturm und

überblickte das Schlachtfeld. Im Kopf überschlug er, wie viele Angreifer es sein mochten. Etwa fünfzig hatten ihr Leben gelassen, dazu eine Hand voll Kamele. Wahrscheinlich gab es ebenso viele Verletzte, die sich zurückgezogen hatten.

»Es müssen um die dreihundert sein«, mutmaßte Febréze. »Zum Teufel, wo kommen sie her?«

»Vielleicht der Stamm, bei dem Pellegrue aufgeräumt hat«, warf Picard ein.

Zwei der Soldaten waren tödlich getroffen, vier weitere verletzt. Schlimmer jedoch waren die Vergiftungserscheinungen, die ihnen nun mehr und mehr zusetzten. Je höher die Sonne stieg, umso schlimmer wurden die Symptome. Sie schienen Halluzinationen zu haben, taumelten, waren wie von Sinnen und befolgten die Befehle nicht mehr. Ihre Pupillen waren stark geweitet, und das grelle Sonnenlicht bohrte sich in ihre Gehirne.

»Was ist das für ein Teufelszeug? War das Fleisch verdorben?«

»Keine Ahnung«, murmelte Picard mit größtem Unbehagen. Wie sollte er die Garnison halten, wenn alle seine Soldaten ausfielen? Nur eine Hand voll Offiziere hatte nichts gegessen. Obwohl Picards Magen wie ein hungriger Wolf knurrte, würde er keinen Bissen essen, bis er sich ganz sicher war, woran es lag. Der Arzt selbst war so krank, dass er nicht mehr ansprechbar war.

Er verfluchte im Stillen Pellegrues ›Heldentat‹, die ihnen dieses Desaster beschert hatte. Doch im Augenblick blieb ihnen nichts weiter als, zu hoffen, dass sie den blauen Teufeln eine gehörige Abfuhr erteilt hatten.

»Die kommen wieder«, mutmaßte Picard.

»Dann werden wir sie abknallen. Es sind keine Geister, es sind nur Barbaren aus der Wüste. Auch wenn sie sich hinter ihren blauen Fetzen verstecken, eine Gewehrkugel kommt da allemal durch. Beordern Sie alle abkömmlichen Leute an die Gewehre. Ersetzen Sie die Ausfälle. Die holen nicht sehr lange Luft.«

Arkani saß auf seinem Mehari und schaute zur Garnison hinüber. Niemand sicherte den Nordbereich. Dumpfe Kanonenböller erklangen. Einen Augenblick noch hielt Arkani inne. Mit geschärften Sinnen nahm er alles in sich auf, die Oase, die Palmen, die Dünen dahinter, die gelblichen Gebäude der Garnison, den gedämpften Schlachtenlärm aus dem Süden. Er sammelte sich innerlich. Gleichzeitig stiegen Bilder vor seinem inneren Auge auf. Ihm wurde übel von der Schlechtigkeit dieser Menschen. Sie scheuten sich nicht, Frauen und Kinder als Waffen einzusetzen in einem Krieg, der so ungerecht war wie ein feiger Mord. Diese Garnison, diese fremden Menschen waren störend wie ein Gallenstein im Leib. Sie mussten zerstört werden.

Noch tobten die Scharmützel auf der Südseite. Wie von ihm geplant, griffen kleinere Trupps der Tuareg an und zogen sich wieder zurück, griffen von der anderen Seite an und wichen aus, teilten sich, verwirrten die Soldaten, verschwanden hinter den Dünen.

Er lächelte zufrieden. Der *tugulmust* verbarg das Lächeln, aber sein Blick ging hinüber zu den Kriegern. Und dann hob er das Schwert zum Zeichen. Die Schlacht begann.

XXXIX

Mit gespannter Aufmerksamkeit standen sie auf den Wachtürmen. Die Soldaten lagen auf den Mauern. Es war gespenstisch still. Picards Blick schweifte über die Wüste. Reglos lagen die Toten wie erschlagene Fliegen vor der Fensterscheibe. Für einen Moment befürchtete Febréze, die Toten würden sich plötzlich erheben und auf sie zustürmen. Schweiß rann über sein Gesicht und in den Nacken. Das Blut dröhnte in seinen Ohren. Mit dem Finger bohrte er in ihnen herum.

»Hören Sie das?«, fragte Picard.

»Was? Mir summt es in den Ohren.«

»Eben, dieses Summen. Es klingt wie ...«

Er kam nicht mehr dazu, den Satz zu vollenden. Hinter den Dünenkämmen schwoll ein trällerndes Geräusch zu einem ohrenbetäubenden Lärm an. Es kam aus allen Richtungen. Febréze riss den Kopf herum. Hierhin. Dahin. Und dann sah er sie. Mit einer Trompete signalisierte der wachhabende Offizier die Gefahr.

»Diese blauen Schakale haben uns umzingelt«, schrie er. In der Tat, die blauen Reiter waren überall. Sie schienen aus dem Sand zu wachsen, nachzuquellen wie überkochender Hirsebrei. Aus allen Himmelsrichtungen rückten sie heran wie ein gewaltiges Heer von Ameisen. Es waren unendlich viele. Die ganze Wüste war voll von ihnen, und es wurden immer mehr. Wie eine Ausgeburt der Hölle spuckte diese vermaledeite Landschaft sie aus.

Febréze brüllte Befehle, die Offiziere brüllten Befehle, jeder widersprach jedem, und die Soldaten starrten nur in lähmendem Entsetzen auf das, was sich ihren starren Augen mit den geweiteten Pupillen bot. Das helle Licht bohrte sich durch ihre Augen in die Gehirne – und dann bohrten sich Schwerter und Speere in ihre Körper.

Vom Norden her drangen die Krieger ungehindert über die Mauer in die Garnison ein, metzelten die Soldaten auf dem Hof nieder und öffneten dann weit das Tor. Berittene Krieger drängten herein und übernahmen jene, die die anderen noch leben gelassen hatten. Es war ein Durcheinander, ein Schreien und Sterben, gelber Staub stand in der Luft und verschleierte die Sonne. Verzweifelt setzten sich die Soldaten zur Wehr. Wer keine Munition mehr besaß, stach mit den Bajonetten zu. Schwerter blinkten, der sandige Boden färbte sich rot. Ein Querschläger traf Colonel Febréze am Kopf. Lautlos sackte er zusammen.

Eine Hand voll Soldaten stand mitten auf dem Garnisonshof. Ein jämmerlicher Haufen mit verängstigten Gesichtern.

Sie hielten die Gewehre im Anschlag und zielten auf die Tuareg. Die Bajonette waren rot von Blut. Auf dem Hof verstreut lagen die Leichen von Soldaten wie auch von Tuareg-Kämpfern.

Arkani hob die Hand. Augenblicklich ruhten die Kampfhandlungen. Dann sprang er von seinem Mehari herab. Er hielt noch das Gewehr in der Hand, doch er hatte es noch nie benutzt. Er würde es auch jetzt nicht benutzen. Aus dem Schlitz seines Schleiers heraus musterte er die Überlebenden. Einige von ihnen zeigten deutliche Spuren der Vergiftung, andere waren verletzt.

Arkani erkannte Pellegrue sofort wieder. Die kleinen, eng zusammenstehenden Augen, der wenig intelligente Blick, der verschlagen zusammengepresste Mund. Arkani konnte sehen, dass er Respekt vor dem Gewehr hatte, das er in der Hand hielt. Insgeheim amüsierte sich Arkani über die Macht, die diese Waffe ausübte.

Langsam ging Arkani auf ihn zu. Vor ihm blieb er stehen. »Ich habe dich gesucht«, sagte er in sauberem, akzentuiertem Französisch.

Pellegrue zwinkerte nervös mit seinen kleinen Augen. »Woher weißt du, wer ich bin?«

»Ich weiß es eben. Leutnant Pellegrue, ein Niemand.«

»Wer bist du?«, fragte Pellegrue mit versagender Stimme. »Wie ist dein Name?«

»Mein Name sagt dir nichts. Er ist nur für meine Freunde da.«

»Und wer sind deine Freunde?«

»Die du getötet hast.«

»Du sprichst französisch. Du bist einer von denen?«

»Warum sollte ich es nicht sein?«, erwiderte Arkani.

»Wenn du französisch sprichst, dann hast du irgendwann einmal den Schleier abgelegt.«

»Du irrst«, antwortete Arkani.

»Du willst Rache?«, fragte Pellegrue.

»Nicht mehr. Wir haben erreicht, was wir wollten. Die Garnison existiert nicht mehr.«

»Nehmt ihr uns gefangen?« Für Pellegrue schien dies noch schlimmer zu sein als der Tod.

»Nein«, sagte Arkani.

Pellegrue wagte einen kurzen Seitenblick. Colonel Febréze war tot. Auch die meisten der Offiziere. Die Soldaten sowieso, oder sie lagen in Todeszuckungen, bestialisch stinkend von ihren eigenen Ausscheidungen. Keine Hand voll Soldaten war übrig geblieben.

»Ich will *dich*«, sagte Arkani.

Pellegrue starrte ihn an. Ein atemloses Schweigen legte sich über die Szenerie. Nur der Staub des Kampfgetümmels stand noch in der Luft. Schweißströme rannen von Pellegrues Schläfen herab. Er warf Arkani einen hasserfüllten Blick zu.

»Kämpfen wir wie Männer«, schlug Arkani vor. Seine Augen fixierten Pellegrue, während er seinen Arm mit dem Gewehr zur Seite streckte. Aber er ließ es nicht los. Pellegrue vollführte ebenfalls eine Bewegung, ohne Arkani aus dem Blick zu lassen.

»Warum sollte ich? Jeder ist sich selbst der Nächste«, erwiderte er gepresst.

»Ich gebe dir die Chance, obwohl du sie nicht verdient hast. Du bist nichts weiter als ein dreckiger Mörder.«

»Und du bist nichts weiter als ein dreckiger Targui. Selbst wenn du mich umbringst, ihr habt alle keine Chance. Die moderne Technik macht es möglich. Der Kommandant hat ein Kabel geschickt. Soldaten werden kommen, tausende von Soldaten. Ihr habt wirklich nicht den Hauch einer Chance.« Er schaffte sogar ein schiefes Grinsen.

Da ließ Arkanis Hand das Gewehr los. Mit einem leisen, dumpfen Geräusch schlug der Kolben auf dem Boden auf, dann fiel es in den Sand.

Pellegrue sah es aus den Augenwinkeln. Sein starrer Blick blieb auf Arkani geheftet. Im selben Moment riss er sein Gewehr hoch und legte an. Er brauchte nicht zu zielen. Arkani stand so nahe bei ihm, dass er ihn auf jeden Fall treffen musste.

Doch noch schneller war Arkanis Hand, die das rote Schwert zog. Pellegrue hörte ein dünnes Sirren in der Luft. Er verspürte keinen Schmerz. Es war nur Verblüffung, die sich noch auf sein Gesicht malte. Dann rollte sein Kopf von den Schultern und fiel lautlos in den Sand, direkt neben Arkanis Gewehr.

XL

Die Karawane lagerte am südlichen Rand von Biskra. Bis hierher streckte die Wüste ihre sandigen Arme und hauchte ihren heißen Atem aus. Und bis hierher erstreckte sich bislang auch der Arm der französischen Zivilisation mit ihrer Eisenbahn. Die Oasenstadt umgab sich mit rauschenden Palmenhainen. Es duftete nach Früchten, die bewässerten Felder und Gärten trugen reiche Ernte.

Philippe entlohnte den Karawanenführer und gab eine Erfolgsprämie noch obendrauf. Schließlich hatten sie Désirée errettet und unversehrt bis nach Biskra gebracht. Das war ihm das Geld wert, wenn er auch im Augenblick nicht wusste, wie er die Schulden dafür zurückzahlen sollte.

Er winkte einer einachsigen Droschke mit einem knochigen Maultier davor. Der Kutscher packte Philippes persönliche Sachen hinein und warf einen seltsamen Blick auf Désirée. Sie stand mit leerem Blick noch immer neben ihrem Kamel. Jetzt war wohl der Augenblick gekommen, endgültig Abschied von der Wüste zu nehmen.

In den letzten Tagen ihrer Reise war sie wieder in dumpfes Schweigen verfallen. Sie hockte auf ihrem Kamel, als nähme sie ihre Umgebung nicht mehr wahr. Sie schaute durch Philippe hindurch und aß und trank nur mechanisch, um ihren Körper am Leben zu erhalten. Wenn sie durch Oasen, Dörfer oder Nomadenlager kamen, so kaufte Philippe immer eine Extraration Essen für Désirée, mal frische Feigen, mal Datteln, mal eine kleine Melone oder frischen Schafskäse mit Zwiebellauch. Er achtete auch darauf, dass sie ausreichend trank. Ihr Körper war schwach, ausgezehrt und so zerbrechlich. Seine aufmerksame Fürsorge ließ sich auch nicht von ihrem scheinbar gleichgültigen Verhalten abschrecken. Er ahnte, dass während ihrer Geiselhaft wesentlich mehr geschehen sein musste, als er sich vorstellen konnte. Er wollte es sich gar nicht vorstellen. Er war nur froh, dass er sie wiederhatte.

Wie in Trance bestieg sie die Droschke und setzte sich neben Philippe. Der Kutscher trieb das Maultier an. Nach kurzer Zeit schon rollte die Droschke durch die engen Straßen von Biskra.

Désirée schaute nicht einmal nach rechts oder links. Die heranrückenden Häuserzeilen empfand sie als Bedrohung. Sie zog die Schultern hoch und spürte die befremdeten Blicke der Passanten. Es war ihre Kleidung. Nicht die Kleidung der arabischen Frauen. Die dunkel verhüllten Gestalten der Araberinnen gehörten zum Stadtbild von Biskra, nicht aber Désirées exotische Erscheinung.

»Wir nehmen ein Hotel«, sagte Philippe. »Und dann kaufst du dir erst einmal neue Kleider. So kannst du unmöglich herumlaufen.«

Er sprach kurz mit dem Kutscher, dann steuerte dieser auf das größte Hotel der Stadt zu. Es war ein imposantes Gebäude im französischen Stil. Die Halle empfing sie mit erfrischender Kühle. In der Mitte sprudelte ein Springbrunnen aus einem Steinbecken. Was für eine Verschwendung, dachte Désirée. Gleichzeitig verspürte sie eine unbändige Sehnsucht nach einem Bad.

Philippe tätigte die Anmeldung. »Bitte frag, ob sie eine Badewanne haben«, flüsterte Désirée.

Insgeheim atmete Philippe auf. Nach Tagen sprach Désirée das erste Mal wieder. Und sie verlangte nach einem Bad!

»Wir können Ihnen eine Sitzwanne ins Zimmer bringen lassen«, sagte der Portier, und auch er musterte Désirée mit abschätzendem und misstrauischem Blick.

»Gibt es in der Nähe einen Modesalon, damit meine Braut sich ausstatten kann? Sie ist Pariserin«, fügte er erklärend hinzu.

Der Portier starrte in Désirées blaue Augen, als müsse er diese Behauptung überprüfen.

»Selbstverständlich«, sagte er schließlich. »Ich lasse Ihnen die Geschäftsinhaberin mit einer kleinen Kollektion aufs Zimmer kommen.«

»Dafür wäre ich Ihnen sehr dankbar«, erwiderte Philippe erfreut.

Fürsorglich nahm er Désirées Arm und geleitete sie die Treppe hinauf in das Zimmer. Es war mit üppigen Blumentapeten an den Wänden und mächtigen dunklen Möbeln ausgestattet. Désirée schreckte zurück. Obwohl das Zimmer sehr hübsch, ja fast luxuriös war, schien sie darin zu ersticken.

Ächzend brachten zwei Hotelangestellte eine altertümliche Badewanne aus Gusseisen herein. Dann schleppten die Zimmermädchen Eimer um Eimer warmen Wassers herbei, während Désirée stocksteif an der Seite stand, als ginge es sie nichts an.

Sie träufelten sogar Lavendelessenz ins Badewasser. Der Duft verbreitete sich im ganzen Zimmer.

»Erinnert dich das nicht an die Provence?«, fragte Philippe mit strahlendem Lächeln.

Langsam trat sie an die Badewanne heran und schaute ins Wasser. Dann hob sie den Blick zu ihm. »Würdest du bitte hinausgehen?«

Für einen Augenblick war er zu verblüfft, um zu reagieren. Dann erhob er sich. »Wenn du es wünschst.« Sichtlich enttäuscht verließ er das Zimmer.

Mit kraftlosen Bewegungen kleidete sie sich aus. Sie nahm den Schleier vom Haar, öffnete den Ledergürtel und ließ das einstmals weiße Gewand von den Schultern fallen. Sie streifte die ledernen Sandalen ab und stieg über den kleinen Stoffberg, als streife sie dieses Leben ab wie eine Schlangenhaut. Zum Schluss nahm sie die Kette mit dem Amulett ab und ließ sie auf die Sachen fallen. Vorsichtig stieg sie in das Lavendelwasser und ließ sich hineingleiten. Ein seltsames Gefühl umfing sie, als sie das warme Wasser spürte. Es war fremd und gleichzeitig doch so vertraut. Es war ein Stück eines Lebens, das sie schon hinter sich geglaubt hatte. Nun hatte sie es wieder eingeholt, und sie wusste nicht, ob es gut oder schlecht war. Sie schloss die Augen und genoss die Wärme und den Duft des Wassers.

O ja, es war schön, so ein Bad. Die Wärme strömte in ihre entkräfteten Glieder und entspannte sie. In ihrem Kopf summte eine große Leere, und sie mochte an nichts denken. Hinter ihren geschlossenen Lidern sah sie goldene Kringel, die in skurrilen Bewegungen tanzten. Ihre Haut saugte das Wasser auf wie ein trockener Schwamm. Ihr ganzer Körper füllte sich mit Feuchtigkeit. Ganz langsam begann auch ihr Gehirn wieder zu funktionieren. Sie ergriff einen Badeschwamm und begann ihren Körper zu waschen. Zuerst massierte sie die Arme, den Hals, das Gesicht, den Nacken, die Schultern. Es schmerzte und brannte. Und je heftiger der Schmerz wurde, umso kräftiger presste sie den Schwamm auf die Haut. Sie wollte, dass es wehtat. Sie wollte, dass jeder Faser ihres Körpers bewusst wurde, was sich änderte.

Kein stechender, reibender Sand mehr, keine auszehrende Trockenheit, kein heißer Wind des Tags und keine kühle Luft des Nachts. Kein Ziegenfett auf der Haut und kein grüner Tee im Magen. Kein Hammelfleisch mit Hirseklößchen und getrockneten Tomaten. Keine *tagella* mit Zwiebeln und warmer Kamelmilch. Kein Bad in einer versteckten Quelle in den Felsen und keine Liebesnacht zwischen den Dünen im Schein des roten Mondes, keine zärtlichen Hände auf ihrem Körper …

Sie zuckte zusammen, als es an der Tür klopfte.

»Darf ich hereinkommen?«, erklang Philippes Stimme. »Ich bringe dir einen Korb voller Früchte.«

»Ja, bitte.« Sie erhob sich aus dem Wasser und schlang sich ein großes Baumwolltuch um den Körper. Es war hart und gebügelt und roch nach Wäschestärke.

Bei Désirées Anblick musste Philippe schwer schlucken. Ihre Schultern glänzten noch feucht vom Bad. Ihr Haar klebte nass am Rücken und helle Tropfen rannen an ihren schlanken Waden herab. Barfuß tappte sie durchs Zimmer.

Er stellte den Obstkorb auf dem Tisch ab und wandte sich zu ihr um.

»Désirée!« Seine Stimme zitterte leicht. Er streckte die Hände nach ihr aus und zog sie zu sich heran. »Désirée! Wie ich dich vermisst habe. Was für eine Angst ich um dich ausgestanden habe. Wie sehr ich mich nach dir sehne.« Seine Hände wurden unruhig und begannen sie zu streicheln. Sie wich zurück, mit großen, erschrockenen Augen.

»Was tust du da?«, fragte sie.

»Aber Désirée! Ich liebe dich, ich begehre dich. Lass uns miteinander schlafen, so wie früher. Es war doch immer schön mit uns. Erinnerst du dich nicht mehr?«

Sie schüttelte den Kopf. »Bitte fass mich nicht an«, flüsterte sie.

»Was hast du?« Seine Hände blieben in der Luft wie erstarrt. »Was hat man dir angetan?«

Sie wich noch weiter zurück bis zum Bett. »Ich bin müde«, sagte sie. »Sehr müde.« Mit einer Hand schlug sie die Bettdecke zurück, während sie mit der anderen das Handtuch an ihren Körper gepresst hielt.

Dann legte sie sich hinein und deckte sich bis zum Hals zu. Ein Bett, dachte sie noch. Ein richtiges, weiches Bett mit feinem Leinenbezug. Der Stoff schmiegte sich an ihren Körper, an ihre Haut und duftete nach Seifenflocken. Gleich darauf fiel sie in einen todesähnlichen Schlaf.

Eine Hand hielt sie fest und hinderte sie daran, aus dem

Schlaf wieder aufzutauchen. Noch war es dunkel um sie herum. Am Himmel funkelten die Sterne wie unzählige Diamanten. Sie sah eine Gestalt, die ihr vertraut vorkam. Ein leiser Wind spielte in den Falten seines langen Gewandes. Deutlich konnte sie den gewickelten Turban erkennen. Arkani! Der Schmerz in ihrem Inneren wühlte sie auf. Sie wollte zu ihm hinlaufen. Aber ihre Füße versagten den Dienst. Wieso konnte sie sich nicht bewegen? Und dann sah sie es. Ihre Handgelenke wurden von derben Stricken umschlossen, und diese Stricke waren an zwei Kamelen festgebunden. Panik erfasste sie. Sie schaute sich verzweifelt um. Da stand Philippe, Arkani gegenüber. Und da waren noch mehr Menschen, Soldaten in französischer Uniform, arabische Kameltreiber, Männer und Frauen in europäischer Kleidung. Es wurden immer mehr, die sich um sie scharten, neugierig, sensationslüstern, mit dem Finger auf sie zeigend, Hohn lachend, kopfschüttelnd, missbilligend, hasserfüllt. Die ganze Palette der Emotionen war auf ihren Gesichtern abzulesen. Nur nicht auf Arkanis Gesicht. Es blieb verschleiert.

Und dann traten zwei Männer vor, in arabischer Kleidung. In dem einen glaubte Désirée den feisten Teppichhändler zu erkennen, in dem anderen den Scheich mit den Motordroschken.

Nein!, wollte sie schreien, aber ihre Kehle blieb stumm. Die beiden Araber trugen lange Stöcke in den Händen, die sie drohend erhoben.

Arkani trat an den Kopf des einen Kamels, Philippe an den anderen. Und dann schlugen die beiden Araber mit ihren Stöcken auf die Tiere ein. Ein irrsinniger Schmerz durchzuckte ihren Körper.

Désirée bäumte sich auf – und erwachte. An ihrem Bett saß Philippe und schüttelte sie. Sie schlug um sich. »Geh weg, geh weg«, schrie sie.

»Désirée, komm zu dir! Ich bin es, Philippe!«

Sie starrte ihn an, als müsse sie sich zwingen, ihn zu erkennen. Kleine Schweißtropfen standen auf ihrer Stirn und Oberlippe. Philippe wollte sie mit einem Tuch wegtupfen, aber Désirée drehte den Kopf beiseite.

»Du hast schlecht geträumt, ma chérie«, sagte er sanft. »Aber ich bin ja da. Du brauchst keine Angst zu haben.«

Sie atmete schwer aus und ließ den Kopf sinken. Philippe betrachtete sie mit einer Mischung aus Besorgnis und Zorn. Auch wenn er Désirées Vater nie wirklich gram war darüber, wie er seine Tochter erzogen hatte, so machte sich doch nun bemerkbar, welche Saat er gesät hatte. Dass er sie schon als Kind mit auf seine Expeditionen genommen und ihr die Exotik des Orients nahe gebracht hatte, hielt Philippe für verderblich. Immer wieder verwischte Désirée die kulturellen Ansprüche der verschiedenen Völker und machte sich nichts daraus, sich in verrückte und gefährliche Abenteuer zu stürzen. Der alte Etienne hatte ihr diesen Floh ins Ohr gesetzt, dass in der ganzen Welt unentdeckte Schätze aus dem Boden ausgebuddelt werden könnten. Man bräuchte sie nur zu suchen. Er war ein so rastloser Geist gewesen, und er hatte das Mädchen in sein Kielwasser gezogen. Mochte ihre Angewohnheit, manchmal Männerkleidung zu tragen, noch eine Art Auflehnung gegen die Spießigkeit ihrer Umgebung sein, so war dies immer noch harmlos. Wenn sie von manchen Begebenheiten auf ihren Exkursionen und Ausgrabungen erzählte, dann verspürte er schon eine ernsthafte Sorge. Und wenn ihm dieses verdammte Bergbauprojekt in der Kolonie nicht dazwischengekommen wäre, hätte er sie längst geheiratet.

Er stellte sie sich in einem langen, weißen Kleid vor mit einem romantischen Schleier und einem Blumenkranz als Krone. Ja, als seine Frau würde sie überhaupt nicht mehr auf solche abenteuerlichen Ideen kommen und allein die Sahara bezwingen wollen.

Zärtlich legte er den Arm um sie. »Weißt du, wir sollten bald heiraten und zurück nach Paris gehen. Dort hast du wieder dein geregeltes Leben und vergisst, was du hier erleiden musstest. Natürlich kann niemand dir deinen Vater wiederbringen. Aber jetzt bin ich für dich da, werde für dich sorgen, dich behüten und dich lieben.«

Sie dachte nach. Vor ihren Augen leuchtete das trügerische Bild der Sicherheit auf, nach dem sie die Hände ausstreckte. Ein geregeltes Leben, in einer gepflegten Umgebung wohnen, das Dienstmädchen bügelte die Kleider und Philippes Hemden, und vor dem Haus ratterten die Kutschen vorbei. Einer davon entstieg Philippe, wenn er abends von der Arbeit nach Hause kam und begrüßte sie mit einem zärtlichen Kuss. Dann saßen sie gemeinsam in ihrem gemütlichen Wohnzimmer, sie stickte ein Kissen, und er blätterte in einer der Gazetten, die er auf der Straße einem Zeitungsjungen abgekauft hatte. Und das Dienstmädchen servierte ihnen eine Käseplatte mit Baguette und Oliven und zwei Gläschen Bordeaux. Es mussten Freuden sein, wenn man sie lange genug entbehrt hatte. Aber waren es auch Freuden, wenn sie alltäglich waren?

Sie wischte sich über die Augen, wie um einen Spuk zu vertreiben.

»Willst du nicht aufstehen?«, fragte Philippe. »Ich habe das Frühstück aufs Zimmer bringen lassen. Nachher kommt die Modistin und nimmt Maß. Vorerst bringt sie dir eine kleine Auswahl an Kleidern, Wäsche und Accessoires mit, damit du wieder auf die Straße gehen kannst. Den Rest deiner Garderobe kaufen wir später.«

Langsam hob sie den Kopf, und ihre Lider waren schwer. »Schämst du dich mit mir auf die Straße zu gehen?«, wollte sie wissen.

Er lachte. »Wo denkst du hin! Jeder Mann beneidet mich um dich, und die Frauen schauen dich bewundernd an. Du bist schön und elegant. In der richtigen Garderobe.«

»Was hast du gegen diese Kleidung? Nur weil sie von den Einheimischen ist?«

»Sie ist nicht von den Einheimischen, sondern von diesen blauen Räubern. Indem du sie trägst, machst du dich mit ihnen gemein.« Seine Stimme war nicht mehr so sanft und nachsichtig. In seinen Augen funkelte es.

»Diese Kleidung ist für das Klima viel praktischer«, widersprach Désirée leise.

Philippe überhörte den Einwand. Er musste ihr einfach noch etwas Zeit geben. »Ich möchte darüber nicht mehr diskutieren. Hier ist ein Morgenmantel für dich, den du dir einstweilen überziehen kannst. Ich möchte dich in diesen Lumpen da nicht wieder sehen, ich werde sie gleich entfernen lassen.«

Mit der flachen Hand drückte sie gegen Philippes Brust und schob ihn ein Stück von sich. Dann erhob sie sich aus dem Bett. Das Handtuch, das seit dem vergangenen Abend noch um ihren Körper gewickelt war, fiel herab. Nackt schritt sie durch das Zimmer zu der Wanne, in der sich noch das kalte Badewasser befand. Verblüfft schaute Philippe hinter ihr her, nahm die sanfte Rinne ihrer Wirbelsäule wahr, die ihn an eine junge Palme erinnerte, ihr wohl gerundetes Hinterteil, das der Form einer Birne ähnelte, die langen, schlanken Beine, die so grazil schritten. Sie hockte sich vor den Stoffhaufen der abgelegten Kleidung nieder und suchte nach dem Medaillon. Zärtlich strich sie mit der Hand darüber, bevor sie es sich umhängte. Danach nahm sie den bunt bestickten Ledergürtel zur Hand und band ihn sich um. Dann drehte sie sich zu ihm um.

Er starrte sie mit brennenden Augen an. Es war ein bisschen zu viel der Provokation. Sie hatte schöne Brüste, mittelgroß, fest und kugelförmig. Ihre Taille war schmal, und das Haar am Abschluss ihrer schlanken Schenkel war dunkelblond und gekräuselt, während ihr Haupthaar, von der Sonne ausgebleicht, die Farbe von Platin angenommen hatte. Dieses kleine Dreieck verbarg ihr größtes Geheimnis, nach dem er sich die ganze Zeit gesehnt hatte. Er zog zischend die Luft durch die Zähne und bemerkte eine schmerzhafte Erektion.

»Désirée, was soll das?«, fragte er mit kratziger Stimme und klemmte die Hände zwischen die Knie.

»Gri-gri«, erwiderte sie.

»Gri-gri?«

»Ein böser Geist; Geister, vor denen man sich schützen muss.«

Er stieß die Luft wieder zur Nase heraus. »Komm her«, bat er und wand sich vor lauter Qual.

Sie blieb stehen, wo sie stand.

»Désirée, ich bin kein Geist, vor dem du dich schützen musst. Ich liebe dich. Aber du machst es mir schwer. Bei allem Verständnis für das, was du durchmachen musstest, du bist hier in Sicherheit, bei mir. Das musst du doch endlich begreifen.«

Sie schaute ihn an und verspürte Mitleid mit ihm. Dankbarkeit, dass er sich so um sie sorgte – und Mitleid. Sie suchte nach den Gefühlen, die sie für ihn damals empfunden hatte. Damals – als es noch eine andere Welt war! Aber inzwischen hatte sich die Erde weitergedreht. Wie viele Male hatte sich der rote Mond über dem Horizont gehoben? Wie viele Male hatte er sich gerundet? Wie viele Male war die brennende Sonne über das blaue Firmament gezogen? In der Wüste gab es keine Zeit. Die Stunden, Tage, Nächte, Wochen, Jahre verrannen wie das Wasser nach einem Gewitter im heißen Wüstensand. Was blieb, war die Ewigkeit.

Sie spürte eine plötzliche Niedergeschlagenheit und Kälte in sich aufsteigen, als hätte sich die wärmende Sonne in Eis verwandelt. In einer hilflosen Geste hob sie die Hände und ließ sie wieder sinken. Ihre Stimme klang belegt. »Philippe, ich liebe dich nicht mehr.«

XLI

Philippe stand am Fenster und starrte hinaus auf die Straße vor dem Hotel. Er fühlte sich, als hätte er einen Schlag ins Gesicht erhalten. Wieder und wieder sagte er sich, dass er

Désirées Worte nicht auf die Goldwaage legen durfte. Sie schwieg beharrlich darüber, was in den Wochen ihrer Odyssee durch die Wüste geschehen war. Er traute den Tuareg alles zu, was er gehört hatte, und noch mehr. Aber es ängstigte ihn auch, wie sich Désirée verhielt. Er war ein praktischer, bodenständiger Mensch, der sich für jeglichen technischen Fortschritt begeistern konnte. Ja er arbeitete selbst an diesem Fortschritt mit. Doch wenn es um die menschliche Psyche ging, und zudem noch die Psyche einer Frau, versagte er vollkommen. Er konnte damit nicht umgehen.

Eigentlich war er froh gewesen, dass Désirée eine so lebensbejahende, weltoffene junge Frau war. Wahrscheinlich hätte er mit einem Mädchen aus behütetem Hause, womöglich noch scheu und weltfremd, auf die traditionelle Rolle der Frau in der Ehe getrimmt, gar nichts anfangen können.

Er erinnerte sich an seine erste Begegnung mit Désirée. Sie saß mit ihrem Vater und zwei weiteren Männern in einem dieser Cafés, wo Künstler und Intellektuelle verkehrten. Zunächst diskutierten nur die Männer. Aber nachdem sich Désirées Vater schon bald brummelnd in den Schmollwinkel zurückzog, weil seine Argumente keinen Beifall fanden, übernahm Désirée das Wort. Er beobachtete sie vom Nebentisch aus, und da sie laut genug sprach, konnte er auch jedes ihrer Worte verstehen. Er hatte keine Ahnung von griechischer Philosophie und auch nicht von den politischen Zuständen im antiken Karthago. Er wusste nur, dass Karthago zerstört worden war und es ihm eine Lebensaufgabe gewesen wäre, es wieder aufzubauen. Doch Désirée bewegte sich in dieser Diskussion, als hätte sie die letzten zweitausend Jahre gelebt und die Weltgeschichte unmittelbar mitbekommen. Das imponierte ihm. Das faszinierte ihn. Und er verliebte sich ganz spontan in sie. In seinen Augen war sie so ganz anders als die jungen Damen, die er gelegentlich kennen lernte und die seine Mutter, hätte sie noch gelebt, wohl als geeignete Heiratskandidatinnen erkoren hätte.

Natürlich hätte er nie erwartet, dass sein Werben auf Gehör stieß, und erst recht nicht, dass auch Désirée um ihn warb. Es war wie ein Wirbelsturm, in den beide hineingerissen wurden. Erst beachtete Désirée ihn überhaupt nicht, und seine ersten schüchternen Annäherungsversuche gingen ins Leere.

Es war auf einem kleinen Empfang in der ägyptischen Abteilung des Museums. Philippe hatte den Kurator bestochen, damit der ihm eine Einladung ausstellte. Etienne Montespan war natürlich die Hauptperson. Er stritt sich sehr temperamentvoll mit einem englischen Archäologen über die Entzifferung von Hieroglyphen, und er scherte sich nicht im Mindesten darum, dass der Raum voller Gäste war, die in ihrer Konversation durch den Streit empfindlich gestört wurden.

Désirée stand mitten unter ihnen, und der Temperamentsausbruch ihres Vaters schien sie nicht sonderlich zu beeindrucken. Philippe nutzte die Gelegenheit, um sich Désirée zu nähern.

Als er sich als Bergbauingenieur vorstellte, hob sie erstaunt die Augenbrauen. »Ach, wollen Sie sich was von den alten Ägyptern abschauen?«

So eine Reaktion hatte er nicht erwartet, und er lächelte überlegen, um seine Verwirrung zu überspielen. »Inzwischen sind mehrere tausend Jahre vergangen, verehrte Mademoiselle Montespan. Die Menschheit hat gewaltige technische Fortschritte gemacht. Was können uns die alten Ägypter hinterlassen außer unlesbare Schriftzeichen?«

Im gleichen Augenblick wusste er, dass er einen riesengroßen Fehler begangen hatte. Er sah es an ihrer Miene. Sie packte seine Hand und zog ihn zu einer Nachbildung einer Grabkammer. Mit der flachen Hand schlug sie gegen die Türfassung. »Das hier«, sagte sie und unterdrückte mühsam ihre Erregung, »ist die perfekte Form des Türstockes. Er kann tausende Tonnen Gewicht abhalten, einfach durch die geniale Konstruktion der flachen Winkel, die die Kraftkomponenten in sich selbst leiten. Noch immer sind die Pyramiden die gewaltigsten Bauwerke auf dem gesamten Erdball und die Baumeister von damals die genialsten Architekten. Wenn Sie so einen Türstockausbau in Ihren Bergwerkstollen einsetzen, dann können Sie in ungeahnte Tiefen gelangen. Denn das«, und wieder klopfte sie gegen den Türstock, »hält tausend Meter Gestein über sich aus.« Sie neigte den Kopf und fixierte ihn aus zusammengekniffenen Augen. »Und auf die Idee mit dem Schlussstein im Deckengewölbe sind diese Herren auch schon gekommen. Genialer geht es nicht, Monsieur Duval. Oder haben Sie dem noch etwas entgegenzusetzen? Wir sind gerade so heftig am Streiten.«

»Nein, aber ich würde mich gern mit Ihnen über die Grundregeln der Statik unterhalten«, erwiderte er.

Sie schaute ihn einen Moment an, dann neigte sie wieder den Kopf. »Und ich mich mit Ihnen über die Mechanik menschlicher Körper.«

Er gab sich geschlagen, und sie erlag ihm. Er war jung, unerfahren und idealistisch, und Désirée war jung, etwas mehr erfahren und noch idealistischer.

Die freie Erziehung, die sie durch ihren Vater genossen hatte, versetzte sie in die Lage, sich schnell in allen möglichen Situationen zurechtzufinden. Désirée war keine Frau für ein behütetes Heim. Das zumindest dachte er damals. Mit ihr konnte er die Welt erobern. Und das hatte er zunächst vor. Seine Anstellung bei der französischen Bergwerksgesellschaft war sein Glück, denn dort bekam er ein regelmäßiges Gehalt. Er war zu glücklich, um kritische Fragen zu stellen.

Ihre Schwärmerei für George Sand nahm er mit heiterer Gelassenheit, und wenn sie ihm manchmal aus ihren Büchern vorlas, war er sogar stolz darauf, dass sie dieser ungewöhnlichen Schriftstellerin ein wenig ähnelte.

Es war eine stürmische Zeit des Verliebtseins, in der er ihre Kaprizen über sich ergehen ließ und es manchmal sogar prickelnd fand, sich darauf einzulassen. Wenn er ihren etwas verschrobenen Vater betrachtete, dann war es kein Wunder, dass Désirée von seinem Schlag war, wenngleich viel aufregender und weiblicher. Dass sie zudem ausgesprochen hübsch und apart war, selbst die schmutzigen Arbeitshosen mit Pariser Eleganz trug, versetzte ihn in einen Rausch.

Bitterkeit stieg in ihm auf, wenn er sich daran zurückerinnerte. Was war geschehen, dass sich ihre Beziehung so gewandelt hatte? Noch immer wollte er sie heiraten. Noch immer liebte er sie. Aber Désirée war vollkommen verändert.

Hing es damit zusammen, dass er dieses Bergwerkprojekt in Algerien angenommen hatte und sich nicht mehr so um sie bemühen konnte wie vorher? Doch er verwarf den Gedanken wieder. Désirée war selbstständig genug, um allein zurechtzukommen.

Oder war es die Expedition ihres Vaters, an der sie nicht hatte teilnehmen dürfen? Etienne hatte wohl um die Gefahren gewusst, die in der Sahara drohten.

Warum war Désirée nicht nach Frankreich zurückgekehrt, sondern hatte sich heimlich auf die Suche begeben? Warum hatte sie ihn, Philippe, belogen, hintergangen?

Er fand keine Antwort auf all die Fragen. Er ging in sich und suchte, ob er sich möglicherweise verändert hatte. Aber auch dafür fand er keinen Hinweis. Die Ursache lag wohl in Désirée selbst. Und das versetzte ihn sowohl in Sorge als auch in einen unbestimmten Zorn.

Alles ließ sich beeinflussen, verändern, umgestalten. Er trieb tiefe Schächte und Stollen in Jahrmillionen alten Fels, er baute Brücken, die tiefe Schluchten überwanden, ja er würde sogar den stählernen Schienenstrang der Eisenbahn quer durch die Wüste treiben. Der Mensch passt sich seine Umgebung nach seinen Bedürfnissen an. Warum entzog sich ausgerechnet Désirée diesen Bestrebungen?

Er redete sich ein, dass sie eben mehr Zeit brauchte. Im Augenblick war die Modistin bei ihr und passte ihr eine Garderobe an, mit der sie sich auf die Straße wagen konnte.

Selbstverständlich hatte Philippe das Zimmer verlassen. Solche Frauendinge gingen ihn nichts an. So stand er am Fenster des Hotels und betrachtete durch die halb geöffneten Fensterläden das Gewimmel auf der Straße.

Biskra war noch orientalisch geprägt, aber immer mehr setzte sich der französische Einfluss durch, in der Architektur der neu gebauten öffentlichen Gebäude, Hotels und Wohnhäuser, in den Geschäften, die die Straßen säumten, und in den Menschen, die die Straßen bevölkerten. Er erinnerte sich, dass es in Frankreich einen Aufruf gab, dass junge Frauen in die Kolonien kommen sollten, um die dortigen Pioniere Frankreichs zu heiraten.

Aber Philippe wollte wieder nach Frankreich zurückkehren, wenn seine Aufgabe hier beendet war. Selbst Algier war für ihn keine neue Heimstatt. Es sollte Paris sein. Schon wegen Désirée. Sie gehörte nach Paris. Nicht einmal in die Provence. Und ihre orientalischen Gelüste konnte sie im Museum in Paris befriedigen.

Mit dem Tod ihres Vaters hatte es sich hoffentlich mit ihren unseligen Ausgrabungen erledigt. Sollte sie den Nachlass ihres Vaters verwalten, sollte sie ihn auf Ausstellungen und Konferenzen, wissenschaftlichen Disputen und in der Presse vertreten, aber nicht irgendwo im Sand der Wüste.

Bei diesen Gedanken schöpfte er neuen Mut und die Hoffnung, dass mit der Rückkehr nach Paris alles wieder so werden würde wie einst. Er würde nach Algier telegrafieren, dass er sich vorerst beurlauben lassen wollte, um Désirée nach Paris zu begleiten. Vielleicht konnte seine Stelle bei dem Bergwerkprojekt mit einem anderen geeigneten Ingenieur besetzt werden. Auch wenn ihn diese Arbeitsstelle ausgezeichnet hatte, so war ihm Désirée in diesem Falle wichtiger als seine Arbeit.

Er beschloss, ein Café zu besuchen, solange die Modistin noch bei Désirée weilte. Und da er wusste, dass es erfahrungsgemäß etwas länger dauerte, bis sich eine Frau für ein Kleid oder einen Hut entschied, so konnte er getrost inzwischen einen Mokka trinken.

Er wählte ein französisches Café am Platze, wo er sich in den Schatten der ausgerollten Markise setzte und sich vom *garçon* einen arabischen Mokka und eine französische Zeitung kommen ließ.

Bereits auf der Titelseite sprang ihm die große Überschrift entgegen: Überfall auf die Garnison in Ouargla!

Mit ungutem Gefühl überflog er den Artikel. Die Tuareg hatten sich zum Angriff gesammelt! Zwar war es in den letzten Jahren immer wieder zu blutigen Überfällen der blauen Rebellen gekommen, aber noch nie hatten sie so massiv angegriffen. Die Tuareg bevorzugten den offenen Kampf, was auch bei manchen Franzosen Bewunderung über ihren Mut hervorrief. Aber immer waren es kleinere Scharmützel, bei denen sich die Bewaffnung der französischen Armee als überlegen erwies.

Diesmal jedoch war es anders. Irgendjemandem von den Stammesfürsten schien es gelungen zu sein, die einzelnen Stämme zu einen. Eigentlich waren sie untereinander zerstritten, und diese Wüstenräuber machten sich nichts daraus, Nachbarstämme zu überfallen, ihre Viehherden und Sklaven zu rauben. Ehrenhafte Raubzüge nannten sie das. Und doch schien sie etwas zu einen, was kein Franzose zu erahnen vermochte. Eigentlich dürfte auch eine größere Zahl Wüstenkrieger kein Problem sein für die gut ausgerüstete französische Armee. Diesmal jedoch hatten die Tuareg ihre Kampftaktik verändert. Sie schienen feige geworden zu sein, griffen nachts an, zogen sich immer wieder zurück. Sie kämpften aus dem Hinterhalt wie Schakale. Das war neu.

Auch wenn der Artikel mit den Zeilen schloss, dass sich der Wüstensand rot vom Blut der Tuareg färbte und die französische Kolonialmacht die Situation unter Kontrolle hatte, so konnte dies Philippe nicht beruhigen. Gleich morgen würde er mit Désirée nach Algier reisen. Mit der Eisenbahn, das war schnell und sicher.

Er trank seinen Mokka aus, faltete die Zeitung zusammen und warf ein Geldstück auf den Tisch. Dann eilte er zum Bahnhof, um sich zu vergewissern, dass am nächsten Tag ein Zug nach Constantine fuhr.

Die Modistin hatte offensichtlich ihr gesamtes Warenlager auffahren lassen. In Désirées Zimmer sah es aus wie auf einem Kleiderbasar. Selbst einige Schneiderpuppen hatte die Dame herbeigeschafft und plapperte nun unaufhörlich auf Désirée ein.

»Ich kann mit Recht von mir behaupten, die neuesten Pariser Kreationen anbieten zu können. Schauen Sie sich nur dieses Modell an! Ja, Sie hören richtig. Es ist ein Modell, denn davon gibt es kein zweites Stück. Heutzutage wird ja die Garderobe in den Fabriken hergestellt, meine sind aber noch echte Handarbeit. Das finden Sie kaum noch in Paris. Und wenn, dann ist es dort unglaublich teuer. Beachten Sie zunächst die tiefer gesetzte Taille. Natürlich werden die weiblichen Rundungen durch entsprechende Polsterungen und Raffungen betont, was ja auch wirklich hübsch aussieht, und Sie sind so ein junges Frauchen, das darf mit ihren Reizen nicht geizen.« Sie lachte laut über ihren Wortwitz. »Und schauen Sie nur die Ärmel! Das ist der neueste Schrei in Paris. Man nennt sie Keulenärmel. Die Schultern werden stark betont, und diese Ärmelform passt sich harmonisch an. Dazu der breite Kragen, aufs Feinste gestickt. Wichtig ist eine schlanke Taille. Selbstverständlich muss sie geschnürt werden.« Sie legte Désirée mehrere Korsetts vor. »Der Glockenrock ist hinten gerafft, sodass er gefällige Falten wirft.« Sie kramte aus den überdimensionalen Schachteln einen breiten Hut mit Straußenfedern hervor. »Das ist die neueste Mode in Paris. Dank unserer Kolonien können wir ja die begehrten Straußenfedern ins Mutterland senden. Aber diese hier«, sie lächelte verschmitzt, »sind aus erster Hand. Sie haben noch keinen weiten Transport hinter sich. Schauen Sie nur die Qualität.« Madame spitzte die Lippen. »Damit sind Sie ganz *en vogue*. Dazu einen hellen Sonnenschirm, *voilà*!«

Aus einem Stapel Schuhkartons suchte sie wildlederne

Schnürstiefel heraus. »Dies hier ist ein besonders schönes Paar«, pries sie sie an.

Désirée schwieg und starrte nur auf die Berge von Kleidern, Schuhen, Hüten, Korsetts und Wäsche, als sähe sie das alles zum ersten Mal in ihrem Leben.

»Ach ja, ich Dummerchen!« Madame kicherte albern. »Die ›Unaussprechlichen‹ dürfen wir nicht vergessen. Oder wählen Sie lieber diese Hemdhose, die unten zu knöpfen ist? Sie hat ebenfalls Spitzenstickerei an den Beinabschlüssen und diese knöpfbare Lasche für bestimmte Bedürfnisse.«

Sie gackerte wieder wie ein übereifriges Huhn. Die Garderobe lag auf allen Stühlen und dem Bett ausgebreitet. Vier Figurinen standen im Zimmer, und auf dem Fußboden stapelten sich Schuh- und Hutschachteln. Désirée saß auf der Kante des einzigen unbelegten Stuhles und verfolgte Madames hektische Aktivitäten mit Erstaunen.

»Nun, wofür entscheiden Sie sich?«, fragte sie die Modistin schließlich.

Désirée hob den Blick. »Haben Sie kein Reformkleid?«

Einen Moment war es so still, dass man eine Stecknadel hätte fallen hören. Dann schnappte Madame nach Luft. »Reformkleid?«, würgte sie hervor, und das blanke Entsetzen stand ihr ins Gesicht geschrieben. »Ja, um Gottes Willen, wie kommen Sie denn darauf? Das ist ja der Gipfel der Geschmacklosigkeit und Unmoral. Sie wollen Ihre Taille nicht schnüren?«

»Nein«, erwiderte Désirée. »Und in diesen Breiten ist es geradezu lebensgefährlich, wenn die Lungen nicht frei atmen können.«

»Ihr Gatte sagte mir, dass Sie unverzüglich nach Paris zurückkehren werden«, erwiderte die Modistin gekränkt. »Ich biete Ihnen die perfekte Garderobe, mit der Sie sich in jedem Pariser Salon sehen lassen können.«

Désirée neigte verwundert den Kopf. »Mein Gatte?«

»Selbstverständlich. Ich unterhielt mich mit ihm, kurz

bevor ich zu Ihnen kam. Er erklärte mir, worauf er Wert legt.«

»Worauf er Wert legt«, wiederholte Désirée leise. »Das ist offensichtlich nicht dasselbe, worauf ich Wert lege. Das Kleid muss bequem sein. Und ein Korsett trage ich schon gar nicht.«

Die Modistin schaute sie verständnislos an. Dann schüttelte sie entschieden den Kopf. »Das, was Sie wollen, ist unmoralisch«, sagte sie pikiert und raffte alle ausgebreiteten Sachen zusammen. »Ich glaube nicht, dass ich Ihnen helfen kann.«

Es klopfte zaghaft an der Tür. »Darf ich hereinkommen?«, fragte Philippe.

Die Modistin riss die Tür auf. »Ich bin ohnehin dabei, zu packen«, schnaufte sie wütend. »Und dabei habe ich alles mitgebracht, was nach dem neuesten Pariser Schick geschneidert ist. Alles in Handarbeit, mit den schönsten Straußenfedern.« Sie war den Tränen nah. »Aber Ihrer Gattin gefällt das alles nicht. Sie verlangt nach einem Reformkleid!« Sie schluchzte nun endgültig auf. »Aber das kann ich leider nicht bieten. Wir sind ein anständiger Modesalon.« Sie funkelte Philippe an. »Dabei machten Sie mir so einen überaus seriösen Eindruck. Ich wusste nicht, dass so die Verkommenheit aussieht.«

»Warten Sie, warten Sie«, versuchte er die aufgeregte Frau zu beruhigen. »Sicher beruht das nur auf einem Missverständnis. Natürlich wird sich meine Frau ein Kleid aussuchen, und wenn sie es nicht tut, dann tue ich es.«

Er warf Désirée einen tadelnden Blick zu, den sie jedoch ignorierte.

Hastig wühlte er in den Kleidern, die auf einem Stapel lagen. »Dieses hier als *Toilette de Voyage* und dieses hier als *Toilette de Promenade*. Die Hüte können Sie selbst dazu bestimmen.« Er wandte sich zu Désirée um, die immer noch reglos auf ihrem Stuhl saß. »Dein kindischer Trotz wird dir in diesem Fall nicht weiterhelfen.«

Madame hüstelte verlegen. »Und was ist mit dem Korsett und der Unterkleidung?«

»Herrje, suchen Sie sie doch selbst heraus«, fuhr er sie unbeherrscht an. »Sie sehen ja, dass meine Frau dazu nicht in der Lage ist.«

Die Modistin zuckte zusammen, kramte ein Korsett und diverse Unterkleider heraus und schob etwas verschämt die ›Unaussprechlichen‹ darunter. »Ich lasse Ihnen die Rechnung zukommen«, murmelte sie und beeilte sich, das Zimmer zu verlassen. Ihre Gehilfen würden die restlichen Sachen in einer Stunde abholen.

»Désirée, kannst du mir sagen, was ich dir eigentlich getan habe, dass du mich so behandelst? Ich will doch nur dein Bestes. Ich will, dass du wieder glücklich bist. Ich will, dass du wieder normal wirst, denn das hier ist nicht normal. Du willst dich ja nicht einmal ordentlich ankleiden!« Tatsächlich hockte sie noch immer in dem Morgenmantel da, den Philippe ihr besorgt hatte.

Sie hob die Augen zu ihm, der unablässig im Zimmer hin und her lief. »Wieso nennst du mich deine Frau?«, fragte sie leise.

Mit einem Ruck blieb er stehen. »Was?«

»Wieso du mich deine Frau nennst«, wiederholte sie die Frage.

»Weil du es im Prinzip schon bist. Wir hätten längst heiraten sollen, das sehe ich jetzt ein. Dann wäre diese ganze verdammte Sache wahrscheinlich gar nicht passiert. Und wir werden die Hochzeit schnellstens nachholen, sobald wir in Paris angekommen sind.«

»In Paris?«

»In Paris«, bekräftigte er. »Wir reisen morgen ab.«

XLII

Philippe hatte das Frühstück aufs Zimmer bringen lassen. Natürlich hätte er jetzt mit Désirée auch das Frühstückszimmer im Souterrain des Hotels besuchen können, aber Désirée mochte nicht unter Menschen gehen. Er hatte ihr beim Ankleiden helfen müssen und darauf bestanden, das Korsett zu schnüren. Sie hätte es am liebsten in die Reisetasche verbannt. Doch Philippe wollte sich durchsetzen. Jetzt war der Augenblick gekommen, wo er die volle Verantwortung für Désirée besaß. Sie war ganz allein auf der Welt, so wie er auch. Und selbst wenn sie noch keinen Segen der Kirche besaßen, es war ihm egal. Er betrachtete Désirée als seine Frau.

Die Nacht allerdings hatten sie getrennt verbracht, Désirée im Bett und Philippe auf dem viel zu kurzen Kanapee. Désirée mochte seine körperliche Nähe nicht ertragen, und er vermutete, dass sie von den Tuareg vergewaltigt worden war. In der Hoffnung, dass dies ohne Folgen bleiben würde, würde er alles dafür tun, dass sie darüber hinwegkam. Wie er damit umgehen sollte, war ihm selbst noch nicht ganz klar. Wahrscheinlich würde er es einfach verdrängen.

Früher hatten sie einen lockeren sexuellen Umgang miteinander betrieben und sehr anregende Nächte verbracht. Er war kein Puritaner, er war überhaupt kein streng moralischer Mensch. Und er konnte verzeihen.

Désirée hatte kaum etwas gegessen. Dieses Mieder nahm ihr die Luft zum Atmen, presste die Rippen in die Lungen und schnürte den Magen zusammen, dass es schmerzte. Sie wusste nicht, wie sie jemals die Zugfahrt überstehen sollte.

Einen Augenblick wurde ihr schwindelig, und sie musste sich an der Tischkante festhalten. Die Eisenbahn würde sie unaufhaltsam aus der Wüste herausbringen.

Es war der endgültige Abschied! Etwas in ihr schrie auf. Konnte sie einfach so gehen, alles hinter sich lassen, als wäre nichts geschehen?

Sie erhob sich vom Tisch und trat zum Fenster. Mit den Händen drückte sie die raumhohen Fensterläden auf, die die Hitze des Tages draußen halten sollten. Ein bisschen erinnerten sie sie an ihre hübsche Wohnung in der Rue de Voisin in

Paris. Auch dort gab es diese schmalen, hohen Fensterläden. Die Straße war schon belebt; arabische Händler boten ihre Waren feil, europäisch gekleidete Männer eilten geschäftig irgendwohin, andere flanierten mit ihren Ehefrauen oder suchten ein Café auf.

Ein störrischer Esel schrie, weil er die überladene Gemüsekarre nicht ziehen wollte, und der Bauer redete ununterbrochen auf das Tier ein, als könne er es auf diese Weise überzeugen. Eine total verschleierte arabische Frau eilte mit zwei Kindern an der Hand durch das Gewimmel, den Kopf gesenkt und sichtlich nervös. Vielleicht waren die Kinder krank, und sie suchte einen französischen Arzt auf. Und ganz sicher hatte ihr Mann etwas dagegen.

Hinter Désirées Rücken räumte der Diener das Frühstückstablett weg, und das Zimmermädchen schüttelte die Betten auf. Philippe entlohnte beide mit einem kleinen Trinkgeld. Es war ja alles so normal!

Sie zog die Fensterläden wieder heran, und das Zimmer versank in einem eigenartigen Dämmerlicht.

»Was hast du eigentlich empfunden, als die Soldaten die Männer, Frauen und Kinder erschossen?«, fragte Désirée leise.

Philippe stöhnte lautlos auf. »Herrgott, Désirée, ich hatte gar keinen Einfluss auf die Soldaten. Dieser Leutnant Pellegrue hat sie befehligt, und er ließ sich da von einem Zivilisten nicht hereinreden.«

»Ich frage dich, was du dabei empfunden hast«, beharrte sie.

Er hob in einer hilflosen Geste die Hände und ließ sie wieder fallen. »Meinst du, ich habe es gewollt? Ich gäbe was dafür, es ungeschehen zu machen. Aber ich hatte eben Angst um dich. Verstehst du das nicht?«

Sie schüttelte stumm den Kopf. »Nein, das verstehe ich nicht«, sagte sie nach einer Weile. »Glaubtest du wirklich, dass Kinder mich versteckt halten?«

Er senkte den Kopf. »Nein«, gab er kleinlaut zu. Dann fuhr

er sich mit gespreizten Fingern durchs Haar und warf Désirée einen verzweifelten Blick zu. »Aber was sollte ich denn machen?«

Sie wandte sich wortlos ab. Er ließ sich auf einen Stuhl sinken. »Versteh mich doch, Désirée. Du warst verschwunden. In Algier sagte man mir, dass du nach einer Karawane gesucht hast, die dich ins Tuareg-Gebiet bringt. Ich war halb wahnsinnig vor Angst. Dein Vater war verschollen und nun auch du. Ich fragte alle möglichen Leute, die sich in der Wüste auskennen, aber alle rieten mir ab, dich zu suchen. Bis man mich an eine Karawanserei in Tuggurt verwies. Dort fand ich einen Mann, der bereit war, eine Suchaktion zu starten, mit seinen Kamelen und seinen Männern. Allerdings nur unter der Bedingung, dass uns Soldaten begleiten. Ich telegrafierte mit der Garnison in Ouargla, und die haben zugesagt. In Hassi Messaoud trafen wir uns. Leutnant Pellegrue erzählte mir von den vielen Überfällen der Hoggar-Tuareg und dass es lebensgefährlich sei, in ihr Stammesgebiet einzudringen. Leider sei die Befriedung der Wüste noch nicht so weit fortgeschritten, dass man eine Expedition in das Gebiet wagen könne.«

»Befriedung«, schnaufte Désirée zynisch. »Nennst du das Befriedung?«

»Fakt ist, dass die Wüste befriedet werden muss. Fakt ist, dass die rebellischen Tuareg in die Knie gezwungen werden müssen. Sie sind es doch, die immer wieder diese Überfälle auf uns verüben.«

»Auf uns?«, höhnte Désirée.

»Jawohl, auf uns, auf die Franzosen, auf die Araber, auf die Karawanen, ja auf ihre eigenen Nachbarstämme. Solange es keine Ruhe in den Tuareg-Gebieten gibt, solange hemmt dies den Fortschritt, den wir der Wüste bringen werden. Ich habe ein Bewässerungsprojekt gesehen, womit man die Wüste zum Blühen bringen könnte. Getreidefelder, Baumwolle, blühende Gärten. Und natürlich Weiden für das Vieh. Diese Tuareg bräuchten bloß zu arbeiten, Bewässerungskanäle zu bauen,

Zisternen anzulegen. Sie bräuchten nie wieder von Oase zu Oase zu wandern.«

»Sie sind Nomaden, Philippe, und das seit Jahrhunderten. Glaubst du, du kannst sie einfach sesshaft machen, indem du ihnen einen Gewehrlauf an die Stirn hältst? Die Edlen der Tuareg sind Krieger. Sie sind zur körperlichen Arbeit weder geschaffen noch bereit.«

»Aber darauf kann der Fortschritt doch keine Rücksicht nehmen. Manchmal muss der Mensch zu seinem Glück eben gezwungen werden.«

»So wie du mich zu meinem Glück zwingen willst?«

»Keiner will dich zu etwas zwingen, ma chérie. Wir waren doch vorher auch glücklich miteinander. Pass auf, sobald wir wieder in Paris sind, wird diese unselige Geschichte Vergangenheit sein, und wir werden uns lieben wie am Anfang.« Er trat vor sie hin und legte seine Hände auf ihre Schultern. In seinen braunen Augen glomm eine verzweifelte Hoffnung auf. »Es steht doch nichts zwischen uns, Désirée.«

»Doch«, widersprach sie. »Tote Tuareg.«

»Herrgott noch mal, machst du mich jetzt wirklich verantwortlich für die Übergriffe der Soldaten? Wie sonst hätten sie herausbekommen sollen, wo man dich gefangen hielt? Diese blauen Teufel verstecken sich hinter ihren Schleiern und starren einen an, dass einem richtig unheimlich wird. Was weißt du, wie sie denken, fühlen, handeln? Im nächsten Moment ziehen sie ihre verdammten Schwerter, und dein Kopf liegt neben dir.«

»Hat das Leutnant Pellegrue erzählt?«

»Ja. Und er hat mir Dutzende Beispiele genannt. Er selbst war 1881 in Bir el Gharan dabei. Seitdem hat er immer wieder solche Scharmützel beendet.«

»Dann wird es ja Zeit, dass er endlich mal einen Erfolg zu vermelden hat.«

»Den hat er inzwischen«, erwiderte Philippe.

Sie hob die Augenbrauen. »Weißt du etwas, das ich nicht weiß?«

Sie entdeckte die zusammengefaltete Zeitung in seiner Rocktasche und wollte danach greifen.

Er hielt ihre Hand fest. »Es gibt nichts, was du wissen müsstest.«

Sie stand dicht vor ihm und blickte zu ihm auf. »In einer Beziehung wie unserer sollte auch Vertrauen herrschen. Philippe, was verschweigst du mir?«

»Das Vertrauen hast du zerstört«, gab er unwillig zurück. »Aber ich verzeihe dir. Trotzdem solltest du jetzt deine Gedanken nach vorn richten und nicht zurück. Vergiss alles, was mit der Wüste und den Tuareg zusammenhängt, so will ich es auch vergessen.«

Sie trat einen Schritt zurück, wandte sich um und starrte zum Fenster hinaus. »Wer könnte sie jemals vergessen, der sie kennen gelernt hat«, sagte sie leise.

Philippe betrachtete ihren geraden Rücken. Ihre geschnürte Taille wirkte so zerbrechlich, die gepolsterten Schultern unnatürlich breit und das hochgesteckte Haar ließ ein Stück ihres weißen Nackens frei. Ein warmes Gefühl durchflutete ihn. Er legte die Arme um sie und beugte sich an ihr Ohr. »Es ist vorbei, Désirée, es ist vorbei. Ab jetzt beginnt für uns ein neues Leben; ich habe meine Arbeit in der Bergwerksgesellschaft gekündigt. Ich werde mit dir nach Paris zurückkehren und es nie wieder verlassen. Vielleicht mal zu einem kleinen Ausflug in die Provence, zur Lavendelblüte oder der Weinlese. Ich freue mich schon so darauf.«

Sie fuhr herum. »Du hast deine Stellung gekündigt?«

Er nickte lächelnd.

»Wegen mir?«

»Für dich«, verbesserte er sie. »Wir werden uns niemals mehr trennen.«

Sie biss sich auf die Unterlippe. »Liebst du mich wirklich noch, Philippe?«

»Ja, ma chérie.«

»Würdest du mich auch dann noch lieben, wenn du

wüsstest, dass ich …« Er legte seinen Finger auf ihre Lippen.

»Du musst es mir nicht sagen. Du musst mir gar nichts sagen. Du hast viel durchgemacht, und in manchen Situationen entscheidet man anders, als es ein außen Stehender beurteilen kann. Wusstest du übrigens, dass dein Vater über Ghadames in den Hoggar gereist ist? Du warst auf einer ganz falschen Fährte.«

Schweigend schaute sie ihn an.

»Er hat nur eine ganz kleine Karawane gechartert«, fuhr er fort. »Eigentlich war es gar keine Karawane, es waren nur fünfzehn Kamele. Damit kommt man niemals durch die Wüste.«

»Damit kommt man sehr wohl durch die Wüste«, widersprach sie. »Wenn man sich darin auskennt. Man braucht sogar viel weniger als fünfzehn Kamele. Man braucht nur ein Kamel und eine *guerba*. Weißt du, was eine *guerba* ist? Das ist ein Ziegenfell, das mit Wasser gefüllt wird. Damit kommt man von einem Brunnen zum anderen, wenn man sparsam damit umgeht. Und man darf die *guerba* über Nacht nicht in den Sand stellen, sondern muss sie am Sattel oder an einem Stock aufhängen. Der trockene Sand würde das Wasser durch das Fell hindurchsaugen. *Aman* heißt Wasser. *Aman iman*, sagen die Tuareg – Wasser ist Leben. Die Kamele brauchen eine ganze Woche nicht zu trinken. Doch wenn sie trinken, dann dauert das sehr lange. Ob sie genügend Wasservorrat haben, sieht man daran, wie prall ihr Höcker gefüllt ist. Je weißer so ein Tier ist, umso edler ist es. Ein Stammesfürst reitet ein ganz weißes Kamel. Sie nennen sie Meharis. Es gibt aber auch andere Farben. Ein Kamel mit weißem Maul heißt *imulssan*; wenn es einen grauen Rücken hat, aber weiße Flanken, nennt man es *awinak*. Ein geschecktes Kamel heißt *azerraf*, ein gelbliches Kamel *éberim*; wenn es beim Beladen brüllt, heißt es *tarajawit*; macht es kleine Schritte, heißt *esategemtegam* …«

»Bitte sei still«, keuchte er und presste die Augenlider zusammen.

»*Araw* heißt Kind«, fuhr sie fort, als spräche sie zu sich selbst. »Die Kinder werden von den Frauen unterrichtet. Eigentlich lernen sie alles von den Frauen, was man zum Leben braucht, deshalb verehren sie auch ein Leben lang ihre Mütter. Ein neugeborenes Kind nennt man *amarwa*. Am siebten Tag nach der Geburt eines Kindes durchschneidet der Marabout einem Schafbock die Kehle, die nach Mekka gewandt ist. Er ruft ›Gott ist groß‹ und dann zum ersten Mal den Namen des Kindes. Damit erkennt der Vater seine Vaterschaft an, und die Zeugen wachen darüber, dass er das Kind gut behandelt ...«

»Hör auf! Halt den Mund!«, schrie Philippe sie an.

Sie schwieg erschrocken. Er wischte sich mit dem Handrücken über die Stirn. »Entschuldige«, murmelte er. Dann zwang er sich zu einem Lächeln. »Das sind Dinge, die du nicht mehr wissen musst, weil du sie nicht brauchst. Damit wirst du vielleicht in den Pariser Salons deine Zuhörer finden.«

»Ich werde keine Pariser Salons besuchen«, gab sie erstaunlich gefasst zurück.

»Das musst du auch nicht. Du kannst tun, was dir Spaß macht. An der Seine spazieren gehen, ins Theater gehen, dich auf Bällen und Soireen vergnügen. Warte nur, dir wird das Leben in Paris so kurzweilig werden, dass du gar nicht merkst, wie die Zeit vergeht.«

»Willst du das? Dass die Zeit vergeht?«

»Zeit heilt alle Wunden, sagt man. Und sie wird auch deine Wunden heilen, Désirée.«

Sie schwieg. Vielleicht hatte er sogar Recht. Aber die Narben würden bleiben. Sie sollte Philippe nicht dafür strafen, dass sie unglücklich war.

»Bist du so weit?«, wollte er wissen. Er nahm die Reisetasche aus Gobelinstoff, in der er die wenigen Habseligkeiten verstaut hatte, die sie noch besaßen: Désirées zweites Kleid, etwas Wäsche, ein Hemd für ihn. Er hatte seinen Anzug ausbürsten und sein Hemd waschen lassen. Für mehr war kein Geld da. Dafür besaß er zwei Eisenbahntickets über Constantine nach Algier.

Vor dem Hotel wartete eine Droschke, die sie zum Bahnhof brachte. Désirée hielt während der ganzen Fahrt den Kopf gesenkt, als befürchtete sie, dass die Passanten sie anstarren würden. Als sie noch in Paris lebte, hatte sie eines Abends das Theater besucht und ein Stück angeschaut, in dem Marie-Antoinette mit der Guillotine hingerichtet wurde. »Der Tod einer Königin« oder so ähnlich hatte es geheißen, sie konnte sich nicht mehr daran erinnern. Erinnern aber konnte sie sich an die Szene, als die zum Tode verurteilte Königin in einem offenen Wagen durch die Stadt gefahren wurde und dem Spott des Pöbels preisgegeben war. Und dann wurde sie an die entsetzliche Tötungsmaschine herangeführt. Sie musste sich hinknien und den Kopf in die halbkreisförmige Aussparung legen. Danach hielten zwei Männer eine breite Plane hoch, sodass die Zuschauer nur noch Schatten sahen. Und dann sauste das rasiermesserscharfe Fallbeil herab. Im ersten Moment bangte Désirée, dass es die Schauspielerin noch rechtzeitig geschafft hatte, bevor das Beil fiel. Dann zogen sie den abgeschlagenen Kopf aus einem Korb heraus und zeigten ihn der grölenden Menge, während der leblose Körper noch in dem Gestell der Guillotine hing.

Auch wenn es ein Wachskopf war und der Körper eine ausgestopfte Puppe, so blieb ihr diese Szene ein Leben lang im Gedächtnis, und sie weigerte sich standhaft, jemals wieder eine Theateraufführung zu besuchen.

Marie-Antoinette war herrschsüchtig und intrigant gewesen, aber so ein Ende durfte keinen Menschen ereilen. Auf diesen blutigen Mord und tausende andere hatte man den Traum von Freiheit, Gleichheit, Brüderlichkeit aufgebaut. Wo waren diese Ideale geblieben? Warum wurde immer noch im Namen dieser Ideale gemordet?

Jetzt fühlte sich Désirée so, als würde sie den Weg zur Hinrichtung gehen. Wahrscheinlich waren Marie-Antoinette ähnliche Gedanken durch den Kopf gegangen. Erinnerungen kamen auf, die sie längst vergessen glaubte. Die Expeditionen, auf denen sie ihren Vater begleiten durfte, ihr Leben in Paris, sogar das Bild ihrer Mutter sah sie vor sich und ihr verhärmtes Gesicht, wenn Etienne Montespan wieder einmal über seinen Relikten brütete und den Rest der Familie und der Welt vergaß. Bruchstücke aus ihrer Kindheit wurden lebendig, die sie irgendwie in einem verklärten Licht sah. Und dann wieder die Wüste, unendlich, leer und doch voller Emotionen. Es waren weniger die Bilder der Wüste selbst als die Gefühle, die diese Bilder in ihr hervorriefen. Je näher sie dem Bahnhof kamen, umso enger schloss sich ein drückender Reif um ihren Brustkorb. Es konnte nicht nur an dem ungewohnten Korsett liegen. Es war drückend heiß, und auch der Fahrtwind konnte die Hitze nicht lindern, zumal die Droschke nur langsam vorwärts kam. Menschen, Esel, Schafe und Karren verstopften die engen Straßen. Schmale Balkons aus Holz klebten an den Fassaden wie Schwalbennester.

Am Bahnhof hielten sie. Philippe entlohnte den Kutscher, half Désirée aus dem Gefährt und nahm die Tasche in die andere Hand.

Auf dem Bahnsteig drängten sich schon die Passagiere, die auf den Zug warteten, der noch nicht eingetroffen war. Mittlerweile war dieser Wüstenbahnhof zu klein geworden für die nachdrängenden Menschen aus dem Mutterland. Die Kolonie zog nicht nur überzeugte Patrioten an, die den Geist Frankreichs fleißig unter den unzivilisierten Barbaren verbreiten wollten, sondern auch Glücksritter, schwere Jungs und leichte Mädchen, Abenteurer, Sonderlinge und Geschäftemacher. Selbst die einheimischen Berber, ansässige Bauern, Händler und Viehtreiber wussten die Eisenbahn für sich zu nutzen. So gab es neben den Personenwaggons erster und zweiter Klasse auch Gepäckwagen, in denen die Einheimischen mitfahren konnten. Die meisten jedoch bevorzugten einen luftigen Platz auf dem Dach der Waggons zusammen mit Kindern, Hühnerkäfigen und bündelweisem Gepäck.

Der Zug hätte schon vor zwei Stunden ankommen sollen.

Aber solche Verspätungen waren normal. Schließlich musste er das Atlasgebirge durchqueren, und das war immer mit Unwägbarkeiten verbunden.

Unmittelbar hinter dem Bahnhof begann die Wüste. Ein Stück weiter entstand ein neuer, größerer Bahnhof. Der Rohbau war zur Hälfte fertig. Bald schon würde sich der stählerne Schienenstrang tiefer in die Wüste hineinbohren. Der Fortschritt war nicht aufzuhalten.

Neben Désirée hatte sich eine alte Bäuerin mit zwei Körben voll Zwiebeln auf den harten Stein gesetzt. Mit stoischer Ruhe ertrug sie das Gedränge und die europäische Ungeduld. Ihr faltiges Gesicht war unverschleiert, und das Leben hatte seine tiefen Kerben hineingeschlagen. Als sie Désirées verstohlenen Blick bemerkte, lächelte sie ihr zu. Dabei entblößte sie den einzigen Zahn, den sie noch besaß.

Désirée erwiderte das Lächeln. Danach fühlte sie sich ein bisschen leichter.

»Können wir nicht ein bisschen abseits warten?«, fragte sie Philippe.

»Der Zug muss bald kommen, chérie. Ich möchte einen guten Platz für uns erringen.«

Dann wurde eine Glocke geschlagen, ähnlich einer Schiffsglocke. Die Ankunft des Zuges stand kurz bevor. Unter den Wartenden breitete sich Unruhe aus. Désirées Magen krampfte sich zusammen, und sie musste sich an Philippes Arm festhalten, um nicht zu wanken. Sie starrte auf das Gleis und die herannahende, schnaufende Lokomotive wie auf das Fallbeil der Guillotine. Ihr Herz begann heftig zu schlagen, sie hörte das Dröhnen in ihrem Kopf. Ihre Schläfen pochten, und die Luft zum Atmen wurde knapp. Sie spürte Panik in sich aufsteigen und wollte schreien. Doch wie in ihren Albträumen brachte sie keinen Ton hervor.

Da ging ein unterdrückter Aufschrei durch die Menschen, die sich wartend am Bahnsteig drängten. Alle Blicke wandten sich zum Kamm der Düne, die die zivilisierte Welt von der

Wüste trennte. Als dunkle Silhouette gegen den hellblauen Himmel zeichnete sich dort ein einzelner Reiter auf seinem Kamel ab. Seine Gestalt war verhüllt, nur der Wind spielte in den Falten seines Gewandes.

»Dass die sich so weit vorwagen«, flüsterte eine Frau neben Désirée.

Ihr Gatte blickte sich suchend um. »Wo bleibt denn das Militär?«

Auch Désirée starrte zu dieser Erscheinung hinüber wie auf eine Fata Morgana. Doch sie wusste im gleichen Augenblick, dass dieser Reiter dort Wirklichkeit war.

Philippes Augen lösten sich von dem Bild und wanderten zu Désirée.

»Lauf keinem Irrbild nach«, sagte er leise zu ihr. »Er ist nicht der Held, den du in ihm sehen willst. Er ist nichts weiter als ein blauer Bandit.«

»Wir angeblich zivilisierten Menschen in Europa haben unseren Traum verloren«, erwiderte sie. »Wir brauchen neue Träume.«

»Du kannst die Zeit nicht anhalten. Immer wird der Stärkere gewinnen.« Er sprach beschwörend auf Désirée ein.

Sie zog ihren Arm aus seinem und wandte sich nun gänzlich um. Etwas zog an ihr, das so stark und ebenso unsichtbar war wie ein riesiger Magnet. Schritt für Schritt entfernte sie sich vom Bahngleis und von Philippe, von den wartenden Menschen und einem gestorbenen Traum. Und dann begann sie zu laufen.

Sie lief und lief, und der Sand presste sich schmerzhaft in ihre Schuhe. Die heiße Luft drang in ihre Lungen und ihre Augen brannten. Doch sie hielt nicht inne, auch als der Hang der Düne ihr die Kraft nehmen wollte.

Arkani drückte mit dem Fuß auf den Hals seines Reittiers und zwang es nieder. Er streckte Désirée seine Hand entgegen. Wie eine Ertrinkende griff sie zu, und er zog sie vor sich in den Sattel. Dann erhob sich das Mehari. Er wendete es und ritt in die grenzenlose Weite der Wüste hinein. Irgendwo am Horizont wurden sie von der Ewigkeit aufgenommen.

Epilog

Terar kem heißt »Ich liebe dich«. Arkani hat diese Worte nie zu Désirée gesagt. Aber er hat sie tausendmal in den Sand geschrieben.